김영권 정치만평 소설
대통령의 뒷모습

김영권 정치만평 소설 : 대통령의 뒷모습

초 판 1쇄 인쇄 2024년 1월 20일
초 판 2쇄 발행 2024년 1월 25일

저 자 김 영 권
발행인 황 세 연
교 정 김 동 영·박 수 빈
디자인 DIDOT
인 쇄 새한인쇄사
제 본 대명제책사
발행처 도서출판 **중원문화** 판매처 : 새길 아카데미
주 소 서울특별시 마포구 서강로 11-24
홈페이지 http://www.library.ne.kr
주문처 02-325-5534 FAX 02-324-6799

❋ 잘못된 책은 구입하신 서점에서 바꾸어 드립니다.
  (파손된 책은 반품되지 않습니다.)

김영권 정치만평 소설

대통령의 뒷모습

2024
도서출판 중원문화

The back of the President

by

Kim young-kwon

이 책은 출판 저작권법에 의하여 법률적으로 보호를 받는 저작물이며 본사의 허락 없이는 무단으로 사용할 수 없습니다.

ⓒ Copyright Kim young kwon 2024
Printed 2024 by Jungwonmunhwa Publishing Co.

■ 차 례 ■

작가의 말 - 지비카의 두 얼굴 · 7
프롤로그 - 붉은 괴인 · 10
무지개 하숙집 · 12
모창가수 지망생 · 25
낙엽 인간 · 38
통일 대박론 · 56
레드 몬스터 · 65
뱀딸기 · 80
삐라를 날려라 · 90
인형극 제조자 · 107
성공 통일교 · 126

■ 차 례 ■

인간 세공 · 136

인신의 딸 · 154

능금꽃 피는 고향 · 169

쪽방 몽상 · 210

대박과 쪽박 · 223

김일성 꽃 · 245

구호나무 · 210

명명의 눈물 · 252

죄 없는 노래 · 262

소망 없는 시대 · 285

세월의 로터리 · 309

작가의 말 – 지비카의 두 얼굴

 수상쩍은 바람이 불어대고 있다. 숨이 막힐 듯한 느낌이 들곤 한다.
 이 책의 원고를 쓰기 시작할 무렵만 해도 세상이 이처럼 어지럽지는 않았다. 대통령 한 명이 바뀌었을 뿐인데 나라 돌아가는 꼴이 마치 지옥 불구덩이 같다. 물론 천국이라고 생각하는 사람도 있겠지만…….
 원래 의도는 박근혜 전 대통령의 취임부터 탄핵까지를 돌아보며 그 해괴스런 시대를 성찰하는 것이었다. 대한민국 최초의 여자 대통령은 한 마녀의 무당 놀음에 농락당한 꼴로 이제 영화나 소설의 히로인이 될 기회를 잃어버렸으되 현실의 거울이 될 수는 있을 터였다.
 세상사는 돌고 돈다고 했던가?(지금 현재 우리 사회는 발전은커녕 현상유지조차 못한 채 역사의 암흑 속으로 퇴행하고 있는 실정이다. 문예지와 신문지상에 연재되는 동안 독자들로부터 '과거의 이야기가 마치 현재를 비추는 거울같이 느껴진다'라는 말을 듣고 세월의 무상함을 느꼈다.) 망망대해 위의 대한민국호는 이대로 표류하다가는 두 동강으로 파선해 침몰할지도 모른다. 대통령이나 정치꾼 모리배들에게 더 이상 기대할 건 없고, 오직 국민들만이 한 가닥 등대 불빛이 될 수 있을 따름이다.
 이른바 '통일 대박론'은 우주의 신비스런 마력에 탐닉했던 여자 대통령이 발설했던 일종의 주문(呪文)이다. 하지만 통일 대박은 과대망상과 미신적인 술법으로 이루어지진 않을 것이다.

축소될 대로 축소돼 '한반도'라 불리는 지구상의 한 지점인 땅콩 닮은 이곳은 지금 반으로 쪼개져 대한민국과 조선인민공화국이 동거하고 있다. 예전엔 이씨 조선, 고려, 3국(고구려·백제·신라), 고조선 등등이 존재했던 곳이다. 언젠가 미래에 통일된 땅에서 살아갈 사람들은 지금 우리들이 지지고 볶으며 살고 있는 이때를 아마 '남북 시대' 혹은 '남북 분단 시대'라고 부를 터이다.

머나먼 옛날엔 백두산을 넘어 드넓은 대륙까지 웅비했던 한민족 자손들은 이제 좁아 터진 반쪽 땅콩 껍질 속에 만족하면서 더욱 더 분열해 동서남북 공화국을 지향하는 현실이다. '우리의 소원은 통일~'이라 노래하던 때는 가고 '내 목표는 각자도생!'이라고 울부짖는 시대가 되었다. 통일 찬성파도 있고 반대파도 있지만, 꼭 해야 한다며 서둘 필요도 없고 절대로 안 된다며 가로막을 까닭까진 없다고 생각한다. 우리가 훗날 씌어질 역사를 무서워할 건 없으되 스스로 한 번쯤 성찰해 볼 가치는 있다고 여겨진다. 바로 여기서 살고 있는 자기 자신의 이익을 위하여…….

지비카(jivika)라는 새는 한 몸뚱이에 머리 두 개가 달린 전설상의 존재로 공명(共命), 생생(生生), 명명(命命)이라고도 불린다. 그 새가 행복하게 살아가기 위해서는 머리 두 개가 서로 이해하고 화합해야 한다. 만일 자기 생각만 편협하게 주장한다면 골육상쟁하다가 비참스런 꼴로 죽고 말 터이다. 그래서 공명이라는 이름이 붙었으리라. 수만 가지 이해관계가 회오리쳐 충돌하는 이 땅에서 살아가야 하는 우리는 지비카보다 훨씬 더 골치가 아플 수밖에 없다. 하지만 그래도 가능한 한 편견을 걷어낸 중도적인 관점으로 공생을 생각해 보아야 할 것이다. 낡아빠진 '중도적'이란 말이지만 이런 때일수록 때를 벗겨내고 맑은 거울을 만들어야 한다. 시시각각 위기 상황을 극복하며 긴 안목으로 화합을 추구하다 보면 언젠가 지비카도 하나의 머리로 변화하지 않을까? 나아가 자기를 극복한 대가로 찬란한 평화의 광채를 온 누리에 비추지 않을까 상상해 본다.

이 소설은 원래 집필 속도가 빠르지 않은 편인 점을 감안하더라도 참 오랜 시간에 걸쳐 완성했다. 작품 속에 등장하는 박근혜 대통령 취임 무렵부터 펜을 들기 시작하여 개인 사정상 몇 번의 중단기를 거친 끝에 그녀가 석방될 즈음 일단 초고에 마침표를 찍었으니, 현실 시간과 작중 시간이 함께 흐른 셈이다. 피차 과거의 희비애락을 거울 삼아 아름다운 삶을 꽃 피우길 바랄 뿐이다.

한 가지 덧붙일 점은, 이 소설은 이른바 '성공 광인'을 다룬 전작의 후속편으로서 구상되었다는 사실이다. 내용은 독립적으로 전혀 다르지만, 전편의 주인공인 피에로 씨가 등장하여 북조선의 성공학 운운하며 어릿광대 노릇을 벌이는데, 본래 진지한 주제를 우스꽝스럽게 만들어 버리지나 않았을지 좀 염려가 된다.

2023년 겨울
연신내에서
김영권

프롤로그 – 붉은 괴인

"문재인을 구속하라!"
"윤석열은 퇴진하라!"
"민주당은 분당하라!"

가까운 듯 먼 듯한 곳에서 들려오는 이런 구호 소리를 들으며 허청허청 서울역 쪽으로 걸었다. 마치 환청 같았다.

요즘 서울역은 예전보다 더 누추하고 황량해진 모습이다. 아마 좀 전에 들은 구호처럼, 각자 눈에 낀 렌즈에 따라 다르리라만……. 일부러 그리 만들어 놓았나 싶을 만큼 초라하고 삭막한 느낌이다. 대체 왜 그럴까? 유리와 플라스틱으로 다급히 건조한 듯한 롯데 아울렛 신(新)역사는 고도(古都) 서울에 아주 어울리지 않거니와, 바로 옆의 구(舊)역사는 옛 영욕이 탈색된 채 역사 박물관으로 변모됐는데도 왠지 시대와 함께 숨 쉬지 못하고 노망에 걸려 버린 꼴이다. 일제 강점기 조선총독부에 의해 생겨난 사실은 기억하는지 몰라도, 안중근이나 홍범도 장군 같은 수많은 선열들이 목숨 걸고 독립 투쟁했던 과거는 그 거대한 대리석 무덤 속에 묻어 버린 게 아닌지 의심스러울 지경이다.

아직 그 안에 들어가 보지 않았기에 실상은 모른다. 속이 진실하다면 겉이 어떤들 무슨 상관이겠는가. 하지만 왠지 여전히 그 속에 들어가 보기가 싫다. 차라리 다 허물어 버리고 한옥 스타일로 지으면 어떨지 공상만 할 뿐…… 이건 무슨 민족주의적인 관점이기보다 우리 삶에 도움되는 존재론적 예술론이라고나 할까. 그러니 그저 서울역 광장에 우뚝 선 최첨단 한식 건축물을 한번쯤 상상해 보라고 권할 뿐이다.

서울역 따위보다 더 특이한 인간이 있다. 서울역 주변엔 동자동, 후암동, 갈월동, 남영동 등등이 늘어섰다. 그 이상스런 사람은 역에서 가까운 동네에 자주 나타났지만 때때론 남대문시장과 명동에도 출몰하곤 했다.

그자는 하숙생들 사이에 '붉은 괴인'이라 불렸다. 늘 붉은 옷을 입고 다녔기 때문이었다. 옷뿐만이 아니었다. 깊이 눌러쓴 모자, 선글라스, 입마개, 가죽장갑, 가방(또는 배낭), 양말, 반질반질 윤기 흐르는 구두 등 모두가 붉은 색이었다. 마치 붉은 색깔에 미치고 환장한 광인 같았다. 그나마 모자 옆으로 살짝 비어져 나온 은발과 핑크 빛 손수건이 대비적으로 약간 로맨틱한 기색을 풍기긴 했다.

그 붉은 신사는 가방 속인지 주머니 속인지 늘 워크맨을 지닌 채 경쾌한 대중가요를 흘려내며 재빨리 걸어 다녔다. 희한할 정도가 아니라 기괴스런 기분이 들 정도였다. 대체 왜 저러는지…… 궁금하지만 섣불리 물어 볼 수도 없는 괴상스런 존재…… 어찌 보면 빨갱이, 혹은 빨갱이를 물리치려는 용사 같기도 했고, 달리 보면 일편단심으로 소위 적극적 사고방식을 수행하는 자기계발(성공학)의 사도 같기도 했다.

무지개 하숙집

새로운 하숙집으로 옮겨온 지도 한 달쯤 지났다.
그날 피 장군 일가와 작별을 한 우리는 찬 바람에 떠밀리듯이 후암동 시장 쪽으로 걸음을 옮겼다. 쪽방들이 밀집한 구역을 지날 때였다.
"하숙을 하기보다는 저런 데다 방을 하나 얻어설랑 호젓하게 사는 게 어떨까?"
피에로 사내가 중얼거렸다. 낡고 지저분한 건물 한 귀퉁이의 양지쪽에 웅크려 앉아 손을 달달 떨며 꽁초를 피우고 있는 늙수그레한 사내를 흘끔 곁눈질하면서. 찢어진 삼디다스 슬리퍼를 대충 꿴 더러운 그의 발 옆에는 빈 소주병이 나뒹굴고 있었다. 초췌한 인상이 노르끼하고도 창백해서 현실의 인간 같지가 않고 무슨 빈자(貧者)의 유령 같았다.
나는 대답 없이 내처 걸어 아스팔트 길을 건넜다. 피에로 사내도 꼭 그럴 마음으로 내뱉은 말은 아니었던지 그냥 절뚝절뚝 따라왔다. 가파른 시멘트 계단 앞에서 내가 말했었다.
"이쯤에서 결정을 하시죠. 저는 아랫동네는 시끄러워서 싫어 저 위쪽으로 올라가 보렵니다만……."
"흠, 고답적으로 고상하게 살아 보시겠다? 그건 뭐 젊은 형씨의 자유지. 그래, 꼭 여기서 작별을 해야겠다는 건가?"

유감스럽다는 말투로 그가 대꾸했다.

"아니, 꼭 그러겠다는 게 아니라…… 남산 기슭에 있는 도서관도 좀 활용해야겠고…… 아무래도 고지대는 선생께 좀 불편하지 않을까 싶어서요."

"그러지 마슈. 나도 아직 마흔이 안 된 청춘이오. 아이 캔 두! 마음만 먹으면 내가 형씨보다 더 신속히 등정할 수 있소. 괜히 기분 나쁘게스리 그래."

마흔 전 청춘이라는 건 입에 발린 허풍이겠지만 기백만은 가상하여 나는 그와 동반 등정을 하기로 했다.

할딱거리며 정상에 오르고 보니 그곳은 바로 해방촌으로 더 잘 알려진 동네였다. 같은 후암동이라도 지나쳐 온 골목길 가에는 웅장하고 고급스런 저택이 많이 늘어섰었는데 위쪽으론 고만고만한 서민 주택이 어깨를 맞대고 있었다.

고답적인 정상(頂上)이라고는 해도 일단 올라서고 보니 물론 평지였다. 그리고 그곳엔 큰 대입 전문 학원이 하나 자리잡은 탓인지 젊은 남녀들의 왕래가 많았다.

게임방, 옷가게, 구두방, 식당, 오프집 등도 줄느런했다.

우리는 어느 식당으로 들어가 점심을 먹던 중 그곳이 하숙도 치고 있다는 사실을 알게 되었다. 낡은 회색 건물의 1층이 식당이었고 지하는 노래방 그리고 2층과 3층에 하숙생들이 깃들어 사는 모양이었다. 나중에 알게 되었지만 옥상에도 방이 하나 있었고 그곳엔 어떤 괴상한 노인이 점집을 차려 놓고 거주했다.

우리는 즉각 그곳, 즉 무지개 식당에 둥지를 틀기로 결정하여 여주인으로부터 방을 배정받았다.

일단 식당 하숙의 주인장부터 소개하는 게 순서가 아닐까 싶다. 50대 초반의 억척 여장부인 그녀는 맺고 끊는 게 칼 같았지만 속정은 많았다. 집안이 너무 가난했기에 의무 교육인 중학 과정도 마치지 못한 채 사회 속으로 내던져졌다고 한다. 그 후 봉제 공장 직공과 식당 종업원 등등을 거쳐 손가락을 하나 잃곤 붕어빵을 구워 팔다가 조그마한 천막 분식집을 차렸다. 그 희망집에선 떡볶이, 순대, 김밥, 라면, 만두 따윌 팔았는데 맛있고 값이 싸 손님이 몰렸다. 얼마 뒤부터는 칼국수, 냉면, 가정식 백반까지 메뉴에 추가했다. 그로부터 10여 년 동안 같은 맛 같은 가격으로 초심 잊지 않고 장사를 이어 나간 끝에 무지개 식당을 차리게 된 것이었다.

여주인은 독신이 아니었고 남자가 있었다. 떠돌이처럼 문득 왔다가 훌쩍 떠나곤 했다. 나이보다 늙어 보이는 풍모였다. 그런데도 꽤 미남이었다. 여주인은 지청구를 하면서도, 요즘은 그나마 예전에 비해 자주 낯짝을 내민다면 웃곤 했다. 혹 하숙인 중에 누가 그 방랑객을 폄하하거나 비웃기라도 하면 설마 쫓아내진 않을지언정 은근히 눈총을 쏘곤 반찬을 덜 주든지 했다. 하지만 그런 경우는 별로 많지 않았다.

무지개 식당에서는 식권을 발매했다. 무지개 빛깔이 얼핏 들어간 그 조그만 종이쪽 한 장이면 한 끼 식사를 해결할 수 있었다.

여주인의 희망처럼 먹은 사람들이 과연 무지갯빛 꿈과 목표를 품은 채 줄곧 달려갔는지는 모른다. 이용자들은 각자 눈앞의 이익에 따라 선택하는 경향이 짙었다. 이를테면 현금파, 식권파, 완불파로 나눠진다. 인간도 그렇지만 사물도 각각 장단점이 있다. 방을 얻어 잠만 자고 식사는 외부에서 해결하는 현금파(간혹 한 끼 먹을 땐 즉석에서 현금 지불)는 소수인데, 일찍 출근하고 늦게 퇴근하기 때문에 볼 일이 별로 없다. 식권파는 실속을 추구하는 바 할인 가격으로 사서 먹을 때만 한 장씩 내주므로, 금전적으론 이익이지만 식판에 담긴 음식물 외의 가족적인 인정미를 느끼긴 좀 어려우리라.(하지만 이미 삭막해져 버린 세상인지라 그런 방식을 선호하는 사람은 꽤 많았다.) 완불파는 한 달치 숙식비를 함께 낸 후 거주하는 정규 하숙생을 이른다. 그들 중엔 한 달 한 해 내내 꼬박꼬박 제때 들어와 밥을 챙겨 먹는 사람도 있지만 사흘에 두세 끼만 먹는 경우도 없지 않았다. 그런데도 식권파 열차로 옮겨 타지 않는 건 하숙 자체의 매력을 느꼈기 때문이 아닐까 싶다. 한마디로 정…… 인간의 집에서 사는 정…… 서울이라는 삭막한 도시에서 가짜 정감이나마 느끼고 싶은 부초들의 마음……. 한마디로 단언할 수 없으나, 어쨌든 2층엔 대입학원에 다니는 재수생 등 식권파가 많았고 3층엔 직장 사무원 노동자 등등 정식 하숙생이 더 많이 거주했다.

  우리(나와 피에로 씨)는 일단 3층의 구석진 방에서 합숙하게 됐다. 나는 좁은 골방일지언정 독방을 쓰고 싶었으나, 피에로 씨의 자금 사정이 좋지 않아 당분간 함께 지내기로 했다. 하숙비는 원래 선불이 원칙이지만, 내가 보증을 서기로 하고 한 달만 후불한다는 양해를 겨우 받았다.

  꽃샘바람을 밀어내며 바야흐로 봄이 시작되었고, 대선에선 여자 대통령이 당선하여 화려한 취임식을 가졌다.* 극적이라곤 해도 박진감이 있거나 심장이 떨릴 정도로 드라마틱하거나 감동적이지는 않은 편이었다. 그녀를 지지하여 환호성을 지르는 '50%' 안팎의 국민들의 얼굴도 마냥 밝지만은 않고 어딘지 슬쩍 화장한 듯 그늘진 기색이 어린 듯했다. 한편 그녀의 경쟁자를 찍은 50% 안팎의 국민들은 실망하거나 막막한 나머지 우울증에 걸린 듯싶었다.(이건 나의 착각이길 바란다. 나도 투표장에 갔지만 두 쪽 다 가능성이 있어 보이면서도 좀 모자라는 구석도 느껴져 별수없이 두 칸에 다 붉은 도장을 찍고 말았다. 사실 나는 어느 쪽이 대통령이 되든 0.2%는 아쉬운 편이었다. 그런 사람도 실제로 제법 보았다.)

어쨌든 선거는 끝났고 당선자도 결정되었다. 그리고 앞에서 말했다시피 이미 취임식도 끝났다. 한국 근현대 정치사상 최초로 여성 대통령이 무대 앞에 등장한 것이다. 난 일단 축하를 마음속으로나마 해주었다. 그 당시만 해도 독신 여대통령이 당파 당략을 떠나 부드럽고 진솔한 리더십을 발휘할지도 모른다는 기대감을 가졌다.

십알단인지 십자군 알바단인지 뭔지가 국비 즉 국민 세금을 받으며 지랄을 치고, 일국의 중앙정보국과 군사령부가 사이버 센터를 만들어 여당 후보를 대통령으로 당선시키기 위해 온갖 지랄 발광에 가까운 짓을 저질렀다는 풍설이 파다했으나, 사실인지 아닌지 아직 난 모를 노릇이었다. 뭐 사실 기득권을 가진 입장에서는 가능한 모든 수법을 다 동원하여

---

* 기대감 속에 등장했던 최초의 여대통령은 우여곡절 끝에 시든 꽃처럼 변해 이젠 야인으로 돌아갔다. 시효 만료한 것 같지만 역사는 되풀이될 수 있고 혹시 지금 그러고 있는지도 모른다. 아마 한국 사람만큼 귀감으로 삼아야 할 과거를 잘 잊고 되풀이하는 건망증 족속도 없을 것이다. 사실상 비극의 여대통령을 만든 장본인은 한국 사람들이다. 저녁에 졌다가 아침이면 새로이 피어나는 근화(무궁화)처럼 부디 참 생명을 얻길 바랄 뿐. 지금의 대통령 또한······.

자기네의 목표를 이루려고 하지 않겠는가? 대통령이든 사이비 정치 모리배든 일개 무지렁이 국민이든 한국에서는 그게 제일이다. 그리고 그게 실제로 부정한 선거였다고 하더라도 이제 와서 어쩌겠는가. 일각에서는 대통령 하야라는 구호도 있었지만 이미 지나간 버스였던 것이다. 다만 딱 한 가지만 서글픈 심정으로 지적하고 싶다. 대수롭진 않지만 그나마 직접 보았고 국민들도 두 눈 뻔히 뜬 채 본 것이니까. 공영 TV의 화면이 카메라맨의 의도인지 실수인지 모르지만, 여당 후보의 대중 연설 장면은 밑에서 우러러 보이도록 찍고, 야당 후보의 땀이 밴 얼굴은 위쪽 또는 옆에서 일그러지도록 찍어 어딘지 하찮아 보이도록 만들었다는 것이다. 그런 치졸한 우스꽝스러운 짓이 일국의 대통령을 선출하는 데 큰 역할을 했다고는 물론 믿지 않는다.

  자리가 사람을 만든다고, 일단 된 후엔 한국인들 또한 성공에 목마른 사람들이라 일단 당선한 자에게 축하를 할 뿐 뒷구린 것을 애써 굳이 캐려 하진 않는다.

  취임식은 화려 찬란했다. 동서고금의 진리 체계와 음양 합일을 상징한다는 삼태극 무늬와 전통적인 오방색을 활용한 퍼포먼스는 좀 지나쳐 보일 정도였다. 황금색 나무에 매달린 무지갯빛 열매들 속엔 국민들의 소망이 들어 있는 성싶었다. 그걸 누가 만들었든, 얼마나 많은 돈을 썼든, 취임 후에 정치를 제대로 했다면 얼마나 좋았을까. 하지만 잘 아시다시피, 그녀는 청와대 구중궁궐 속에 들앉아 대통령으로서 해야 할 일을 제대로 하지 않고 개인적인 여러 가지 취향에 빠져 본의 아니게(즉, 그녀 자신의 의견에 따르면 아무런 죄도 없이) 국정 농단 죄의 주범이 된 셈

18 대통령의 뒷모습

이었다. 대황제 박통의 영애였다는 점에 현혹된 국민들의 향수를 실수라고 말할 수 있을까?

아무튼 취임식은 끝났고 대한민국의 여대통령은 좀 지친 까칠한 얼굴로 업무를 보기 시작했다. 부정(不正)은 어떤 경우든 부정(否定)되어야 한다는 취지로 촛불 시위가 벌어졌으나 애초엔 서서히 꺼져 갔다.[물론 다 꺼진 건 아니고 매복 또는 암복했다고 해야겠지만, 그녀뿐만 아니라 수하들은 사태를 가볍게 판단했다. 마치 40여 년 전의 자기 아빠(Dad)처럼…….]

여기서 한 가지만 더 얘기하고 빨리 이 소설의 본 줄기로 넘어가야겠다.

다름 아니라, 그 난잡했던 선거판에서도 이른바 성공학(자기계발)이 관련돼 있지 않았는가 하는 점이다. 현실을 직시하기보다는 당선 후 국정연설 같은 자리에서도 '우주의 파동을 잘 타고 있으면 원하는 대로 이루어진다.'라고 운운한 걸 보면 아마 그랬을 성싶다. 습관화 고질화된 사실왜곡으로 인해 마치 여왕인 양 촛불 든 시민들과 평민들의 외침을 무시해 버리지 않았을까? 어린 소녀 때부터 공주 마냥 살다가 엄마 타계 후 갑작스레 퍼스트 레이디로 변모해 살았으니까. 진실은 밝히되 너무 미워하진 말자. 그녀의 죄악만은 아닐 터이니 말이다. 권력을 독과점하는 대통령이라는 일국의 리더를 뽑는 약육강식의 선거에서 누구든 무조건 이기면 장땡이라는 정글 법칙을 따르지 않으랴.

유치한 포스터를 한 장 대한민국의 낯짝 또는 네거리에 써 붙이고 싶다.

"너희 스스로 싸질러 놓은 똥 너희 스스로 치워라!"

하지만 센 바람에 찢겨 날려가 버리지 않을까 싶다.

그래도 하나의 의문점은 남는다. 만약 그녀가 정녕 여왕의 소질을 지녔었다면, 아버지의 과오와 자신의 맹점을 고백한 후 선덕 진덕처럼 국민의 꿈을 지향해야 하지 않았을까? 그러는 대신 그녀는 역사상 가장 우둔스런 여왕의 길을 택해 걸어갔다. 수시로 싸질러 놓은 검은 똥무더기엔 지금도 구더기가 끓는다.

물론 현실착오와 과대망상은 뿌리부터 뽑아내거나 교정해야 한다. 하지만 우리의 내면 속엔 과연 그런 점이 없는가? 그건 그녀의 죄만 아닐지 모른다. 유권자들이 원하는 것은 제공한다는 이른바 성공학의 룰을 따랐을 뿐이니까.

대한민국 최초의 여대통령에 대한 하숙생들의 견해는 각양각색이었다.
"잘 하겠지. 일단 한번 두고 보자구. 선덕여왕이 롤모델이라잖아."
"그러게. 사리사욕과 권력욕에 미쳐 당파 싸움이나 벌이는 사이비 정치꾼 모리배 놈들과는 다르겠지."
"글쎄, 과연 그럴까? 그녀 뒤에도 당리당략에 눈이 벌건 모리배들이 파벌을 이루고 있을 텐데."
"남편도 자식도 없고 오직 이 나라만이 자신의 연인이라고 밝혔잖아."
"허 참, 그런 입에 발린 소릴 믿어?"
"암튼 이미지 자체는 퍽 깨끗하잖아."
"허허, 엿이나 먹으며 입 닥쳐!"
"왜?"
"선덕여왕님에게 가서 한번 물어보든지."

"급변하는 시대에 대해 과거의 여왕이 무슨 말을 할 수 있을까?"
"흠, 시대를 간통하는 본질이란 건 있는 거니까."
"그게 뭔데?"
"가서 한번 알아보라니깐 그러네."
"씨팔, 뒷골 댕기는군."
"간단히 말하자면…… 동서고금을 관통하는 마음속의 진(眞)이 아닐까?"
"흐흐, 그런 걸 대체 어디 가서 찾아?"
"아마 그건 대통령이 아니라 일반 국민들의 마음속에 있을 거야."
"국민들도 가지각색인걸 뭐."
"그게 가장 문제야. 어찌 될지 모르지만 암튼 쥐통령보다야 낫지 않을까."
"쥐새끼처럼 생긴 짜식이 해쳐먹긴 잘 해쳐먹었지. 오직 국민 세금만으로……."
"4대강뿐만 아니라 국민들의 심성마저 훼손시킨 자식으로 역사에 남을 테니, 어쨌든 그 꼴상 주제엔 지 나름 성공해 버렸다고 자부하려나 몰라."
"역사적인 쥐새끼지. 그놈이 저질러 놓은 개망나니 짓은 일반 중류층 국민들의 어깨를 짓누르는 나라 빚이 되었으니, 흐흐……."
"하숙하는 주제에 그런 걱정으로 골 썩힐 건 없잖을까 싶어."
"한 마리 인충(人蟲)의 영달 욕망 때문에 많은 국민들이 물심 양면으로 고생하니깐 그렇지 뭐. 사실 상류층 부자나 최하층 극빈자들은 고민할 필요가 없을지 몰라. 부자들 역시 세금 내기가 아깝겠지만 새발의 피일 테고, 하류층 무산자들에겐 생활보조금이 들어가니까."

"응?"

"이 세상 삶의 전쟁터에서 가장 총탄을 많이 맞는 건 오히려 중류 하층과 하류 중상층이 아닐까 싶어. 아무리 벌어 모아도 이런 저런 세금 명목으로 스리슬쩍 빼앗아 가 버리니 언제 하층으로 전락할지 몰라 불안스러운 거지. 더구나 하층민이면서도 이런 저런 조건에 걸려 아무런 혜택도 받지 못하는 경우엔 삶 자체가 시시각각 죽음보다 못한 지옥이지 않을까."

"흥, 부자들이 이 땅에서 각종 특권을 누리며 돈을 벌어 떵떵거리고 사는 만큼 세금을 많이 내야 하는 건 당연해. 다만, 여러 계층의 국민들이 각자 나름 피땀 흘려 번 돈이니 꼭 필요한 데다 알뜰히 사용해야 하는데…… 실상 허비가 너무 많으니깐 말야."

"이기적인 국회의원 년놈들이 낭비하는 세금이 너무 아까워. 쥐박이 같은 대통령도 그렇고……."

"이번 여대통령은 아마 그런 일만큼은 없을걸."

"흠, 과연 그럴까? 두고 보면 알겠지."

간혹 수구 꼴통과 급진 좌빨적인 하숙생 간에 격렬한 언쟁이 벌어지기도 했다.

"기고만장이로군. 단지 2% 차이로 당락이 결정됐을 뿐이라구. 그것도 온갖 부정 비리를 사기꾼들처럼 자행한 끝에 말이야. 대통령이 아니라 국권 문란 행위 범죄자로 감옥에 처넣어질 수도 있어."

"흐흐, 자유 민주주의 세상에서 일단 0.00001%로라도 이겨뻔지면 짱 먹는 거지 무슨 개방귀 뀌는 소리야? 그리구 선거 철엔 미국 같은 선진 대국에서도 각종 유언비어가 들끓는 판인데 이 좁은 쥐새끼만한 땅에서 무슨 찍찍대는 험담이 안 나오겠어."

"짜식이 완전 친일파 족속 핏줄이구먼. 대륙을 향해 포효하며 뛰어다니고픈 호랑이를 토끼로 조작해 놓은 것도 안타까운데 쥐새끼 같다니…… 너 한번 죽어 볼래, 응?"

"흥분하지 마. 사실을 말한 것뿐이니까."

"뭐?"

"열불 내지 말구 한번 잘 봐. 한반도 모양이 과연 호랭이 같은지 토끼 같은지 혹은 쥐 같은지. 흐흥……."

"정신병자!"

"세워놓고 보면 포효하는 호랑이가 아니라 앞발을 든 채 싹싹 비는 쥐새끼 꼴이요, 옆으로 돌려 놓고 보면 영락없이 발발 기어다니는 서생원 쥐 꼴인걸."

"참 유치하군. 초딩보다 못한 수준이잖아. 그래서 쥐새끼 마냥 일본놈들이 지랄하는데도 엎드려 싹싹 빌며 뭘 사죄하란 얘기야, 응? 그놈들이 해야 할 사과를 왜 우리가 해야 하는데?"

"씨팔, 진짜루 답답하네! 우리 보수파도 간혹 착각을 하긴 하지만 자칭 진보파인 척하는 자들이 해대는 왜곡은 정말 진저리친다니깐. 아니, 왜 사실을 말하는데 실상대로 받아들이지 못해 시비를 거냐? 야, 호랑이나 토끼나 어차피 뜬구름 같은 얘기가 아니냔 말씀이야. 차라리 좀 더 현실적으로 보자구. 그래야 우리가 모두 살아남지 않겠는가, 응?"

"개소리 따윈 치워!"

"흥분하지 말고 진실을 직시하라니깐!…… 흠, 한국 땅엔 이미 진짜 호랑이와 토끼는 없어. 동물원 철장에 갇혀 구경거리가 되거나, 사육돼 모피와 스테이크로 변하는, 뜬구름 속의 이미지일 뿐……. 차라리 선악 판단 없이 영리하게 재빨리 이익을 위해 뽈뽈거리는 쥐가 우리에겐 더 필요해. 쥐의 정신이!"

"쥐똥 같은 자식…… 사실 쥐에게도 인간 못잖은 장점이 있겠지. 하지만 여기서 문제 되는건 생물인 쥐(mouse) 자체가 아니라, 그걸 십이지 육십갑자 속의 한 이미지로 만들어 버리고 그 뒤에 숨어 이기적인 도둑질을 자행하는 교활스런 사이비 대통령과 그를 추앙하는 사기 도박꾼 년놈들이야. 4대강 훼손 사업도 그렇고…… 아이구, 숨통 터져! 선덕여왕이라고 허풍 사기 치면서 선거 부정까지 저지른 공주병 걸린 노처녀가 1% 차이로 아슬아슬하게 당선돼 희희낙락거리니 나라 꼴이 과연 어찌될지……."

"흐흐흐, 천지신명님이 도와주신 거지 뭘…… 흥, 만일 여대통령님이 아니라 만약 문씨 그놈이 까딱 잘못 당선됐다면 아마 북한 괴수한테 속아 나라를 빨갱이 공산당한테 말아 먹힐걸. 아아, 너무나 잘 된 일이야."

"흥, 지 아비처럼 독재질하다가 나라 구워 먹을 년일걸!"

"개새끼!"

"개자식!"

그들은 서로 침을 튀기며 욕설을 내뱉었지만 육박전까지 가진 않았다.

24 대통령의 뒷모습

그래봤자 무슨 소용이랴. 어차피 그들은 한 집안에 둥지 튼 하숙생인 걸…….

봄빛이 완연해졌다.

대한민국 최초의 여대통령이 연애(자기애적인 나라 사랑)를 하든, 낙선자와 그의 지지자들이 심리적 자살을 꿈꾸든 와신상담하든 말든, 자연의 운행은 무심한 척 어김없었다. 하숙생들의 삶 또한 천차만별이면서도 한강 같은 큰 흐름 속을 자맥질하는 듯싶었다. 즉, 들어왔다가 머무는 척하다가 나가는 것……. 하지만 물론 그 속에 희노애락의 앙금이 남지 않을 순 없다. 그런 걸 감내하며 살다가 떠나가는 게 하숙생의 신세이리라. 인생은 나그네길, 어디서 왔다가 어디로 가는지…… 누구도 알 수 없다. 자기 자신의 인생 항로도 알기 힘든걸 뭐…….

모창가수 지망생

 난 통찰력에 대한 꿈이 있다. 무엇이든 한번 흘깃 보곤 본질을 파악해 버리는 능력…… 이걸 초능력이나 천재적 재능이라고 하긴 어려울 성싶다. 그런 면이 전혀 없진 않겠지만, 차라리 마음 정리 능력이라 부르는 게 적절하지 않을까. 천재들은 일상 다반사를 홀연 뛰어넘어 나뭇가지 위에서 조감할 수 있으므로 평범한 인생을 통찰하나마, 어떤 개인적인 문제에 얽매이면 자기 마음의 거울을 돌아보지 않고 자살해 버리기도 한다. 반면 평범한 사람들 중엔 죽음보다 더 암담한 고해(苦海) 속을 허우적거리다가 한 순간 문득 깨달아 최소한 자기 인생만큼은 통찰해 유유자적 남은 삶을 즐긴다.
 나 같은 경우 음식엔 별 큰 욕심이 없어 그런지 온 세상의 산해진미를 탐식하려 안달복달하는 미식가들이 가소로워 보인다. 하지만 간혹 내 삶보다 더 미각을 현혹시키는 별미를 맛보았을 땐 탐욕으로 인해 통찰력이 싹 사라져 버려 갈팡질팡 세상 별미 지옥을 동경하며 헤맨다.
 누구의 욕망이든 결코 우습게 볼 일이 아니다. 인간 족속이기 때문일까. 포르노에 대해선 여느 사람과 마찬가지로 꽤 고심을 많이 했다. 드넓고 깊은 포르노의 바다, 일엽편주로 과연 어찌 헤쳐 나갈 것인가?…… 하지만 일단 열린 마음으로 두려워하지 말고 항해해 보자. 악의 꼬리,

내 마음속에 또아리 튼 추악의 대가릴 잡아내 보자구! 음, 설령 두세 편만으론 안 되더라도 열댓 편 정도 보고 나면 그 야릇한 망망대해의 본질을 파악할 수 있겠지. 흐흐, 하지만 그건 희망사항일 뿐이었다. 오대양 심해의 어족과 육대주의 짐승들처럼 다종다양한 음란물 속에선 죽기 전엔 헤어나지 못할 듯싶었다. 더구나 웬만큼 보고 나서도 마치 중독된 양 점점 더 탐닉하고 싶어졌다. 아아, 유한한 인생을 포르노에 빠져 허비할 수 있겠는가? 지금은 통찰력보다 결단력이 더 필요한 때다! 포르노냐, 인생이냐, 그것이 문제인 순간인 것이다…… 다행인지 불행인지, 한쪽으로 결단을 내리자 그동안 본 아름답고도 음란스런 장면들이 허깨비로 느껴지면서 통찰도 조금씩 살아나기 시작했다.(혹시 단 포도를 신 포도라고 왜곡해 침 뱉으며 떠나는 여우 꼴은 아니었을까?) 하지만 포르노가 아무리 달콤하더라도 분명 신맛과 씁쓸한 맛은 있다. 내 경우엔, 포르노 물을 보는 1초 1초 순간 순간이 열락이면서 동시에 고통의 연속이었다. 더 깊이 들어가고 싶은 반면 빨리 벗어나고 싶은 양가감정. 처녀막이 찢어지는 괴로움 속에도 쾌감은 존재하고, 지옥에서도 천국이 얼핏 엿보인다고 하지만…… 한시 바삐 벗어나 거울 속에 비친 진짜 내 얼굴을 보고 싶었다. 천금을 주고도 사기 힘든 삶의 본질, 마음속 꿈…… 육체적으로 살기 위해…… 포르노 속에 빠져 영혼을 죽이는 멍청이…… 음란업자들이 설치해 놓은 덫도 문제지만 그 꾐에 빠진 토끼와 오소리 또한 제 생명에 대한 책임이 없지 않다. 나 또한 한 마리 어리숙한 동물에 불과하다. 이런 경우 주관적이 통찰만 추구하기보다는 결단이 필요하다! 도(道)를 위해 성기를 스스로 잘라 버린 어느 스님처럼…… 포르노 물을 싹둑 끊어 버린 후 금단 증상인지 뭔지 한동안 싱숭생숭 삶이 허망스러웠지만 차츰 숨쉬기가 편해졌다. 고해를 벗어나 마치 파도 치는 니르바나에 이른 느낌이랄까. 물론 그건 내가 '통찰'한 게 아니라 오히려 신과 자연의 선물이었다.

쓸데없는 얘기가 길어졌다. 그 후부턴 인위적인 통찰에 대한 욕심을 버렸다. 욕심은 모든 것을 망친다! 그냥 있는 그대로 보자. 이 하숙집도 마찬가지다. 빨리 다 알고 싶지만 그런들 무엇하랴. 헛껍데기일 뿐. 차라리 그딴 욕심 없이 하루하루 살아가다 보면 스스로 껍질을 벗고 차츰 조금씩 드러나는 양파야말로 삶의 진면목이 아닐까 싶었다.

아침 7시쯤 되면 무지개 식당의 문이 열린다. 하숙집의 하루가 시작되는 것이다. 물론 6시 무렵부터 주방 쪽에서 달그락 달그락 준비하는 소리가 들려오지만 꿈결인 듯 아련하다.(TV 드라마에서 간혹 보는 것처럼 밤에 의자를 식탁 위로 뒤집어 올리고 아침에 다시 내려놓진 않는다. 그래도 빗자루로 깨끗이 쓸고 물걸레로 꼼꼼이 닦기 때문에 더럽다고 불평하는 사람은 없다.)

일찍 일터에 나가는 쪽방촌 노동자들이 들러 주린 배를 허겁지겁 채우기도 하고, 재수생과 공무원 시험 준비생들이 잠 기운 남은 상태로 반숙 계란 후라이를 삼키다가 사레들려 켁켁거리기도 한다. 인생의 무슨 프롤로그 같은 그런 시간이 지나고 나면 한동안 조용해진다.(잠시 잠깐 그런 느낌이 들 뿐이랄까.)

8시경부터 본격적으로 하숙의 일상이 펼쳐진다. 전국 각지에서도 모여든 사람들이 생존경쟁의 중심 현장에서 살아가기 위해 나름껏 부지런을 떨어댄다. 서울 말씨를 구사하려 혀를 굴려 보지만 엉겁결에 고향 사투리 억양이 튀어 나오고 북한 말투가 들리기도 한다. 중국 조선족도 있고 탈북민도 하숙하기 때문이다. 한창 시간엔 장터 음식점처럼 꽤 시끌벅적거리긴 해도 귀로 듣는 것만큼 식당 내부가 퍽 복작거리진 않는다. 만석일 경우 하숙생들은 식판을 자기 방으로 가져가 먹기도 했고, 식권파들은 대개 그닥 기다리지 않고 다른 경양식 집이나 패스트푸드 코너로 갔기 때문이다.

점심 땐 하숙생들은 별로 없고 식권파들이 몰려들어 왁자지껄 청춘의 희비애락을 떠벌이며 후룩후룩 쩝쩝 고픈 배를 채우곤 한두 시간 내에 썰물처럼 빠져나가 버렸다.

그 무렵부터 홀엔 음악이 은은히 흘러나와 문득 침묵의 의미를 일깨워 준다. 여주인의 거실에 놓인 오디오 세트에서 흐르는 음향이다. 그녀의 기분에 따라 어떤 날은 샹송이, 어느 날엔 팝송이나 한국 대중 가요가 인생 애락을 노래하는데, 아늑히 속삭이는 듯하기에 하숙생 누구도 시끄럽다며 불평하지 않는다. 오히려 로맨티스트 중엔 가끔 조금만 더 불륨을 높여 달라고 청하는 경우도 없잖다. 그 노래 속에 평소 활달한 그녀 삶의 애환이 조금쯤 서려 있는지 몰랐다.

그런 느긋한 시간이면 하숙집의 괴짜들이 하나 둘 등장한다. 이 세상에 그 누군들 독특하지 않으랴만, 괴짜는 독특하다는 사실을 스스로 인정하지 않는 존재이다. 그래서 그들은 자기가 이 세상에 살아가는 보통 사람들과 같다고 강변하기도 한다. 하기사 요즘엔 평범인과 괴짜의 경계선이 모호해져 순식간에 뒤바뀌기도 하니까. 마음속에 숨겨둔 채 가면을 쓰고 살아가는 시대이므로…… 그런 만큼 누굴 특별히 골라 소개하지 않고 그저 흐름에 맡기려 한다.

 2층으로부터 모창가수 지망생이 트로트 리듬에 맞춰 계단을 성큼성큼 걸어 내려오며 한 곡조 뽑기 시작했다.

못 찾겠다 꾀꼬리 꾀꼬리
나는야 오늘도 술래~

어두워져 가는 골목에 서면
어린 시절 술래잡기 생각이 날 거야
모두가 숨어 버려 서성거리다
무서운 생각에 나는 그만 울어 버렸지

못 찾겠다 꾀꼬리 꾀꼬리
나는야 언제나 술래~

 원본(original) 조용필과 달리 꽤 잘생기고 허위대도 훤칠한데 목소리만큼은 영 조잡스럽다. 아니, 부모로부터 물려받은 목청 자체는 남못잖건만 억지로 조용필을 모방하려다 보니 우스꽝스러워지는 것이었다. 하숙집의 청중들이 비웃든 눈살을 찌푸리든 말든 본인은 점점 더 희희낙락 기고만장해져 펄떡거렸다. 30대 초반보다 20대 후반쯤으로 보이는데 싱긋 방긋 웃을 때 드러나는 이빨들이 모두 금니라 퍽 의아스러웠다. 남들의 시선을 은근히 무시하며 그는 보란 듯 미소를 지어댔다. 혹시 전등빛을 받아 번쩍번쩍 빛나는 그 꼴을 무대 위에서 화려한 스포트라이트를 받는 자신의 분신(또는 상징)으로 생각하는지도 몰랐다. 연예인 지망생들은 대개 자기 현시욕이 강해 잘났든 못났든 일단 제 개성미를 추구하다가 마지못해 현실 앞에 항복하곤 자신(아집 아견)을 찢어 버리기도 한다. 평범한 사람이 되기보단 비극의 주인공이 되고픈 욕망……. 그런데 조필필 씨는 이미 3년 전부터 가황 조용필의 이미테이션이 되기로 작심했단다. 조용필의 '명작 가요'에 매료돼 노래를 시작한 이상 일로매진하기로 작정했다는 얘기였다. 뭔지 가상스럽다고 해야 할까, 혹은 어리석다고 해얄까? 잘 모르겠다. 헌데 그의 가창을 듣다 보면 어딘지 조용필과 비슷하기보다 요즘 인기를 끌고 있는 모창 가수 조영필 같은 느낌이 더 났다. 이를테면 조용필 모방에 성공한 조영필을 모방하는 꼴이랄까.

'일로매진'이란 말은 낡은 듯 습관적으로 많이 쓰지만, 특히 사이비 정치가와 연예인들이 쉽게 내뱉는 소리다. 뜻을 무시하고 진실을 왜곡하는 개 목청들의 소리…… 그들의 입을 거치고 나면 현실은 허황찬란한 지상천국으로 변화된다. 자기네 이익은 다 챙기면서 황당무계한 개소릴 지껄이고도 나라 꼴이 어찌 되든 면책 특권을 받는 자들.

하지만 그들은 욕할 필욘 없다. 신이 인간과 짐승 벌레 등 만유를 창조했다지만, 개 같은 그 인간들을 만든 건 바로 우리, 평범한 일반 국민들이다. 법적으론 당당히 문책할 권리를 지녔으면서 스스로 포기해 버린 사람들이 아닌가? 즉, 모창가수와 엉터리 국회의원은 대중 속에 숨어 히득거리는 우리들 자신의 초상이 아닌지 궁금해진다.

아무튼 모창가수는 누가 비웃어도 전혀 수치스러워하지 않았다. 외려 더 크고 능글맞게스리 팝송 마이웨이를 불러댔다. 나의 길인지 조영필의 길인지…… 그런데도 모방자 조영필을 결코 좋아하진 않았다. 자신은 평범한 모방꾼이 아니라 재창조하는 예술가라며…… 가황님을 직접 뵙고 그분 앞에서 누가 더 진짜인지 참된 모창 예술가인지 판정받고 싶단 얘길 주절거렸다. 술에 곤드레만드레 취해 들어오는 날이면 자기가 모방하는 모방 전문가에 대해 불평 불만과 시기 질투심을 드러내기도 했다. 제 능력 부족을 돌아보고 노력하기보다는 안고수비증에 걸린 망나니처럼 굴었다. 그런데 별 큰 문제거린 생겨나지 않았다. 설령 어떤 위험 상황일지언정 가황 조용필의 노래가 들려오면 그는 곧장 무릎 꿇고 엎드려 경배하거나 벌떡 일어나 두 손을 쳐든 채 열광 환호하느라 제정신이 사라지기 때문이었다. 마치 신흥 사이비 종교에 빠져 교주께 종순하는 꼴이었달까.(정작 '가황 교주' 조용필은 인간 보편의 실존과 자유를 노래하건만……)

여기서 우리는 한국 사회의 현실상에 대해 잠시나마 생각해 보지 않을 수 없다. 연예계는 바로 이 시대의 정치 경제 종교 철학 사상 언론 스포츠 교육 문화뿐 아니라 우리 사회 최고의 지식인이라 자처하는 분들의 전당과도 이어지기 때문이다. 모두가 다 모방이다. 아니, 모방의 모방이다. 일본과 미국에 대한 모방, 그들의 모든 것에 대한 모방이다. 보따리 장사치들. 장점 단점도 가리지 않은 채 정녕 일로매진이다. 물론 그렇잖은 사람도 있고, 묵묵히 기술 입국을 지향하는 분들, 사리사욕을 씻어 버리곤 공공을 위해 실천하는 현대적 지사(선비)도 많지만 중과부적이다. 입가에 핏방울을 흘리며 마구 달려드는 극우파 좀비들을 욕하진 말자. 그들 또한 이 나라와 자기가 좋아하는 사회를 지키기 위해 분투하는 중이니까. 다만 이기적인 욕망을 감춘 위선과 허위의식, 현재를 직시하지도 미래를 지향하지도 않은 채 한국 사회를 과거의 허상 속으로 끌고 들어가려는 무지몽매, 히틀러 같은 독재 모리배들에게 세뇌당해 미친 좀비 로봇처럼 광란광분하는 꼴은 역겹다. 수구 꼴통과 급진 종북 세력들은 서로 반면교사 삼아 진실한 보수와 진보로 재탄생해야 않겠는가? 무슨 짓을 해도 좋다! 제발 사리사욕을 버리고 조금씩만 겸허해진다면 아마 당장 친구가 될 수도 있을 것이다. 미국과 일본 혹은 러시아와 중국을 등에 업은 채 개 같은 조상 놈들처럼 당파싸움 벌이지 말고 부디 한반도의 운명을 생각하라. 그거야말로 진정 '이기심'과 '사리사욕'을 배불리 채우고도 당신의 자녀와 손자들까지 영화롭게 살리는 길이리라.

다시 모창가수에게로 돌아가 보자. 가황 조용필의 노래가 꺼져 버리면 사내는 약 기운 떨어진 마약 중독자처럼 멍해 있다가 불현듯 신세타령을 늘어놓기도 했다.

"흥, 그래! 내가 가짜 짜가인 건 사실이야. 일류급은 창조하고 이류급은 보편화시키고 삼류급은 타락시켜 버린다는 얘기도 있지만…… 흥, 이 세상에 모방 아닌 게 어디 있냔 말야. 일류라고 자칭하는 분님들도 사실을 캐 보면 미국 일본 프랑스 등의 특일류급을 좆빠지게 배껴 먹으면서…… 누굴 욕하고 지랄이야! 흐음, 내가 가황님의 명곡을 모창하고 있지만…… 사실상 모든 게 완전무결하진 않거든. 신께도 흠결은 있다잖아? 가황님의 노래를 모방만 하는 게 아니라 결점을 바로잡아 승화시키는 것도 예술이 아닐까 고뇌하고 있건만…… 원숭이 흉내라고 비웃을 뿐 알아 주는 사람은 적어. 재미있다고 꺄르륵 캭캭 웃어대면서도…… 실상 그들 또한 모방을 제대로 못해 안달하는 주제에…… 노래방이나 가라오케에 가면, 자동기계가 뱉어내는 사이버 곡조에 자기 목소릴 맞추려 안달복달하는 꼴이라니…… 하하핫! 그러면서도 아마추어의 순수성을 잃곤, 개중엔 자신이 좋아하는 노래를 자만심 가득 찬 음계로 짓밟아 올라 인기가수와 어깨동무한 양 공상에 빠져 우쭐거리며, 나 같은 순수 순진한 모창 프로를 무시하고 침 뱉는 거야. 흐흐, 헌데 그런 잘난 척하는 연놈들일수록 팝송과 샹송은 왠지 꽤 신성시하며 한 구절 반 곡조만 틀려도 부끄러워하잖아. 자기 고조 할아버지에게 바치는 성곡(聖曲)이라도 되는 듯이 말야. 흥, 그게 한국 대중가요와 같은 미국과 프랑스의 대중적 노래란 사실을 모르진 않을 텐데…… 물론 곡 자체는 정말 좋은 게 많지. 다만 문젠, 우리 한국뿐 아니라 몽골 미얀마 베트남 아프리카 각지에도 제가끔 아름다운 감정을 실은 노래가 많건만 우린 그저 미국 위주의 숨소리만 편식하고 있다는 사실이야. 흠, 괴롭군. 나도 고민을 많이 하는 문제인데…… 만일 팝송과 샹송 마니아들이 그 평범하고 유치 찬란스런 가사의 뜻을 제대로 이해하고도 숭배한다면 박수나마 쳐 주겠지만…… 대부분 좆도 씹도 모른 채 그 속에 무슨 대단히 신비스런 의미가 깃든 줄 알고 몽상에 빠진단 말야. 흥, 알고 보면 같잖은 개소리의 반복에 불과한 것을…… 우리 대중가요보다 수준이 더 높은 것도 아닌데 왜 천박한 싸가지들이 개폼은 다 잡고 지랄이냐구, 씨발…… 당신네들, 혹시 이걸 알어? 내가 가황님을 존경하지만 할 말은 하구 산다구. 모창이란 그냥 잘 따라 부른다고 장땡이 아니야. 모방하되 내 개성을 섞어서 색다른 거울로 만들어, 오리지널 조용필 마저도 앗! 하고 엉겁결에 반성의 비명을 내지를 수 있어야 한다구. 그래야 거울로서 서로 비추며 공존할 수 있는 거지…… 흠, 여기서 비화를 하나 소개해 볼까? 인생의 미스터리가 담긴 전설적인 일화…… 진정 위대한 인물들은 탁월성과 더불어 평범한 보통성도 지닌 것 같아. 사실 조 가황 자체가 얼마나 평범한가! 마치 키 작은 시골 청년처럼 생기지 않았던가? 용필이라는 이름 또한 얼마나 범상하고 촌스러웠던가? 그리고 또 데뷔 출세곡인 '돌아와요 부산항에'는 처음 얼마나 유치찬란했던가? 아니, 이건 지어낸 헛소리가 아니라 조 가황님 스스로 토로하신 얘기란 말씀이야. 외모뿐 아니라 여러 가지로 열등감 콤플렉스에 시달렸지. 아무리 노력해도 꼬마 용필이라는 비웃음밖에 돌아오지 않았으니깐…… 일개 모창꾼인 나하곤 달리 대학 문턱에도 못 가봤으니 구슬픔이 오죽했으랴! 흠, 돌아와 부산항도 애초엔 가황님 취향에 맞지 않아 술 마시며 허무감에 젖은 채 연습했다 잖아. 하지만 모든 달걀 속엔 노른자가 있어. 그분은 악조건을 극복하려는 피 끓는 노력으로 마침내 껍질을 깨 평범한 노랠 국민 애창곡으로 승화시킨 거지. 하하, 이젠 어떤가? 작달막한 체구 속엔 거인이 들어 숨쉬고, 평범한 얼굴은 만인의 희비애락을 품었으며…… 촌뜨기 같은 이름조차도 한번 입속으로 불러 보는 순간 영혼을 그윽히 울리지 않느냔 말씀야. 흠, 내 말인즉슨…… 주어진 장점뿐만 아니라 단점이나 결점까지도 창의적으로 잘 활용하면 누구든 자신의 못난이꽃을 피울 수 있다는 얘기지. 으하하하핫…….

일장연설을 뇌까리다가 탁자에 코를 박곤 쿨쿨 잠들어 버린다. 그는 어떤 꿈을 꿀까? 그의 소망은 과연 뭘까? 본인 자신도 잘 모를 텐데 누가 어찌 알랴.

피에로 씨는 모창 가수와 좀 친한 편이었다. 당대 인기 코미디언인 '절뚝밤피'를 누구처럼 잘 모방해 자신도 연예계로 진출하리라는 야망을 은근슬쩍 내비치곤 하는 피에로 씨의 얘기에 의하면, 조필필의 진짜 속셈 꿈은 유명가수를 빙자한 여자 사냥이라는 것이었다. 숫처녀를 딱 열 명만 따먹는 것. 그게 사실인지 허풍인진 모르지만, 필필은 때때로 눈길 끄는 아가씨 보면 작업을 걸어 보려 슬쩍슬쩍 시도하곤 했다. 하지만…… 실적은 전무했다. 간혹 피에로 씨가 짓궂게 놀려대면, 필필은 진실한 사랑이란 영혼과 정감의 교류라고 강변했다. 처녀란 처녀막의 유무가 아니라 순수 정신의 상징이라고 덧붙였다. 피에로 씨가 킬킬 비웃어도 필필은 별 상관하지 않았다. 정신과 영혼이 서로 교류하게 되면 육체적 합궁은 곧 따라온다는 얘기였다. 창녀집, 즉 돈을 주고 육신을 매매하는 곳에 절대 출입하지 않는 것도 그런 이유란다.

둘 다 몽상적이고 망상적이었기에 현실에서는 어떤 여인에게도 왕자나 야수가 되지 못했다. 나중에 그들은 한 여자를 놓고 숙명적인 라이벌이 된다만…….

하숙집은 많았다. 그런데 여자와 남자를 함께 받는 곳은 거의 없었다. 무지개 식당만 해도 남녀 하숙생의 비율은 8:2 정도였다. 인식이 많이 바뀌었다곤 해도 특별히 고급이거나 여성 전용이 아닌 일반 하숙에서 여성은 홍일점 혹은 양념쯤으로 여겨졌다. 설령 당찬 여자가 용기내어 남녀 평등을 부르짖어 본들 어찌 고정관념을 쉬 타파하겠는가. 하숙엔 나름대로 흘러 내려온 생리가 있는걸. 의식주가 함께 섞인 생활이랄까. 그래도 시간이 지나 적응하게 되면 큰 불편이나 마찰은 그닥 없었다.

언젠가 한번 조필필을 따라 피에로 씨가 청파동 쪽의 어느 여성 전용 하숙에 들어가 혹시 가능한지 물어 보았는데 단박 거부당했단다. 피에로 씨가 짐짓 계속 애걸하자, 하숙집 마담 왈 숙식비를 세 배 낸다면 특별히 전망 좋은 독방을 내줄 수 있다기에 씁쓸히 발길을 돌렸다며 킬킬 웃었다.

무지개 하숙집엔 여자 하숙생이 세 명 있었다. 식권파가 아닌, 숙식비를 완납한 진짜 하숙생……. 그 외에 특별히 하숙비를 내지 않고 상주하는 여자는 여주인의 딸과 여동생이었다.

무남독녀 외딸은 서른을 갓 넘긴 미혼 여성이었는데, 엄마를 닮지 않아 수줍음이 많은 편이었다. 혹시 엄마의 강단성이 싫어 스스로 부드러움을 택했는지도 몰랐다. 어쨌든 분위기를 약간이나마 중화시키는 역할은 했다. 일종의 상반(相反) 미학이라고나 할까. 그녀는 자신의 엄마뿐만 아니라 여타 하숙인에 대해서도 그런 묘한 능력을 지니고 있었다. 얼굴은 평범해도 목소리를 한번 들으면 황홀해진 나머지 인간(부모)의 작품이라기보다 천상의 예술이라고 예찬하는 자도 있었다. 옥수슬 구르는 듯하다느니 뭐니 과장스런 옛말도 있지만, 그 목청엔 정신과 마음을 문득 순화시키고 영혼마저 울리는 고혹적인 매력이 살짝 깃든 듯싶었다.

반면 그녀의 이모, 즉 여주인의 언니는 크게 말하든 작게 얘기하든 늘 쇳소리가 섞여들었다. 그 노녀는 60세가 넘었는데도 마치 처녀인 양 굴길 좋아했다. 길게 기른 머리칼을 갈색이나 검정 혹 때로는 보라색으로 염색하곤 화장까지 진하게 한 모양새였다. 분가루가 흩날릴 만큼 허연 얼굴에 빨간 루주를 바른 채 젊은 하숙생들에게 아양을 떨었다. 처음엔 타고난 색기가 지나쳐 그런가 싶어 퍽 불쾌했었는데 알고 보니 그게 아니었다. 조카 아가씨의 말에 따르면, 이모(노녀)는 오래 전 꽃다운 스무 살 무렵(1980년 초 서울의 봄 시절) 봉재공장 잔업을 겨우 마치고 돌아오다가 통행금지령 위반으로 경찰에게 붙잡혀 지옥 같은 형제복지원엘 끌려 갔단다. 한국판 아우슈비츠라 불리는 그곳에 강제 수용된 채 성폭행 등 온갖 망측스런 고초를 당한 끝에 정신이 약간 이상해졌다는 얘기였다. 그래서 그런지, 늦게나마 억울히 잃어버린 청춘을 되찾고 싶은 희망 때문인지 잘 모르겠다며 조카 아가씨는 고갤 살래살래 흔들었다. 노녀는 청년들에겐 맛난 음식을 듬뿍 가져다 주었지만, 늙수그레한 로맨스 그레이 영감들이 작업 걸려는 기색을 살짝이나마 보이면 짐짓 질색을 했다. 실상 객관적으로 보면 더 어울리는데도…….

하지만 본인이 싫다는데 누가 어쩌겠는가.

낙엽 인간

아마 피에로 씨처럼 연애를 많이 해본 남자는 없을 것이다. 물론 현실적이기보다 몽상적이고, 육체적이기보다 정신적인 홀로 사랑이었기에 허망하겠지만…….

그는 옛 동자동 하숙집에서 맘속으로 사랑했던 연인들을 싹 잊어버리곤 새로운 애인을 물색했다. 이번에 찝적거린 건 한 여인이 아니라 동시다발적이었다. 예전처럼 오직 한 사람만 별바라기했다간 서글픈 실연으로 생명마저 꺼진다는 얘기였다. 그리고 그런 방식은 성공학과도 잘 어울리지 않는다고 뇌까렸다. 영원한 번영을 지향하는 성공철학…… 아무튼 그는 세 명, 아니 네 명의 여성을 애인으로 몽상 속에 품었다. 무지개 하숙집의 여주인, 그녀의 외동딸 그리고 청춘을 그리워하는 노녀였다. 나머지 한 여인은 아직 신원불명이므로 나중에 확실히 밝혀지면 소개하련다. 참 꿈도 크다고나 할까, 한국판 카사노바의 일그러진 거울에 비친 허깨비라고나 할까. 뻔뻔스럽기 짝이 없지만 어찌 보면 좀 가엾은 모습이었다. 누군 멋진 얼굴과 신체 조건에 정력과 연애술까지 겸비해 현실에서 수십 수백 수천 명의 여성을 실제로 '따먹는' 판국인데…… 물론 금전만 풍부하다면 늙은 개 꼬라지라도 수만 명 여인을 농락할 수 있겠지만…… 가난뱅이 절뚝발이 중년으로선 몽상밖에 더 할게 있으랴

싶었다. 그래도 그런 짓거리보단 눈 높이를 낮춰 알맞은 여자를 찾아내 성심 성의껏 사랑하는 게 훨씬 더 좋은 방법이 아닐까? 아마 그런 여인이 나타났다면 그랬으리라고 짐작된다. 하지만 불행스럽게도 그런 일은 없었다. 한때 서울역 근처를 돌며 노숙녀나 창녀를 접촉해 보기도 했으나 왠지 상대방 쪽에서 웃으며 사절했다고 한다. 만약 돈만 많았다면 절름발이 왕자로서 추앙받았으련만…… 아무튼 피에로 씨는 남이 싫다 하든 좋다 하든 뭐라든 자신이 세상에서 체득한 방식의 길을 걸어갔다. 꺼벙한 돈키호테처럼……. 당연히 공상 속에선 왕자였는지 몰라도 현실에서는 누추한 만년 노총각에 불과했다. 그나마 여자를 향해 더듬이를 잠시 내세워 보았다가 반응이 없으면 즉시 움츠리곤 몽상애 속으로 빠져들었기 때문에 큰 불상사가 일어나진 않았다. 우스꽝스런 어릿광대로 낙인 찍혔을 뿐…….

여주인은 그를 아예 남성 자체로 보지 않았었다. 허풍선 아저씨라고 별명을 지어 부르며 그녀는 그를 불쌍스러운 어떤 존재로 보아 넘겼다. 제 길을 잡아 걸어가지 못하고 갈팡질팡하는 낙엽 같은 인간이랄까. 하숙비를 제때 못 내도 음식으로 사람 차별을 하진 않았다.

딸은 중년 사내의 야릇한 눈빛을 과연 어떻게 느꼈을까? 그녀는 그를 신사 아저씨라고 불렀다. 진짜로 신사 같아서가 아니라 그렇게 되길 바라는 마음인 듯싶었다. 살짝 이상스런 피에로 씨도 어쨌든 그녀 앞에선 신사인 양 언행했으므로, 선도(善導)하는 척 갖고 놀며 짐짓 희롱했는지도 모른다. 반(半) 아마추어 화가인 그녀는 혹 자신의 마음속 캔버스에 동시대의 한국판 피에로를 슬쩍 그려 보고 있지 않았을까.

좀 괴팍스런 '청춘 노녀'는 자신을 누님이라 부르며 따라붙는 피에로 사내를 향해 깔깔 웃어주곤 했다. 완전히 떨어져 나가지도 못하고 가까이 다가오지도 못하게 하는 웃음이었다. 살살 가지고 논다고나 할까. 피에로 씨도 눈꼽만한 자존심은 남았는지라 콧방귀를 뀌곤 곧 몽상 속의 여인들에로 절뚝절뚝 달려가 좋은 한숨이든 슬픈 한숨이든 푹푹 내쉬곤 했다.

'각각 다 개성미가 있을 텐데…… 어떤 놈은 근전 덕에 아방궁 여인들을 다 섭렵하련만, 자신은 온 마음 다해 애모하는데 단 한 여인과도 정을 나누지 못하다니…… 짚신마저 짝이 있다는데 하느님도 참 너무하시지. 아, 어쩌면 지저분한 현실보다 몽상 속의 여인들이 더 리얼한지도 몰라. 내 마음대로 할 수 있으니까. 세속에 찌든 여자들보다 훨씬 더 아리땁고 품속은 천당인 양 포근해. 아 쫌 허무하긴 하지만…….'

그렇게 입속으로 중얼거리곤 하던 피에로는 일단 국내파 여성은 포기한 뒤 국외파 쪽으로 눈을 돌렸다. 중국 조선족 또는 탈북 여성이었다. 필리핀이나 베트남에서 건너온 여자도 슬쩍슬쩍 집적거려 보았다. 하지만 하숙비마저 제대로 못 내는 일종의 푼수에게 진지한 관심을 보이는 여성은 거의 전혀 없었다.

피에로 씨가 가장 싫어하는 건 경찰이었다. 아니, 경찰 전체가 아니라 하숙생 중 한 명인 유 순경이었다. 아니, 유 아무개 순경 자체라기보다 그 인간 내부에 들어 있는 어떤 요소였다.

유는 엽색가였다. 범인은 놔두고 여색에 미쳐 뛰어다녔다. 모창 가수나 피에로처럼 공상 속에서가 아니라 실제로 여자들을 꾀어 따먹는 모양이었다. 처녀든 유부녀든 가리지 않았고, 소녀나 노파들에게도 슬쩍 촉수를 뻗어 보았다. 되면 다행이고 안 되면 말고…… 성공률이 별 높은 편은 아니었다. 어쨌든 경찰의 힘을 은근히 사용하면서도 무척 조심했으니까. 그럴 바에야 딴 직업을 택하지 왜 굳이 경찰에 입문했는지 의문스러웠다. 여재수생을 구스르거나 협박해 욕망을 채우기도 하고, 도리어 창녀에게 걸려 성병의 고통에 신음하기도 했다. 양동 혹은 갈월동 쪽 춘희(椿姬)들도 이따금 지나는 길에 올라와 따스한 식당 밥을 먹었던 것이다.

"흥, 쌤통이로군 그래. 쥐꼬리만한 권력을 과장해서 인간을 핍박하곤 했지. 흠, 선인선과 악인악과……. 갈수록 낯짝이 노르스름해지는 게 곧 복상사할 꼴이군."

피에로는 콧방귀를 뀌며 너까렸다. 자기 자신에 대해 좀 반성했는지는 의심스럽다.

헌데 언젠가부터 유 순경의 엽색행각이 잠잠해졌다. 아니, 여러 갈래로 뻗어 나가던 물줄기가 한 곳으로 모여들었다고나 할까. 그 대상은 바로 '청춘 노녀'였다. 젊은 사내는 소리 없이 조용조용 계단을 걸어올라 3층 맨구석에 박힌 노녀의 방으로 들어갔다. 장미꽃 한 송이를 든 채…… 한번 들어가면 잘 나오지 않았다. 마치 은밀스런 식 식충화(食蟲花) 속에 들어가 꿀 빨아먹느라 혼몽해진 곤충처럼, 꿀물 속에 푹 빠져버린 개미나 벌처럼…… 간간이 흐느끼는 듯한 신음만 바람소리에 섞여 들렸다고 옆방 사람은 속닥속닥 얘기했다. 적어도 30세 이상 차이나는 두 남녀가 어둑한 방 안에서 과연 뭘 했을까? 합궁(섹스)은 기정사실화되었는데, 도대체 어떻게 노녀와 청년 경찰이 어울려 들었는지 의문이었다. 급기야 어느 무협지 애독자가 슬쩍 흘린 말이 진실인 양 하숙에 떠돌았다. 고독한 노녀가 남몰래 '음마흡양쾌락술법'을 연성해 홀리지 않았겠냐는 추측이었다. 사실인지 어쩐지 모르되, 얼마 후 겉으로 강건해 뵈던 유 순경은 안색이 푸르죽죽하고 비쩍 바른 몰골로 나타나 휘청휘청 계단을 내려오다가 곤두박질쳐 죽고 말았다. 허무한 삶 또는 색골의 초상화였달까.

또 다른 피해자가 생길지 모르는데 여주인은 별 말이 없었다. 오히려 피에로 씨가 나서서, 잘 떠났노라고 조사인지 축사인지 모를 소릴 지껄였다. 유 순경은 말단 경관에 불과했지만 은근히 경찰청을 내세워 무지몽매한 하숙생들을 협박하며 자의반 타의반 검열 기능을 수행케 했기에 그의 종말을 섭섭해 하는 사람은 없었다. 개과천선만 잘 했다면 독특한 존재(카사노바 경찰)로서 부러움마저 좀 샀으련만……

죽은 사람이 하숙을 떠난 뒤에도 피에로 씨는 간혹 악담을 퍼붓곤 했다. 보통 한국 사람들은 살아 생전 악인이었을지언정 일단 죽고 나면 선인으로 돌변시켜 버린다. 나빴던 점은 축소시켜 싹 잊어버리고 좋았던 면만 과장해 장송곡에 띄워 보낸다. 제 아무리 원한 맺힌 사람(피해자)이라도 죽은 사람의 악행을 만일 영정 앞에서 까발린다면, 설령 그 피해 당사자가 아무리 선인일지라도 곧 무정스런 악인으로 비판받고 만다. 즉, 한국에선 용서가 자발적이지 않고 반강제적인 셈이다. 그런 반쪼가리 용서는 나중에 대대손손 화를 더 키워 줄 텐데도……

사리사욕을 위해 광분하다가 남의 집안과 가족을 풍비박산낸 자라도 일단 죽으면 면죄부를 받는다. 반면 억울함을 호소할 길 없는 피해자가 자살한다면 바보 멍청이로 조롱받고 마는 세상이다. 아름다운 허장성세 대한민국의 속살 속모습이리라.

피에로씨는 단순한 증오심으로 인해 죽은 이에게 욕설을 뇌까렸는지 모르되, 급기야 한국 사람의 사생관(死生觀)에 불을 지르는 꼴이 되고 말았다. 물론 사실상 대부분의 하숙생들은 별 큰 관심을 두지 않았다. 그들 또한 언제 비명횡사할지 모를 살벌한 세상에 처해 있긴 하나마, 일단 생존경쟁에서 이겨 죽음보단 삶과 손잡고 싶지 않았을까. 혹은 이미 사물화(死物化)되어 곧 지수화풍으로 변해 사라질 텐데 뭐 그리 미워할 이유나 시간이 있으랴 싶었는지 몰랐다. 살아내기도 바쁜 판에…….

그런데 개중엔 피에로 씨에게 반박하며 비아냥거리는 하숙생도 있었다.

"굳이 그런 쌍욕까지 할 건 없잖아요? 이미 저 세상으로 가 버린 귀신을 탓해 봤자 무슨 소용이 있다구. 흥, 좀 사람답게 너그러워져 보세요. 너나 내나 누구든 언젠간 죽고 말 텐데……."

"그런 생각을 하기 땜에 이 세상에 계속 악이 판을 치는 거여! 반성이 없는데 어떤 개선이 있으랴? 사람이 죽을 땐 본성으로 돌아간다지만…… 과연 몇 명이나 진심으로 잘못을 뉘우칠까. 대부분 아집 아견을 벗어나지 못한 채 중음계를 떠돌며 흐느끼다가 만만한 사람 속에 들어가 귀신 짓을 벌이는 거지. 그러니만큼 우리가 죽은 자를 비판하는 건 사리분별을 깨달아 천당으로 가라는 축복 기원과도 같은 셈이지."

피에로 씨는 강한 어조로 지껄였다.

"그런 건 천진무구한 아기나 하느님께서 하실 일이잖아요. 아저씨는 죄가 없나요?"

명문대를 지망하는 삼수생이 물었다.

"흐흐, 죄악이 많으니깐 천국으로 떠오르지 못한 채 뚜쟁이 노릇이나 슬슬 하는 거지 뭘."

"뚜쟁이라니, 그게 여기서 무슨 필요 있어요?"

순수한 청년은 눈살을 잔뜩 찌푸렸다. 피에로 씨는 능글스레 웃었다.

"뚜쟁이는 이 세상에 잔뜩 퍼져 있는걸. 대학 들어가기 전에 이것 하나만 잘 터득해도 여기서 하숙한 보람이 있을 거야."

"네?"

"일단 죽고 난 후 혼령이 사라져 버리는지 남아서 허공을 떠도는지는 잘 모르겠지만…… 편의상 살아 떠돈다고 가정해 보자구. 온갖 욕망(물질욕, 성욕, 명예욕 등등)으로 가득 찼던 육신을 벗어 둔 채 하늘로 떠오른 혼백은 아마 혹 안타까움 땜에 울부짖을지도 몰라. 아아, 여기서 내려다보니 그토록 애면글면 중요시했던 것들이 다 거품처럼 부질없구나. 아, 모조리 버릴 수 있으련만 내가 직접 저지른 악업은 화인(火印)인 양 뇌리에 박혀 도저히 어쩔 수가 없구나! 아, 이 무거움을 어찌할꼬…… 그런 절박스런 순간, 지상에서 과거의 죄악을 밝혀 욕설로나마 단죄해 준다면 혼백은 문득 깨달아 쇠사슬 뭉치를 벗어낼 수도 있잖을까? 흠, 이게 내 철학이자 사상이지."

피에로 씨는 짐짓 심각한 표정을 지어 보였다.

"아따, 그 개똥철학 참 유치 찬란하군. 이봐, 학생은 괜히 잡소리에 물들지 말고 가서 공부나 열심히 하라구. 쯧쯧, 일류 대학에 들어가는 것과 이삼류 잡대에 들어가는 건 천지 차이니까 말야."

부동산 중개업을 지망하는, 늙수그레한 중늙은이인 공인중개사 시험 준비생이 혀를 차며 주절거렸다.

"작작하지 그랴. 그게 뭔 철학이니 사상이라구. 중뿔나게스리…… 죽은 사람 탓하기보다 제 앞가림이나 잘할 노릇이지."

"흐흑, 나 원 참…… 도올 선생 같은 괴짜 양반도 철학 사상가라고 자칭하는데…… 그건 바로 누구라도 이 시대를 진실하게 산다면 사상가로서 나설 수 있단 얘기지 뭐유, 응? 하다못해 동경대도 모자라 하바드 대학까지 나오신 분도 겸허한데…… 만년 중개사 수험생님께서 중개하려기보다 파토를 만드시면 안 되죠. 흐흐……."

"파토는 뭔 개파토 같은 소리야! 당신 같은 어릿광대가 없다면 아마 이 세상은 훨씬 더 잘 굴러갈 텐데."

피에로 씨는 넓은 미간을 찌푸리며 푹 한숨을 내쉬었다.

"아, 숨이 막히는구먼."

"쳇, 그리구 도올인지 뭔지 하는 양반이 겸허하긴 뭐가 겸허해? 하늘 꼭지까지 찌를 듯 오만 독선으로 가득 찬 인간인걸. 일종의 광대 삐에로랄까. 제 잘난 자랑을 얼마나 하는지 몰라. 고려대를 깔보는 척하면서도 입만 열면 고대 고대 은근스레 자랑이야. 한국뿐 아니라 세계에서 가장 악랄한 학벌주의자 같아. 동경대, 대만대, 하바드대…… 그 자의 말에 허풍이 얼마나 섞여 있을까. 최소한 50%는 섞여 있지 않을까? 만일 다른 석학이 그 따위로 학벌 자랑을 했다간 곧장 매장됐을 텐데…… 아마 삐에로 같아서 웃어 넘기는지도 몰라."

"흠, 그래도 펄떡펄떡 뛰는 생선 같은 활기는 느낄 수가 있잖아요. 침이 튀는 노가리 속에 재미와 진실성을 버무려 넣는 게 쉬운 노릇은 결코 아니니깐 말유."

"흥, 진실은 뭔 놈의 진실! 그 양반이 청산유수인 건 인정하지만, 강의든 책이든 가만히 살펴보면 자기류의 허장성세 속에 알맹이는 별로 없는걸."

"자기 스타일로 일가를 이루기가 얼마나 어려운데 그런 말을 하슈. 만년 중개사 지망생으로는 죽었다가 깨어도 어려울 텐데."

"흥! 자기류란 일반 보편성의 토지 위에 건축되어야만 구경꾼들이 부러워할 만한 멋과 개성미가 생겨나 유지되는 거야. 헌데 그 양반은 정말 유치스런 허방이 하나 있어. 뭔지 알아?"

"……"

"알 턱이 있나. 무애 양주동 선생의 소위 국보론을 빌어 자칭 우주보라고 떠벌이는 사람이 때론 어린애보다 무지해져 싱크홀 같은 허방 속에 빠져 버리는 거야."

"응……?"

"만일 어떤 사람이 도올 양반을 칭송하면 설령 그 자가 바보 멍청이더라도 수재로 가공해 버려. 반면 자기를 비판하거나 대접이 좀 소홀하면 아무리 천재 진인일지언정 꺼병이 소인배로 침 튀기며 깔아뭉개 버리더군. 헛 참……."

"결점 없는 사람이 어디 있겠슈. 너무 그리 티잡지 마슈."

"작은 잡티일 수도 있겠으나 대석학 사상가님껜 치명적일 만한 흑점이지. 그러한 순간엔 이성도 지성도 모두 아집 아견의 블랙홀 속으로 빠져 내려가 버리니까."

"인간은 감정의 동물이라는데 그럴 수도 있쥬 뭘."

"너무 지나치니까 그렇지. 자기가 이 세상 대한민국의 황제야 뭐야, 원…… 외국 학자가 자기를 칭찬하면 또 얼마나 과대망상 싱크홀에 빠져 우쭐거리는지 꼴사나울 지경이야. 내가 하면 로맨스, 남이 하면 불륜, 내가 하면 우주적 행보, 남이 하면 정신빠진 보따리상 지식인 매판자라고 가래침 방울을 튀기니…… 어찌 보면 허경영인지 허본좐지 하는 자칭 신인(神人)과 유사한 점이 전혀 없진 않은 듯싶어."

"호호, 어찌 그런 비교를……."

"물론 똑같진 않으나마, 신흥 종교 교주의 독재성과 지나친 자기애를 맘속에 지닌 면은 꽤 유사하단 얘기야. 만약 그런 점만 극복한다면 두 분 다 불세출의 위대한 천재로서 역사에 남겠지만……."

"길게 남으면 뭣 하겠수. 현재 세상만 한바탕 멋지게 살다 가면 되지."

"아무튼, 자네 스승인지 뭔지 모를 도올 선생과 허본좌는 죽은 사람의 영혼까진 저주하지 않던데 자넨 왜 그리 경망스레 욕설을 지껄이나, 응? 자기 자신이 진실하지 못한 채 남을 욕하면 그건 곧 자기에게로 돌아갈 텐데, 무섭지도 않은가?"

피에로 씨는 물크러진 홍시 같은 얼굴을 잔뜩 찌푸렸다.

"흐름을 잘못 보았수다레. 그분들은 피래미 따윈 건드리지 않고 가물치나 상어 고래 같은 거물들의 부조리를 비판하는 거죠. 아, 이 세상에 나만큼 인생의 부조리를 뼈저리게 겪은 사람은 얼마나 될까!"

"흥, 허풍떨지 말고 그 같잖은 색안경을 벗어 버려."

"죽은 사람을 비판하는 건 꼭 내 속의 울분을 토하려는 목적이 아니우. 현실의 추악을 반성하고 넘어서 새로운 미래를 바라보자는 얘기지."

"과거를 용서하고 잊자는 건 싸그리 망각해 버리고 희희낙락하자는 취지는 아니야. 설령 추악할지언정 굳이 흙탕물을 휘저어 쓰레기 따윌 끄집어 올리지 말고 그걸 거름 삼아 더 풍요로운 미래 생활을 개척해 나가자는 마인드라구. 현재 생활상의 괴로움이 설령 추한 과거로 인한 것일지언정 좀 참고 한 발짝 한 발짝 나아가 성공한다면…… 더러운 쓰레기 찌끄기도 추억 속에선 혹시 아름답지 않을까?"

"공인 중개사를 지망하시는 분이 의외로 너무 감상적이시네요. 하하, 성공! 성공의 추억! 하하하……."

과거의 성공 지상주의자 피에로 씨는 발작적으로 웃어댔다.

"허파에 구멍 난 듯이 개지랄 떠는군."

"흠, 내가 과거지사를 싹 잊어버리고 성공 향해 일로매진하다가 오히려 실패의 구렁텅이에 빠진 사람 아니겠수. 도대체 왜?…… 그건 바로 과거를 내 맘 내 주관적으로 소홀히 했기 때문이었지. 잊을 수 없는 것을 망각하려 애써 본들 마치 소화되지 않은 똥덩어리처럼 변소 속에 남아 떠도는걸."

"과민반응, 알레르기, 목표 없는 자의 공상 짓거리야."

"그런 썩어빠진 똥덩이보다 못한 사고방식 땜에 여지껏 중개사 보조 후보로 남아 있는 거유. 흠, 아니 대체 과거의 잘못을 고백하는 게 뭐 그리 어렵다고 그랴. 뱃속의 똥덩어리가 싹 빠져 내리면 훨씬 시원스러울 텐데, 뭔 죄악이 아까운 양 제 양심과 몸뚱이보다 더 꽉 껴안고 있으니……."

"허헛, 무일푼 어릿광대와 가진 사람들의 생각을 동급으로 어림하다니…… 멍청한 자의 과대망상은 신도 구원해 줄 수가 없어."

"빈손으로 왔다가 맥빠진 찬 손으로 가는 인생, 하지만 꽉 쥐고 가는 사람도 많을 거야요. 과연 그 허기진 손 속엔 뭣이 들어 있을까?"

"죽어 보면 알당가."

"내 생각에…… 그 손아귀 속엔 아집과 아견, 그것도 자기 자신보다 자식들을 위한 대대손손 부귀 욕망 벌레가 꿈틀거리고 있잖나 싶어. 한국 사회 자체가 욕망의 도가니니까 말요. 자유라는 단어만 목이 터지도록 외치고 있지 자율하는 에티켓은 없어. 사실상 자율이 훨씬 더 어렵거든. 주색잡기 즐기러 가는 내리막길은 유쾌하겠지만, 신을 향해 오르는 길은 고통스러우니까. 그런데 왜 가느냐? 꼭 신을 향한 길이 아닌 현실에서도 감미 속에선 더 이상 단맛을 느낄 수 없으나 고미(苦味) 속에선 진짜 감로수가 흘러나오거든, 하핫……."

"참 사설도 길군. 그래서 요점은?"

"돌고 도는 세상과 인생…… 정치니 경제니 문화니 법률이니 뭐니 하지만, 따지고 보면 다 섹스 욕망이 인간들의 성격대로 변질된 게 아니겠수?"

"나한테 묻지 말고 빨리 골자나 말하라니까."

"흥, 죽은 자들의 죄악에 대한 망각은 참된 용서가 아니라, 자기 자신의 죄악에 대한 두리뭉실한 면죄부일 뿐이야. 그게 발전이 아니라 퇴보라는 건 동서고금의 세계 역사가 증명해 주지 않는가? 시야를 좀 넓혀 봅시다! 우리가 부러워하는 프랑스와 독일은 인간 아닌 범죄 로봇들을 일일이 색출해 그 전동 버튼을 눌러 꺼 버렸어. 아니, 지금까지도 샅샅이 찾아내 응징하고 있지. 그건 인간에 대한 증오가 아니라, 추악한 과거를 바르게 넘어 미래로 나아가자는 뜻이리라. 그런데 우리는 어떤가? 반민족 매국노들을 제대로 단죄하지 않고 스리슬쩍 넘어간 덕분에, 친일파 자식들은 화려 찬란한 거리를 활보하고, 독립지사의 자손들은…… 음, 나도 포함될런지 몰라…… 지하 골방이나 하숙에서 골골거리며 겨우 하루하루 살아가는 실정이거든. 살아가는 모습도 죽어가는 모양도 아마 퍽 다르겠지요. 흠, 내가 무식하긴 해도 동서양의 생사관(生死觀)이 다르다는 건 좀 알죠."

"사생관이라고 해야지."

"비슷한걸 뭐."

"좀 많이 다르겠지. 잘 모르지만……."

"흠, 아무래도 사생관이라 하면 죽음을 삶보다 앞에 놓으니까, 지구가 거꾸로 돌아간다고도 할 수 있겠죠. 이를테면 지구는 늘 제대로 돌고 있는데 사람의 의식이 반대로 돌리려고 애쓴달까. 반민족 범죄자들, 친일 친미파들, 금융 사기꾼 모리배, 돈 많은 오입쟁이들은 거꾸로 돌면 더 이익이기 땜에 한국 땅 위에 인조 바벨 궁전을 점점 더 지으려고 발광하죠 뭘."

"에잇, 무슨 개소린지 모르겠구먼."

중개업 지망생은 혀를 차며 슬슬 내려가 버렸다. 피에로 씨는 아는지 모르는지 혼자 계속 지껄여댔다.

"흥, 전직 대통령들이 가장 문제야. 권력을 독점한 채 옛 왕조시대보다 더 제멋대로 굴잖아. 아마 옥황상제님보다 더 무소불위의 권력을 휘두르는 게 한국 대통령일 거야. 더군다나 옥황상제님은 하지 않는 깡패 조폭 같은 짓도 마음만 먹으면 은근슬쩍 자행해 버리곤 미소 지을 수 있는 괴상스런 옥좌야. 아, 국민들이여! 무지한 인간들아!…… 좌파든 우파든 일단 대통령에 당선되면 자기 파당의 이익을 위해 노력봉사하지 않을 수 없어. 나보다 더 잘 알면서 왜 모르는 척만 하구 그래?…… 우파든 좌파든 국민 뜻을 빙자하면서 지들 멋대로 70, 80% 이상 선뜻 가져가 버리니까. 우리네 불쌍한 국민들은 그들의 똥찌끄러기나 빨아 먹어야 하는 거지."

그는 상대방의 대꾸를 기다리는지 잠시 침묵하다가 다시 독백을 늘어놓았다.

"그럼 어찌 해야 할까? 우선 낡아빠질 대로 빠진 헌법을 오늘날에 맞게 고쳐야 해. 헌법은 영원하겠지만 낡은 헌 법(法)은 현실에 맞게 고치는 게 순리야. 그런데 우리는 2020년대에 살고 있으면서, 헌법은 군사독재 시대인 1980년대 말에 대충 날조 개정한 과도기적 사꾸라 틀 아래 억눌리고 있다잖아. 흥, 국회의원 개새끼 나리들의 양복은 최고급 울트라 맞춤식이라 아무리 똥배가 튀어나온 뚱보라도 제 맘대로 늘어나건만…… 나 같은 일반 보통 국민들은 낡아빠지고 좁아터진 80년 독재표현 잠바 속에 갇혀 끙끙거리는 상태인걸. 우리 국민들이 직접 나서서 이 시대에 알맞은 우리 옷을 만들어 입어야 해! 옛 옷 속엔 바늘이나 칼날 그리구 가위도 들어 있어. 뭔가를 위해 슬쩍 남겨둔 거겠지. 흐흘, 실수라기보다 속셈…… 깡패나 조폭보다 더 비열한 정치꾼 모리배 년놈들!…… 국민들은 바늘 끝에 찔리고 칼에 토막나고 가위 날에 매일매일 삶이 생째로 잘리는데도, 그들은 껄껄 웃어대며 자기네의 이익을 챙기는 데 혈안이 돼 있어. 흥, 그들은 세월호 성수대교 삼풍백화점 붕괴 같은 참사를 인재가 아니라 자연재해라고 우기지만 저 참새 녀석마저 깔깔 웃겠구만. 아니, 인간이 신을 이기고 있는 판국인데 뭔 자연재해니 자연의 보복이니 뭐니 지껄여댈 필요가 있냐, 응? 참 개같은 인간들이라니깐! 인간들의 사리사욕과 당리당략을 위한 사실 왜곡은 이미 도를 확 넘어 하늘까지 죄다 더럽혀 버렸어. 그래서 역설적으로 외로워진 인간들은 영웅 호걸 따위 좀 꽤나 특출하면서 독재적인 위인을 인신이니 신인이니 추앙하다가 결국엔 진짜 신처럼 만들어 버리는 거지. 아니할 말로 저 그리스 로마 신화 속의 각종 신들, 기독교의 예수, 일본의 천황 등도 인간이 인간에게 신성을 투여한 게 아니냔 말야. 흠, 한국으로 오면 훨씬 저급스러워지지. 원래는 고급스러웠는데, 온갖 세월 동안 외세에 시달리다보니…… 지금은 맥아더 이하 미군 사령관들과 박정희 전두환 김대중 노무현 이승만 등이 각종 당파에 따라 거의 뭐 신과 비스무리하게 대접 받는 실정이랄까. 무당 집을 한번 둘러보면 알 수 있어. 진짜 신의 입장에서 보면 가관이겠지. 대체 왜 좌빨이니 우빨이니, 개미 똥구멍 빠는 진딧물 같은 좀비 인간들이 많을까? 차라리 좌측 이빨로 오징어 무침을 씹고 우측 이빨로 두부조림을 꼭꼭 씹는다면 풍부한 영양분을 섭취해 건강에 좋을 텐데…… 왼쪽 이빨과 오른쪽 이빨이 짝을 불신하며 서로 잘났네 싸우다가 혀를 물어 뜯고 편식한 결과 우리 몸 전체가 건강을 잃은 채 골골거리고 있지 않냔 말야. 윗니 아랫니가 서로 이해하는 건 당연지사고…… 건강이란 상하 좌우의 뇌, 눈, 귀, 코, 손발, 음양, 남녀 합궁, 천지 자연의 도리…… 흥, 난 잘 몰라. 다만 이건 좀 짐작이 돼. 자기쪽 편에 의치(義齒)를 해 넣으면 입 안이 어찌 되든 상대를 막 씹어 뱉을 수 있거든. 진실과 허위의 혓바닥까지도…… 흠, 조선 왕조가 끝난 이후 여러 명의 대통령이 나왔지만 대부분 불행했지. 지금도 감옥 속에 전직 각하가 갇혀 있잖아. 왜 이유를 몰라? 과욕. 국민들이 그들에게 떠넘겼지 뭘. 민주주의 선거라는 미명 하에…… 자기 욕망을 스스로 컨트롤하지 못해 권리와 권력을 살쾡이 거머리들에게 맡겨 놓은 채 자유방임하는 거지 뭘. 설령 아무리 악독한 놈이라 하더라도 일단 선거에 의해 뽑혀 대통령 옥좌에 오르면 화장술사(메이크업 전문가)들과 마인드 마스터들이 들이붙어 깜짝 놀랄 만큼 선량하고 멋진 캐릭터를 만들어내지. 겉 보기엔 성현 군자 같지만 속은 야수와 강도 심보가 더 날뛰게 된단 말야. 흥, 가면을 쓴 채 한 순간 만인지상 무소불위의 권력을 그 허연 손아귀에 장악하게 되잖아, 응? 그렇잖아요, 국민 여러분!…… 일단 그런 다음엔 최소한 대한민국 땅에선 신마저 고유의 진리와 진실과 자연의 순수한 빛을 펼칠 수가 없어. 왜냐? 대통령과 그의 하수인들이 5년간 신보다 더 강력한 권력을 휘두르며 국민의 삶과 삼천리 '금수(禽獸)강산'

을 제맘대로 변조 개작할 수 있으니까. 국민의 이름으로…… 에잇 씨팔! 나 같은 놈이 뭘 알겠어. 하지만 대통령이란 이름부터 좀 바뀌면 좋겠어. 흐흐, 대통령, 흐흐흐…… 그건 국민이 지은 이름이 아니야. 지들이 멋대로 지어 붙인 것일 뿐…… 흠, 우리가 북한의 수령이란 명칭을 도둑놈 두목 같다고 비웃지만 뭐 피장파장이야. 같은 피를 나눈 놈들이 뭐 크게 다르겠어. 이 쪼그만 땅에 뭘 그리 다스릴 게 있답시고 대(大) 자를 붙이고 지랄이야. 그냥 통령이라고만 해도 될 텐데…… 야, 개새끼들아!…… 너희들이 존경해 마지않는 미국도 그저 한 구역 책임자라는 의미의 프레지던트라는 단어를 쓰는데, 너희 허위 인간들은 책임은 무시하고 국민 유권자의 가슴속에 맺힌 홍시만 따서 훌랑 삼키곤 얌얌 짭짭 더 입맛을 다시잖아. 응?"

피에로 씨는 달아오른 얼굴의 열기를 좀 배출하듯 콧방귀를 몇 번 뀐 후 주머니에서 사탕 하나를 꺼내 입속에 넣고 굴리며 사설을 이었다. 나는 그가 혹시 미치지 않았는지 은근히 걱정스러웠다.

"아무튼, 대통령 선거든 국회의원 뽑기든…… 일단 당선된 놈은 너무 잘난 척 지랄치고 낙선한 자는 허접스러워져 버려. 웃기는 얘기야. 사실상 득표율은 몇 프로 차이나지도 않으면서…… 그럼 낙선자를 찍은 유권자는 뭐가 되냔 말야. 하긴 당선된 후엔 대개 안하무인 번지레한 낯짝으로 찍어 준 사람을 무시하고 제 욕망 채우기에 급급하니까. 후훗…… 사꾸라 민주주의는 말만 그럴듯할 뿐 사실상에 있어서는 정통 독재보다 못하고, 전통적인 왕조 시대의 시스템보다 더 후진 게 아닐까? 흠, 여보시우, 내가 횡설수설한다고 넘겨짚진 마슈. 난 그놈들보다 멀쩡하니까…… 음, 그럼 이제 애초의 본론으로 돌아가죠. 죽은 자와 과거의 죄악을 용서해야 하느냐, 혹은 어떤 식으로든 처벌하는 게 더 좋으냐? 특히 일반인이 아닌 전직 대통령 국회의원 나리 같은 스스로 위대하다고 망상 착각하는 분들…… 화장술과 가면을 벗기면 우리보다 훨씬 더 저열할 수도 있는 가짜 인간…… 그럼 대체 누가 그 화장술과 가면을 쓰게 해주었는가? 바로 나, 그리고 국민 여러분이 아닌가 좀 궁금하우. 히힛…… 전직 대통령의 죄를 사면해 주자고 주장하는 사람들은, 이미 벗겨져 사라진 왕관에 대한 미련과 집착을 가진 고집통들일 거야. 죽은 왕들의 머리에 씌워졌던 왕관과 미신 종교의 후광을 사실보다 더 중요시하는 거겠지. 정치와 종교는 바른 길을 벗어나는 순간 다 미쳐 버리니까 말야. 광인에게 정언은 통하지 않지. 죽은 대통령을 우상화하고 감옥에 갇힌 전직 대통령을 추종해 그 똥구멍이라도 빨아 주려는 이른바 '똥빨'들의 심리 심뽀는 과연 무엇일까? 흥, 적어도 내가 볼 때는…… 그들이 퍽 너그러워서라기보다 오히려 자기들의 죄악과 과오 때문이 아닐까 싶어. 즉, 그 영웅들의 죄를 통해 자신의 악을 대속하고, 대리만족하려는 거지. 자기들이 만든 영웅에게 영광과 함께 죄악을 덮어씌워 버리곤 외면하는 비겁자들…… 자기가 직접 투우장에 나서기보다 관중석에서 구경하는 게 더 재미있을라나."

　피에로 씨는 중얼거림을 멈추자 옆을 슬쩍 바라보았다. 청중이 있는지 없는지 확인하려는 듯. 하지만 아무도 없었다. 그는 허허 웃으며 절룩절룩 계단을 걸어 내렸다.

통일 대박론

바야흐로 봄이 가까웠다. 아직 꽃샘바람이 꽤 불었지만 버들개지와 개나리는 떨면서도 점차 화사한 기운을 내뿜었다.

선덕여왕보다 더 멋진 역사의 히로인이 될지도 모른다는 여대통령은 의외로 잦은 해외 순방으로 업무를 시작해 계속 이어나갔다. 전직 쥐박이 대통령의 사리사욕 추구에 지쳐빠진 국민들은 민족 중흥의 영웅 박정희 대통령의 영애인 근혜에게 일말의 기대를 걸었다. 적어도 자기 탐욕에 빠져 나라를 거덜내진 않으리라는 소망이랄까.

물론 자리가 사람을 만든다지만, 사상 최초의 여대통령은 단정해 뵈는 외모와 부드러운 언행으로, 파렴치범인 전직자에 지친 국민들로 하여금 모종의 기대감을 품게 만드는 바가 없지 않았다. 아마 목련 같은 이미지를 느끼는 국민도 있었으리라. 백목련…… 순결해 보이되 얼마 못 가 곧 누추해져 추락하는 꽃. 아무튼 희망과 우려와 소망을 교차케 했다고나 할까.

미국보다 중국을 먼저 방문한 것도 화제가 됐다. 이제 새로운 북방정책으로 아메리카의 똘마니 신세에서 벗어나 민족 자존할 수도 있으리란 작은 꿈을 꾸게 했다. 시진핑 주석과 함께 한 공식 석상에서 중국어를 유창하게 구사해 찬탄을 불러일으켰다는 뉴스는 나중에 사실이 아닌 과장된 헛소리로 밝혀졌다.

아마 그 무렵 이른바 '통일대박론'이 나오지 않았는가 싶다.

여대통령은 청와대 춘추관에서 열린 새해 기자회견에서 "한마디로 통일은 대박이라고 생각한다."라고 말했다. 그녀는 대박론과 관련해서 "국민들 중에는 통일비용이 너무 많이 들지 않겠느냐, 굳이 통일할 필요가 있겠느냐고 얘기하는 사람이 있다. 그러나 한반도 통일은 우리 경제가 대도약할 수 있는 기회라고 생각한다. 얼마 전 세계적 투자 전문가의 보도를 봤는데 그는 남북한 통합이 시작되면 전재산을 한반도에 쏟겠다고 했다. 유명한 투자은행인 골드만삭스도 보고서에서 "남북한이 통일되면 GDP(국내총생산) 규모가 30~40년 내에 프랑스와 독일, 일본 등 선진 7개국을 웃돌 것으로 전망했다."라고 말했다.

한마디로 여대통령의 통일 대박론은 분단비용이 통일비용보다 더 들어가기 때문에 남과 북은 통일해야 하며 그럴 경우 통일은 대박이라는 것이다.

아버지 대통령의 유훈을 받들어 딸 대통령이 선언한지라 대중들은 호응했다. 하지만 맹점이 없지 않았다. 통일이 한민족의 미래에 좋다는 건 일부 이기적인 족속을 제외하면 대부분의 국민이 동의하겠으나 문제는 그 방법이리라.

이웃 간에 담장을 터서 서로 한 집안처럼 교류하려 해도 믿음과 어느 정도 동질성이 필요할 텐데, 오래도록 적대적으로 앙앙대고 있는 상황이라면 어떻겠는가. 아마 아무리 가난한 사람이라도 쌀 몇 가마니에 자기네 집과 족보와 추억 어린 방을 종속적인 상황 아래 내던지진 않을 터이다. 인격과 가격(家格)을 존중해 주어야 하리라. 어쨌든 북한은 하나의 나라이다. 괴상스럽든 기괴하든. '통일대박론'이란 건 자기들 나름대로 하나의 국가를 이루어 살아가는 '조선민주주의 인민공화국'을 통째로 삼켜 버리겠다는 배짱이며 심뽀이다. 아버지 대통령 같은 북진 통일론은 아닐지라도 자기네가 늘 주창하던 글로벌 시대의 에티켓은 아니다. 북한 사람들 입장에서 보면 싸가지 말아먹은 자본주의 광녀의 야욕으로 관측되지 않겠는가. 가마솥에 펄펄 삶아서 온 인민이 뜯어 먹어도 모자란다는 유언비어도 휴전선을 넘어왔다지. 같은 민족끼리 잡아먹으려고 광분하기보다, 최소한 일본국이나 러시아를 대하는 만큼의 예의는 갖춰야 하지 않을까. 인간 생활의 기본. 독재는 그걸 부정. 국가와 국가 간의 예의마저 무시. 아빠 대통령보다 더 무지한 딸. 그걸 억지로 극복해 보려고 그 시대 그 당시 아빠보다 더 늙은 입으로 문득 통일대박론을 꺼내지 않았을까 싶다.

  하지만 되새겨 보건대 여러모로 이상스런 점이 없지 않았다. 취임한 지 얼마 되지 않아, 비유하자면 허니문 기간인데, 하얀 요 위에 붉고 푸른 최고급 태극 문양 이불을 덮곤 행복 지향적인 합궁을 추구하진 않을망정 웬 뜬금없는 여성 상위 체위만 고집하느냐며 비웃는 시덥잖은 난봉꾼마저 있었다. 혹시 최순실의 아비인 최 머시기 사이비 목사와의 로맨스로 인해 그 자의 조종을 받는 게 아닐까, 조심스레 추측하는 지식인도 보였다. 최 머시기 사이비 목사가 죽었으므로 현재 그의 딸(최순실)이 대물림 받아 막후에서 대통령을 조종하고 있지 않을까 하는 조심스런 예측까지 나아갔다.

하지만 일부 국민들은 그럴 리가 있겠냐고 광분하며 그 지식인을 현대식 돌(댓글 따위)로 쳐 죽여 버렸다. 뿐만 아니라 태극기 부대의 극렬 분자들은 집안까지 막 쳐들어가 협박하며 땡깡을 부렸다. 그때만 해도 미래 상황이 어찌 전개될지 몰랐으므로 태극기 부대가 아닌 일반 국민들도 여대통령에 대해 모종의 기대감을 지녔던 성싶다. 이전의 쥐박이 쌍놈 대통령에게 당한 허망함과 배신감까지 희망의 불쏘시개 구실을 조금쯤 하지 않았는가 싶다. 아무튼 통일대박론은 일단 논리적이기보다 허황스런 포퓰리즘, 이를테면 로또 복권에 곧 당첨된 듯이 허풍떠는 짓거리로 인식됐다. 선거의 여왕 시대는 그렇게 시작되었다.

정말로 여대통령은 해외 순방을 자주 나다니기 시작했다. 처음 한동안은 그걸 국민들도 별 나쁘게 생각하지 않았던 성싶다. 아니, 오히려 외교는 내팽개친 채 국내에서 4대강 사업을 억지로 벌이며 사리사욕이나 챙긴 전직 쥐 대통령의 파렴치한 짓에 분노한 국민들은 신선한 미래성 비전을 느끼기도 했다. 영국의 대처 여사보다 더 예쁘고 지조와 강단을 갖췄을 뿐 아니라 선덕여왕, 이미지마저 겸비했으므로 열광적인 남자 스토커도 적지 않았다. 그중 특히 허경영 씨는 공개적으로 청혼을 했고, 한 발 더 나가 옛 박정희 대통령 생존 당시 이미 사위로 점지 받아 영애 근혜와 약혼까지 했다는 소문을 퍼뜨렸다. 정치적인 계산이 깔렸는진 몰라도 꽤나 정열적이었다. 믿는 사람도 있었다.

그 정도면 백마(혹은 흑마) 탄 기사라고 할 만할 텐데도 우리 여대통령은 의외로 매정스레 지켜보더니 급기야 허위사실 날조로 고소해 버렸다. 만약 허 본좌의 프로포즈를 받아들여 결혼했다면 어찌 되었을지 궁금하다. 혹시 새로운 국면이 펼쳐졌을까, 아니면……? 여러 가지 상상이 가능하겠지만 공적으로 표명하는 건 삼가야 할 듯싶다. 다만 한 가지, 과연 줏대 혹은 고집이 무척 센 그녀를 허본좌가 초능력을 발휘해 잘 제어했을지 반대로 꽉 쥐어 잡혀 삐에로처럼 전락했을지는 여전히 약간 궁금하다. 어쨌든 간혹 티격태격 싸움을 할지언정 차츰 음양 기운이 조화돼 좀 부드러워지지 않았을까 싶다. 하지만 그런 기회는 무산되고 그녀는 유아독존 속에서 음기만 더욱 강해져 가는 모양새였다. 음양오행적인 관점에서 북쪽은 음이 강하고 남쪽은 양이 성하다는데, 취임식 때 오방색을 활용해 화려찬란스런 퍼포먼스를 펼치고는 그것이 상징하는 의미는 별로 생각해 보지 않은 모양이었다. 항간에 떠도는 유언비어처럼 정말 최순실이란 마녀가 주술적으로 활용해 펼친 것일까?

그런 세상이었지만 하숙생들의 일상생활은 큰 변화 없이 강물처럼 때론 파도치며 흘러갔다. 어차피 한 하숙생이 나가면 다른 신입생이 들어오니까. 또한 대통령의 권력이 아무리 대단할지언정 물결은 잠시 바꿀 수 있을지 몰라도 깊은 흐름은 다른 법칙을 따르는지 어쩐지…….
하숙이란 말은 약간 낭만적인 풍미도 있지만 현시대엔 좀 구차스런 느낌을 준다. 하숙 전성시대는 지나갔다. 이제 인생은 나그네 길이 아니라 빌딩의 주인으로 군림해야 살맛이 나는 시대다. 하숙이란 낱말 자체가 일본인이 지어냈는지 한자 단어인지 모르되, 암튼 본채 아래쪽의 허접한 숙소란 뜻이 아니겠는가.
하숙 식당의 하루는 새벽 5시쯤이면 서서히 막이 열리기 시작한다. 누구에게나 주어진 새로운 무대. 물론 기울어진 무대라고 생각하는 사람도 많을 터이지만, 하숙에선 불평만 하기보다 발 빠르게 움직이는 게 상책이다. 그래야만 서울 중심부의 기울어진 시멘트 아스팔트 위에서나마 잘났든 못났든 자기 꿈과 목표를 향해 반 발짝 한 걸음쯤 나아갈 수 있기 때문이리라. 아니다. 아무리 버둥거려 봤자 멈췄거나 후퇴하기도 하고, 빈둥빈둥 빠질거리던 놈이 어느 날 갑자기 날개를 단 듯 날아올라 떠나 버리는 곳이 하숙이다. 물론 그 이후에 어찌 됐는지는 모르겠으나 어떤 면에서 한국 사회와 좀 닮았다 해도 되리라.

서울 한복판에서도 신선한 공기를 쐴 수 있으니 즉 새벽 시간이다. 설령 고농도 매연과 미세먼지가 잠복해 있더라도 삶의 목적을 향해 나서는 사람들의 마음 코엔 시골 산촌의 해맑은 공기보다 더 상쾌하게 느껴지는 것이다. 하긴 그건 인간 속에 웅크려 또아리 튼 욕망이 빚어낸 착각에 불과하리라. 하지만 우리는 언뜻 알면서도 대도시 시민이란 몽상에 젖어 살아가는지 모른다. 잠시 후 여명이 비치고 햇빛이 실상을 드러내 놓는 순간 실망감에 빠져 허덕거릴 텐데도 말이다.

하지만 아직은 그 누구도 오늘 하루의 성패를 알 수 없기에 구더기처럼 변소 위로 기어 오르려 애쓰는지 모른다. 그것 자체로 좋지 않겠는가! 아마 여의도 의사당 왕궁의 국회의원 나리들보다 구더기의 마음을 이해하는 게 우리 보통 국민의 삶을 훨씬 더 향상시킬 수 있으리라. 아니, 하숙생의 하루를…….

새벽 일찍 출근하는 사람들은 식빵 두 쪽 사이에 금방 프라이해 놓은 달걀을 끼워 무료 자판기에서 뽑은 커피 또는 우유와 함께 급히 삼키곤

터벅터벅 뛰어나갔다. 좀 더 나은 삶을 향하여!…… 도시의 잿빛 거리 거리와 일터로 통하는 좁은 골목길을 걸어다니는 동안 아마 그의 의식 속에 하숙집은 없을 것이다. 어쩌면 하숙을 무시하면서 언젠가 중류를 지나 상류의 고급 자택속에 깃들 날을 꿈꿀지도 모른다. 하지만 매연 짙은 시멘트 빌딩 내부에도 삭막한 아스팔트 길은 존재한다. 사막과도 같고 정글과도 같은 도시의 길목을 헤매다 보면 얼핏 한 번쯤 하숙집이 떠오를지 누가 알랴만 애써 짐짓 고개를 흔들 터이다. 그러곤 급히 선술집으로 들어가 허겁지겁 목(숨줄)을 추기겠지. 마침내 곤드레만드레로 취해 길도 모른 채 겨우 하숙으로 기어들어 허무한 잠에 빠진다.

 자정이 넘도록 하숙집은 완전히 조용해지진 않는다. 어디선가 주정뱅이의 넋두리, 잠꼬대, 한숨 소리 따위가 들려오기도 한다. 쥐새끼들처럼 조심스레 찍찍거리며 계단을 밟는 소리와 쟁그랑거리는 소음이 불현듯 날 때도 있다.

 언젠가 궁금증을 못 이긴 나는 아래층으로 내려가 본 적이 있다. 주방 쪽에서 수런수런 기척이 났다. 그건 쥐가 아니라 두 명의 재수생이었다. 한 놈은 키가 크고 다른 녀석은 보통보다 작은 편이었다. 평소에 둘은 꼭 붙어 다녔다. 마치 콤비 코미디언인 홀쭉이와 뚱땡이 같기도 했다. 성격은 서로 달랐다. 아니, 정반대라고 할 정도였다. 그런데 가끔 티격태격할 뿐 사촌 간처럼 잘 어울려 돌았다. 공부는 꽤 열심히 했다. 다만 키다리 녀석은 벌써부터 '인생이 무엇인지' 하는 존재론적 문제에 관심이 깊었고 땅꼬마 놈은 경제와 연애의 본질에 더 관심을 보였다. 내가 짐짓 슬쩍 그런 건 대학에 가서 전공하고 지금은 학업에 전념하는 게 좋지 않겠냐고 조언하면 그들은 함께 고개를 저었다. '우리는 공부 로봇이 아니다!'라면서. 하나 더 특이한 점은, 키다리는 전라도 땅꼬마는 경상도 출신이란 사실이었다. 세파에 찌들어 고지식하게 지역 감정을 들먹이고 부추기는 철부지 싸가지 꼴통들을 그들은 비웃으며 경멸했다. 청년의 진취적 순수성으로…….

어떤 노털 왈 '아직은 모를 거야. 직접 겪어 봐야 알겠지.'라고 충고하면 재수생 녀석들은 '우리가 지금 함께 겪고 있잖아요. 과거의 망령을 불러들여서 현재를 망치려고 하지 마세요.'라고 대꾸했다. 그러면 노털은 우스운 녀석들이라고 비웃으며 지나가 버렸다. 우스운 녀석들은 남들이 목숨 걸고 들어가려 애쓰는 서울대를 무시했다. 자기들이 지망하는 연고대에 들어갈 실력이 되는지는 모르지만 서울대 지망 재수 삼수생에게 결코 꿀리지 않았다. 오히려 성적 점수 벌레라며 은근히 비웃었다. 사실상 자기들도 생각만 좀 바꾸면 점수 낮은 과를 택해 서울대생이 될 수 있다는 얘기였다. 정말 그럴까? 무한경쟁 시대에 시세는 늘상 바뀌는데…… 그래도 삭막한 세상에서 나름대로 꿈꾸는 녀석들이 기특해 보였다. 꼼수 허위보다는 정정당당하게, 허세보다는 정말 하고 싶은 공부를 해서 자리이타하고 싶다는 아이들…… 문득 그들이 사막 속의 오아시스라기보다, 한국이라는 삭막한 오아시스 속의 맑은 사막처럼 느껴졌다.

난 슬슬 다가갔다. 녀석들은 어슴푸레한 주방에서 한 구석에서 한창 정중동 중이었다. 한 놈은 계란 프라이를 하고 한 놈은 전기 밥솥에서 푼 밥을 큰 양푼에 담고 있었다. 내가 목청을 살짝 울려 기척을 내자 녀석들은 화들짝 놀랐다. 곧 소리 죽여 키득키득 웃었다.

"뭐 하는 거야?"

"배가 고파서 비빔밥이나 좀 만들어 먹으려구요."

냉장고에서 꺼낸 나물 두어 가지에 계란을 얹고 고추장을 넣어 비비자 먹음직스러워졌다. 그걸 들고 녀석들의 합숙방으로 들어갔다. 둘이 하도 맛있게 먹는 바람에 나도 그 양푼 속에 숟가락을 가져다 댔다. 어릴 때 고향에서 수박이나 참외 서리를 하듯 스릴 넘치고 맛있었다.

레드 몬스터

옥탑방에도 하숙인이 들어 있었다.
 꽤나 괴상스러워 보이는 노인네였다. 외양으로 내면까지 평가해서는 안 되겠으나, 너무 괴이하고 의뭉스러워서 속을 알 수 없기에 우선 보이는 외모부터 묘사해야겠다. 눈을 보면 사람이든 동물이든 웬만큼 파악할 수 있다고들 한다. 하지만 눈만 보고서는 그가 인간인지 짐승인지 분간하기 어려웠다. 나도 꽤 많은 눈을 보아 왔지만 그런 눈은 처음이었다. 뱀, 너구리, 고양이, 나무늘보, 멧돼지, 여우, 늑대, 살쾡이, 들쥐 등이 보더라도 아마 조금씩 놀랄 듯싶었다. 그 눈에 정기는 전혀 없었다. 그런데도 죽은 건 아니고 모종의 사기(邪氣)를 은근슬쩍 내뿜는 낌새였다. 노인네는 눈을 전혀 깜박이지 않았다. 마치 땅꾼이 구렁이의 심리를 살피듯 자기 속내는 좀체 내보이지 않으면서 상대의 내심을 꿰뚫어 보려 했다. 또 능청스럽기는 너구리 쩜쪄 먹을 정도였다. 피에로 씨도 한 능청 떠는 사람인데 그 영감 앞에선 생쥐 꼴이었다. 때로 콧구멍을 벌렁거리며 검붉은 입귀만 슬쩍 치올려 미소지었다. 그런 순간엔 과연 인간이란 존재의 표정, 즉 이를테면 얼굴 속 의식과 잠재의식이 얼마나 광대천변해질 수 있는지 마치 스마트폰 화면으로 은근슬쩍 보여 주는 성싶었다. 안경을 쓰지 않았건만 눈 둘레 피부에 거무스레한 달무리 같은 게 서려 있어 저승사자처럼 느껴졌다. 그래도 젊은 사람 못잖게 입심은 강했다. 한번 지껄이기 시작하면 중언부언 끝이 없는데 그 요설이 잠시나마 중단되는 건 틀니가 튀어나올 때뿐이었다. 그럴 때조차 별로 당황스러워 하지 않았다. 능청을 떨며, 내용보다는 말투에 더욱 자신의 개성을 집어넣으려 거드름을 피웠다.

옥탑방 입구엔 철학관 표식이 붙어 있었다. 하지만 무허가라 그런지 판자대기에 붓펜으로 쪼그맣게 써붙여 놓아 잘 보이지도 않았다. 손님 자체가 없었다. 간혹 하숙생 중에 재미 삼아 인생 희롱 삼아 귤 봉지나 사이다 한 통 들고 슬쩍 들러 볼 뿐······.

허연 머리를 길게 기르고 수염도 자라는 대로 놔뒀는데, 무슨 멋부리기보다 이발비가 좀 모자라거나 무관심 탓이 아닌가 싶은 기색이었다. 그래도 하숙비를 낼 만큼 복채는 들어오는지 피에로 씨처럼 징징거리진 않았다.

사람이란 여느 짐승과 달리 참 이상하다. 발걸음 겨우 떼는 세 살배기 어린애도 갓난 동생 앞에서는 노인장 행세를 하려 들고, 예순 살 넘은 중늙은이도 일흔 여든 노인네 앞에선 어리광을 부려 본다. 대체 어떤 짐승이 그런 어처구니없는 짓을 하던가? 아니, 도대체 왜 그러는지가 더 중요한 문제이다.

한 마디로 말해 인간 문화 혹은 동양 유교 극장에서 대대로 상영돼 내려온 삼류 코믹 물이 아닌가 싶다. 장유유서, 나이치레, 수염값 따윌 잘 섞어 살짝 비틀면 틀림없이 희극이 발생한다. 유교의 본고장인 중국이나 학문적 연구가 풍부한 일본 등지에선 불가능한 대한민국만의 특징

이럴까. 진짜 유교가 아닌 가짜 유교 풍습, 진짜 불교가 아닌 속류 불교, 그리스도의 진리를 빙자한 사이비 교회와 목사들의 천국…… 제 아무리 신심 깊은 선남선녀일지라도 일단 사원이나 교회당에 들어가게 되면 사제나 목사 그리고 승려들의 주구(走狗)가 되는 꼴이다. 아무리 유치스런 설교라도 경청해야 하며 제 아무리 할 말이 많더라도 꾹 참아야 한다. 꼴통 사이비 유교식 제사니 의례 준칙이니 뭐니 하는 건 사람을 개장 속에 가둬 놓는 일종의 반(半) 살해 방식이 아닐까? 생명을 자기들 입맛에 알맞게스리 억압하는 게 그네들의 궁극 목적이지 싶다.

　한편으론 치받기도 있다. 열 살 갓 넘은 애들이 할배 수염을 쓰다듬는 건 재롱이라 치자.(하긴 요즘 수염 기른 할배는 없지만 수염이 상징하는 사물은 훨씬 더 많다.) 애들은 사춘기를 지나 20대가 되면 기성세대 중에서 '성공'하지 못한 손위 사람들을 무시하기 시작한다. 겉으론 대접하는 척하면서 언제든 앞통수든 뒤통수든 칠 준비를 맘속에 지니고 있다. 자기는 그 나이가 되면 훨씬 멋지게 성공할 수 있다는 몽상과 강박관념을 내장한 채. 세월이 유수처럼 흘러 자기가 무시하던 사람보다 더 하찮은 꼴로 30대를 맞이하면 공상을 한층 강화해 40대를 깔보고 제 40이 되면 남 50을 비웃다가…… 겨우 평범한 불평분자로 추락하거나 (자기가 비웃던 손위 사람에게 빌붙어) 기생충처럼 살아가거나…… 심지어 제 한몸 감당치 못해 인생 비극의 종막을 스스로 끄집어 내리기도 한다. 인생살이가 만만찮건만 그들은 잘 인식하지 않으려 한다. 젊어 고생은 돈 주고 사서 한다는 옛 속담을 비웃으며 성공 꽃 깔린 탄탄대로만 걸으려 애쓴다. 참된 인생의 성공자는 누구인가? 철사 우리 속에 든 병아리들이 나름 삐

악빼약거리며 횃대 위로 올라 보려 형제 자매를 짓밟고 쟁투하지만 과연 몇이나 흙마당 초원으로 나가 뛰놀아 보려나. 봉황 몇 마리 빼곤 모두 식용 닭이 되는 신세 아닌가…… 비유가 너무 지나친 것 같다. 무슨 말을 하려다 여기까지 왔는지 되돌아가 보자.

동방예의지국이니 뭐니 하지만 사실상 한국만큼 윗사람이 아랫사람을 비인간적으로 취급하고, 손아랫사람이 손윗사람을 깔보는 곳도 없는 성싶다. 사람을 인격적으로 대하기보다 무슨 물건처럼 취급하는 나쁜 버릇…… 대대로 이어져 왔고 만약 당신이 고치지 않는다면 자식 대대로 이어지는 나쁜 습속이 되리라.

너무 비관적으로 말하려는 건 아니다. 위대한 대한민국 국민이란 말이 전세계적으로 회자되는 시대가 아닌가! 우리가 조금만 더 우리 자신을 바로 보고…… 가짜 사랑, 가짜 행복, 거짓 풍요, 가짜 애국심, 가짜 진실과 진리, 거짓 종교, 가짜 뉴스, 가짜 의술, 가짜 교육, 사이비 악질 광고 따위로부터 해방돼(8.15 해방보다 더 힘들겠지만)…… 개, 소, 닭 등 애완 가축만큼의 양심을 지닌다면 만물의 영장이며 홍익인간의 실천자로서 칭찬받을 텐데…… 전세계적인 코로나 팬데믹 위기를 슬기롭게 극복한 코리아는 이른바 동방의 등불을 넘어 세계의 빛이 되련만…….

이제 군소리 따윈 집어치우고 한 마디로 끝내자. 왕조시대에 목숨 걸고 정론을 펼친 선비들이 대단했기로서니 꿀릴 건 없다. 조선시대의 왕이나 사대부 선비님들보다 오늘날의 평범한 시민들이 훨씬 더 진실하고 양심적이고 열려 있다. 다만, 대통령이든 뭐든 다 비판할 건 하되 자기 당파의 개짓거리에 대해서도 재채기나마 할 수 있다면…… 즉 이기적인 좀비 근성만 사라진다면…… 요즘 코로나 좀비 바이러스를 잘 관리해 전세계인들이 부러워하는 이 땅 금수강산에서 티격태격하며 잘 살아갈 수 있지 않을까? 부부간도 그렇지만 정치판 여야도 서로 싸우지 않으면 별 재미 없다. 하하…… 코피 터지게끔 싸우되 일반 국민들이 각자 나름의 목소리로 웃으며 구경할 만큼만 룰을 지킨다면 대한민국은 구태를 벗어나 새로운 현대의 동방 서방 예의지국 뉴 모델이 될 텐데…… 세 살짜리 아이가 할아비 수염을 잡아 흔들든 할매가 손자의 코피를 내든 어떠하랴. 그건 억압 없는 생명의 자연스런 율동이 아니겠는가?

그런데 옥탑방의 괴상한 노인네는 젊은 애들을 가지고 놀긴 하되 그런 풋풋한 생명감이 없었다. 젊음을 애완물로 여기며 희롱하려는 측면도 있었다. 자기는 청춘 시절에 아름답고 극적인 연애를 많이 했고, 때론 수녀나 비구니 그리고 무당의 애처로운 외로움도 달래 줬노라고 흐뭇한 표정으로 회상했다. 그래서 그런지 조개방 같은 음란 성폭행 사이트의 파렴치한 악행에 대해서도 꽤나 너그러웠다. 헌데 자기와 비슷한 연배의 노인을 만날 경우 인상이 휙 바뀌었다. 그 따위 삶이 뭐냐, 청춘을 허비하고 그렇게 어영부영 살아가는 건 죄악이야, 하고 꾸짖는 표정이었다. 자기보다 더 연로한 늙은이들은 아예 사람 취급조차 하지 않고 멸시했다. 자신은 더욱 징그러운 꼬라지면서도…….

그건 혹시 늙어 죽기 싫은 마음과 두려움 그리고 영원히 영화를 누리고픈 욕망의 굴절된 표현이 아닐까? 아마 어린 녀석이 윗사람을 치받는 경향성도 그런 원초적인 소망이 내장돼 있기 때문이 아닌가 싶다. 바로 그 괴상스런 노인네의 마음속에…….

　다만 한 사람 괴노인을 주눅들게 하는 천적 같은 존재가 있었다. 하숙생들이 '레드 몬스터'라고 부르는 사람이었다. 가끔 누군가 올드 로맨티스트라고 불러 주기도 했다. 그는 무지개 식당의 하숙생이 아니었으며 다른 미지의 어느 시공간에 사는 듯 이따금 슬쩍 들르곤 했다. 노인네들이 사라져 가는 열정을 마음으로나마 보강키 위해 붉은 색을 몸에 걸치는 건 이해할 만하지만 그는 퍽 유별났다. 아마 옛날이라면 '빨갱이'란 누명을 쓰고 경찰서에 끌려가 치도곤을 당했으리라. 사실상 해방촌이나 서울역 부근을 거닐다 보면 그런 빨간 요괴 같은 노인이 가끔 눈에 띈다. 그 빨갱이가 이 빨갱인지 조 빨갱이가 요 빨갱인지 좀체 확인할 수가 없을 정도로 헷갈린다.(아무튼 가능한 한 자세히 묘사해 보기도 하자. 이 땅에 레드 콤플렉스, 즉 빨강에 대한 애증의 감정이 없는 사람은 드물 테니까). 복잡하게 묘사하기보다 차라리 한마디로 이렇게 표현하는 것이 더 명료할 듯싶다.

　'그는 약간 황달기가 있는 눈과 흰 코털과 허연 안색만 빼면 완전히 붉은 색깔로 치장한 인간이었다.'

　백발을 감춘 모자, 옷, 양말, 구두, 가방이나 배낭, 가끔 타고 다니는 자전거와 오토바이뿐만 아니라 휴대폰과 이어폰도 새빨간 색깔이었다. 심지어 마스크도 진홍색이었으며, 메모할 때 보면 만년필에서 흘러나오는 잉크 또한 피 같은 빛깔이었다. 노르스름한 눈알은 좀 징그럽지만 불그무레한 안경 속에선 모종의 위엄을 발휘했다.

　붉은 색깔은 대체로 한국에서 두세 가지 의미를 상징한다. 빨갱이(즉 공산주의)와 자본주의 사회가 피워낸 성공학(자기계발)이다. 그리고 의외로 반공주의자도 한 몫 낀다. 붉은 주홍색이 전세계적으로 상징하는 본질(정열, 열정, 혈액 등)을 고려한다면 우리 한국인들은 조금쯤 착각 착오를 하고 있지 않은가 싶다. 원래 '빨갱이'는 잘 아시겠지만 러시아 어인 파르티잔(partisan, 유격대)에서 나왔다. 그게 빨치산으로 음운 변화하고 그 분자들이 차고 다니던 붉은 완장(혁명의 열정인가?)과 섞여 '빨갱이'라는 전세계에서 유일한 괴상망측스런 단어가 생겨나지 않았던가 말이다.

세계적으로 한국인만큼 빨강에 대한 애증(愛憎)의 격차가 심한 인간 군상은 없다고 한다. 순수한 빨강에 대한 애정은 강렬하고 아리땁지만, 또한 순수한 빨강 기피심도 가치 높고 의미 깊다. 아마 만국 공통이리라. 다만 우리는 역사상 유례 없는 자본주의와 공산주의의 결전장으로 선택돼 처절한 동족상잔의 붉디붉은 피를 보았다. 더구나 우리 한민족끼리 진짜 싸움을 한 게 아니라 미국과 소련(일본과 중국도 포함됨)의 꼭두각시로서 대리전 놀음을 벌였기에, 그 검붉은 피 속엔 불순성이 숨어 있고 그건 언제 어느 때든 튀어나와 우리 자신의 얼굴을 몰라보게 물들여 버린다. 그래서 지금도 서로 치고 박고 싸우는가? 성조기와 옛 소비에트 연방기를 흔들며…… 일장기와 태극기를 혼동하며…….

성공학이나 자기계발도 여러 가지 방식이 있겠으나, 일단 한국에서는 그 바탕에 붉은 색이 깔려 있어야 한다. 프랑스, 독일, 스위스 같은 데선 여러 가지 빛깔이 서로 조화를 이뤄 저마다 순수하고 독특한 꽃을 피워내 자리이타하는데 한국인의 마음속엔 기본적으로 빨강 앱(red app)이 깔려 있지 않으면 안 된다. 나와 너의 피, 적극성, 전투성, 긍정성, 열정 따위가 없다면 하루하루 살아내기가 어렵기 때문이리다.

 붉은 악마의 열광적인 응원을 보면 여러분은 어떤 느낌을 받는가? 혹은 직접 참여해 본 분들의 소감은……? 요즘 시대에 애국심을 들먹이긴 좀 멋쩍다. 그렇다고 순수한 스포츠 정신과 연관시키기도 좀 어쭙잖다. 그럼 뭘까? 가능하면 좋게 봐주려고 노력하자. 승리하고 성공해서 잘 살아 보고픈 한국인의 소망, 아직까지 우리 잠재의식 속에 남아 있는 약소국 시대의 설움과 울분의 토악질(오바이트), 현실적인 콤플렉스와 스트레스 해소 욕구, 온갖 희생을 감내하며 한강의 기적을 이뤘다지만 좀체 선진국으로 환골탈태하지 못한 채 강소국 따위로 치부되는 부조리…… 미칠 만도 하다. 미치지 않은 게 이상하지 않은가. 미치지 않기 위해서 붉은 탈을 쓰고 광란 광분하는 게 아닐까? 약소국 강소국을 넘어 진짜 '대한민국'을 이루어내고 싶은 열망의 외침! 붉은 절규와 함께 주름진 볼에 흘러 내리는 순백 투명한 눈물 방울…… 애국심을 떠나 인간의 원초적 열정으로서 아름다울 수 있다.

 하지만 지속성이 부족한 게 문제다. 모든 지구인의 당면 현실이긴 하겠지만 한국 사람은 특히 심한 편이다. 월드컵 경기가 끝나면 한마음 한뜻이던 애국적(?) 열정은 곧 연기처럼 사그라지고 이기적인 욕심에 사로잡힌 진짜 '불그칙칙한 악마'로 변해 버린다. 자기 자신의 행복을 위해서는 타인 따윈 불행해도 좋다는 심뽀…… 그날 밤 술집 뒷골목에선 얼마나 많은 싸움이 티격태격 벌어지고 애욕과 육욕의 향연이 벌어질지 모르리라. 광란적인 카니발 후엔 다시 인간으로 돌아와야 하는데 우리에겐 인간성을 담을 그릇이 없다. 그 밝고 순수롭던 환희와 역동적인 에너지와 열정 어린 함성은 모래알 위의 신기루로 변할 수밖에 더 있겠는가. 승리했든 패배했든, 문득 돌아갈 집이 없기에 가라오케와 모텔은 2차 3차 광란으로 꽉꽉 찬다는데……, 외국인들은 과연 어떤 눈으로 볼지 궁금하다. 모종의 정신병자로 비치지나 않았으면 좋으련만…….

너무 쓸데없는 소릴 늘여 지껄였으니 이제 본론 쪽으로 슬슬 돌아가자.

빨강에 대한 애호증과 기피증. 사실 모든 색은 아름답고 빨강 하양 파랑 노랑 검정 또한 그러하다. 하느님이 내려 주시는 햇빛이 세상 만물에 닿아 발현되는 개성미가 색깔 아니겠는가. 그것들이 잘 섞이면 새로운 조화의 미가 창출되기도 하고……. 하지만 인간의 욕망과 사리사욕과 아집 아견으로 인해 순수한 빛은 불순스런 허세와 충동이 상징으로 퇴색해 버렸다. 빛은 인간의 정신을 높여 주기보다는 육체의 쾌락을 휘감아 이끌어 가는 치명적인 원자핵 쯤으로 타락한 현실인 셈이랄까.

우리들은 빛의 본질을 변조해 사람 저마다의 욕구와 이익을 장식하는 색으로 사용한다. 진실한 빛을 도외시한 반인(半人) 반로봇 의식 회로에 붉은 색은 광증 액을 주사한다. 바이러스에 감염된 좀비 인간들은 얼핏 적극적이고 긍정적인 듯싶지만 '빨리빨리 일 중독증'에 빠져 정신병으로 고생하거나, 허무감을 이기지 못한 채 이 세상을 전쟁 현장으로 착각해 파괴를 울부짖지도 한다. 태극기와 성조기를 섞어 흔들며…… 결과적으로 한반도 땅에 남는 건 공산주의와 반공주의 그리고 성공(자기계발)주의인 셈이다. 참된 주의자라기보다 트라우마와 콤플렉스에 빠진 사이비 얼치기 추종자들…….

레드 몬스터 노인은 그런 극단적인 인간들과는 전혀 다른 모습이었다.

언행은 중도적이었고 대개 무표정해서 내면을 짐작하기가 어려웠으나 결코 폐쇄적인 편은 아니었다. 때론 어린애처럼 순진무구히 웃었다.

"왜 늘 빨강색만 좋아하세요?"

궁금증을 못 이긴 어떤 하숙생이 물었다.

"흠, 꼭 좋아서 입는 건 아니지. 난 검정색이 더 낫지만, 이 나이엔 좀 칙칙한 느낌이 들어서……."

"요즘 세상에 튀는 건 좋지만 왠지 빨갱이 같아요."

"보는 눈에 따라 다르겠지. 후후, 요즘 시대에도 빨치산 나부랭이가 있나? 난 그냥 로맨틱한 연애를 은근슬쩍 몽상해 보는 것뿐인걸."

"그러려면 완전 빨강보다 한두 부분만 강조하는 살짝 빨강 코디가 더 효과적일 텐데……."

"흐흥, 그럴까?"

노인은 미소 지으며 얼버무렸다.

그 하숙생의 의문처럼 여느 하숙인들도 레드 몬스터 노인에 대해 조금씩쯤 괴상스런 호기심을 품긴 했지만 도시의 하숙이 대개 그렇듯 점차 사그라들었다. 그래도 아마 모종의 앙금은 마음속에 남아 있지 않았을까? 다른 하숙집으로 옮겨 가든 결혼에 성공해 한 집안의 가장이 되든 평생토록…….

언젠가 서울역 앞을 지나가던 나는 광장 한쪽에 붉은 물체가 서 있는 걸 보곤 눈을 크게 떴다. 바로 레드맨이었다. 난 슬쩍 다가가서 인사를 했다.

"여기서 웬일이세요?"

"아, 그냥 산책이나 좀 하는 거지 뭐."

"아, 네……."

그런데 가만히 보니 어딘지 산책중인 것 같진 않았다. 그는 그냥 자연스레 걷는 게 아니라, 무슨 일을 수행하는 퍼포먼스 맨이나 지령 받은 로봇처럼 행동했다. 서울역 정면을 향해 두 팔을 든 채 판토마임을 하거나 소리 없는 복화술로 붕어 흉내를 내기도 했다. 행인들이 쳐다보며 웃어댔으나 본인은 그닥 개의치 않았다. 오히려 자신의 그런 무언적 발상이 한 차원 높다고 여기는 듯한 기색이었다. 얼마 후 그가 작은 투명 플라스틱 통을 꺼내 그 속의 불그무레한 액체를 마시곤 한숨 돌리자 난 슬쩍 물어 보았다.

"스스로 하시는, 일종의 행위예술 같은 것인가요?"

"뭐든 스스로 하는 인간이 어디 있겠나? 간혹 예술가들이 자유롭게 창작하고 생활한다고 하지만…… 일부 독창적인 천재를 빼고 나면 대개 다 일상인들과 별 다를 게 없다고 봐. 오히려 일반인들보다 더 약삭빠르게 모방하는 자들이 그런 평범한 예술가 군상이 아닐까 싶어. 모든 예술은…… 진실을 찾기 위하여 당시대 당시대마다 고군분투한 흔적이 아닐까?"

"네, 그렇겠지요. 그런데 지금 이런 방법은 우리 시대의 새로운 방식인지 궁금합니다만."

"솔직히 말하자면 나도 장담하긴 힘들어. 하지만 뭘 그리 꼬치꼬치 따질 필요가 있겠나. 어차피 한통속에서 살아가는 신세인걸. 대한민국이든 지구든 우주든. 하핫……."

"어쨌든 지금 현재 이 공간에서 선생님의 존재는 좀 이상스럽긴 합니다만…… 좀 실례인지 모르지만, 어딘지 외계인 같기도 하고……."

"하핫! 외계인이 있다고 믿는가?"

"글쎄요."

"흠, 이 지구를 넘어 광활한 대우주 속에 인간만 유일하게 자치한다면 우습지 않은가. 만일 인간이 없다면 개나 돼지 그리구 사슴들도 자치할 수 있을 테지. 나아가 광대무변한 은하계에 지구 인간만 유독 영성을 지닌 존재라고 한정해 버린다면 그야말로 지나친 공간의 낭비가 아닐쏘며 허무한 노릇이 아니겠는가? 과연 조물주 신께서 그런 우스꽝스럽고 어이없는 짓을 했으리요, 응?"

"외계인이 있다면 대체 어떻게 생겼을지 궁금해요."

"인간이 스스로 만물의 영장이니 뭐니 떠벌이면서도 사실은 참 우둔한 짐승 같아. 아마 지렁이는 내장 속으로 웃을 테고, 염소는 대놓고 인간을 비웃잖아."

"하하……."

"인간의 무지는 코로나 바이러스와 벼룩균도 깔깔 앙천대소할지 몰라. 무지 곧 죄악이야…… 흠, 신과 외계인과 악마 따위가 있는지 어쩐지 모르지만…… 인간이 만들어 놓은 그 꼴상은 모두 인간 자신을 닮아 있잖아. 신도 웃고 악마도 웃고 외계인들도 앙천대소하겠지. 인간들의 아집과 고정관념으로 만들어 놓은 허상…… 그걸 진실상이라고 착각하고 있으니…… 일반적인 관측뿐만 아니라 수학적인 엄밀성으로 봐도 지구의 종말이 서서히 다가오고 있는데 인간들은 마냥 희희낙락거리며 쾌락의 풍선을 마구 훅훅 불어대니…… 언젠가 빵 터지면 볼 만할 거야."

노인은 팻트병 속의 붉은 물을 한 모금 마신 후 다시 입을 열었다.

"신과 악마는 우선 좀 놔두고 생각해 보자구. 외계인은 아마 우리 인간이(설령 천재일지언정) 상상할 수 없는 형상과 생각과 마음을 갖고 있지 않을까? 한두 가지가 아니라 여러 종류가 있을 테고…… 인간이 우주의 주인이라는 같잖은 사고방식만 버린다면 얼마나 좋으리오! 아, 인간 위주의 고정관념엔 가래침을 뱉어 주고 싶어. 칵, 퉤퉤…… 외계인이 있다고 해서 뭐 별 크게 문제될 게 없는데 호들갑을 떨거든. 이 지구상에도 외계인보다 훨씬 더 흉측스런 년놈들이 많은데 말씀이야."

"선악을 떠나 궁금하니까 그렇겠죠."

"궁금증 자체가 괴물로 변질되기도 하니까 조심해야지."

"선생님 자신도 호기심을 끌기 위해 스스로 먹이나 미끼 흉내 내는 건 아닌가요?"

노인은 눈썹을 슬쩍 찌푸렸다.

"흐흣, 솔직히 말해 보자구. 한국 사람 중에 미국 일본 프랑스 따위 흉내와, 잘 길든 개와, 방부제를 심장 속 깊이 찔러넣고 다니지 않는 사람이 과연 몇이나 될까."

"네? 무슨 말씀이신지…… 서울역의 새 역사와 옛 역사를 비교하다 보면 왠지 만감이 교차해서 깜박……."

"싹 허물어 버리든지 딴데 갖다 놓으면 될 텐데 굳이 역사 문화 박물관이니 뭐니 전용할 필요가 있었을까 싶은걸. 새 역사를 창조해 나가기도 어려운 시절에……."

"아마 시대적 방부제겠죠."
"흐훗, 이거나 한 모금 마시고 정신차리게."
노인은 투명한 물이 담긴 작은 패트병을 내밀었다. 입으로 가져가던 난 곧 돌려주었다. 알코올 냄새가 풍겼기 때문이었다. 그는 꿀꺽 한 모금 마셨다.
"음, 이거야말로 최고의 순수야."
"이제 그만 집으로 돌아가시죠."
"아냐, 난 이 자리에서 임무를 순수히 완수해야만 해."
"그게 뭔데요?"
"음, 행인들이 보면 약간 우습겠지. 하지만 그건 이미 계산에 넣어둔 거야. 웃음은 만고의 사람 꽃을 피우니까. 특히나 이 서울역 앞이나 저 강남 거리에서 웃음 짓는다는 건 이 자본주의 만개 시대를 맘속으로 인정한다는 표시란 얘기야. 흠, 미소든 냉소든 괴소든 일단 웃는다는 게 중요해. 흐흐훗······."
"······."
난 말없이 가짜 미소를 지어 보였다.
"비웃는 듯싶구먼. 허지만 세월이 흐르고 나면 아마 삶과 미소의 의미도 변할 테지. 흐흥, 지금이 좋을 때야. 미남 청년인 자네에게만 해당되는 소리가 아니고 남녀노소 고금동서 모든 존재들에게도 지금이 최고의 시절일걸. 하지만 우린 대개 그 사실을 모르지. 회피하거나······."
"선생께서도 자꾸 회피하지 마시고 이제 그만 본론을 말씀해 주시면······."

"본론이란 게 특별히 있겠나. 모든 게 다 본론인걸. 서론이니 결론이니 하는 건 사람이 억지로 만들어 놓은 것일 뿐야. 그래도 원한다면야 말 못할 게 없지. 흠, 생존을 위한 생활과 생활을 위한 생존…… 즉 먹기 위해 사느냐 살기 위해 먹느냐 따위 정도는 초월해야만 할 수 있는 짓이겠지."

"네?"

"흐흣, 난 이래뵈도 국내외 대소 기업체의 후원을 받는 광고맨이야. 광고는 자본주의의 꽃이라잖아. 물론 거짓 꽃도 많지만."

"악의 꽃도 있죠."

"어리석음이여, 잠깐! 광고 속에 인간이 있고 또 인간 속에 광고가 존재하는 마당에 어설피 탓할 건 없지 뭐. 사실 기업체의 후원을 쫌 받긴 하지만 자본주의 하수인이 될 생각은 별로 없어. 그냥 이 신구(新舊) 서울역 앞에서 이렇게 팔을 쫙 벌린 채 소리쳐 보는 거지. 자유의 꽃은 동서고금 늘 피고진다! 하하핫……"

노인은 강철과 유리로 조성된 새 역사와 역사 박물관인지 뭔지로 변모한 옛 일제(日製) 역사를 향해 두 팔을 뻗어 올렸다.

"만세! 자유·대한 자본민국 만세!"

그러곤 내 귀에 대고 속삭였다.

"공산독재 인민공화국도 안녕히! 빨갱이 혐오에 대한 중화작용 또한 필요해. 흐흐……."

내가 얼굴을 돌려 무슨 말인가 대꾸하려는데 붉은 노인네는 재빨리 사라져 버렸다. 유령을 만난 듯한 느낌이었다.

뱀딸기

격변시대였다.

변화의 폭풍은 항상 현실에서 불고 있지만, 권력을 잡은 지배자들은 사리사욕을 중심 삼아 현재를 미래나 과거로 억지스레 끌고 가려 한다. 왜? 대체 왜 현실에서 아름다운 행복 꽃을 피우려 하지 않고 미래나 과거에 집착하는지 모를 노릇이었다. 국리민복보다는 뭔가 자기들의 사리사욕을 위해 현실을 조작 왜곡하는 바이러스 같은 자들……

과거주의자나 미래주의자는 좀 거칠게 말해 현실을 방관 무시하고 넘어가려는 일종의 정신병자와 같다. 그들은 국민(인민)을 인간이 아니라 자기네의 야욕을 위해 이용할 한갓 물건으로 본다. 그들이 사리사욕으로 물든 노선을 고집하는 동안 국민들의 삶은 현실에서 점점 피폐해진다.

정권을 잡은 근혜 여왕이 중국을 순방하며 대륙적 목표를 조금씩 밝힐 때만 해도 국민들(하숙생 포함)은 그럭저럭 약간 희망을 품었던 성싶다. 일부 극우 극좌(양극단은 서로 통한다지만) 민족주의자 흉내꾼들의 포부처럼 잃어버린 민주 대륙 고토를 되찾진 못할지언정 우선 올바른 교류의 길로…… 그런데 얼마 후부터 일반 국민들로선 납득하기 힘든 일이 벌어지기 시작한다.

일반인뿐 아니라 관련자(생존 피해자)들과 전문 분석가들도 전혀 예상치 못한 일본군 위안부 문제가 밀실 속에서 일본에 훨씬 유리하게 처리돼 버렸던 것이다. 마치 60여 년 반세기 전에 아버지 박통께서 그랬던 걸 모방하는 것처럼…… 당연히 잘 알고 있었을 텐데도 모른 척 웃으며 유럽 여행을 뻔질나게 휘다닌 꼴은 아버지와 달리 사기꾼과 가깝다. 측근의 최순실 따위 협잡꾼에게 속았다고 변명한다면 아마 부친 박통께서도 호통치시리라. 물론 그 자신도 말년엔 차지철 등등 호가호위(狐假虎威)하는 자들에게 둘러싸여 있었지만…… 부친으로부터 권력을 물려받았으되 지혜롭게 정치(政治)한 진짜 선덕여왕과 가짜 자칭 선덕여왕의 차이는 산딸기와 뱀딸기만큼 나지 않을까? 물론 아마 스스로 그랬기보다 측근의 여우 같은 년놈들이 지어낸 짓거리겠지만. 지금은 풀려났지만 감옥에 갇힌 신세인 그녀. 만약 아버지보다 어머니의 목련 같은 순수와 자애로움을 지향해 성심껏 살았다면 얼마나 좋았으리오만, 쌍년 쌍놈들의 감언이설을 분별해낼 지혜가 모자랐으니 누굴 탓하랴. 무명 무지의 감옥. 그때 깜방에 앉아 영어사전 따위나 뒤적이기보다(대체 왜 그럴까 몰라) 한 마음 회심하여 인간(혹은 여인)의 길로 달아간다면 국민들은 흔쾌해 용서할 수도 있으련만……

그런데 그 당시 그녀는 자기 아버지가 그랬듯 권력 맛에 취해 무지몽매의 결말을 예상하지 않았다. 좀 상스런 비유일지 모르지만, 여느 여자가 좃맛에 취하고 여느 남자가 보지 맛에 빠져 몸을 망치듯, 그들 부녀는 성욕보다 강한 권력욕에 희롱당해 참 생명력을 잃고 말았다. 그리하여 국리민복보다는 사리사욕의 순간적 쾌락을 향해 유턴해 갔다. 그네들이 나라를 사랑했다고 하나마 그건 대한민국을 자기네의 사유물로 생각한 독재자 근성의 발로일 뿐이었다. 당연히 국민은 그네들의 신민 혹은 노예…….

이명박근혜는 두 명이자 한 명의 비유로 회자되는데, 대선 당시 명박이의 국정원이 댓글 공작을 펼쳐 그네를 푸른 하늘 궁전으로 밀어올렸다는 얘기다. 사실이든 조작이든 이미 선거는 끝나고 박근혜가 대통령이 되어 버린 상황…… 억울해 울음을 터트리는 사람까지 있었던 걸로 기억한다. 물론 그네들은 샴페인 터트려 올리며 환호작약했겠지. 하지만 어쨌든 그 후 좋은 정치가 펼쳐졌더라면 뉴 선덕 진덕으로까지 추앙받을 기회가 있었으리라.

그녀는 신년 기자회견에서 통일대박론을 꺼냈다. 나름 그럴듯했건만 속임수와 언행 불일치가 문제였다. 아버지와 같은 듯 다른 듯. 여러분도 잘 아시겠지만, 밀실에서 자행된 일본군 위안부 문제의 야합적 무화(無化)는 온 국민이 울분을 터트렸으나 여통령은 전혀 개의치 않았다. 마치 1965년의 한일 밀실 회담에서 아버지가 그랬던 것처럼…… 또한 한발 더 나아가 번갯불에 콩 구워 먹듯 사드 배치를 강행하고 급기야 개성공단마저 폐쇄해 버렸다. 그 후유증은 지금도 남아 있고 앞으로도 고름 나는 상처로서 계속 한국의 발목을 잡을 것이다. 사리사욕에 눈알이 벌건 쥐박이도 아니고, 나름 부모로부터 물려받은 애국심을 몸속 어딘가에 조금쯤 지닌 듯싶은 엘리트 여성으로서는 할 수 없는 너무나 황당무계한 짓이었다. 더구다나 남북한 한반도 통일 대박론을 광포(狂布)한 대통령임에랴.

하숙생들 사이에도 논란이 많았다.

"흥, 대박이 아니라 쪽박을 차리려고 아주 작정했나 보구먼. 꼭 필요한 일이라면 충분한 토의와 국민적 공감을 거친 후 국제 상황을 봐 가며 아주 천천히 진행했어도 될 텐데…… 그게 합리적이기도 하구 외교술이기도 한데 말씀이야…… 도대체 왜 번갯불에 콩 구워 먹듯 도둑년 담 넘듯 대변 마려운 놈 라면 끓이듯 해치워 버렸을까, 응?"

"우리가 모를 급한 일이 있었겠지. 청와대에서 살며 생각하는 분들과 이런 하숙집에 기거하는 하숙생들의 생각이 같을 수야 없지 뭘."

"헐, 우리가 낸 세금으로 지어 놓은 청와대고 우리가 뽑아 먹여 주는 공무원인데 너무 높여 생각하면 안 되지."

"하하 현실과 이상 혹은 꿈을 혼동하면 자신만 손해일 뿐인걸."

"사실인데 뭘 그래. 오히려 특정 파벌 지지자들이야말로 눈 뜨고 몽상하는 청맹과니들이더만. 한 마디로 말해, 만약 국민 세금이 없다면 청와대도 미국에 팔아야 되고, 대통령이나 비서들 그리구 국회의원들도 무급 자원봉사자나 휴직자가 되겠지. 하긴 물론 뭐 그들이야 뗴돈을 벌어 처쟁여 놓았을 테니 아쉬울 게 없겠지."

"자기 주관을 섞지 말고 현실을 있는 그대로 좀 보자구. 성철 선사님도 설법하셨듯, 산은 산 물은 물…… 흐르는 대로 좀 놔둬 보자니깐."

"4대강 공사를 비자연적으로 강행한 놈들인걸."

"아저씨들, 잠깐만요…… 뭘 갖고 아웅다웅하시는지 모르겠지만…… 성철 스님께서 하신 말씀은 그런 뜻이 아니에요. 그냥 산이 아니라 늘 변모하는 산, 그냥 물이 아니라 육체적 눈꺼풀을 벗고 청정심으로 보는 물이라고요."

"아따, 알겠네. 참견 말고 어서 학원에 가서 영어 수학 공부나 열심껏 하라구."

"어따, 인생 공부나 제대로 해야지."

"이 양반들, 따순 밥 먹고 또 논쟁이구먼. 그래, 오늘은 또 뭔고?"

"아, 네…… 뭐 통일대박론에 대한 얘깁니다."

"아니죠. 통일은 대박이라고 외치면서 반대 방향으로 나가는 짓에 대한 비판이에요."

"흠, 그래…… 어쨌든 이 시대의 빅 이슈이긴 한데…… 우리가 미국과 중국의 한가운데 딱 끼어 있기 때문에 사실상 한국 정부가 막 처리하긴 힘들어. 이리 하려면 저놈이 지랄하고 요렇게 해 보려면 조놈이 으르렁거리구…… 참 좆같은 신세라고나 할까."

"에이, 그런 상 말씀은 좀 자제하시죠."

"흐흐흣, 좆이 보지 속에 들어간다면 훈훈한 합궁이 되겠지만, 만일 바위 속에 끼인다면 얼마나 괴…… 아아, 말을 못하겠네. 직접 한번 상상해 보시게들."

"우리 한국 사람들이 그런 신세란 말인가요?"

"비슷하지 뭘. 자본주의와 공산주의의 신 각축장이랄까. 우리 마음속에서도……."

"후훗, 늘 중도를 강조하시면서…… 후후훗, 이런 경우엔 왠지 좀 좌빨 편향이시더라."

"흠, 아니지. 중도란 중간에 끼어 이익을 탐내거나 핍박당하는 게 아니라, 두 놈들의 장단점을 꿰뚫어 본 후 그런 질곡을 벗어나 새롭고 멋진 세상을 창조해 내는 것이지."

"진제와 속제가 있다고 하셨잖아요."

"아, 이 문제에선 나도 뭐가 진실제이고 세속제인지 잘 모르겠구먼. 하지만 적어도, 입바른 소리나 관념적인 생각만으론 결코 쉽지가 않겠지. 우리가 좀 잘 살아보려고 하면 꼭 대국 놈들이 나서서 방해하니까 말야. 자기네 이익 추구에 맞지 않으니 그들이야 당연히 그러는 게 옳겠지. 우리가 아무리 민족 나라 통일을 하려 발버둥쳐도 첩첩산중이야. 북한 녀석들도 상당히 간악스런 면이 있지만 보통 인민들보다는 특별 상류계급의 자구지책 짓거리겠지. 쌍년놈들!"

"어이쿠, 너무 흥분 하지 마시고 중생들에게 지혜로운 통찰을 알려 주시죠."

"흠, 허경영인지 허본좐지 자칭 아이큐 480이라고 떠벌리는 코미디스런 정치 탤런트는, 자기가 우주적 대통령이 돼 우선 아시아 통일을 이루기 전에 자꾸 남북한 통일을 획책한다면 피박 쓸 위험이 높으니 만큼…… 아예 통일부 자체를 없애 버리고 무관심주의로 나가는 게 좋다고 개그를 하던데, 사실상 전혀 일리가 없진 않아. 비유가 적절친 않으나, 밥 먹기 싫다는 아이에게 자꾸 뭘 먹이려고 들면 반발만 심해질 뿐이야. 그땐 그냥 모른 척 몇 끼니 굶겨 놓는 게 상책이라구. 나중엔 스스로 기어나와 엄마에게 밥 달라고 아양 떨며 고마워하겠지. 아무튼 꼭 북한 정권이 그런다는 얘긴 아니구…… 일단 우리 주변 강대국들이 볼 땐 남북한 민족끼리 아웅다웅 아귀다툼을 벌이는 척하면서도, 물밑으론 미래 한반도를 건설키 위해 끊임없이 교류해야겠지."

"위장전술이군요."

"글쎄 뭐…… 정치권만으로는 힘들고, 국민들의 단합된 힘을 통해 출구를 모색할 가능성은 있지 않을까? 분열은 어부지리…… 여보게들, 너무 반목하지 말고 서로 한번 잘 토론해 봐. 난 바빠서 이만 굿바이……."

"네, 다녀오세요. 그런데…… 너나 없이 참 어려운 현실이야."

"흥! 아무리 어려워도, 국민들이 수백만 명 고난에 허덕이다 못해 자살해도…… 우리가 뽑아 놓은 국회의원 놈들이나 가진 자들은 오히려 은근히 속으로 흐뭇해 하겠지. 상대적 우월감이랄까. 장르 드라마 같은데 나오는 악마 캐릭터를 멀리 가서 찾을 건 없어. 바로 그런 놈년들이 진짜 악마니 말야."

"누구나 마음속에 마를 지니고 있는걸 뭐."

"그 말 들으니 문득 떠오르는데, 여통령 맘속에도 모종의 마귀가 들어있는 것 같아. 본래는 엄마를 닮아 착했는데 아버질 따라 정치 권력에 가까이 가다 보니 심성이 오염된 성싶어."

"설마."

"그래도 자기가 천명한 뜻을 해까닥 뒤집어 버린 건 정신이 똑바르지 않다는 증거겠지. 여자라서 혹시 그런 건지, 아니면 주위에 포진한 권력 좀비들에게서 바이러스라도 감염된 건지……."

"시국이 하두 어수선해서 누가 수령이 되더라두 꽤 어려울걸. 그냥 두고 보며 넘어가자구. 옛날 우리 할머니 부모님들이 보릿고개 넘듯……."

"이제 그런 패배적인 마인드는 버려도 할아버지가 칭찬할 만큼 풍부해졌잖아. 다만 물질적 육체적 풍요를 얻은 대신 정신적으로 피폐해져서 문제지 뭘.”

 “풍요로우면 됐지, 그게 육신인지 정신인지 따져서 뭘해.”

 “언밸런스인 경우엔 심신이 서로 파먹으며 삶 자체까지 갉아 먹으니까.”

 “쓰잘데기 없는 소리! 밑바닥에서 폐지를 주우며 배곯아 보면 뻔히 결론이 날 텐데 뭔 관념적인 헛소리야.”

 “이젠 그런 시대는 아닌걸 뭐. 국회의원들이 회기 시작 전에 이기적으로 줄싸움하기보다, 여의도 광장에 무릎 꿇은 채 10미터 정도만 걸어 보면 진실이 느껴지지 않을까. 국민들이 나서서 시켜야 해.”

 “국민들도 여러 가지니까. 정치꾼 파벌들은 자기네 사리사욕에 맞춰 분열시키는 판인걸. 솔직히 말해 난 당신 같은 인간의 골통을 한번 때려주고 싶어.”

 “친다면 난 가래침의 속사포를 뱉어 줄 수도 있지. 마침 저절로 장착된 상태니까.”

 “후후, 그러지 말자구. 그러고 싶다고 했지. 누가 그런다고 했나.”

 “정신 좀 차려! 지금 보니 광화문 시위에 나가려나 본데…… 너무 과격하게 해서 자기 본정신까진 파괴하지 말라구. 그러면 바로 좀비 인간이 될 테니까.”

 “걱정 말고 자기 마음이나 잘 챙기라구. 설령 깨끗한 척할지언정, 이미 누구나 다 좀비 바이러스에 조금쯤은 감염돼 있으니 말야. 정치, 경제, 사회, 문화, 언론 등 모든 분야에서…….”

"그건 나도 인정해. 하지만 군중 심리 속에 섞여 하숙생보다 못한 마인드로 성조길 흔들며 지랄치진 말라구."

"몰라. 군중 속에 섞이면 흔들 수도 있겠지."

"흔들더라도 제발 좀 태극기만 흔들어. 왜 미국 성조기를 섞어 흔들고, 때론 태극기 위에서 흔들어대다가 찍어 누르는지 몰라. 도대체 왜? 무엇을 위해?"

"흥분하지 말라구. 무슨 이유가 있겠지. 그래도 일장기는 안 흔들잖아."

"맘속으로 일장기를 흔들어대며 희희덕거리는 연놈들도 아마 많을걸."

"글쎄……"

"흥, 차라리 드러내 놓고 하지 그래. 곪은 상처와 치부를 알고 나면 신체를 살리기 위해 도려내 버릴 수도 있을 텐데……"

"세월이 약이라는 말도 있잖아. 차츰차츰 나아지겠지."

"흙탕물이 가라앉아 봤자 미꾸라지 몇 마리만 작당해 장난치면 곧 뿌옇게 변질될 텐데 뭘. 미국 같은 가물치는 꼬리만 살짝 쳐도 우리네 젖줄인 강물이 검붉어지고……"

"과장이 좀 심하군."

"고기 비유였지 별 과장은 아니지. 솔직히 미국이 우리나라를 위해 미군을 주둔시킬 필요가 어디 있겠어? 중국을 견제하고 동아시아에서 패권을 유지하기 위한 전략적 술수인걸. 만약 우리 국민이 진실을 깨달아 합심한다면…… 미국에 수천억 달러의 세금을 퍼줄 게 아니라, 오히려 우리가 수천억 원의 전세금을 받고 월세까지 받아야 해. 뻔뻔스런 놈들이 남의 집 안방을 차지해 앉아선 주인인 양 기고만장하는 꼴이라니!"

"흐흐, 너무 흥분하지 말라구. 그래봤자 양파 껍질 벗기기 흑백 논쟁일 뿐이니 말야. 그럼 혼자 양파 잘 까 보슈. 난 바빠서 이만……."

"혼자서라도 깔 건 까야지. 다이아몬드는 아니더라도 상큼한 액즙은 나오겠지 뭘."

사내는 씁쓸한 어조로 중얼거렸다. 하숙생들 사이에선 늘 그렇듯, 거창스런 문제도 어느 결에 사소하게 축소돼 사라져 버리곤 했다. 하숙집에서 살아가는 사람들의 한계였다. 아니, 하숙이라는 축소된 사회의 문제일 수도 있지만…….

삐라를 날려라

 어느 날, 옥탑방의 약장수 같은 점쟁이 노인네가 피에로 씨와 함께 신흥 종교를 창시하려 획책하고 있었다. 물론 비밀스런 미션이었는데, 피에로 씨의 가벼운 입이 문제였다. 하긴 그도 극비사업 출발인 만큼 무척 입주둥일 조심했으나, 나한테만은 털어놓고 말았다. 아마 어두운 삶의 터널을 지나 어쨌든 새로운 꿈(몽상이겠지만)을 꾸게 된 나름의 큰 포부와 기쁨으로 인해 그러지 않았을까 싶다. 우리들 또한 그러지 않는가? 특히 그는 어려운 시절에 내게 때때로 도움을 받았는데, 그걸 자기 나름대로 오해한 나머지 나를 너무 순진스런 인간으로 판단해 버리지 않았는가 싶다.
 하기야 난 뭐 그들의 '사업'을 방해할 생각은 전혀 없었다. 그냥 보이는 대로 사실을 마음속 카메라 렌즈에 담을 뿐…….
 야밤중에 피에로 씨가 캔맥주 세 개를 검은 비닐 봉지에 담아 들어왔다. 의외로 전작은 없는 성싶었다. 하지만 한 캔을 따서 목마른 짐승처럼 꿀꺽꿀꺽 들이켜고 나선 갑자기 열기 어린 불그스레한 눈으로 말했다.
 "인생은 참으로 다양하더구먼. 전혀 상상치 못했던 새로운 차원의 세계……."

"어떤?"

"내가 전에 강조했던 성공법은 솔직히 말해 차원이 낮아. 현실 초월적인 모토는 물론 영원하겠지만, 개인적이고 이기적인 마음은 벗어나지 못했던 것 같아. 그래서는 제아무리 애를 써도 성공하기가 힘들겠지. 내가 직접 눈물겹도록 체험한 바이지만……."

"그래서요?"

그는 작은 눈을 깜박거리더니 주머니속에서 종잇조각을 꺼냈다.

"자, 이걸 한번 보시라구. 새 시대를 열어 갈 강령이니까."

"훗……."

"웃지만 말고 이 메모를 토대로 삼아서 뭔가 좀 그럴듯한 헌장을 써 달라구."

"……."

"왜 그리 눈썹을 찡그려? 우리 이 사업이 잘만 되면 아우님도 무명작가를 벗어나 유명짜하게 성공할 텐데……."

나는 종이쪽지를 펴서 천천히 훑어보았다.

신초월통일협회 강령(초안)
우리는 무슨 신흥종교가 아니라, 새로운 세상의 생활 방침을 내놓아 보려고 한다.
기존 철학이나 사상에 기대지 않은 뉴비전 필로소피이며 참다운 정치 종교이다.
우리는 모든 신을 초월한다!
22세기 미래의 우리 현실에 맞지 않고 오히려 방해되는
기존 교회와 성당 그리고 불교 사원 따윈 모두 사갈시한다.
그 속에 모셔 놓은 각종 가짜 신들도…….

우리는 현실(지상)에서 필요한 신신(新神)을 모셔 옹립하고
특히 신국 통일을 위해 목숨조차 기꺼이 내놓는다.
여대통령께서 통일대박론을 내놓은 만큼
우리도 물심양면 힘껏 도우리라!

그 외에도 이런저런 소강령이 있었으나 나는 종이쪽지를 슬쩍 던져 밀었다.
"그만하면 괜찮구먼 뭘 더 고쳐 달라고 하슈?"
"그래도 이 우여곡절 많은 세상에서 써 먹으려면 기름을 좀 쳐야지. 매끄럽게 하면 서로 좋지 뭘. 하핫……."
"정말 실망스럽네요. 그동안 별 깊게 사귀진 않았다더라도, 서로 어느 만큼 가치관을 알 만은 할 텐데……."
"뭘 그리 심각하게 말하시누. 내가 쩐두 좀 챙겨 줄 테니께. 물론 나중에 잘 되면……."
나는 맥주를 한 모금 쭉 마셨다. 생각 같아서는 쫓아 버리고 싶었으나 미소 지으며 물어 보았다.
"어떤 식으로 고치란 말이쥬?"
"일단 골자만 적어논 거니까 좀 살을 붙이고 윤기를 내 제갈공명의 출사표 같은 명문을 만들어 보란 얘기지 뭘."
"개떡같은 출사표…… 그것 땜에 얼마나 많은 사람이 죽었을까!"
"이익을 본 사람도 있겠지 뭐."
"어쨌든 거창스런 출사표 따위로 사람의 참 마음 참 정신을 속이고 마춰시키고 우롱해 신흥 사이비 교주 궁전을 짓는 데 가담할 생각은 없

소이다."

"신흥이라고 죄다 사이비라면 퍽 섭섭하지. 그리구 사실 우린 거창한 궁전을 지을 계획조차 없어. 그냥 여기 옥탑이면 되지 뭘."

"하하, 처음엔 그러다가 나중에 혀가 서서히 변질돼 개소리를 지껄이잖아요. 잘 알면서……."

"너무 그렇게 비관적으로 보지 마시게나. 좋은 씨앗은 뿌리면 고운 싹이 나잖아."

"흠, 몽상 속에서 잘 한번 해보세요. 그건 그렇고…… 가끔씩 다니러 오는 그 영감님…… 빨간 귀신 같은 그 영감님은 대체 누구예요?"

"글쎄 뭐, 나두 잘 몰라."

"뭘 그래요? 소문 들어 보면 이따금 함께 모여 비밀스레 속닥거린다던데……."

"누가?"

"소문이."

"겉 소문과 진리궁의 중요 회의를 혼동하면 안 되지."

"물론 그렇겠죠. 그런데 진리궁이라니…… 역사 사이비 냄새가 나네요."

"허 참, 오해 육해하는 것도 민주주의식 자유인가? 그냥 뭐 가장 중요한 안건을 처리하는 핵심이란 뜻일 뿐인데…… 여자와 남자의 아주 중요한 심볼이 합치는 것도 합궁이라고 하잖는가 말씀야. 옥탑방 구석에 무슨 궁전이 있으리오."

"세상의 모든 화려한 궁전은 고대의 땅굴 움막으로부터 비롯됐다잖아요."

"허헛, 그런 건 무식해서 잘 모르겠고…… 대개 1층에 사는 사람들은 2층 이상이나 지층 이하에 사는 사람들보다 평범하면서도 더 잘난체한다는 속설도 있더라만…… 누가 어찌 인간의 본성을 알겠어. 나도 내가 누군지 과연 무엇인지 잘 모르겠는걸. 흐흐……."

"얼마 전에 서울역 앞에서 그 빨강 귀신 노인네를 만난 적이 있어요. 완전 허수아비 삐에로 같던데요."

"뭔 소리요? 그래봬도 그분이 우리 회의 총수격이여."

"네, 뭐라구요?"

"아니 뭐……."

피에로 씨는 갑자기 얼굴이 불그죽죽해지며 더듬거렸다.

"그럼 그분이 교주예요?"

"쓸데없는 소릴! 그냥 한 멤버일 뿐인걸. 원 참, 꼬치꼬치도 캐묻는구만."

"교주는 아니라지만, 혹시 흑막 뒤에서 조종하는 손일 수도 있겠네요."

"허헛, 과대망상이 나보다 더 심하구먼. 전에 날 두고 비판한 걸 잘 기억하고 있어. 남을 비판하기 전에 스스로 반성하는 게 필요하잖을까?"

"우리는 반성이 필요 없는 시대에 살고 있어요. 반성하면 죄인이 되고 말아요."

"아따, 그딴 헛소린 집어치고…… 출사표 써 줄 거여 말 거여?"

"글쎄, 뭘 확실히 몰라서는……."

"환장하겠네 그려. 흠, 꼭 그럼 귀를 잠깐 이쪽으로…… 그 괴노인은 귀신도 꼭두각시도 아니고 그냥 사람이야. 꽤 독특한 자기를 표현하고픈 욕망이 강하지만, 세상에서 인정해 주지 않으니까 뭐 살짝 미쳤을 수도 있겠지. 이해할 수밖에…… 더구나 우리 신통일회를 위해 협찬금을 적잖이 내주시거든."

"아하, 그랬군. 자, 이제 뜨거운 입김을 불어 넣으며 애써 속삭이지 않아도 되니 입 좀 떼세요."

"깨물 뻔했군. 어쨌든 이건 비밀이니 만큼 엄수해 줘야 해."

"알았어요. 이젠 저리 좀 가요."

"흠, 그럼 22세기의 명문 출사표를 기대하며 난 이만 물러가네."

"예, 굿바이……."

그 이후 강령 쪽지가 어찌 되었는지 난 잘 모른다. 남은 맥주 캔을 하나 더 따서 마시다가 취한 김에 찢어 버렸는지 바람결에 날려 보내 버렸는지…….

하지만 더 이상 궁금해 할 일도 없었다. 얼마 뒤 하숙집 화장실뿐만 아니라 대문 앞에 붙여 놓은 전단지엔 훨씬 더 노골적이고 공상적인 내용이 담겨 있었다. 그 허황스런 삐라를 직접 소개하기보다는 실제적인 진행 상황을 관찰해서 알려 드리는 게 더 좋을 성싶다. 단 하나만 예를 들면 이렇다.

'인간(일반 국민)은 스스로 자율하지 못하므로 자유를 지나치게 주면 안 되며, 뛰어난 인물이 나서서 적당히 조절한다면 훨씬 더 행복해진다.'

그딴 식이었다. 더 궁금하신 분들은 상상력을 최대한 동원해 직접 한번 짐작해 보시길…….

　신통일교의 교주 격인 뱀눈 약장수 영감에 대해선 앞에서 말했듯 계속 관찰했지만 너무나 능구렁이 같아 선악을 판단하기가 어려웠다. 신천지교의 이만희 교주보다 오히려 더 음흉스러워 보였다. 간혹 열변을 토하다가 틀니가 튀어나와도 이만희 교주만큼 짐짓 놀란 척하지 않고 태연스레 매만져 본 후 미소 지으며 집어넣었다. 약간 우습기도 하고 무섭기도 한 느낌이었다. 우스움과 무서움의 이상야릇한 섞임 같은…… 여기서 갑자기 자칭 신인 허경영 총재의 풍성한 검은 머리가 가발인지 뭔지 궁금한 건 왤까? 사실상 난 이만희 교주나 허본좌 등등 이미 사회적으로 영향력을 미치고 있는 자칭 '초월자'들의 행태와 괴기 심리를 탐색하고 싶었으나, 바로 눈앞에 있는 괴인의 사악성부터 헤아려 보는 것도 긴요하다고 생각되었다. 성공한 종교 갑부들 또한 시초엔 구멍가게 간판을 내걸고 있었을 테니까.
　뱀눈 교주의 이력은 그의 흐린 눈처럼 모호했다. 일부러 미스터리하게 봉쇄해 놓는 경우도 있겠지만, 요즘 같은 자기 PR 전성시대엔 굳이 드러내 자랑하지 않고 슬쩍 얼버무려 숨기는 것 자체가 미스터리다.(환경만 좋았다면……) 얌전히 서울대학교를 졸업해 더 바람직한 사업을 펼쳤을지 모를 허경영 씨도 방통대 출신임을 밝혔고, 이만희 교주는 초등생보다 못한 개발새발 글씨로 인해 무학(無學)일지 모른다는 세간의 의혹이 무성했건만 허허실실로 돌파했는데, 뱀눈 교주는 꼭 학력뿐만 아니라 자신의 다른 이력에 대해서도 전혀 언급하지 않았다. 요즘 같은 시대엔 뱀장수를 했든 강간 살인을 했든 재주만 있으면 이력으로 광휘처럼 승화시킬 수 있는데 말이다. 하긴 굳이 따질 건 없으니 그냥 겸허의 표시로 여기자. 요즘 같은 시절엔 겸허는 실천하기 힘든 미덕이 아니겠는가? 사실상 제 잘난 척하는 년놈 치고 진짜 잘난 건 별로 없는 현실이니까.

문제는 앞으로 무슨 짓거리를 벌이느냐였다.

그들은 일단 하숙생들을 상대로 포교를 시험(임상실험)해 보기로 한 모양이었다. 돈을 몇푼 주고 예쁘장한 아르바이트 아가씨를 사서 바람잡이로 활용하기도 했다.(자금의 출처가 어딘가에 있긴 있는 성싶었다.) 하지만 별 효과 없이 일시적일 뿐이라서 다른 좋은 방법을 모색하느라 고심 중이었다.

언젠가부터 옥탑방에서 기묘한 삐라가 흘러 나왔다. 바람결에 날려 왔는지도 몰랐다. 그들도 하숙집 허공에 대량으로 살포할 얌체 짓은 않는 듯싶었다. 어쨌든 간헐적으로 괴상스런 내용의 전단지가 한두 장씩 낙엽처럼 내려와 식당 앞 도로나 홀 바닥을 굴러다녔다. 그걸 주워 읽어 보는 사람도 전혀 없진 않았다. 몇 구절만 인용해 보자.

북조선 인민 여러분!
그 중요한 공화국 창건 행사장에 '21세기 태양'이 왜 없을까요~?!
너무 잘 먹어서 생기는 당뇨병, 동맥경화, 뇌경색 등 병 때문이죠.
인민들은 토끼풀 뜯어 먹으며 겨우 살아가는데…….
뚱땡이 공화국의 태양이 질 날도 멀지 않아요~^^

긴급 새소식!!
김정은 수령의 애첩 리설주 여사님께서

비밀궁에서 홀딱 벗고 로동당 미청년 간부들과 추잡하게 놀아났다!
그 사실을 발설했다고
은하수 악극단의 여성 배우 9명을 공개 총살함!!!@.@

그건 현재 한국의 인쇄 수준에 비해 상당히 조악한 편이었다. 종이도 싸구려였다. 아마 문제는 그 속에 든 내용이리라. 요즘 전단지는 대개 상업화되어 옛 한반도에 뿌려진 삐라와는 비교할 수 없겠지만, 그래도 지속적으로 자극이 남발되면 우스운 장난질도 상쟁의 원인이 된다. 서로 욕질하는 건 하다못해 기분풀이나마 될지언정 굳이 비화시켜 뺨 때리고 맞는 짓을 왜 애써 하는지…….

그런데 살펴본 바 삐라를 피에로 씨 등이 옥탑에서 직접 만들지는 않는 성싶었다. 중간 유통 지점망쯤으로 짐작되었다. 그곳엔 전단지뿐 아니라 대충 만든 괴상스런 제호의 신문지 뭉치 따위도 구석에 쌓여 있었다. 그건 언젠가 유튜브나 공중파 방송의 고발 프로에서 본 이른바 '가짜 뉴스 신문'이 아닌가 짐작되었다. 요즘 일반 언론사들도 자기네의 입맛에 맞춰 편집한 허무맹랑 황당무계한 뉴스를 늘상 생산 유포하는 판인데 과연 진짜 '가짜 뉴스 신문'의 실상은 어떤지 궁금해 피에로 씨에게 부탁해서 한 부를 얻어 왔다.

어느 만큼 신기로움에 대한 기대감을 품었었건만, 하숙방에서 신문지를 펼친 난 도무지 읽어 나갈 수가 없었다. 노인네들이 주독자층인지 활자가 무척 큰 건 그냥 뭐 이해하겠는데, 내용만큼은 더 목불인견이라 한순간 구역질이 일 지경이었다. '동서고금을 막론하고 모든 언론은 광고다!'라고 어느 현인이 갈파했다지만, 그 신문지 속의 기사는 막돼먹은 찌라시 광고보다 한층 더 흥측스러웠다.
 사실상 모든 언론(신문 방송 등등)은 세상 현실을 주관적으로 편집할 수밖에 없다. 언론 자체가 원래 그런 목적으로 탄생했기 때문이다. 한때 지조 있는 기자와 편집인들이 목숨까지 걸고 사실과 진실을 밝히려 애쓴 자취를 발견하지만 이미 대세는 바뀌어 버렸다.(이건 작가도 마찬가지다.) 요즘은 사실 따위보다 재료를 잘 요리해서 먹기 좋도록 그릇에 담아 줘야 하며, 사람들이 맛본 다음 흡족스레 "따봉!"이라 외치면서 엄지손가락을 곧추세워야만 비로소 진실이 되고 뒤이어 사실로 변한다. 그 속에 든 감미료 독소가 몸을 망치고 정신을 혼몽하게 변질시켜도 이미 중독된 상태라 오히려 희희낙락 좋아한다. 더구나 언론 사주들은 소유한 매체를 사실의 장이 아니라 자신의 무기로 생각하기 때문에, 겉으론 대의명분을 내세우며 사리사욕을 위해 특정 파당(보수 혹은 진보)을 지지할 뿐더러 직접 나서서 여론을 조작 왜곡하기도 한다. 이제야 우리는 '한국 역사상 모든 언론은 광고이지 사실이 아니다.'라고 선언할 수 있다. 하늘이 두 쪽 나도 우리 쪽 언로(言路)는 진실이라고 외치는 자들의 천국 세상…… 그들은 독일이나 프랑스 등의 유서 깊은 언론과 자기네를 비교해 성찰하기보다 북조선의 일당 독재 매체인 로동신문을 은근스레 깔보면서 자유의 메신저인 양 행세하며 희희낙락거린다. 자율하지 못하는 방만 방종…… 국민들마저 분열돼 항생제 섞인 그 분유를 매일 빨아먹으면서 모유의 존재를 잊어버리는지 모른다. 참 중도의 마당은 없는 가짜 피에로들의 무대…… 광견병 걸린 하이에나들의 잔치…….
 자, 각설하고 이제 찌라시 신문지로 돌아가 보자.

세상의 모든 존재는 가치가 있다고 하니 제 아무리 괴상망측하더라도 함부로 폄하 재단해선 안 되리라. 내가 옳은 만큼 남은 나쁘니 말살해 버려야 한다는 생각은 이제 버려야 한다. 적어도 38선으로 분단된 대한민국에서는…… 해괴한 생각조차 이해해야 한다. 나의 올바른 생각은 상대방의 관점에선 해괴스러울 수 있다는 사실을 인정하지 않으면 어떤 사소한 문제든 상쟁의 불씨로 변한다. 일단 맘을 열고서 시작하자. 구역질을 느낀다면 상대방은 나에 대해 더 토악질을 느낄 수도 있다. 인지상정 아니겠는가? 특히 요즘 같은 시류의 한반도에서 내가 옳고 너는 그르다는 독선주의에 빠질 경우(즉, 상대방이 멸망하면 탄탄대로 꽃길이 열리리란 망상에 빠질 경우)…… 그런 사태는 결코 실현되지 않겠지만…… 결국 어리석은 동반 자살의 낭떠러지로 곤두박질칠 수도 있다. 이 상황은 두 편이 악수하고 대충 반성한다고 해결될 문제가 아니다. 서로 상대방의 욕망과 고충을 자기 욕구만큼 이해한 뒤 더 나아가 아집 아견(고지식)의 프레임 자체를 해체해야만 할 텐데…… 그리고 자기 자신의 얼굴을 한강 물에 비춰보며 진실하게 웃을 수 있어야 서로 싸워 피 흘리더라도 아름다울 텐데…… 검푸른 강물은 말없이 울며 절규하고 있는지 모른다. 부디 화합해 흘러가라고……. 하지만 언제 그런 날이 오려나. 강물이 장애물을 만나더라도 굽이굽이 흐르는 것처럼, 다리가 좌우의 힘을 합쳐 걷는 듯, 서로 반대하면서도 중심에서 이해하면 더 나은 세상을 향해 한 발짝 한발짝 나아가련만…… 안타깝게도 우리 사회엔 아직 중심축이 없다는 사실을 어찌하랴. 이제 부디 진보니 보수니 종북 좌빨이니 수구 꼴통이니 침 튀기며 동족 상쟁하지 않았으면 좋겠다. 여러분, 우리 한국인의 뇌는 과연 좌빨인가 우빨인가, 응? 여러분의 심장과 폐와 위장과 간은 우익인지 좌익인지 한번 잘 살펴보시기 바란다. 당신의 건강을 위하여!

사설이 너무 길어졌다. 이제 진짜 각설하고 찌라시 신문으로 돌아가자. 난 정말 있는 그대로 보려 했다. 아까보다는 좀더 발행자와 기자의 심정이 이해되었다. 심정에 따라서는 객관적인 현실을 충분히 주관적으로 왜곡할 수 있는 게 인간이다. 아니, 대체 언론 속에 객관적 현실이 있기라도 한가? 진보지든 보수지든 모두 현실 세상을 자기네 입맛과 이익에 맞춰 편집해 주는데 말이다.

그럼에도 불구하고 난 도저히 구역질 없이는 그 뉴스 페이퍼를 계속 볼 수가 없었다. 그건 신문(新聞)이라기보다 과장과 증오와 거짓을 뒤섞어 옛 양은냄비에서 펄펄 끓여 낸 약장수의 가짜 특효 엑기스 같은 것이었다. 대한민국의 여대통령과 북조선 인민공화국의 수령이 합궁을 했는데 음양흡기술로 김정은을 녹다운시킨 다음 흡수 통일을 이룬다는 식이었다. 그건 약과였다. 내 주관보다는 여러분의 판단에 맡기기 위해 직접 몇 구절 따 옮겨 본다.

"우리의 진골 여왕님께서는 무불통지하시고 대자대비하시어 이미 미일중소 등 주변 강국의 흑막을 초능력 투시력으로 꿰뚫어 보시고 대한민국 국민과 민족의 광영을 위하여 불철주야 노심초사하고 계시다. 박정희 대통령 각하와 육영수 여사님의 피를 이어 받았지만 스스로 오랜 단학 수련을 통해 이미 인간의 반열을 넘어 신의 따님으로 등극하셨다. 우리 여왕 각하님은 4대 국어에 능통하여 직접 세계를 순방하며 글로벌

리더로서 가는 곳마다 각국의 언어로 유창스레 일장연설하사 미래를 족집게처럼 예언하시어 찬탄을 받으셨다.

　우리 영명하신 여황님은 중국 시진핑 주석을 직접 만나 눈빛만으로 단박 제압하셨고, 미국 워싱턴 백악관과 러시아 붉은 광장 크렘린 궁전에도 특수 에너지를 발사해 우리나라 대한민국의 국익을 착실히 도모하고 있다. 특히 일본에 대해서는 한층 더 엄격하시어 아베 수상의 하체 기운을 단 한마디로 쫙 빼어 버리시고 우리 국익에 순종하도록 만들어 버리셨다!"

　비웃음이 나오려다가 오히려 한숨이 폭 터져나왔다. 너무 황당해 어이가 없었다. 실상이 어떠했는지는 이미 국민이 다 알고 있는 바였다. 중국과 미국을 방문해서는 비서진이 써 준 연설문을 로봇처럼 떠듬떠듬 읽다가 비웃음을 받았고, 일본 아베의 혼을 빼긴커녕 아버지의 딸이 아니랄까 봐 스스로 대한민국의 혼백을 얼렁뚱땅 몇 푼에 팔아넘겨 줘 버렸다. 시진핑과 트럼프에게 눈빛 에너지를 발사해 조복시켜 국익을 도모하기보다 오히려 설복당해 별 소용없는 사드 괴물을 배치했다가 중국의 보복으로 심한 경제적 타격만 받았다.

　얼빠진 짓거리는 끝없이 계속되었건만 그 당시엔 왜 그러는지 누구도 속 시원히 파악해 주는 사람이 없었다. 철의 장막이라는 북조선보다 더 오리무중인 아방궁의 괴이스런 흑막 속이랄까? 그런데도 가짜 뉴스는 찌라시뿐만 아니라 인터넷(특히 유튜브) 등을 통해 창궐하며 자기네들만의 여왕을 신인 양 칭송하는 것이었다. 반면 그들의 적인 진보 세력에 대해서는 가면을 쓰듯 헤까닥 바뀌었다.

"쳐죽여야 할 종북 빨갱이 매국노 새끼들이 또 흉악스런 범죄를 저질렀다. 대선 후보로 유력시되던 시장 놈이 여비서 성추행 혐의로 고민하던 끝에 결국 자살했다. 저 거창스런 추모 행렬…… 아, 죽어 버리면 모든 죄악이 무덤 속에 묻히고 마는가? 우리 한국인은 옛적부터 일단 죽으면 죄를 묻지 않고 유야무야해 버리기 때문에 오늘날과 같은 부정부패 속에서 허우적거리는지 모른다. 죄는 미워하되 인간은 미워하지 말라는 그런 개소리가 어디 있는가! 인간이 죄를 지었지 않은가? 왜 가만 있는 죄를 미워하라고 지랄치면서 죄악의 본거지인 인간은 용서하란 말인가! 하하하, 웃겨서 배꼽이 빠져 죽을 족속들……. 문제는 간단무비하다. 일단 죄인을 처단해 버리면 죄악도 서서히 사라진다는 분석이다. 특히 종북 좌파 놈들 중엔 그런 짐승이 많으므로 요번 기회에 아주 싹쓸이해 빨갱이 화장장으로 보내 버려야 한다!"

솔직히 이 세상을 살아가면서도 우리는 사실이 무엇인지 갈피 잡을 수가 없는 현실에 놓여 있다. 누군가 그걸 파악해 해석해 주면 훨씬 편하다. 기계인형이나 꼭두각시처럼 그냥 걸어가면 되기 때문이다. 그래서 언론 방송에 기대는지도 모른다. 진짜 뉴스 속에도 가짜가 숨어 있고 가짜 뉴스 속에도 일말의 진실은 있을 테니까. 아, 우리가 진짜 선택해 읽어야 할 뉴스는 어떤 것일까? 이 시점에서 난 슬픈 목소리로 단언한다. 통일이 되기 전까지는 온갖 사이비 가짜 뉴스가 보수 진영에서든 진보 진영에서든 조작돼 나와 국민을 속이고 나아가 우리나라의 운명까지도 요지경 속으로 몰아넣어 버리리라고…….

그러니만큼 희망을 걸 만한 건 남한과 북한의 절대다수를 차지하는 일반 국민과 인민밖에 없는 셈이다. 과거 역사 속에서도 그랬듯 현재 또한 그렇고 아마 인공지능 로봇이 활개치는 미래에도 그렇지 않겠는가?

그럼 여기서 스스로 세상의 태양이자 구세주임을 자처하는 진보파에 대해 한번 살펴보자. 다른 나라는 잘 모르겠지만 대한민국 사회의 경우 거의 대부분 진보파는 사회주의의 피 섞인 젖을 먹고 자랐다고 할 수 있다. 얼굴 모르는 외국 유모의 피. 진짜 사회주의자든 얼치기 사이비든 그 성정(性情)에 깊이가 없는 건 그 때문일 터이다. 그들은 성장해서도 친엄마를 찾으려 애쓰기보다 외국 유모를 향한 향수에 젖어 발광하기까지 한다. 온고지신하지 못한 채 끝없는 모방 행렬이 이어지고 있을 뿐이다. 그들은 보수파보다 자기들이 윤리 도덕 양심적으로 더 우월하다고 생각할지 모르나 사실상 내부 심보는 피장파장이다. 친엄마의 젖맛도 모른 채 자란 불쌍하고 매정한 아이들…… 그들은 자기가 인류사의 과업을 짊어진 프로메테우스인 양 행세하나마 실상은 내심의 욕망을 외화시켜 추구하는지 모른다. 아마 수구파 꼴통들은 사리사욕을 위해 더 완강히 노심초사하겠지만, 급진파 또한 자기 자신과 파당의 욕망을 실현키 위하여 발버둥치고 있는 건 아닐까? 우리가 깨끗하리라고 믿었던 진보측 유명 인사들이 요즘(아니, 옛날부터) 자꾸 성추행 등등 불미스런 범죄에 연루되는 건 그런 까닭 때문이 아닌지 성찰해 봐야 하리라.

긴말 할 것 없다. 요즘은 한국뿐 아니라 전세계적으로 일반 국민들의 생각이 제 잘난 척하는 특별인들보다 평균적으로 훨씬 더 건전해져 가는 추세이다. 그리고 그게 사실상 나라를 이끌어 나간다. 위기가 닥치면 도망치는 놈들과 년들에게 나라는 사람의 운명을 맡길 필요가 어디 있겠는가? 낡아빠진 헌법을 바꿔 우리 자신이 주인으로서 책임과 권리를 챙겨야 한다. 입주둥이로만 국민의 머슴이라고 나불거리는 년놈들을 퇴출시킬 만한 힘이 과연 당신들 국민에게 있는가? 일꾼을 부려 먹으려면 그런 능력부터 갖춰야 하련만…… 아직까진 간악스런 하인을 하인인줄 모른 채 오히려 상전으로 모시고 있는 실태랄까? 또는 자기 자신이 악습에 물들어 있기 때문에 도둑 소굴을 슬쩍 '이해'하고 넘어가는 사람도 많은 실정이다. 혹은 기존에 만들어 놓은 법 울타리 안에 가축처럼 얽매여 움메움메 속으로만 신음하고 있는지도 모른다. 수많은 외침을 겪었고 지금도 미일중소의 압박에 시달리며 살면서도…… 그런 면에서 한국인은 너무 좀 너무 나태하다. 정신적 의타심은 우리 한국인의 잠재의식 속에 가득 숨어 있다. 그렇기 때문에 어쩌면 물질적으로나마 자기 주권을 표현하기 위해 자가용을 사고 미친 듯 인터넷에 빠지고 남 따라 성공을 향해 질주하는지 모른다. 이 좁은 반토막 땅은 그런 자들로 인해 점점 극단적으로 오염되고 있건만…… 자기 한 몸만 잘 살면 된다는 이기주의가 만연한 상태다. 그런 '주의자'들이 건전하게 살아 보려 나름 애쓰는 대부분의 국민들을 구렁텅이로 몰아 넣고 있는 꼴이다. 진보니 보수니 뇌까리는 자칭 주의자들치고 제 이익 챙기지 않는 년놈 없으며 심지어 개나 고양이 또한 그러하다면 개그일까?

  자, 이제 다시 찌라시와 대북 전단지 문제로 돌아가자. 누가 왜 그것을 뿌리는가-- 바로 이게 문제의 초점이다. 생각해 보라. 병이 없다면 가짜 약이든 진짜 약이든 먹을 필요가 없다. 예방 차원에서 백신을 맞고 영양제를 섭취하는 건 이해한다. 그런데 우리 시대엔 약이든 가짜 찌라시든 너무 난무하고, 그게 우리 몸(우리 한반도)에 유익한지 해로운지 전혀 관심이 없는 것 같다. 나라가 반토막이 나든 네 토막이 나 없어지든 상관 않고 오직 자기네 당파의 이익만을 계산할 뿐이다. 자칭 현대인입네 잘난척하는 연놈들이 옛 조상들을 고리타분하다고 깔보지만…… 실상은 사색당파부터 시작해 대국우상숭배(아직도 친일파·친미파·친중파가 활개치는 세상 아닌가?), 나라 팔아먹은 이완용 일파보다 더 아둔하게 사리사욕을 챙기며 우리 한반도를 도박판해 버리는 놈들, 부끄러움도 한 조각 양심마저 뱃속 깊이 꿀꺽 해버린 자들이 아닌가 말이다.

그런데 그걸 뿌리는 자들이 자기 신념이나 이념에 따라 행한다면 조금 봐줄 만도 하련만…… 진보든 보수든 마찬가지다. 우리가 보통 이념(이데올로기)이라고 하면 진보파의 전유물이라 생각하기 싶지만, 우익 보수파 또한 자기들 고유의 이데올로기를 고수한다…… 그들은 진실한 자기 마음이 아니라 어떤 사파(邪派)의 꼭두각시나 좀비 시스템으로 포섭돼 이 세상을 살아가는 듯싶다. 남에게 코로나 19 혹은 44 바이러스를 전염시키면서…… 중도(中道) 진도(真道)와 달리 급진보파와 수구 보수파는 우리가 현재 살고 있는 현실이 아니라 자기네 신이 보여 주는 거울 속의 길을 걸어가는 것만 같다. 꼭 중도가 아니라도 좋지 않겠는가. 바른 보수와 진보는 저들처럼 상쟁 파괴하지 않고 상생 건설할 수 있으리라.

인형극 조종자

 좀 잠잠해져 가던 코로나 바이러스가 사랑제일교회와 광화문 여왕 찬양 집회를 통해 기하급수적으로 확산돼 온 국민의 생활을 마치 전쟁 시기 같은 파국의 구렁텅이로 몰아넣고 있었다. 그런데도 전광인(全狂印) 목사는 마스크를 벗은 채 희희낙락거리며 다음 예배와 집회에도 나와서 소리쳐 '하늘 왕국 만만세!'를 외쳐야만 병이 낫는다고 떠들었다. 전 목사 자신 또한 바이러스 감염이 확진돼 병원으로 실려 가면서도……. 성직자라기보다 미친 짐승 같은 그 한 마리로 인해 얼마나 많은 국민들(올바른 기독교인 포함)이 고통받았는가? 바이러스 때문에 시달리다가 죽은 노인뿐만 아니라 장사가 안 돼 빚더미에 억눌려 자살한 젊은 사람 또한 부지기수란다. 그 죄를 어찌 갚으려는가? 천국에 가서? 니 똥 싸서 니가 핥아 씹어 먹으면 하나님 여호와와 예수님이 용서하시려나…… 너의 죄가 섞인 너의 똥……. 하지만 여러분들도 잘 알다시피 그런 자들은 찍 싸놓곤 하늘나라가 아니라 바로 이 지구의 어느 아방궁으로 스며들어 버린다. 뒤치다꺼리는 죄 없이 속은 신도들이 모두 감당해야 하는 셈이다. 거울 뒤로 사라진 그들의 본 모습을 보면 정말 놀라 기절초풍할 터이련만……. 이건 가톨릭이나 불교계는 물론이고 여타 사이비 종교도 마찬가지리라. 다만 그 속에서 선한 사람들이 저마다 아름다운 꽃을 피울 뿐이다. 선량한 종교인들에게 축복이 있을진저…….

불교의 절, 가톨릭 성당, 이슬람 모스크, 심지어 무당 점집까지도 조심하는데 왜 유독 기독교 교회에서만 칠삭둥이 어린애보다 못한 짓을 하고 있는가? 신은 위기의 순간에만 나타난다고 생각하는지도 모른다. 그 위기 상황을 이용해 교세를 키우려고 획책하는 건 과연 신도들의 영혼을 위한 것인지 자기네의 아방궁을 더 넓히려는 짓인지 알기 어렵다.

어떤 판사가 왜 석방해 놓았는지 아리송하지만 전광인 같은 괴물은 다시 감방 속에 처넣어 놓아야 한다. 바이러스를 퍼뜨리지 못하게스리 독방 속에…… 그 고독 아닌 독고 속에서 깊은 신앙심으로 묵상 기도하여 자기 자신도 치유하고 애꿎게 고통당하는 국민들도 악귀로부터 놓여날 수 있도록…….

이 자그마한 땅에 기독교회가 너무 많이 난립한다는 사실은 일반 시민뿐만 아니라 기독교인 자신들도 이미 잘 알고 있으며, 나아가 크리스찬 본토인 미국과 유럽(또 심지어 이스라엘) 사람들마저 의문을 넘어 경악스러워할 지경이다. 아무리 좋은 것도 포화상태가 되면 생물 존재에게 두려움을 주니까. 우리 한국 사람만 모르쇠한 채 하루하루 메뚜기처럼 살아간다.

우리가 흔히 김일성 족속에게 세뇌된 북한 주민들을 멍청하다고 비웃지만, 사실상 우리 자랑스런 남한 국민들도 미국식 교회 등등 각종 단체의 감언이설에 세뇌돼 제정신을 빼놓곤 희희낙락거리지 않는가?

내 고향 8촌 형 중에 자칭 '진실 중도'파라고 주장하는 분이 한 사람 있다. 그는 기독교인이 아니면서도 전광인 목사를 열렬히 지지하면서 태극기 집회에도 꼬박꼬박 참여하는 모양이었다. 얼마 전엔 새벽밥 먹고 대절 버스를 타고 광화문 광장으로 올라와 양손에 성조기와 태극기를 들곤 마구 흔들어댔노라 자랑했다. 전화기 속의 목소리에 귀가 따가울 지경이었다.

"너도 참 한심하다야. 이런 국가적 위기 시국에 방구석에 처박혀 뭔 소설 나부랭이나 끄적거린다는 거야. 퍼뜩 이리 나와서 동참하라우! 조상님들께 죄짓지 않으려면!"

"아니, 조상님은 또 왜요?"

"너두 참 근본 모르는 대역죄인이다야! 야 너, 우리 고조 할아버님께서 일제 식민지 시대에 독립투쟁하시다가 한쪽 팔이 넛뿐도에 잘리고 애꾸눈이 되신 채 순국하셨다는 것도 몰라, 응?"

"많이 들었지요. 세 살 적 걸음걸이 시작할 때부터…… 그런데 고조 할아버지 독립투쟁과 전광인 목사가 지휘하는 얼룩덜룩한 태극기 집회가 뭔 상관이 있다고……."

"헛 참, 네 아버님이 논 팔아서 대학 공부꺼정 시켜 놨더니만 말짱 헛일이구만 그려. 일본 놈 압제에서 우리를 풀어준 게 누구며, 공산당의 침략으로부터 구원해 주고 나아가 알뜰살뜰 보살펴서 이만한 대한민국을 만들어 준 게 누구여? 바로 미국 아니냔 말여! 물론 이승만 대통령께서 외교술을 교묘히 발휘한 덕택이지만……. 그러니 우리가 성조기와 태극기를 함께 흔들어대며 자유 민주 울부짖는 이유도 바로 거기 있는 거여."

"자유와 민주는 물론 좋지만…… 같은 기독교인들조차 사이비라고 욕하는 전광인 목사가 뭔 민주 자유의 투사라고…….”
 "기독교인이 기독교인이나 교회를 비판하는 건 충분히 가능한 일이고 또 필요하다면 그래야겠지. 하지만 지금은 비상시국이야! 흠, 전 목사님은 현재 거룩히 순교할 정신으로 사자후를 토하는 거란 말여."
 "제발 이 지구를 떠나 천국으로 어서 돌아가길 바라는 국민들도 많더군요. 하느님이나 예수님이 받아 주실지 어떨지 모르지만…….”
 "흥!"
 "심지어 많은 기독교인들과 목사들도 우리 사회에서 격리시켜야 한다더라구요."
 "헛소리 거짓말하지 마!"
 "거짓말 아니라니깐요."
 "대체 어떤 미친 자들이 그래?"
 "올바른 기독교인들이죠 뭐…… 보수파에도 참과 거짓이 있듯 기독교회에도 진짜와 사이비가 있는 거죠. 진실한 신앙인들은 이번 사꾸라 집회 여파로 인해 한국 교회가 몰락하지 않을까 걱정하고 있다구요. 코로나 바이러스보다 더 악착스런 사이비 신앙 바이러스…….”
 "하하핫, 그들이야말로 사이비 교인이야! 전지전능하신 신을 믿지 못하구 바이러스 따윌 두려워하다니 겁쟁이라구, 알어?"
 "그들이 겁쟁이도 아니겠지만…… 아마 겁쟁이보단 이런저런 사기꾼이나 협잡꾼이 더 저질스런 진짜 비겁자가 아닐까요? 오늘날처럼 위급한 시기에 사기꾼과 협잡꾼들은 제 잘난 척 만용을 부리다가 자기 자신에게 위험하다 싶으면 360계 줄행랑을 치니까요."

"무슨 소리야! 전 목사님은 의연히 감옥에 순교하시려 들어갔고, 신도들은 죽음을 무릅쓰고 몰려오구먼."

"하핫, 과연 그럴까요? 전 목사가 현재 한국 기독교회를 대표하는 듯 보이지만, 사실은 일개 행동대장이란 얘기도 있더라구요. 지지난달 광복절 집회를 기획하고 주도한 지도층은 따로 있다는 얘기죠."

"그게 누군데?"

"물론 초대형 교회의 수령님들이죠. 한국에서 열 손가락 안에 꼽는 부유한 교회들…… 그분들은 일반 국민의 울화증과 비판을 슬쩍 피해 넘기기 위해 비로드 장막 뒤로 숨어 버리는 거죠. 그 장막 속엔 아마 미국의 정치적 속셈도 구렁이 마냥 은신해 있을지 몰라요."

"뭔 소리여?"

"한국 사회에서 번창하는 기독교회는 미국과 떼려야 뗄 수 없는 관계인걸요 뭐. 미국은 군대와 정치 세력을 약소국에 투입해 점령하기 전에 미리 교회 선교단을 파견해 은근슬쩍 꼬셔 버린다니까. 초콜릿과 조니워커와 팝송 또한 마찬가지구. 그런 추억이 우리 고유의 정서를 변질시켜 버렸달까요. 흠, 키워서 잡아먹는달까. 병아리와 강아지에게 먹이를 주는 이유를 생각해 보면 우리 인간의 속셈이 드러날지…… 어린 소년 소녀가 자라 청년 처녀가 되니깐 그 싱싱한 젖과 피와 육즙을 슬슬 빨아먹는 양아치 괴수 같은 미국 흡혈귀라고 하면 너무 지나치겠죠? 하지만 사실상 정치 경제 문화 교육 종교 군사적으로 이미 그러고 있잖아요. 정신과 육체를 스스로 미국의 미사일 좃대가리 아래 바쳐 놓고 있는 상황. 이게 우연히 그리 된 게 아니라…… 미국 정부는 파한(派韓) 병사들에게 미리 만든 매뉴얼로 사전 교육을 시켜 초콜릿이나 캔맥주나 츄잉껌 던져 주기 예행연습까지 했다잖아요. 교회는 알게든 모르게든 미국 하수인 노릇을 하게 만든다니까."

"어쨌든 얻어먹었으면 고맙다고 해야지 욕을 하면 은혜 모르는 짐승이지."

"우린 그동안 충분히 보답을 했어요. 그런데도 지금 미국은 우리의 뼛골까지 빼먹으려고 온갖 지랄 농간을 다 부리잖아요. 음, 미군 주둔비를 열 배로 더 내라, 무기 구매를 훨씬 더 늘려라, 북한은 너희와 같은 민족이 아닌 악마이니 우리 명령에 따라 제재에 동참하라!…… 한미 혈맹은 동등하다고 말하면서도, 그들은 아마 옛날 자기네가 던져 준 초콜릿을 주워 먹은 아이들에게서 빚돈을 받아내려는 채권자인 양 행세하잖아요. 사채업자보다 더 영악스럽고 치사스런 놈들……."

"흠! 기브 앤드 테이크란 말도 몰라? 주거니 받거니 하는 게 뭣이 나쁘다고 지랄이여! 너 같은 배은망덕한 한국 사람들이야말로 치사스런 자들이야!"

"너무 지나치니까 그러잖아요. 기독교 예수님은 사리사욕 없이 도우라 했고, 왼뺨 맞으면 오른뺨, 왼손이 한 일을 오른손이 모르게 실천하라 하셨건만…… 이건 뭐 생색내는 정도가 아니라 꽁알까지 다 빼먹으려 드니 말예요."

"너 정말 그럴래? 혈연을 끊고 싶어 그러냐!"

"혈연이 요즘 어떤 의미가 있는지 궁금하네요. 혹시…… 고조 할아버지께서 요즘 시대에 살아 계신다면 어찌 하셨을지 좀 생각해 본 적은 있으세요?"

"흠, 일제 식민지에서 우리나라를 해방시켜 주고 빨갱이 공산당으로부터 우릴 수호해 줬을 뿐만 아니라 오늘날 이만큼 잘 살게끔 해준 미국에 항상 감사 드리고 한미혈맹을 영원히 유지하도록끔 노력하라시겠지 뭘."

"고조 할아버님의 좌우명이 뭔지나 알고 그런 말을 하세요?"

"……뭔데?"

"소련에 속지 말고 미국은 믿지 말라!"

"시대가 변했는데 무슨 그런 헛소릴…….”

"그렇죠. 시대가 격변하고 우리도 이젠 어른으로 성장했는데, 미국 정부는 대한민국을 계속 멍청이 취급하며 골수와 육혈을 빼먹으려 획책하는걸요. 하나의 기획 프로젝트랄까? 과거와 현재뿐만 아니라 미래에도 쭉 진행될 '한민족 분열과 U.S.A의 황금알 거위 프로젝트'…… 만약 남북한 통일까진 아니더라도 우리 남쪽 대한민국 국민이나마…… 너무 지나치게 분열하지 말고…… 서로 나쁜 건 나쁘다 비판하면서두 좋은 점은 슬쩍 배우고, 진보파와 보수파가 함께 협의하여 우리 민족의 진로를 한길로 모아 나아갈 수 있다면…… 아마 그땐 우리 한민족이 그 빛나는 황금알을 모아 온 세상과 온 세계의 평화에 이바지할 수 있을 텐데…… 무슨 욕심이 그리 많아, 하늘이 내려 준 황금알은 서로 차지하려 싸우다가 깨 버리곤, 미국의 하수인 꼴이 돼 그네들이 좋은 점은 좀체 잘 배우지 않고 그들 스스로 더럽다며 뱉어내 버린 것만 곧잘 추종하잖아요. 그러니 실컷 뼈빠지게 일한 열매를 미국에 봉양하고도 그들에게 무시당하지. 무시뿐만 아니라 낄낄 킬킬 비웃는데도 자칭 대단하신 우리 친미 존미주의자님들께서만 짐짓 모른 척하는 태평성대 시절이죠 뭐."

"야, 시끄러! 안 그러던 놈이 무슨 잡귀신이 씌었나, 삼류 통속소설 쓰고 있나 웬 사설이 포도넝쿨이야. 사팔뜨기도 아닌 녀석이 사꾸라 도깨비에 홀려 사팔짝눈으루 세상을 찌그러 흘겨보지 말고, 제발 정신채려서 긍정적으루 좀 사람답게 살거라! 사실 자칭 민족주의자들은 넓디넓은 세상을 바로 보지 못하고, 자기가 천국으로 착각하는 진흙탕 속으로 빠져 들어가는 미꾸리 같은 편협주의자란 말야. 아니 왜 신께서 내려 주신 넓은 세상을 있는 그대로 잘 향유하지 못하고 고쳐 보겠노라며 나서서 지랄발광이냐구, 응? 개선이 아니라 개악하곤 내빼는 주제 꼴에 말야. 세상 바꾼답시고 지랄치지 말고 제 자신의 마음속이나 바꾸라지, 흥! 그리구…… 북한 공산집단을 같은 민족이니 한민족 핏줄이니 뭐니 하며 통일만 되면 마치 지상천국이 도래할 듯 뇌까리지만…… 요즘 같은 글로벌 시대에 한 핏줄이 도대체 무슨 큰 의미가 있냔 말이야? 반쪽 난 남한에서만도 서로 제 피가 더 깨끗하다며 싸우는 주제 꼴에 더 이상 북쪽에 미련을 갖지 말어! 무식 멍청한 새끼들! 말이 좋아 민족 통일 금수강산 통일이지, 만약 진짜루 통일이 되면 적화 세상으로 변한다는 건 아이큐 550인 허경영 신인님께서 어미 예언해 놓지 않았냔 말야."

"형님이 존경 사모하는 박근혜 여사님께서도 통일 대박론을 부르짖잖아요."

"야 임마, 종북 좌빨갱이들이 주장하는 연방제 개도둑놈 식과 우리 선덕여왕 근혜님께서 심사숙고 후 창안해 주창하시는 완전 포용적 북진

통일론을 혼동하면 안 되지. 우리 여왕님에 비하면 김때중인지 놈무힌인지 하는 자들은 얼뺑이 강아지야. 북괴 똥 빼는 얼치기라니까."

"말이 좋아 포용이지 사실은 북한을 때려엎고 흡수통일하겠다는 흑심인데, 생각 좀 해보세요. 역지사지로 입장을 서로 바꿔 놓고 상상해 볼 때 그 누가 좋아하겠어요? 어림 텍도 없는 짝퉁 선덕여왕의 과대망상일 뿐이에요. 더구나 북한은 독재정권이라 지탄받지만, 어쨌건 중국과 러시아 대국 틈새에 낀 상태에서도…… 대한민국의 수구 보수파 박사님 영감님들처럼 미국과 일본에 빌붙어 흥청거리기보다…… 나름 깜냥껏 자주적으로 살아나가려 발버둥치잖아요. 과연 그들이 일방적 흡수통일을 받아들이겠어요? 비루먹은 양아치 개새끼라 욕하며 차라리 핵무기로 자폭 타폭하는 악로(惡路)를 택할지언정…… 제발 좀 정신 차리고 현실을 바로 보세요."

"뭔 개 여물 먹는 소릴 지껄이냐! 그러니 만큼 오히려 우리가 나서설랑 세뇌에 빠진 그들을 잘 설득해 우리 민족의 품안으로 끌어들여야지. 이건 하나님의 명령이야! 너 같은 이기주의자들은 아마 예수님의 십자가가 뭘 의미하는지도 잘 모르리라만……."

"네, 전 잘 몰라요. 아마 그 의미를 알 뿐만 아니라 세대로 실행해야겠지요. 예수님은 사람들의 짐을 대신 십자가로 져 주셨건만, 요즘 인간들은 자기 짐마저도 남에게 떠맡기려 들잖아요. 특히 기독교인들이 더 심한 것 같더군요. 우리 모든 국민들이 애써 고통을 참고 견뎌 겨우 겨우 어렵사리 코로나 바이러스의 십자가를 좀 벗어나려는 참에 또 파리 떼처럼 모여 병균을 막 퍼뜨리잖아요. 교회가 바이러스의 온상이 돼 가고 있어요. 괴 바이러스로 수십만 명이 죽어 나가는 미국 꼴을 뻔히 보면서도 그걸 따라가려고 광장에 모여 성조기를 흔들어대는 거예요? 우리 국민들의 고통스런 노력은 개무시하고…… 미국의 셰퍼드인지 스피츠인지 한번쯤 잘 생각해 봐야 할 거예요. 미국은 우리를 혈맹이니 동반자니 겉으로 나불대면서 속으론 스피츠의 발에 낀 때보다 우습게 보는데도…… 이럴 경우 아마 고조 할아버지라면 이런 말씀을 하시진 않을까요?…… '참 무지스런 녀석이로군. 미국이 일본을 한국보다 더 중시하는 듯해서 신경 쓰이는 모양인데 다 쑈야. 정신 바짝 차리고 실상을 보거라. 미국이든 일본이든 프랑스든 누구든, 자기네 격에 안 맞으면 결코 친구로 삼아 주지 않아. 너희들 모두가 수고한 덕분에 한국 경제는 이제 그들과 어깨를 결을 만큼 되었다지만, 정신 문화적으론 아직 그네들의 어릿광대 모방자 노릇을 하고 있잖느냐. 각 분야에서 돌출하는 아이돌이 더러 있지만 아직은 멀었어. 너희들의 평범이 비범 못잖게 그네들에게 감동을 줄 수 있어야만 진정한 벗이나 동맹으로 인정받을 수 있겠지. 꽃이 흙 속에 뿌리박고 피어나 향기롭듯 천재와 영웅 또한 일반 민중의 기운을 받아 성장해야 진실하다는 사실을 그네들은 이미 잘 알고 있기 때문이야. 미국이 때때로 너희들에게 생떼 어거지를 부리는 건 아직 너희들의 격을 인정하지 않기 때문일 거야. 인격과 국격 모두…… 물론 의견이 백 퍼센트 합치하긴 어렵겠으나, 조선시대 사색당쟁보다 더 저열스런 이전투구 벌이지 말구, 가능한 한 싸움을 하더라도 사리사욕과 당리당략을 넘어 국익을 서로 생각해 페어플레이한다면 얼마나 멋질까! 그렇게 되면 이제 5대 강국도 너희를 넘보지 못하고 군사력과 문화를 겸비

한 나라로서 존경하게 될 거야. 애들아, 남북통일은 좀 미루더라도 우선 남한끼리나마 다양성 위에서 일통한다면 미국 또한 억지보다 이성적으로 대한민국을 상대하겠지. 미국은 현재 사실상 중국과 러시아를 견제하고 세계 패권을 계속 유지하기 위한 하나의 중요한 전초기지로써 한국에 미군을 주둔시키고 샤드니 뭐니 잔뜩 배치하고 있는 속셈인 걸 왜 몰라? 한국은 이미 세계 5위권의 군사 대국인데 대체 왜 당당하지 못하고 옛날 초콜릿 얻어먹은 어린애처럼 미국한테 굽신굽신 빌붙으려 하냔 말이야. 그놈들이 미군 주둔비를 제 입맛대로 잔뜩 인상하지 않으면 철수하겠다느니 어쩌느니 협박을 하는 모양인데…… 참으로 뻔뻔스런 놈들이지. 하지만 세상만사 상대적이듯 그 도둑보다 너희들 자신 속에 더 많은 문제가 있는 거야. 폐일언하고, 가겠다는 사람 붙들지 말구 그냥 잘 가시라고 해 보거라. 그들은 가지 못한다. 아니, 결코 가지 않는다. 한국은 지정학적 가치만으로도 하나의 보물이기 때문이다. 얼빠진 바보의 보석함이랄까. 만일 너희들이 총명해져 자신의 진짜 값어치를 깨닫는다면 미국인들도 괄목상대해 제대로 대우해 주리라. 아가들아, 주둔비를 줄 것이 아니라 되려 받아야 하느니. 너희들이 멍청하기 때문에 미국인들은 이 땅에서 셋방살이하는 주제에 방세도 공과금도 일체 내지 않고 집안을 더럽히며 주인 행세를 하는 것이다. 그들의 똥오줌과 정액과 가래침으로 더럽혀진 집안에 너희들은 살고 있으니라. 희희덕거리며, 형제자매끼리 서로 싸우며…… 옛날 옛적 일본 식민지 시절에 그랬듯, 미국 또한 겉으론 우방 혈맹 하면서도 속으론 너희들이 이리저리 찢어져 증오하며 서로 싸우고 남북한 또한 가능한 한 영원히 통일되지 못한 채 갈라져 으르렁거리길 획책하는 것이다. 왜냐? 답은 아주 간단하다. 자기들의 이익이 되기 때문이다. 부디 명심하기 바라느니라.'…… 마치 고조할아버님의 목소리가 생생하게 들려오는 듯해요."

"미친 녀석 같으니라구! 할아버지를 빙자해 니 자신의 개소리를 지껄이고 있는 꼴이구먼. 제발 좀 정신 차려라! 우물 속 개구리처럼 꽥꽥거리지 말고…… 세계 최강 최선진국인 미국 대통령도 코로나 바이러스 따윈 감기처럼 별것 아니라면서 국민의 자유를 부르짖는 판에 우리만 호들갑을 떨고 있다구!"

"그건 가짜 뉴스……"

8촌 형은 두말없이 전화를 끊어버렸다.

애기가 좀 길어졌지만, 한국의 진보파와 보수파는 진짜 진보나 보수가 아니라, 분단된 남북한의 비극적 상황이 조종하는 삐에로가 아닐까 하는 생각이 든다. 인형극 장막 위의 손이 제멋대로 놀리는 꼭두각시…….

자기 자신이 사이비가 아니라 진짜 진보나 보수라고 말하려면 우선 꼭두각시 마냥 세뇌되지 않은 인간의 마음을 지녀야겠지. 어떤 이념(이데올로기)의 좀비 혹은 강시가 되길 거부하는 제정신 차리기. 스스로는 가장 옳은 길을 간다고 생각(착각)하겠지만 사실상 두 쪽 다 비이성적인 감정의 노예로서 아집과 편견에 사로잡혔다고 할 수 있지 않을까? 그러니 좀비 강시처럼 패거리를 지어 서로 좌빨 종북이니 극우 꼴통이니 비난하나마, 결국엔 진실보다는 이기적인 지배 욕망과 사리사욕의 구렁텅이 속에 빠져들고 마는 거겠지 뭐. 건전한 진보와 보수라면 자신이 지닌 견해가 반쪽임을 인식하고 온전함을 찾으려 다른 반쪽과 열정적으로 싸우면서도 가느다란 소통의 실마리라도 만들기 위해 애쓰겠지. 어디까지나 상대가 자기와 같은 인간 존재임을 잊지 않고 말야…….

모든 존재하는 것은 나름 의미가 없잖다는 잠언이 있지. 하지만 그건 우리가 창발적으로 장단점을 잘 활용할 경우의 얘기고, 꼬투리나 잡고 앉아 싸울 땐 우리 자신이 회충(蛔蟲)의 먹이가 돼 곯아 버리겠지. 음, 여기서 이솝 얘기를 한번 해보고 싶군. 보수파는 현실을 인정하고 지금 있는 대로 악도 수용한 채 그 속에서 미꾸리처럼 헤엄치며 어쨌든 살아나가면 된다고 생각한다. 물론 시간을 두고 원래 악을 서서히 성찰해 소멸하길 바라기도 한다. 하지만 수구 꼴통파들이 현재나 미래보다 과거의 영광 시절로 되돌아가길 망상하기 때문에 흙탕물은 좀체 맑아지기가 어렵다. 못된 미꾸라지와 망둥이가 연못을 망치는 격이다.

진보파는 연꽃이 피어 나름 아름다운 연못을 혁파해 새로운 청정 삶터로 만들어 보자고 주장한다. 진흙 속에서 연꽃이 핀들 향기롭기보다 오히려 고통 어린 피비린내가 난다는 것이다. 그러니 부정부패로 오염된 연못 바다 자체를 뒤집어엎은 뒤 청소하고 새 물이 들어올 수 있도록 파이프 라인까지 가설하자는 얘기다. 미래의 삶을 향한 비전은 좋지만 현실을 무시한 이상론은 기존 생태계를 교란시켜 자칫 멸족적 파국을 초래할 위험이 있다. 그들은 자기가 가장 옳다는 몽상에 빠져 살아서 그런지 자기네가 내지른 똥과 땟국물(월권과 부정 따위)에 대해서는 스스로 퍽 관대하다. 그래서야 상대방을 설득시킬 수 없지 않겠는가? 너는 하는데 나는 왜 못하냐며 서로 더 깊이 오물 속으로 들어가는 건 좋은데, 일반 국민들까지 물귀신처럼 끌어넣으려 발광해 버리기 때문에 문제인 것이다. 아아, 이솝 우화는 읽고 나면 한 점 교훈이나마 떠오르건만…… 우리 사회의 보수와 진보의 싸움에선 건질 게 없기 때문에 백년하청인지 모른다. 올챙이가 개구리로 환골탈태해 개골개굴(改骨開窟) 외치며 스스로 연못을 정화할 능력이 있을 때에만 한국판 우화 속의 망둥이와 미꾸라지 모리배들은 어디론가 다른 후진 연못으로 사라질는지…….

티없이 푸른 하늘이다. 햇빛은 따스하게 비치고 새들이 해맑은 소리로 지저귄다.

어떤 사람이 쭉 뻗은 길을 걸어간다. 그는 색다른 모자를 쓰고 있다. 한쪽은 빨간색이고 다른 한쪽은 파란색이다.

길 오른쪽 논에서 씨를 뿌리던 사람들은 그 모자가 빨간색이라 말하고 왼쪽에서 일하던 사람들은 파란색이라고 입을 모아 주장한다. 행인은 허허 웃으며 지나간다. 양쪽 논의 사람들은 입에서 침을 튀기며 설전을 벌인다. 급기야 한 동네 사람들끼리 서로 욕설까지 퍼부으면서 일손을 놓은 채 내가 옳으니 네가 나쁘니 왈가왈부 싸움을 벌인다. 한 나절이 지나도록…….

땅거미가 내릴 무렵, 시내에서 볼일을 마친 행인이 다시 돌아온다. 똑같은 사람이 똑같은 모자를 쓰고 있다. 그런데 이번엔 길 오른쪽에서 쳐다보던 사람들이 파란 모자라고 주장했으며, 왼쪽에서 바라보던 사람들은 붉은 모자라고 떼를 쓰며 마구 삿대질마저 해댔다.

"저건 빨간 모자다! 내 목숨을 걸겠다!"

"무슨 개소리냐! 네 할아비한테 물어 봐라. 파란색이 분명한데 어거지 쓰지 마라!"

행인이 멀리 가 버린 뒤에도 싸움은 멈추지 않았고 다음날 다음날 다음날에도 논쟁은 이어졌다…… 혹시 오늘날까지 계속되고 있는지도 모른다.

하늘을 날아가던 참새는 그 태극기 색깔 모자를 내려다보며 대체 뭐라고 짹짹거렸을까?

무지개 식당이 자리잡은 해방촌은 이름만큼 썩 자유롭고 멋진 파라다이스 지역은 아닌 것 같다. 우선 서울역 앞의 아스팔트 바닥을 기준점으로 삼아 맨 꼭대기에 있다. 달동네. 자가용이 드물던 예전엔 꾸불구불한 시멘트 골목길을 오르느라면 겨울에도 땀방울이 맺히던 달동네였단다. 더구나 부자들이 사는 후암동의 으리으리한 집채 옆을 지나칠 때면 왠지 어깨가 더 무거워져 걷기가 힘겨웠다는 얘기다. 또한 얼마 멀잖은 곳 이태원의 이국적 요사스런 색등(色燈)은 그들의 심정을 솔찮이 어지럽혔으리라. 인근한 갈월동 미군 부대의 철조망은 아마 그들의 마음과 정신조차 억죄지 않았을까 싶다.

괜한 소린 아니다. '해방촌'은 요즘 대한민국 사람들이 잘 모를 좀 슬픈 유래를 지니고 있단다. 일본의 압제로부터 이른바 해방이 된 후 곧장 미군이 들어와 통치했고, 이어 남북한 동족 전쟁이 일어났다. 남산 기슭에 무허가 판자촌이 생겨난 건 그때부터였다. 일제 강점기 때부터 그런 빈민촌이 있었다는 기록은 없는 성싶다. 해방을 기념해 지은 마을이라기보다, 전쟁 중 피난민들이 살기 위해 남산 기슭을 파 움막을 만들었고 (이것도 좀 의문스럽다.)…… 휴전 이후 북에서 내려온 난민들이 개미떼 마냥 모여들어 한 빈민 마을을 형성했다는 얘기다. 아마 달동네 중에서 민족적 비극과 비애를 가장 진하게 간직하고 있는 곳인지 모른다. 사실상 서울역부터 시작해 동자동 후암동 갈월동 남영동 이태원을 쭉 따라 내려가다 보면 미군부대의 철조망 속에 갇혀 훼손된 민족사가 읽혀진다. 그래서 그런지 해방촌에서 바라보는 달은 어딘지 반쯤 갈라진 피 흐르는 각시탈처럼 보이기도 한다. 우리의 이마에 흐르는 피……. 가난한 고지대에 살았던 사람들은 시시각각 두려움을 씹어 삼키며 살았을까 어땠을까? 물론 그럴 마음의 틈도 없었겠지만, 수시로 공포감에 떨며 목숨을 부지했다는 증언은 여기저기서 접할 수 있다. 그런 모종의 공포감은 어쩌면 우리 한국민(북한 동족 포함) 모두가 현실이나 꿈속에서 늘 체험하는 악몽의 일종이 아닌가 싶다. 아닌 사람은 말고…….

　인간은 원래 진실을 대면하길 어려워하는 존재인지 모른다. 아니, 옛날 전쟁에서 겪었던 트라우마 때문에 대대로 유전되고 있는 게 아닐까? 망각한 척 슬쩍 외면하거나 왜곡하는 습성. 이 세상에서 팝송을 미국인만큼, 아니 미국 사람 이상으로 좋아하는 족속은 한국인인 성싶다. 노래 자체가 뛰어나서 그런다고 한다지만 꼭 그렇잖은 면도 있으리라. 정치 경제뿐만 아니라(아니, 더 특히) 문화 예술은 감상자의 취향 위에 유행과 풍조가 군림하는 듯 여겨진다. 만일 우리가 미국과 동등하거나 그들을 내려다볼 수 있는 입장이라면 좀 다르지 않을까? 일제 강점기에 일본 가요를 내면화한 사람들이 많듯, 혹 프랑스 식민지였더라면 샹송이 더욱 더 애창되고 있지 않을까 싶은 것이다. 물론 요즘엔 우리 방탄소년단 등이 활약을 펼쳐 날고 있으나, 우리가 팝송에 점령당한 비율에 비하면 조족지혈 새발의 피다. 혹시 그들은 문화 식민지 백성을 짐짓 우쭐하게끔 부추겨 친화하는 척하며 뒷구멍으로 황금알을 빼먹으려 획책하는지도 모른다. 정치, 경제, 군사 분야에서는 특히 사실상 그렇다고 전문가들은 말한다.

자, 문제는 우리가 팝송을 들을 때 가사를 인지하기보다 모를 때 한결 더 감미롭게 느껴진다는 점이다.(진짜 실력파이자 애호가들은 제외한다. 그들은 곡조뿐 아니라 가사가 품은 내용도 잘 알아야 차원 높은 감상과 참된 정서 교류가 이뤄진다고 생각한다. 그리고 또한 그들은 팝송을 애호하는 만큼 샹송이나 우리 고유의 노래도 존중하는 것이다.) 진짜 애호가와 달리 가짜 애호가들은 우연한 기회에 가사의 뜻을 알고 나면 '이 따위로 시시했던가! 속은 기분이야.' 라고 툴툴거리며 침을 찍 내갈기기도 한다. 모르기 때문에 사랑하는 셈이다. 과연 그들은 미국의 속내를 얼마나 알고 있을까? 아마 그런 얄량한 친미주의자들은 일부러라도 팝송과 미국의 실상을 알려고 하지 않는지도 모른다. 실망하지 않기 위하여, 책임지지 않고 달콤한 미약만 빨아먹기 위하여…… 그래서 그런지 한국의 사이비 가수들 중엔 노래 예술적으로 꼭 필요하지 않은데도 굳이 애써 혀를 이상스레 굴려 가사를 못 알아먹게끔 모호하게 불러댄다. 진실한 건 속을 알수록 더 감미롭다는 사실을 아는지 모르는지…….

해방촌에 살다 보니 가끔은 '해방'에 대해 생각케 된다.
8.15 해방이 진짜 해방이라는 사람도 있고 가짜 해방이라는 사람도

있다. 그 당시 태어나지도 않았던 나로서는 무엇이 사실인지 알 길이 없다. 어떤 학설은 우리 자신의 힘으로 일본을 물리치고 독립한 게 아니므로 진정한 독립이 아니라고 말한다. 미국이 원자폭탄으로 일본을 굴복시키는 바람에 거저 얻은 것이므로 반쪽짜리라는 얘기다. 더구나 곧장 미군이 진주해 군정을 펼쳤으며 그 과정에 일제 강점기의 관리 따위 친일파 나부랭이들을 각계 각층에 재등용해 우리 민족 정기를 훼손시켰을뿐더러 점차 미국화해 결국 양놈 시키들의 똘만이 꼴이 되고 말았다는 불만이다. 1945년 당시 백범 김구 선생이 임시정부 독립군단을 이끌고 먼저 이 땅에 들어와 우리나라를 건설하려 애썼으나 미국의 훼방으로 좌절됐다는 소문이다. 반대로 친미파인 이승만 하버드대 박사를 앞잡이로 내세워 한국을 자기네의 위성국 내지 식민지로 만들려 획책했단다. 미리부터 착착 플랜을 짜 실행해 나갔다는 얘기다. 6.25 전쟁도 남북한이 서로 증오해 벌어진 게 아니라, 미국 정부가 기획한 결과물이며 지금도 남북통일을 사사건건 방해하고 분단을 영구화하려 지랄하는 짓거리들이 그 증거라는 말씀이다.

  다른 한 쪽은 어쨌든 해방 광복이 된 마당에 무슨 개소리냐고 막 짖어댄다. 미국의 '천우신조'가 아니었으면 이 순간에도 일본의 압제 아래 신음하거나 북한 괴뢰의 탱크에 짓밟혀 공산화됐으리라 주장한다. 그러므로 미국은 우리를 낳아 주고 키워 주신 부모님이니만큼 늘 감사하고 공경해야 하며, 개인 차원의 호불호를 벗어나 어쨌건 현실적으로 광복을 선물해 준 미군정 이후의 미국 정책을 완전 지지해야만 금수(禽獸)가 아닌 사람답다는 얘기다. 지금이야말로 온전한 광복 해방 호시절 천국이며, 오직 하나 한이 있다면 언제든 북진통일을 시도해 공산괴뢰 도당을 몰아낸 뒤 한미혈맹 왕국을 이뤄내는 것뿐이라는 논지였다. 그게 각장 현실적인 방략으로서 누이 좋고 매부 좋은 완완전전 통일법이다! 그들은 피를 토하는 심정으로 부르짖었다. 역사에 가정법은 없다면서, 현재를 무시하고 이상론만 펼치는 녀석들은 정신병자라고 질타했다. 그거야말로 현실에서 살아가는 사람들을 속이며, 지들 뱃속만 챙기는 사기꾼이란 얘기였다.

 아직은 미약한 편이지만 또 다른 의견도 있다. 두 파당 다 진짜 현실의 흐름을 모르는 이기적인 어린애라는 것이다. 아집 아견이 너무 강한 편집광. 현실은 물처럼 흘러가건만, 자칭 진보랍시는 꼴통들은 물길을 어거지로 바꿔 상상 아닌 망상적 유토피아를 건설하려 애쓰고, 수구 꼴통들은 흘러가는 물마저 막아 과거로 돌려보내려 획책하는 괴물이라는 힐난이다. 그들 때문에 이 나라 이 민족이 고통받으며 허덕인다는 일침. 남을 욕하지도 말고 칭송하지도 말고, 무시하거나 우러러보지도 말고, 그냥 있는 그대로 우리 이익 챙길 건 챙기고 줄 건 주면서 살아가자는 묵묵한 제언이랄까. 이 방향이 사실 가장 어렵기 때문에 큰 흐름을 형성하지 못하는지도 모른다. 하지만 아무리 제 잘났다는 놈들이 큰 소리로 떠들어대도, 우리 일반 국민이 그런 개소리에 휩쓸리지 않고 제정신을 차려 평범하되 참된 상식의 한 강줄 줄기를 이루어낼 때라야만, 미국과 일본 그리고 중국과 소비에트 러시아를 넘어 진정한 독립국가로서 우뚝 해져 홍익 만물 사상을 온 지구상에 펼칠 수 있으리라.

성공통일교

 피에로 씨는 예전에 동자동 하숙집에서 열광적으로 시전하던 성공학에다 여대통령의 '통일대박론'을 접목시켜 새로운 인생의 목표를 설정했는가 보았다. 즉, 자기 개인의 성공을 넘어 우리 한민족 전체의 행복스런 미래를 위해 투신하려는 듯한 모습이었다.
 그는 절뚝거리는 다리로 옥탑방에 꽤 자주 오르락내리락했다. 이와 관련해 제법 기특한 소릴 흥얼대기도 했다.
 "목표가 뚜렷하면 어떤 고난도 견뎌내고 실천하게 된다!"
 별 대단스럽달 건 없지만, 그나마 공상이나 실없이 뇌까리던 예전에 비해 많이 변화된 모습이었다. 다만, 무엇을 위한 실천행인지가 문제였다. 나쁜 실행은 때론 관념적 우유부단보다 더 참혹한 결과를 가져오지 않던가. 나로서는 동자동에서보다 외려 더 걱정스러웠다.
 옥탑의 사이비 교주에 대해 그는 별 비판을 하지 않았다. 전엔 실행력은 떨어져도 입바른 소린 나름 잘 내뱉었는데 말이다. 그렇다고 교주의 사이비성을 눈치채지 못한 건 아닌 성싶었다. 알고도 그냥 넘어가는 것 같았다. 이를테면 이 세상에서 성공키 위해 나름 자신이 믿는 바 정공법을 시도했다가 실패하자 정사(正邪)를 초월해 나아가는 모습이었달까. 더구나 자기가 내심 사모하는 여통령님의 이른바 통일대박론에 심취해 그 민족적 대사업에 일조키 위해서 나름 고군분투하는 모습이었다. 지고한 목표 달성을 위해서는 사이비 종교든 수구 꼴통 언론이든 뭐든 다 활용해야 한다는 일종의 막가파 식이었다. 그는 삐라와 찌라시를 만들어 뿌리느라 절룩거리며 부지런히 나다녔다. 활동비는 사이비 교주의 주머니에서 좀 나오는 모양이었다.

"큰일을 이룩하기 위해서는 그 일에 미쳐야 합니다! 물론 아름답게 미친다면 더 좋겠지요. 지금 우리 여통령님 각하께서는 민족의 숙원인 통일 대사업에 노심초사 하시느라 무궁화처럼 어여쁘게 살짝 미쳐 있을 수밖에 없습니다! 우주의 위대한 마력(魔力)을 활용한 경천동지할 대사업 앞에서 그 어떤 무지한 자가 웃을 수 있단 말입니까? 아아, 뱁새가 봉황의 큰 뜻을 어이 알리오! 모두 엎드려 감복할지어다!!……."

정치와 종교는 광신적인 양상을 띨 때 가장 가까워진다. 오랜 체험과 시행착오를 거쳐 선조들이 세워 놓은 정교(政敎) 분리 원칙을 비웃으며 밀애를 즐기려 한다. 사련(邪戀)이지만 그들에게는 로맨스다. 어디까지 나가든……. 현재 한국 사회에서 그런 사련에 빠져 가장 저질스런 불륜을 저지르는 관계는 극우 꼴통 정당(정치 모리배들)과 수구파 기독교단이다. 길게 설명할 것도 없이 현실에서 벌어지는 꼴만 봐도 명약관화하다. 그들은 최소한의 이성과 양심과 부끄러움마저 내던져 버린 채 벌거벗고 광장을 누빈다. 목표는 사리사욕일 뿐이다. 그들이 가장 믿는 것은 대한민국 국민이나 신(神)이 아니라 바로 미국이다. 그들에게 있어 미국은 우주의 중심이며, 그러므로 성조기는 태극기보다 한층 더 고상한 귀물인 셈이다. 다른 어느 나라, 어느 식민지에 이런 경우가 있는지 궁금해진다.

　기독교인들은 자기네는 아주 고결한 척하며 한국의 토착 종교, 특히 그 중에서도 무당을 저속한 미신이라 침뱉으면서 깔보고 비웃는다. 하지만 객관적인 입장에서 연구하는 종교학·민속학·문화인류학계의 학자들은 한국의 기독교 신앙 속에 무속적(巫俗的)인 요소가 많이 섞여 들어 있음을 인정한다. 미국식 교회 건축 양식의 이성미와 양복(혹은 양장) 차림이라는 겉치장을 벗겨내고 본질만 본다면 일부 기독교인만큼 기복신앙을 추구하는 경우는 없다는 얘기다. 더구나 여기저기 난립하는 기독교파의 기도원은 무당보다 더욱 더 엽기적이고 광신적인 양태를 보인다는 것이다. 만일 한국 땅에 애시당초 무속이 없었다면 기독교가 이처럼 번창할 리 만무하다고 전문가들은 진단한다. 오직 기독교인만이 그 사실을 모르거나 모르는 척할 뿐이다. 광신에 협잡까지 더해지면 법(法)마저도 그들을 제어하기가 어렵다. 일부 교회나 기도원에서 목사들이 희귀 난치병과 불치병을 예수님의 영력으로 고친다고 선전하는데, 대부분은 미리 짜고 술수를 부린다는 소문이다. 물론 진짜 성령의 능력을 받아 사역하는 분도 있으리라. 다만 99%가 징그러운 사기꾼이라는 게 문제인 셈이다.

　옥탑방 괴교주와 피에로 씨는 마침내 합작하여 하나의 신흥 종교를 창시했다. 그 이름은 '신세계성공통일대박교', 약칭 성공통일교였다. 피에로 씨는 약간 자부심이 깃든 어조로 유래를 설명해 주었다.

　"처음에 교주 영감탱이는 그냥 통일대박교로 나가려 들더군. 그건 좀 유치하다고 내가 말렸지. 그리구 성공학의 교묘한 원리를 매치시켜 하나의 정신운동을 지향케 한 셈이야. 영감쟁이는 굳이 고집스럽게 성공보다 승공이 더 좋겠노라 우겼지만, 그런 고리타분한 말은 요즘 세대에게 안 통한다고 내가 겨우 설득하여 성공통일교로 정했지. 하긴 영감이 젊은 시절엔 승공이란 말이 더 유행했다더군. 영감쟁이는 나더러 부교주를 하라더라만 난 그냥 교육선전부장으로 만족키로 했어."

그러면서 금박 글씨가 거창스러워 보이는 명함을 내밀었다.

그들이 주로 하는 일은 국내용으로 전단지를 뿌리고 찌라시 신문을 나눠 주는 노릇이었지만 북한에 삐라를 날려 보내는 작전에도 가담하는 성싶었다. 유튜브에 교주가 등장하는 동영상을 만들어 올린다며 설치기도 했으나 기대한 만큼 많은 조회수를 올리진 못한 것 같았다. 그래도 결코 포기하지 않고 더욱 광분하여 하숙생들을 상대로 포교를 시도하는 것이었다. 그 배후엔 자유북한운동연합인가 뭔가 하는 탈북민 단체가 있었다.

피에로 씨는 그 단체에도 직접 들락거리는 모양이었는데, 그 무렵부터 북한 여성을 무척 칭송하곤 했다.

"속담이나 격언엔 진리가 깃들어 있다는 사실을 난 요즘 깨달았어. 남남북녀라고 하잖아. 정말 그녀들은 아리따워. 외피 겉치장보다 내면에서 우러나오는 미라고 할까. 오염되지 않은 순수함과 순결성, 꾸밈 없는 순박함과 진실성, 자연미와 함께 숨쉬는 생명력, 전통미 속에 깃든 선량한 순종의 미덕……. 아, 얼마나 아름다운가! 우리가 잃어버린 고운 진선미를 지니고 있잖아. 반대로 남한 여자들은 어떤가? 황금만능에 오염된 인공미, 비웃음 받는 처녀막, 타락과 퇴폐에 물들어 가는 소녀 소년들, 고집과 오만과 허위를 세련미라고 착각하게 만드는 사회 속에서 점점 더 사악하고 교활스럽고 매정해져 가기만 하지. 미국을 추종하는 세태 때문인지, 여자들도 토종 남자보다는 양키 놈들을 더 우대하잖냐 말야. 허참, 여자들은 다 어디로 가고 애인없는 노총각들만 우글거리는 세상이돼 버렸는고……."

"북한 여성들이라고 과연 다 곱기만 할까요? 옛날부터 투박하고 억세다는 얘기도 있잖아요."

"그래도 교활스런 여우보다야 낫겠지 뭘."

"세상이 바뀌다 보니, 요즘 북한 여자들은 오히려 남한 여성들보다 더 교활하고 그악스러운 면도 보인다던데요. 어차피 인간은 환경의 동물이잖아요."

"어딘들 그런 사람이 없을까! 내 얘긴 전반적인 풍조가 그렇다는 소리고, 우린 그런 미풍을 좀 존중하고 아껴야 한다는 말이지 뭘. 사실 애처로운 마음도 들어. 마치 간당간당 언제 떨어질지 모를 꽃처럼……."

"하하, 그렇다고 너무 센티멘탈해져서 공상에 빠지지는 마세요. 나중에 가서 또 실망할지 모르니까요."

"실망도 내겐 희망으로 가는 징검다리인걸 뭐. 매정한 한국 땅의 여자분들은 나를 지푸라기로 밖에 여기지 않지만, 공상 속의 착한 북선녀들은 적어도 사람으로 봐 주긴 하니까. 공상도 못하는 세상은 너무 삭막하거든."

"몽상이든 현실이든 눈높이만 맞으면 결국 가선 연결되는 거니까 적당한 분 만나서 한번 잘 해보세요."

"허헛, 나도 이제 현실적으로 사업을 하고 있잖은가. 조만간 좋은 소식이 있겠지. 아마 자네들 젊은이들은 나를 비웃을지 모르되, 나로선 오히려 희망도 절망도 포기한 채 사는 젊은이들이 불쌍하게 느껴진다구.”

"누가 누굴 비웃겠어요. 그런 선입견 버리고 자연스럽게 하세요.”

"북한 여성들이 자연 미인이긴 하지만, 연애는 좀 인위적일 필요가 있지 않을까 싶기도 해.”

"하긴 어차피 남녀가 일단 연애 관계로 들어가면 자연스럽긴 어렵잖아요.”

"난 어쨌든 신의 뜻에 맡기고 살아가려해. 나 자신뿐 아니라 내가 좋아하는 여자도 내 취향대로 지배하기보다 신께 맡겨 두려 하는 거야. 그러면 그 여인이 어떻게 생겼든 불평하지 않고 존재 그대로 애틋해 하게 되거든. 아마 잘난 사람들은 이런 묘미를 모를 거야.”

"오, 대단한 애정 철학이군요. 나도 앞으로 유념할게요.”

"그러면 좋지.”

기분이 좋아진 피에로 씨는 묻지 않은데도 '통일대박 사업'에 대한 이런저런 얘기를 들려 주었다. 자기들은 이 시대에 이 나라 이 민족의 전위대로서, 이승만 박사 대통령의 북진통일론을 계승하되 박씨 부녀 대통령의 경제적 승공 통일 정책을 앞세워 세 가지 색깔 지폐와 삐라를 휴전선 너머로 날려 보내 인민들의 마음을 녹인 끝에 결국 김일성 삼대 세습 공산당 독재 왕국을 무너뜨린다는 대망을 수행한다는 것이었다.

"평화통일이니 뭐니 들먹이는 자들도 있지만 그건 세상을 아직 잘 모르는 철부지 어린애나 할 소리야. 자네도 유념해야 돼. 공산당들은 적어도 나보다 더 몽상적이라 할 수 있어. 난 몽상에 빠져도 나 자신만 파먹고 말지만, 그들은 이상을 추구한다면서 망상과 광상으로까지 밀고 나가거든. 그 과정에 사람을 무더기로 마구 숙청해 버리기도 하구 말야. 난 김일성이가 어떤 사람인지 괴수인지 잘 모르지만, 그가 젊을 때 이기심 때문에 친구를 찔러 죽이곤 북만주로 도망쳤다는 얘길 듣고 말문이 막히더군."

"그게 소문인지 사실인지 가짜 뉴스인지 모르잖아요."

"풍문인지 몰라도 결코 가짜 뉴스는 아닌 성싶어. 난 그게 우연이 아니라 그의 본성을 보여 주는 사건인 것만 같아. 일종의 통찰력이랄까. 그 뒤의 여러 행적을 보면, 북조선 공산국의 수령은 영도자이면서 살인자인 두 얼굴을 갖춘 괴인이라는 생각이 들어."

"따지고 보면 남한의 이승만과 박정희도 두 얼굴 세 얼굴을 지닌 괴사나이잖아요. 오히려 더 많이 죽였으면 죽였지 덜하지는……."

"어쨌든 평화적이고 민족 주체성에 입각한 통일이니 연방제 통일이니 하는 소리는 공산당의 교활한 사기술에 불과할 뿐야."

"됐어요. 우리끼리 논쟁해 봤자 뭣 하겠어요."

"그렇지. 자네와 나 사이는 어디까지나 인간적인 정이 우선이지 이데올로기 따윈 문제가 아니니까. 사실 나도 뭐 북진통일 주장은 너무 과격하다고 생각해. 그러다가 전쟁이라도 나면 두 쪽 다 쫄딱 망하는 꼴이잖아. 그런 사태를 바라며 홍시 떨어지길 기다리는 명색이 우방국들도 있다잖아. 나로서는 다만 우리 정부가 좀 대차게 나가되 지혜로웠으면 좋겠다는 거야. 심리를 잘 활용해야지. 밥 먹기 싫어하는 아이에게 억지로 밥을 먹이려다간 애 성질만 나빠질 뿐이야. 욕을 하고 집 밖으로 쫓아내는 것도 부작용만 불러일으키고…… 그럴 때 가장 좋은 방법은 '그래, 아직 배고프지 않으면 나중에 먹으렴. 우리끼리 맛있게 먹을게.'라고 얘기하곤 실제로 그렇게 하는 거야. 쇼가 아니라 사실임을 느끼게 해야지. 북한도 마찬가지야. 우리가 자꾸 통일하자고 나서면 그들은 쌍을 찡그리며 우릴 비웃을 거야. 엿 먹으라는 얘기지. 지금 통일한다고 해서 김정은 패거리에게 좋을 건 없으니까 말야. 차라리 통일 같은 소린 싹 빼고, 우리가 먼저 나서서 애써 통일하려 발버둥치는 건 부자연스럽다고 천명한 뒤, 우리끼리 잘 먹고 잘 사는 진짜 좋은 세상을 만들어 나가는 거야. 그들이 부러워할 지경으로……."

"그런데 요새 북진통일을 모토로 삐라를 날리고 있잖아요?"

"나의 이상과 현실상의 사업은 또 좀 다르니까. 일단 일을 해서 먹고 사는 건 누구나 하고 있잖아. 하다 보면 이상과 현실이 접점을 찾을 때도 있겠지."

"그래도……."

"흠, 사실은 교주 영감이 북쪽에 땅이 좀 있었던 모양이야. 누렇게 변색된 옛날 옛적 문서를 고리짝에서 꺼내 보여 주더군. 지금 그것만 돌려받아도 고향에서 떵떵거리며 잘 살 수 있을 텐데, 김일성 놈들 때문에 해방촌 옥탑방에서 고생하고 있다는 생각에 가끔 울화통이 터지는 모양이라. 이제 살 날도 얼마 안 남았다는 생각에 점점 초조해져 때론 광기가 발동하나 봐. 그래서 북진통일을 주장하는 거지 뭐."

"사리사욕 땜에 그러는군요. 아마 그런 사람이 많겠죠?"

"음, 그렇다고 해. 영감이 이북오도민회 등에 설문지를 들고 다니며 서명을 받는 모양이던데…….”

 “노자 도덕경에 보면, 삿된 이익을 추구하는 자는 스스로 급히 죽음을 향해 나아가고 있다고 하던데요.”

 “아무튼 통일이 되면 대박난다니 여러 모로 많이 좋아지겠지. 지금은 반신불수 상태지만 혈액순환도 좀 제대로 될 테고…… 그리고 현재는 허리 부분을 철조망 또는 밧줄로 칭칭 감아 졸라 놓아 숨쉬기조차 어려운데, 그걸 풀어 버린다면 아마 너무 홀가분해져 우화등선하는 사람도 많이 나올 거라. 즉, 말하자면 영성이 제대로 꽃피게 된달까.”

 “오랜만에 통찰력 있는 말씀을 한 마디 하시는군요. 현묘지도를 숭상하던 민족이 영혼과 본심마저 잃어버린 채 물질의 노예로 살고 있잖아요. 북쪽은 유물주의를 부르짖으며 인간성을 이상스레 개조하려 설치고……. 물론 통일이 설령 평화적으로 이뤄진다 하더라도 해결해 나가야 할 문제가 많겠지만, 우선 제정신을 좀 차리고 살아갈 수 있을 것 같아요. 지금은 대부분의 국민들이 영혼을 내다 버린 채 육신의 노예가 돼 살고 있잖아요. 하긴 뭐 통일이 된다고 영육이 곧장 건강해지는 건 아니더라도 기지개를 쭉 펴볼 만한 가능성은 훨씬 넓어지니까요. 요즘 글로벌 시대라지만, 앞장서서 시대를 창발적으로 이끌어 가는 것도 아니고, 우리는 그저 서양 특히 미국을 모방 추종만 하고 있는 실정이잖아요. 그런 덕분에 우리 고유의 미덕은 다 파괴해 버리고 말예요. 큰 나라뿐만 아니라 작은 나라들도 다 지니고 살아가는 고유의 개성미인데…….”

 “영성의 세상이라……. 흠, 그리 되면 나 같은 사람도 좀 인간답게 살 수 있게 되려나. 언젠가는 그리 되겠지. 난 언제나 청춘의 마음으로 살고 있으니 안타까울 건 없어. 흠, 모든 조숙함은 궁극에 가서 보면 한 치도 빠름이 아니며, 모든 만숙함은 궁극에 가서 보면 결코 늦음이 아닐지니, 세상 일은 반드시 때가 있는 법……."

피에로 씨는 알쏭달쏭한 말을 남기곤 절룩절룩 걸어갔다. 푸른 하늘엔 흰 구름 한 점이 떠서 유유히 흐르고 있었다.

인간 세공

가을이 깊어 갈 무렵 색다른 하숙인 한 명이 들어왔다.
그는 꼽추였다. 외양으로 사람을 평가해선 안 되겠지만, 불구자에 대한 한국인의 편견은 대단하다. 괴상스런 짐승 혹은 외계인 보듯 했다. 낡은 잠바에 코르덴 바지 차림이었는데 어딘지 값싼 싸구려 느낌은 들지 않았다. 그는 3층에서도 조용한 편인 구석의 단독 방을 썼다. 주인 아주머니와는 전부터 잘 아는 사이인 모양이었다.
하숙생들은 미래엔 어찌 될지언정 현재는 일반적인 사회인에 비해 약간 낮은 계급이다. 그래서 그런지 그들은 타인을 웬만해선 잘 무시하지 않는다. 그러나 내부에 감춰두고 있을 뿐 결코 일반인보다 덜한 건 아니다. 하숙 혹은 하숙생의 본질이랄까. 표를 내진 않지만 은근한 기류는 있다.
아무튼 누가 속으로 비웃든 괄시하든 간에 꼽추 하씨는 비굴함 없이 초연한 모습이었다. 비굴함이나 저열함 같은 것이야 아마 숨겨서 그렇지 보자기를 헤쳐서 꺼내 놓으면 일반인들의 속내가 훨씬 더 추저분할지 모른다.
주인 아주머니의 얘기에 따르면, 그는 얼마 전까지만 해도 후암동의 단독주택에서 부자로 살았다고 한다. 남대문시장 부근의 금은방인지 귀금속 세공 기술자로서 꽤 잘나갔단다. 여자도 있었다. 세련된 여자, 순진한 여자, 못생긴 여자 등등……. 그런데 모두 돈만 챙기곤 사라져 버렸단다. 그저 그냥 위자료 떼 주는 마음으로 견뎌 넘겼는데, 최근에 도망간 여자는 인감도장까지 모조해 아예 전재산을 탈탈 털어 사라진 모양이었다.

그리고 보니 언젠가 나도 그 중의 한 여자를 얼핏 본 듯싶은 기억이 났다. 석 달쯤 전 식당에 함께 와 밥을 먹었었다. 다른 여자는 어땠는지 몰라도 그때 내가 본 여자는 정말 순결무구한 성처녀 같았다. 저 정도라면 나도 한번 연애를 해보고 싶을 만큼 안타까웠다. 그렇긴 해도 나 자신의 선입견 때문인지 좀 섬뜩한 느낌이 들길도 했다. 저토록 어여쁜 여자가 대체 왜? 꼽추 아저씨가 주인 아줌마와 금목걸이에 대해 무슨 얘길 나누는 사이 나는 그녀를 흘깃 훔쳐보며 궁금해 했었다. 돈 때문일까? 무슨 감춰진 불구가 있는 걸까? 적어도 외양으론 건강해 보였으며, 꼽추 연인을 다정스레 바라보면서 짓는 미소에도 위선이나 가장 따윈 섞여 있지 않은 성싶었다. 평범한 사람들이 짐작하기 어려운 진정한 사랑일까? 그런 생각도 들었다. 그런데 바로 그녀가 악녀 짓을 저지른 장본인이란 얘기였다.

다행히 그런 소문은 식당 안에 떠돌지 않았다. 주인 아주머니가 아무 하숙인에게나 마구 떠벌이진 않았기 때문이었다. 좌절감에 빠져 세상을 원망하며 폭음했고 자살까지 시도했던 모양이었으나, 하숙집에 들어온 뒤부턴 아주머니의 다독거림을 받으며 새 출발을 도모하는 듯싶었다. 종로 뒷골목에 자리한 직장으로 아침 일찍 나갔다가 저녁 늦게 들어왔다.

원래 그런지 상실의 후유증 탓인지 그의 얼굴에서 미소는 찾아볼 수 없었다.

한동안 식당엔 늙수그레한 노인네들이 자주 들렀다. 금니를 일반 시중보다 높은 가격에 매입한다는 소문이 퍼졌기 때문이었다. 실제로 두 배 정도 비싸게 쳐서 주었으므로 감탄의 소리를 심심찮게 들을 수 있었다. 어떤 하숙인은 생활비가 빠듯해지자 흔들리는 이빨을 제 손으로 직접 뽑아 팔곤 며칠간 희희낙락했다.

피에로 씨는 꼽추 하씨에게 넉살좋게 접근해 성공학과 통일대박론을 설파해서 성공통일교의 신도로 포섭해 보려 애썼으나 별 효과가 없자 무시해 버렸다. 그저 하나의 괴물 인간, 자신보다 훨씬 더 불구인 존재, 육체뿐만 아니라 마음마저 변질된 불구자로 판단한 모양이었다. 아마 처음엔 좀 도와주려는 일종의 동정심이 발동했던 듯싶은데, 뜻대로 되지 않자 자기 자신의 무의식적인 불구 열등감까지 덤터기로 더해서 경원시하고 비웃는 것 같았다.

나로서는 드러내 놓고 호기심을 보이진 않았지만 꾸준히 관심을 지니고 있었다. 인간의 육신과 정신은 어떤 관계인지, 무슨 상호작용을 하는지 늘 궁금증을 가진 채 살았다고 할까. 난 어릴 때 서혜부 탈장 증세가 있어 힘을 좀 주면 한쪽 붕알이 커지곤 했다. 불편하기도 했으나 동무 녀석들이 놀려대는 통에 더 괴로웠었다. 작은 점 하나 갖고도 사람을 병신으로 만들어 버리는 게 순진한 어린애들이지만, 특히 미지의 성性과 관련된 부위라서 더 극성스러웠고 나 자신도 실제보다 더 과장되게 받아들여 수치심에 젖었던 듯싶다. 덕분에 어린 철학자가 돼 홀로 인생과 인간에 대해 이모저모 생각해 보았었다.

'사람은 천사보다 악마에 더 가까운 게 아닐까? 아! 과연 몸의 작은 부분 때문에 마음이 이토록 서글퍼져야만 하는가?'

사춘기에 접어들 무렵엔 고민과 자괴감이 한층 심해져 어둡고 폐쇄적인 성격으로 변했던 것 같다. 어느 방학 때 엄마를 졸라 결국 수술을 받아 '정상인'이 되긴 했지만, 그리하여 마치 삶을 다시 얻은 듯 기뻤지만…… 내 마음속 한 귀퉁이엔 아직도 그때의 슬픈 기억이 잠재돼 있는 것 같고, 아마 그런 까닭에 꼽추 아저씨뿐만 아니라 불구자를 보면 동병상련의 감정을 느끼는지 몰랐다.

어느 토요일 저녁녘, 방을 나와 기지개를 켜며 식당으로 내려가려는데 꼽추씨가 계단을 오르다가 잠시 멈춰 섰다. 나를 가만히 바라보더니 입을 열었다.

"식사하러 가세요?"

"아, 네……. 이제 오세요?"

"혹시 맥주 한잔 어떠세요, 안주감도 좀 사왔는데……."

"아 네, 좋지요."

난 선뜻 응낙했다. 그리고 그의 뒤를 따라 3층으로 향한 계단을 올랐다.

사실 그의 제안은 꽤 의외였다. 무슨 변덕인가, 혹은 어떤 필요 때문일까? 나로서는 짐작하기가 어려웠다. 그래서 그냥 간단히 생각키로 했다. 술친구로서의 역할이랄까. 그게 마음 편했다.

토요일이나 일요일 등 공휴일엔 하숙생들이 하숙집 식당에서 밥을 잘 먹지 않는다. 특히 점심과 저녁이 그렇다. 식당이 문을 닫는 경우라도 밥을 안 주는 건 아니건만 회피하는 경향을 보인다. 늙은이보다 젊은이들이 더……. 평일 아닌 휴일에 젊은 사람이 데이트하러 나가지도 않고 하숙에서 어정대다가 한 끼니를 얻어 먹는 게 겸연쩍은지 모른다. 사실은 그럴 필요도 없으련만……. 한국 사회가 만들어 놓은 진풍경이라면 어폐가 있을까? 그래서 그런지 어쩐지 휴일엔 꼭 어떤 외식 약속이 없더라도 혼자 밖에서 먹고 들어오든가, 혹은 음식을 사서 자기 방에 앉아 조용히 해결하는 경우가 많았다. 물론 그렇잖은 사람도 있다. 평일이든 휴일이든 아무 부끄럼 없이 자기 형편에 따라 찾아 먹기도 하고 며칠씩 코빼기도 안 보이는 사람은 조금쯤 우대를 받기도 했다.

꼽추 아저씨는 이쪽도 저쪽도 아니었다. 일찍 출근해 늦게 퇴근했기 때문에 간혹 밤중이라도 아주머니가 보면 밥상을 차려 주었다. 너무 배가 고픈데 그런 사실도 모른 채 들어왔을 경우…….

이번엔 어떤 경우일까? 계단을 올라가며 나는 그냥 떠오르는 대로 생각해 보았다. 때론 토요일엔 호젓이 한잔 하고 싶을 때도 있지. 밖에서 친구나 연인과 함께 지내면 물론 좋겠지만 그런 형편이 아니라면 하숙방에서 홀로 고독을 음미하는 맛도 괜찮아. 특이한 추억의 향연이 될 수도 있고…… 식당 밥을 꾸역꾸역 삼키는 것보다……. 그런데 왜 나를 초대하는 걸까? 심심풀이 술 상대가 되고 싶진 않은데 말야. 음, 적어도 그런 것 같진 않군. 아무튼 10분쯤 후면 알게 되겠지.

3층 복도 한구석은 이미 저녁 어스름이 스며들어 어둑했다. 고지대라 그런지 창문으로 서쪽 하늘을 물들이다가 차츰 스러져 가는 노을이 아름답고 애잔스레 보였다. 아아, 조선 말기와 일제 식민지 시대 그리고 해방 후 가난한 마을을 이루고 산 사람들도 아마 저 노을을 바라보았으리라. 저마다 무슨 생각을 했을는지……

꼽추 사내가 문을 열었다. 그리고 안으로 들어서며 전등을 켰다. 방은 상상했던 만큼 그닥 넓지 않았다. 공간적으로는 내가 쓰는 합숙방에 비해 퍽 좁은 편이었지만 조용히 홀로 지낼 수 있다는 게 부러웠다. 나에겐 하나의 습관이 있다. 일단 남의 방에 들어가면 나 자신의 주관을 버리고 가능하면 객관적으로 바라보는 것이다. 내가 뭐 대단히 이지적이라서 그런 게 아니라, 오래도록 누추한 자취방 혹은 하숙에서 살아오다 보니 방과 나(또는 방과 타인)를 동일시하기가 싫었다고나 할까. '방은 그 사람이다.'라는 속담을 가능하면 거부하고 싶었다. 물론 맞는 점도 있지만 부적절한 면도 많은 것 같았다. 표피적으로만 그럴 뿐 내면의 실상은 정반대가 아닐까 싶기도 하다. 혹은 속담 자체가 진실을 담지 못한 채 시대착오적인 객담을 내세워 사람 마음을 우롱했달까. 미래엔 어떨지 모르되 현재도 그렇고 과거에도 그랬던 것 같다.

방이 인간의 삶 또는 초상(肖像)을 대변한다는 이상 아마 방에도 진실이 있을 터이다. 즉, 방은 내밀한 공간이기도 하면서 남에게 보이기 위한 일종의 전시장인 셈이다. 다른 나라는 모르겠지만 한국에서 방은 암묵적으로 다른 사람의 평가를 받기 위한 사상누각이 아닐까? 서구 유럽 사람들의 눈엔 지옥으로 보일 수 있을 텐데, 한국인들은 시멘트 성냥곽 혹은 관 같은 아파트에서 방을 자신의 궁전이라 여기며 허장성세로 꾸며댄다. 자기 집을 한 채 가졌다고 자랑스레 떠벌이고 치장하는데 과연 그게 집다운 집인지 의심스럽다. 아마 본인도 그렇게 생각할 것이다. 그렇다 보니, 즉 자기 자신을 믿을 수 없다 보니, 더욱 더 집을 우상 숭배하며 자기 인간성보다 한층 높은 고대광실 궁궐로 여긴다. 또한 그 때문에 전세방 거주자나 월세 지하방에 사는 사람을 자기보다 한 계급 낮은 천민으로 대하게 되는 것이다. 집이 없으면 인간 이하로 취급받는 현실을 뼈저리게 체험했기에 맘속 깊이 사무친 나머지 회심(回心)하여 집 없는 사람을 깔보는지 모른다.

이 좁은 땅에서라도 돈만 있으면 실제로 아방궁을 몇 채나 소유할 수 있으며, 시간이 지날수록 새끼를 쳐 가격이 치솟아 오르므로 만고 땡이다. 이런 모습 또한 꼭 유럽인뿐만 아니라 움집에 사는 어느 소수민족 구성원이 봐도 지옥이리라. 인간의 몸과 마음이 편안히 쉴 수 있는 공간이 방 아니겠는가. 물론 각 개인의 장식 취미로 그 내밀한 공간을 아름답게 꾸민다면 꽃처럼 궁전처럼 피어나리라. 그런데 지금 한국의 도시에서는 돈이 없다면 제 아무리 고상한 이상과 인품의 소유자일지언정 어둑한 지하 셋방에서 살 수밖에 없는 형편이다.

나로서는 인격이나 인품이 고정불변의 진실이라 믿지 않고 어떤 이상향을 애써 꿈꾸며 살아오진 않았으나, 방과 나의 내면을 동일시하긴 싫었다. 아니다, 나의 내심에도 우중충한 그림자와 지저분함은 존재하기 때문에 굳이 반대할 필요는 없다. 다만 타인에게 내 방을 보여 주는 건 극도로 기피했다. 그래서 예전에 어느 달동네의 셋방에 거주할 때 난 친척이든 친구든 일절 초대하지 않았었다. 친척은 걱정하고 고향 친구는 나중에 가서 내가 하류 계층이란 소문을 퍼뜨리게 된다. 그러면 어쨌든 난 하나의 하급품 상자에 갇히게 되는 것이다. 진실을 추구하는 문우(文友)는 좀 다르겠지 싶어 어느 날 술 취한 김에 데려갔었는데, 희희낙락 잘 마시고 자고 나서 다음날 술이 깨자 어딘지 좀 어색한 표정을 지었다. 마치 그런 지하방에 어찌 사람이 살 수 있느냔 듯.

물론 나의 자격지심일지 모르고, 그 문우의 얼굴에 떠오른 표정도 '꾸밈없는 자연'이었는지 모른다. 저절로 나타나는 현상을 어쩌겠는가. 오히려 숨기는 게 어색한 허위이리라. 사회 풍조가 그렇게 변화돼 인간성마저 유린하고 있는 현실……. 이 문제에 대해서 만큼은 진보파와 보수파 사이에 끝내 큰 차이가 없었다. 중도파라는 자도 속내는 마찬가지였다.

하숙은 뉘앙스가 좀 다른 편인 성싶다. 따지고 보면 월셋방보다 나을 것도 없는데 사람과 동일시되진 않는다. 아마 구름처럼 곧 떠나게 될 나 그네들의 둥지인지라 잠시 봐주는 건지…….

"누추하지만 좀 들어오세요."

"아, 네!"

꼽추 아저씨의 말에 난 정신을 차리곤 방안으로 들어섰다. 아담하고 조용한 공간이었는데, 남자의 거처치고도 너무 꾸밈없이 휑뎅그레해서 약간 멋쩍었다. 뭐 대단한 구경을 하리라고 생각한 건 아니었지만, 직업이 금세공사이니만큼 아기자기하게 장식품도 몇 가지 갖춰 꾸며 놓지 않았을까 상상했던 것이다. 그런 건 전혀 없었다. 벽에 붙어 있는 남녀 배우의 화보는 누르칙칙하게 변색된 게 아마 전임자 또는 전전임 하숙인이 붙여 놓은 듯싶었다. 좀 전에 내가 기다리는 동안 슬쩍 정돈을 했는지 깔끔한 편이었다. 그래도 역시 어딘지 황량한 느낌이었다. 이불은 개여서 한구석에 놓였고 자그마한 앉은뱅이 서랍장 위엔 노트북이 얹혀 있었다. 이리저리 둘러봐도 책은 전혀 없었다.

그는 방바닥에 달력 한 장을 깔곤 봉지 속에서 캔맥주와 안주를 꺼내 놓았다. 각종 튀김류와 삶은 계란 그리고 구운 옥수수도 있었다. 통성명을 한 후 우리는 호젓한 하숙방에 마주 앉아 건배 없이 한 모금씩 마셨다.

"하숙 식당 위층에서 이렇게 조용히 둘이 앉아 한잔하는 것도 꽤 낭만적이군요."

"소설 쓰신다고 들었는데 느낌이 다르시군요. 저는 그냥 삭막할 뿐인데요."

"하하, 그건 저도 마찬가지예요. 이런 식으로 몽상이라도 좀 섞지 않으면 견뎌내기 힘든 현실이니까요."

"그렇게 할 수 있는 것도 모종의 능력이겠죠. 예술 혹은 기술이든지……."

"누구든 조금씩이나마 그걸 활용하면서 살고 있지 않을까요?"

"후훗, 메말라 버리면 활용할래야 활용할 수가 없죠."

그는 알코올 음료를 들어 천천히 마셨다.

"연금술사들도 자기 나름의 몽상을 많이 한다잖아요. 금세공도 일종의 연금술일 텐데……."

"후훗, 그렇다 하더라도 물질적인 연금술이겠죠. 물질 만능주의 속물들을 부귀로 장식해서 고상스러워 보이게 하는……."

"하하, 자기비하 같은데요."

"물론 금뿐만 아니라 각종 보석의 원석을 가공해서 아름답게 재탄생시키는 건 보람 있는 일이죠. 하지만 요즘 제 눈엔 금은 보석이 예술의 재료가 아니라 모두 돈으로 보여서 환장하겠어요."

그는 어둡고 씁쓸한 웃음을 흘렸다.

"돈이면 거의 다 이뤄지는 세상이잖아요."

"아무리 그래도 이 따위로 마음이 추잡스러워져 돈에 홀려 괴로워서야 무슨 가치가 있겠어요. 차라리 꽉 죽어 버리면……."

"그러시면 안 되죠. 괴롭더라도 견뎌내서 마음과 영혼의 연금술을 이뤄내셔야죠. 요즘 대충 타협하며 만족하고 사는 사람들이 많은 세상인데, 양심의 고뇌는 고통스럽지만 오히려 그래서 별빛처럼 아름다운 것 같아요."

"인간이란 과연 무엇일까요?"

"네?"

"때때로 난 내 자신이 괴물인 듯 느껴지곤 해요. 흐흐……."

난 좀 뜸을 들이다가 평소의 생각을 조용히 피력했다.

"사람이 만물의 영장이 아니라는 사실은 이미 밝혀졌는데도 아직 여전히 고집을 피우고 있죠. 특히 특정 종교 단체에서 그런 아집을 부리는 데 신께서 웃으실 노릇인 것 같아요. 그들이 만들어낸 신이 아닌, 진정한 우주 법칙의 주재자인 가짜 위의 참 신……."

"가짜 인간."

그는 술을 한 모금 마시곤 가만히 음미하는 표정으로 중얼거렸다.

"인간은 사다리가 아닌가 싶어요. 천국과 지옥 사이에 걸쳐져 있는 사다리, 신과 악마 사이를 오르내릴 수 있는 특이한 존재…… 실제로 테레사 성녀 같은 분도 계시고 조두순 같은 악인도 있으니까요. 그 정도까진 아니더라도 현실을 살아가면서 우리는 인간의 탈을 쓴 채 때론 천사처럼 되기도 하고 동물같이 변하기도 하잖아요."

"흐흐, 그래서 나더러 사다릴 타고 올라가 보라는 건가요? 그러면 이 등딱지가 벗겨져 우화등선할 수 있을까요?"

그는 비틀리고 음침한 미소를 지었다.

"아마 그건 스스로 선택해야겠죠. 육신이 완전히 환골탈태하긴 어렵겠지만 그래도 마음 상태에 따라 조금은 변하기도 한다잖아요. 자신의 등딱지를 진 상태에서도 선풍도골을 이룬 분들은 멀쩡한 보통 사람보다 더욱 멋있어 보이는 경우도 있고……."

"흐흣, 그건 전설 속에나 나오는 이야기죠. 요즘 현실에서는 내겐 그저 관념적인 소리일 뿐 공허하군요."

"그래도 변화는 희망이잖아요. 세월이 흐르면 언제 어떻게 수술을 하게 될지 모르는 현실이기도 하구요. 힘을 내세요."

나는 안타까운 마음에 맥주를 쭉 들이켰다. 한데 그는 의외로 담담한 표정으로 돌아가 있었다. 마음속의 번민을 감추기 위한 위장인지 사실인지 모호했다.

"그런 꿈을 갖고 열심히 돈을 모았지요. 뒷골목일지언정 내 가게를 차리고 성심 성의껏 애썼더니 단골이 많이 생겨 돈주머니가 불어났어요. 황금 주머니를 찬 꼽추……. 고급 술집에 들어갈 때 처음엔 웬 괴물 양

아친가 하고 괄시했지만 황금을 보곤 확 달라져 귀빈 대접을 하더군, 후훗……. 감미로움 속에 빠져들었지. 독이 들어 있는지도 모르고……. 그 당시 난 마흔 살 가까운 동정 숫총각이었죠. 처음 맛보는 묘한 감각의 세계, 여자의 입술과 젖가슴 그리고……. 아방궁의 쾌락, 그걸 사람들은 영원하다고 생각할지 모르지만 난 며칠 지나지 않아 싫증이 나더군. 매끄롬한 얼굴과 육체미를 탐하다 보면 잘 만들어진 인형과 기계적인 놀이를 하고 있는 것 같기도 하고, 때론 흉한 괴물인 내가 가엾은 인어 공주를 능욕하는 듯싶어 내심 두려웠지. 마치 무슨 공황장애에 걸린 것처럼…….”

그는 새 깡통을 따서 꿀꺽꿀꺽 들이켰다. 나도 말없이 맥주맛과 인생의 맛을 음미했다.

"마침 그 무렵 한 여자가 나타났지요. 허름한 변두리 술집에서였죠. 그녀는 생기라곤 없어 보였어요. 나무에서 이제 막 떨어져 내릴 듯한 삭은 목련 꽃잎 같은 느낌……. 난 왠지 내 생명력을 죄다 그녀 속에 수혈해 넣어 윤기 있게 살아나도록 해주고 싶더군요. 평생 처음 느껴 본 애련의 감정……. 정신이 약간 온전치 않았어요. 태어날 때부터 좀 박약했던지……. 그런 만큼 순진무구했지요. 어릴 때 잃어버린 누이동생이나 엄마가 문득 떠올라 겹쳐지곤 했어요. 아니, 더 좋았지요. 마음이 녹아드는 연인이니까. 어느 날부터 그녀는 내 아파트에 들어와 살게 됐는데, 나도 그 공간에서 만큼은 괴물 짐승이 아닌 인간다운 느낌을 향유하게 됐죠. 그런데 한 달쯤 지난 후부터 어떤 사내가 오빠라면서 드나들기 시작하더군. 오라비 같지도 않은 건달이었는데 사촌 간이라기에 그런가 보다 했지. 꼬치꼬치 따질 수도 없는 노릇이고……. '얘, 앵두야, 니 서방은 잠자리에서 널 사랑할 때 어떻게 하니?' 녀석은 그런 시덥잖은 소릴 예사로 지껄이곤 했지. 어느 날 밤, 셋이 둘러앉아 고스톱을 치며 맥주 마시던 중 앵두 그녀는 속이 메슥거린다더니 오랫동안 구역질을 했어. 무척 걱정했는데 다음날 진찰한 결과 임신이라는 결과가 나왔지."

그는 술을 소리 없이 쭉 들이켰다.

"난 너무 기뻤어. 그 애가 내 애라도 좋았고 아니라도 좋았지. 남들이 들으면 웃을지 모르지만, 그녀가 잉태했다는 사실 자체로 축복 받았다고 하느님께 감사 드렸구먼. 흐흣, 금붙이를 들고 온 단골 아줌마들은 '술집 여자였으니 누구 새낀지 어찌 알어? 조심해!'라며 참새처럼 조잘거렸으나 난 다만 맘속으로 건강한 아이가 태어나기만을 빌었어……. 하지만 그 애를 난 보지도 못했죠. 그녀가 사라져 버렸으니까. 그녀의 배가 볼록해진 무렵부터 난 그녀의 말이라면 다 들어 주었어요. 좀 무리하다 싶은 부탁이라도 '꼭 해보고 싶은 소원, 꼭 갖고 싶은 꿈'이라고 떼를 쓰면 항복하지 않을 수가 없었지요. 지금 생각하면 바보 멍청이 같지만 그때 그게 내겐 행복이었으니까요……. 아무튼 환상에서 깨어나 보니 차가운 현실 바닥에 빈털터리 신세로 내팽개쳐진 꼴이더구먼요. 통장 예금과 아파트 판 돈까지 모두 뚱쳐 종적을 감춰 버렸더군요. 그녀가 직접 그런 짓을 벌였을 리는 없고, 아마 그 오래비라는 놈의 소행이었겠죠. 나중에 꽃사슴이라는 그 변두리 술집에 가서 알아 보니, 놈은 사촌 오빠가 아니라 뒤에서 보호해 주는 척 등쳐 먹는 건달 둥기였다고 마담이 얘기하더군요."

"원망스럽고 허무하셨겠네요."

"그들을 죽이기보다 오히려 나 자신이 콱 죽어 버리고 싶을 만큼 절망감이 컸죠. 인생과 인간에 대한 절망, 사람도 아니고 짐승이기도 한 듯싶은 내 존재에 대한 근원적인 절망……."

"본인 잘못도 아닌데, 안타까워요."

"내 잘못이 크죠. 나도 인간이라는 착각. 흐흐……."

"그런 말씀 마세요. 사실 이 세상에…… 한국뿐만 아니라 전세계에…… 사람의 탈을 쓴 짐승보다 못한 인간 흉물 잡색들이 얼마나 많은가요? 저는 차라리 인간의 탈과 거죽을 벗어나고 싶어요."

"후후훗, 그래도 좋은 탈을 쓰고 있으니 그런 말을 할 수 있겠죠. 아까 사다리 얘길 하셨는데, 난 가능하다면 그런 사다리를 기어올라 인간이 한번 돼 보고 싶어요."

"사다리란 비유적인 것이니까요. 인간이면서도 스스로 추락하는 자가 있는 반면 인간의 참모습을 찾아 올라가려고 애쓰는 사람도 많지 않습니까. 한 발짝 한 발짝 올라가려는 마음이 중요하다고 봅니다. 지하 세계로 성큼성큼 직접 내려가 죄인들을 위로해 주는 분들도 많고요. 문제는 사다리의 양 끝에 있기보다, 포기하지 않고 올라가고 내려가는 그 과정이 목표보다 훨씬 더 중요하고 가치롭지 않을까 싶어요."

그는 말이 없었다. 술도 마시지 않고 고개를 수그린 채 방바닥을 내려다보며 침묵을 지켰다. 난 무르춤해져 몇 마디 더 덧붙여 주절거렸다.

"저는 그게 진정한 연금술이라 생각해요. 섣불리 황금을 만든다거나 신이 되려 노심초사하거나 악마가 돼 권력을 휘두르려고 획책하다가 미치광이로 추락해 버린 목적 욕망주의자들이 많잖아요."

"병신……."

그가 입속으로 중얼거렸다.

"네?"

"몸과 마음이 따로 노는 게 병신 아닌가요? 사다리를 올라가 보려고 지랄치는 자체가 병신 아닐까요? 난 역시 생긴 대로 괴물인으로 사는 게 가장 어울릴 것 같군요. 사다리란 명색은 좋지만 허울 좋은 망상에 불과할 뿐인걸……."

"아니죠. 심리적인 사다리뿐만 아니라 현실적인 에스컬레이터도 있으니까요. 불구자나 장애인에 대한 사회적 인식이 바뀌면 그게 바로 인간적인 에스컬레이터가 아닐까 싶은데 말예요."

"꿈 같은 세상이네요."

"이상스럽게도 한국 사람들이 유달리 불구자를 천시하고, 그러다 보니 장애인에 대한 사회적 인프라뿐 아니라 심리적 인프라도 열악한 것 같아요. 자기가 직접 한번 당해 봐야 겨우 깨닫는 이기적이고 감상적인 관심……. 자기가 강한 자에게 핍박당하다 보니 관심을 가질 여유도 없고, 예전엔 부국강병 경제개발의 역군 시대에 대열에서 이탈된 낙오자는 병신으로 취급받았을 테니까요. 아마 스스로 못나서 자기보다 못한 장애자를 멸시하며 자존감을 세웠는지도 모르죠 뭐. 참으로 강한 인권 선진국의 경우와는 반대 현상인 것 같아요. 비유하자면…… 아니, 현실적으로…… 육신은 멀쩡하면서 영혼과 정신과 마음이 불구인 괴물 장애자들이 판을 치는 사회가 이 위대한 대한민국이죠. 사실은 그게 더 큰 병인데 아예 고칠 생각조차 하지 않고 더욱더 이른바 자기계발하면서 폭주 중이니……."

"그런 얘길 들어도 별 감흥이 없네요. 희망도 없이, 그냥 살아갈 밖에……. 난 차라리 내 몸뚱이보다 토끼 닮았다는 이 땅떵어리가 때때로 가끔 더 처량스럽고 가엾게 느껴지더군. 흐흐흣……."

"네? 뭐라구요?"

"하긴 뭐 얼토당토 않은 내 자신의 서글픈 망상이겠지."

"술 안주론 현실보다는 망상이 더 좋겠죠."

"흠, 그럴까? 내 생각엔 이 한반도 땅이 토낀지 호랑이 형상인지 모르겠지만, 어쨌든 등허리에 큰 상처를 입은 채 절규하는 꼽추 같다는 느낌이 드는 거요. 아마 내 신세 때문이겠지만. 대륙을 향한 포효라기보다 박제돼 버린 구슬픈 소리 없는 비명……. 내 등의 혹은, 흐흐, 남북한 사이의 철조망 또는 불신과 증오이기도 하고 두 쪽 체제의 암종 덩이 같기도 해. 홍, 대한민국과 조선민주주의 인민공화국이라구? 이름만 거창스럽지 사실은 사기꾼들의 양두구육식 집단이 아닌가 싶어. 내가 무식해서 다른 건 모르겠지만, 적어도 두 쪽 다 국민과 인민이 나라의 주인이라는 간판을 내걸어 놓았으면 어느 정도 생색은 내야잖수, 응? 그런데 나라 주인은 온갖 고생을 다 시키면서, 지도급입네 하시는 인사들은 최고급 주루 꼭대기에 올라앉은 채 온갖 부귀영화 미색을 다 누리며 떵떵거리는 개판이 저 건국 이후 오늘 이날 이때까지 이어지는 판국이잖냐 말여! 거짓과 가짜. 우리가 북한을 북괴라고 욕하지만 제 얼굴 낯짝에 침뱉기 꼬락서니지 뭐 별것 있겠수? 양두구육 식의 저 거짓 고루 누각

명월옥을 뒤집어 엎어 버려라! 그러기 전엔 결코 변하지 않으며 통일도 오지 않는다! 흐흣, 좀 과격했나?"

사실 좀 과격한 느낌이었으나 난 내색하지 않고 쓴웃음만 지었다.

"비유가 아니라 사실상 현실적으로 이 한반도 땅도 무척 고통스러울 거예요."

"아, 언제 이 비굴한 설움과 고통스런 삶이 종막을 내릴 수 있을까. 이 암종 같은 혹은 아마 내가 죽기 전엔 사라지지 않을 것 같네요."

"그럼 무슨 소용이 있겠어요. 시대는 급속히 변화하고 있으니 만큼 희망을 갖고 암종을 떼내어 버릴 날은 기다리며 암중모색해야겠지요. 사실 귀금속의 연금술이든 마음의 연금술이든 결코 쉬운 일은 아니잖아요. 쉽다면 연금술이란 말을 붙이지도 않았겠죠 뭐."

"정신과 육신 사이를 가로막은 채 헐뜯는 이 혹을 어떻게 하면 스르르 녹여서 소통하는 방법을 찾을 수 있을까? 몸을 치료하기가 어려울 땐 마음속의 혹부터 떼내어 버리라는 성현님들의 말씀에 따라 나름 꽤 애서 봤지만 쉬운 노릇이 아니더군요. 그런데…… 유한한 내 목숨과 영원해야 할 이 땅을 무심결에 한번 비교해 보니, 어렵더라도 역시 한 숨 한 숨 한 땀 한 땀 한 걸음 반 걸음씩이나마 호흡하며 걸어 나가야 한다는 생각이 드는군요. 현실의 혹과 철조망이 두꺼울수록 내 마음과 정신과 영혼을 모아……"

"비유 얘기가 나왔으니 드는 생각인데…… 그 마음은 남북의 지도자입네 하는 자들이 아니라 일반 국민과 인민의 영혼이라는 느낌이군요."

"당연히 그렇겠죠. 혹의 암종 속에 과연 무언이 들어 있을까요. 그리고 내 마음의 암종 속엔……."

 "이젠 미국과 소련 혹은 중국과 일본에게만 물어 보지 말고 전세계의 여러 나라에게 다 문의해서 연구하여 참된 방법을 우리 스스로 찾아내야 할 것 같아요. 자칭 4대국은 전세계를 자기네의 나르시시즘 같은 암종으로 지배하려 혈안이니까요. 만일 내게 초능력이 있다면 4대국을 싹 없애 버리고 그 땅을 완전히 초원으로 자연화해 놓고 싶어요. 암굴 속의 핵무기 또한 본래대로 분해하여 청정 에너지로 돌려보내고……."

 "후훗, 술이나 한잔 마시죠."

 우리는 건배를 했다. 그러고는 너무 심각한 이야기는 접어두고 하숙 생활의 희비 쌍곡선에 대한 이런저런 잡담을 나누었다. 문득 언젠가 소설 속에서, 주인공 남자가 꼽추인 각시를 위해 방바닥에 등의 혹을 넣고 잘 만한 작은 홈을 파 주는 장면이 떠올라 한번 입을 열어 보려 했으나 끝내 포기하고 말았다.

인신의 딸

우리의 여자 대통령은, 그동안 남자 대통령들에게 속아 온 국민들의 여망 때문인지 혹은 아버지의 후광 때문인지 아직은 지지율이 꽤 높았다. 그래도 서서히 여기저기서 실망스런 목소리가 터져 나오기 시작했다. 하지만 그녀는 '여왕'으로서의 자존심과 아이덴티티를 너무 표나지 않게끔 스리슬쩍 과시하며 푸른 기와 궁궐 속에서 미소를 지었다. 집무실엔 잘 나타나지 않고 내정(內庭)에서 주로 칩거한다는 소문이 돌았으나 외국으로는 여전히 자주 나다녔다. 외교가 아니라 여행하러 다닌다고 비아냥거리는 사람도 있었다.

물론 그렇게 입방아를 찧는 사람 또한 출장을 간다면 오직 업무에만 매달리진 않을 터였다. 여행하며 구경도 하고 비즈니스도 하고, 임도 보고 뽕도 따는 경우가 많지 않은가. 다만 문제는, 뻔질나게 나다니면서도 왠지 국익에 도움되는 활동은 별로 없을뿐더러 도리어 손해를 불러 오는 경우가 비일비재하다는 사실이었다. 미국 대통령과 회담하는 도중 엉뚱하고 공상을 하다가 실없는 대답을 중얼거려 비웃음을 산다거나, 중국 천안문 앞에서 중국어 실력을 자랑하느라 떠들다가 망신당했다는 참새들의 입방아는 무시하고 넘어가자. 일부러 그랬을 수도 있지 않겠는가. 또 뭐 별 대단한 일은 아니니까. 허허실실 전법으로 국익을 도모하는 여왕님의 지혜일 수도 있으니까 말이다. 그런데 날이 갈수록 야권의 비판자들뿐 아니라 친정부적인 보수파 내의 정략가들마저 고개를 갸우뚱거릴 만한 일이 벌어지곤 했다.

자세한 언급은 자제하겠다. 나중에 결과를 보면 명확해질 테니까. 다만, 앞에서도 언급했지만 사드를 굳이 일찍 중뿔나게 서둘러 배치한 건 두 번 세 번 비판받아 마땅한 어리석은 짓거리였다. 왜 그랬을까? 미국의 압박이 아무리 심했을지언정 좀 천천히 계산하며 저울질할 기회가 있었건만 자진하여 얼렁뚱땅 밀어붙여 버렸다. 미국 스스로 놀랄 만큼 속전속결 전격적이었다. 삼척동자마저 의아스러워할 정도로……. 나라와 국민의 이익보다 군산정(軍産政) 복합체 괴물의 사리사욕이 빚어낸 결과임을 시민들이 더 잘 알았다. 미래에 자기들이 살 땅을 더럽히지 말라고 울부짖는 초등학생도 있었다.

놀랄 만한 일은 탱크의 전진처럼 착착 진척되었다. 이번엔 일본이 속으로 놀랄 차례였다. 넛뽄도 같은 혀와 철벽보다 더 굳은 마음으로 종군위안부 문제에 대응하는 일본 수상과 달리 한국의 여대통령은 설마설마 했으나 한 많은 피해자 여인들의 절규를 모르쇠한 채 껌값 몇 푼 받곤 면죄부 협약서에 진짜로 국새를 찍어줘 버리고 말았다. 자기 아버지인 박통의 '마음과 정신의 고향' 같은 나라인지라 친밀감을 느낀 것일까? 일본 육사를 우등생으로 졸업한 뒤 관동군 장교로서 항일 독립군을 체포하는 짓에 청춘 시절을 바친 사람의 생태는 어떠했으며 그의 딸은 어떤 영향을 받았을지…….

그들이 범인(凡人)이 아니라 대통령이므로, 부녀의 내면 심리를 살펴보는 건 한국인이라면 꼭 한 번쯤 해볼 필요가 있으리라. 어쨌든 딸은 아버지가 한일친선협정 문서에 국새를 찍는 것보다 더 경망스럽고 손쉽게 위안부 협약에 날인을 해주었다. 일본인들은 겉으로 드러내진 않았으되, 아마 정녕 무지하고 헤픈 국민들이 뽑아 놓은 대통령이라고 속으로 낄낄 비웃었으리라. 중학교에 다니는 소녀와 소년들마저도 앞으로 자기들이 살아갈 나라의 정신과 영혼을 훼손시키지 말라고 부르짖었다. 너무나 어이가 없어 가슴이 터질 듯했기에…….

  정치가 아닌 정치꾼들은 현재와 미래의 국리민복을 생각하지 않고 사리사욕을 추구한다. 한국 뿐 아니라 동서고금이 다 그러하다. 한국 현대 정치사에서 가장 헷갈리는 문제는 과연 박정희와 박근혜 대통령 부녀가 추구한 것이 국리민복인지 사리사욕인지 무척 아리송하다는 사실이다. 국민을 보릿고개에서 건지기도 했지만 많이 죽이기도 했다. 경제 성장 과정을 통해 이익을 본 사람은 박통을 영웅이라 숭앙하지만, 죽은 사람의 가족들은 살인자로 지목할 수밖에 없으리라. 사랑하는 자식을 잃거나 고문당해 정신줄을 놓은 사람에게 풍요는 과연 어떤 의미가 얼마만큼 있을까? 한국인들이여, 제발 부디 타인의 입장을 서로 이해하고…… 역지사지하는 관용을 지니지 않으면 모두 함께 점점 더 숨막히는 아수라 지옥으로 떨어질 것이다!

  박정희 대통령은 정치가였는가, 정치꾼이었는가? 아마 그를 정치꾼이라 하면 고개를 흔들 사람이 많을 터이다. 그럼 정치가냐고 물어도 역시 머리를 흔들어 부정하는 사람이 없지 않을 것이다. 그렇다면 그는 과연 무엇인가? 그가 대한민국을 부강한 나라로 만들려는 집념을 갖고 18년 동안 노력한 건 사실이다. 하지만 자기가 아니면 어렵다는 독선과 아집으로 전횡과 횡포를 부린 것 또한 사실이다. 그건 동양의 지혜인도 서양의 지식인도 추천하는 정치가 상이 아니다. 그는 사리사욕에 물들어 눈알이 뻘건 정치판의 모리배도 아니었다. 허나 아집 아견이 강했던 것과 마찬가지로 자신의 아름다운 욕망인 여색에 지나치게 빠져 갈수록 정신이 혼몽스러워졌던 것도 부정할 길이 없다. 그 자신은 여전히 올바른 길을 걷고 있노라 믿었는지 모르되 이미 비틀비틀 엉뚱한 골로 빠져들고 있었다. 국정 또한 그에 따라 흔들렸다. 더구나 하이에나 같은 측근 모리배들이 마구 사리사욕을 채우는 바람에 일반 국민들은 상대적이고 정신 심리적인 불안감과 빈곤감에 시달려야 했다. 영혼 또한 물질 만능주의 풍조로 인해 지옥의 나락에 떨어지는 경우가 많았다. 삼강오륜을 중시하던 사람들이 금수보다 더 야비하게 변해 살인과 도둑질과 협잡과 불륜을 밥 먹듯 저지르기 시작한 것도 그의 독재 시대부터였다. 특히 엽색행각과 성범죄는 섹스 동물 왕국이라는 미국과 일본의 남녀조차 혀를 내두를 만큼 성행해져 갔다. 매일 밤 비밀궁에서 예쁜 여인들을 간택해 애욕 파티를 벌인다는 '위대한 조국 건설의 영도자 박대통령 각하'를 누가 욕하면 추종자들은 영웅호색을 들먹이며 따라하지 못해 안달이었다. 영웅이니까 호색해도 괜찮다는 건지, 호색하면 영웅이 된다는 애기인지 혼동스러울 지경이었다. 심지어 그 심오한 문제를 놓고 술자리에서 친한 친구끼리 토론하다가 너무 격렬해진 나머지 살인 사건이 벌어진 일도 있었다.

하지만 진리는 평등하다. 화무십일홍이요 달도 차면 기우나니, 백수의 왕인 호랑이나 사자도 지나치게 교미에 골몰하다 보면 저도 모르게 다리가 후덜거리지 않던가. 그런데도 측근들은 함구무언 지켜보기만 했다. 영웅이라 영원하리라 생각했던 걸까, 혹은 스러져 가는 태양을 붙잡은들 어쩌랴 싶어 차라리 자기 이익 챙기기에 골몰했던 걸까? 만일 그가 진정한 영웅이자 정치가로서 독선과 아집에 빠지지 않고 평범한 화무십일홍의 진리를 체득해 공연 무대를 다른 젊은 영웅에게 넘겼다면, 개인적으로 그런 비극을 당하지 않고 한국 사회 또한 한결 생동감이 넘치지 않았을까?

역사는 흘러가고 우리의 기억은 과거와 현재와 미래를 맴돈다. 물음만 남긴 채. 이제 그만 본론으로 돌아가자.

여대통령은 아버지 대통령을 본받아 한일협정처럼 위안부 협상을 일본이 놀랄 만큼 흔연스레 받아들인 것일까. 혹은 아버지의 혼령에 빙의된 채 제정신을 잃은 상태에서 저지른 일인가? 하기야 어차피 그녀는 스스로의 능력으로 정치판에 뛰어들어 국회의원이 될 수 없었을 테고, 아버지의 후광이 비쳐 주지 않았다면 대통령에 당선되기도 어려웠으리라.

화려찬란했던 취임식 단상에서 미소 지을 때와 달리 여대통령에 대한 기대는 점점 떨어졌다. 열혈적 지지자인 태극기 부대 당원들은 여전히 '여왕폐하 만세!'를 외쳐댔지만, 일반 국민들 중 진보파뿐만 아니라 온건한 중도파 인사들도 서서히 실망감을 드러내기 시작했다.

아마 그런 무렵에 이른바 '통일대박론'이 터져나온 성싶다. 통일이 된다면 한반도가 곧 천국으로 변할 듯이 기염을 토했다. 하지만 그게 그녀 자신의 생각인지, 아버지 대통령의 혼귀에 빙의되어 내지르는 소린지 혼란스럽고 아리송했다. 혹은 만천하에 결단력을 보여 주고 싶었던 걸까? 그녀는 통일의 상대방은 안중에도 없이, 한국뿐 아니라 미국의 전문가들마저 별 효과가 없다고 분석하는 사드를 얼렁뚱땅 서둘러 배치할 뿐만 아니라, 남북한 교류의 실체이자 큰 상징이기도 했던 개성공단마저 꽃 피어 열매 맺기 전 단칼에 싹둑 잘라 버렸던 것이다.

식당과 하숙집 여기저기에선 전에 없이 많은 토론 혹은 논쟁이 벌어지고 있었다.

마당에서

"예전에 개성공단을 만들 때 뜰 앞에다 기념으로 초목 한 그루 정도는 심었겠지. 그걸 통일 나무라고 불러 보자구. 제대로 자라서 꽃을 피우면 얼마나 유니크하고 아름다울지 한번 상상해 봐. 그리고 그 향기는 아마 한반도를 넘어 온 세계에 퍼져나가 사랑과 생명의 메시지를 은은히 전했을 거야. 그런데 그 새싹을 싹둑 잘라 버렸으니……."

"꽃나무가 아니라 독초나 가시나무일 수도 있잖아. 설령 통일이란 게 되더라도 혼란과 고통을 피할 수 없을 테니 미리 잘라 버리는 것도 하나의 방법이야."

"여보시우들, 꽃이니 가시니 극단적으로 어떤 일면만 강조하기보다 객관적이고 중도적인 시야로 현실을 바로 보는 게 중요하지 않을까유? 괜히 싸워 봤자 피비린내만 나니께 말씀이유. 각자 너무 주관적이거나 이기적으로 깝치지 말구 세월의 흐름에 맡기는 것도 그닥 나쁘지 않을 듯한데……."

"아, 물론 천지 자연의 흐름도 중요하지만, 사람의 역할을 제외할 순 없죠. 특히 현실적으로 인간이 만들어 놓은 문제는 사람이 풀어야 하지 않을까요? 삼팔선 철조망은 백년이 흘러도 저절로 없어지진 않을 테니 인간의 손과 마음으로 제거해야겠죠."

"백년까지 갈 것도 없이 이삼십년이면 자연과 사람이 합작혀서 사그라뜨려 걷어내 버릴 물건인께 너무 걱정하덜 말어유."

"아니, 뭔 그런 씨나락 까먹는 소릴 하세요? 오히려 철조망을 해마다 신식으로 개비해서 북한 독종 놈들이 영영 못 쳐내려오게 해야죠. 오히려 철벽을 쌓았으면 좋겠구먼 그래."

"허허 참……."

"북한 놈들이라 해도, 지배층이 문제지, 일반 인민들은 다 우리 국민들과 같은 사람이잖아요. 제 얼굴에 침 뱉는 짓은 하지 맙시다."

"흥, 일반인이라 해도 공산당 괴물 놈들에게 세뇌당해 인간성 없는 일개 동물처럼 돼 버렸는걸 뭐."

"하하, 대한민국 사람들은 미국식 자본주의에 세뇌됐을 뿐만 아니라 그들보다 더 오염돼 로봇이나 짐승 뺨치게 인간성이 변질돼 버렸다는 건 세상이 다 알건만……. 지나가던 강아지가 웃겠네."

"흥, 웃으려면 웃으라지. 아무튼 자유 속에서 살고 있는 걸 고맙게 여겨야지 뭔 개 지껄이는 소리야."

"아니, 뭐라구? 개 쌍!"

복도에서

"통일을 꼭 해야 할까요? 그냥 이렇게 사는 것이 좋다는 사람도 많고, 또 설령 통일이 된다고 해도 골치 아픈 일이 많을 텐데…… 과연 서둘러서 하려고 애쓸 필요가 있을지 궁금해요."

"물론 서둘 필요야 없겠지요. 다만, 해서는 안 된다고 억지로 트집을 잡기보다 가능하면 통일하는 길로 가는 게 좋지 않을까요? 물론 통일이 되면 손해보는 사람들도 있겠지만, 아마 대부분의 국민들에겐 이익 되는 면이 크겠죠. 통일이란 이상적인 말은 좀 접어두더라도, 분단 상태로 인한 피해가 과거뿐 아니라 현재에도 너무나 심하니까 말예요."

"너무 흥분하지 마세요. 통일되지 않은 분단 상태의 이익도 있을 테니까요."

"어떤 이익?"

"글쎄요……. 갑자기 질문 받으니 얘기가 잘 안 나오네요. 혹시, 남북한이 서로 라이벌 의식을 가지고 경쟁해서 발전하는 긍정점은 없을까요?"

"아, 물론 있겠죠. 분단되지 않은 미국이나 일본도 각각의 주 또는 지방끼리 서로 화합 경쟁하면서 독특하게 발전하고 있으니까요. 하지만 우리하곤 상황이 다르잖아요. 증오심과 적대감은 없으니……. 경쟁이라도 긍정적이고 생산적이어야지 의미가 있지, 우리처럼 서로 부정적일뿐더러 파괴적이고 소모적인 짓을 매년 매시 반복해서야 무슨 가치가 생겨나겠어요. 특히 요즘처럼 글로벌과 자국 이익주의가 혼재하는 시대에……. 더구나 남북한은 미국과 일본과는 달리 어리석고 창피스럽게도, 한민족끼리 인간의 복지와 자유 그리고 정신과 문화를 위해 경쟁하기보다 군비 증강과 무력 대결에 혈안이 돼 진정 아름다운 삶을 못 본 채 귀중한 것들을 허비 낭비하고 있잖아요. 해마다 미국에 쏟아 부어 주는 무기 구입비를 좀 절약해 참다운 국리민복에 쓴다면 얼마나 많은 불행한 사람이 행복해질까요!"

"현실과 이상은 차이가 있다잖아요. 엄연한 현실 상황을 도외사한 채 너무 이상향만 추구해선 안 된다고 봐요."

"그래요. 이제 그만하죠. 그런데…… 물질적인 분단보다 더 위험한 건 정신적인 분단 의식이 아닌가 싶어요. 우리들의 마음과 영혼마저 늘 분단상태에 놓여 있으니까요. 이건 비현실적인 몽상이나 공상이 아니라 우리가 매일 시시각각 체험하고 있는 엄연한 현실이잖아요?"

"허허, 글쎄……."

"아니, 농담이라기엔 꽤 심각스런 문제인 것 같아요. 다른 나라는 다 극복해서 버린 빨갱이니 뭐니 하는 어거지가 아직도 이 땅에선 통하고 있어요."

"하하, 심각한 농담이로군요."

"세계에서 머리가 가장 좋다는 한국인들이 여전히 그런 어리석은 생각에 얽매여 일종의 이상스런 짐승처럼 살아가는 건 바로 남북이 녹슨 철조망으로 분단돼 있기 때문이죠. 우리의 정치, 경제, 법률, 군사, 문화 예술, 교육, 철학 사상 등등 모든 분야가 그 철조망의 영향을 받고 있잖아요. 물론 소수의 상류 특권층은 이런 특수한 상황을 독특하게 활용하여 나름 재미를 누릴 수도 있겠지만, 대부분의 일반 국민들은 차가운 쇠사슬에 코를 꿴 채 불안스런 노예처럼 살고 있거든요. 사이비 정치꾼들은 그걸 정쟁에 이용해 사리사욕을 챙기고, 선거 철만 되면 북풍공작 따윌 조작해 한 자리 감투를 꿰어 훔칠 궁리만 하잖아요. 그들은 국민을 자기들과 동류의 인간이 아닌 일종의 가축으로 생각하는 것 같아요. 국민들이 그들의 감언이설에 세뇌돼 속지 않는다면 아마 그자들도 계속 똑같은 사기를 치진 않을 텐데……. 지난 수십 년 동안 수많은 북풍 조작 짓거리가 저질러졌으나, 지나고 보면 대부분 공포심을 불러일으키기 위한 사기술 협잡질이었거든요. 심지어 남한과 북한의 수뇌부 놈들이 미리 짜고 국민과 인민을 속여 넘긴 작태도 많았잖아요."

"하하, 너무 의심이 지나치셔. 하하……."

"우리들은 가끔 생각하죠. 왜 저 북쪽 인민들은 악마 괴수들에게 세뇌돼 제정신과 인간성마저 빼앗긴 채 어리석은 무지렁이처럼 살고 있을까? 왜 정신을 바짝 차려 악마 놈들의 흑심을 간파하고 힘을 합쳐 일어서서 김정은 악귀 무리를 몰아낸 후 사람답게 살지 않을까?"

"그야 물론 세뇌가 골수까지 진행돼서 그렇겠죠."

"그럼 우리는요? 남한 사람들은 과연 대한민국 헌법에 명시된 주권을 확실히 인식한 채 이 나라의 주인으로서 생각하며 행동하고 있나요?"

탁자에서

"너무 잘난 체하지 말아. 정치 하시는 분들이 하숙생인 당신보다 못하겠어? 그리 잘났다면 직접 한번 발벗고 나서 보든지……."

"너무 어이없어서 속이 터지니 그러지. 내가 잘났다는 게 아니라, 어린애나 강아지마저 비웃을 짓을 하잖냐 말야."

"흥분하지 마. 정치란 우리 박 선덕여왕님처럼 대국적인 견지에서 무심중에 해나가야 나중에 큰 결실이 있지, 소국에 얽매여 빨갱이 자식들처럼 시시콜콜 따지다 보면 소탐대실의 비극을 맞게 되는 거야. 당신도 그런 성격 땜에 집을 경매 처분당하고 이혼까지 한 나머지 그런 꼴로 하숙 생활을 하고 있잖냐 말야."

"무심중에 하는 정치라면 정말 한 차원 높겠지. 옛 선덕여왕도 못해 본 것일 텐데……. 요즘의 가짜 여왕은 무심중에 아름다운 정치 꽃을 피우는 게 아니라, 무뇌충처럼 허장성세 미소나 날리고 있는 게 아닌가 싶은걸."

"그 무슨 발칙스런 소리야! 작은 고통을 참아 넘기면 여왕님의 신비로운 미소처럼 곧 화려한 통일 꽃이 피어날 거야!"

"아하하…… 삼척동자도 웃겠군. 작은 것을 잘해야 큰 것도 제대로 이루어지지 않을까? 꽃 한 송이가 피어나기 위해 얼마나 세밀하게 노력하는지…… 집 한 채를 짓기 위해서도……. 흠, 미국과 중국 같은 초강대국뿐만 아니라 왜국 일본도 그러한 진리를 알고 소부분 소부분 정밀하게 힘을 모아 목표 향해 노심초사하는 판국에, 허황스런 몽상의 조화(造花)로 국민들의 눈을 현혹시키며 희희덕거리는 꼴이니……."

"사람의 능력만 너무 믿으면 안 되지. 다른 변수가 많으니까 말야."

"위대하신 반인반신으로 추앙받는 아버지의 후광을 업고 대통령에 당선된 딸은 모종의 기대를 모았었지. 일부 국민들 사이엔, 만일 박정희 대통령 각하께서 김재규의 총탄에 맞아 쓰러지지 않았다면 계속 위대한 영도력을 발휘하여 대한민국을 상상 불허의 초강대국으로 만들어 나갔으리라며 아쉬워 통탄하는 사람도 있는 모양이지만……. 원래 좌절된 소망은 열배 백배 안타까운 추억으로 변해 사람을 과거로 물귀신처럼 끌고 들어가는 법이야. 정신이상이 되기 전에 현실을 바로 보아야지. 아니 뭐 크게 고민하거나 애통스러워할 필요도 없이, 지금 이 현실에서 후계자로 선정된 딸을 보면 어느 정도 예측할 수는 있지 않을까 싶은걸. 그 박통 각하 나리님께서 만약 살아 계셨다면 따님보다 훨씬 더 추악한 말로를 걷지 않았을까? 오히려 그때 순직하셨기에 영웅 위인으로 추앙받는 셈이지. 그 당시 점점 주색에 탐닉해 들어가던 상황은 누구도 브레이크를 걸 수 없었다더군. 정치적 판단에서도 그랬대. 독선과 독단……. 자기는 천재적인 영웅이기에 어떤 난관이나 구렁텅이도 뛰어넘을 수 있다는 과대망상은 꼭 그분뿐만 아니라 흔히 수재들이 잘 걸리는 착각의 사슬이지. 따님 대통령도 수재라면 수재지 결코 바보 멍청이는 아니야. 좋은 남자 만나 가정을 꾸렸다면 훌륭한 현모양처가 될 수도 있었으련만, 괜히 정치판에 뛰어들어(그것도 본인의 의지라기보다는 아버지에게 빙의된 자들에게 떠밀려) 부친의 못다 한 꿈을 펼쳐 보이겠노라며 어릴 때부터 배워 익힌 바 비전(秘傳)의 묘술을 시전하지만…… 청천 하늘을 날긴커녕 점점 추락하고 있잖아. 앞으로 어떤 나락의 구덩이로 떨어질지 몰라."

"미국, 중국, 일본, 특히 북한 놈들의 방해 땜에 정치를 제대로 해나가기 어려운 상황이잖아. 난바다의 거센 파도 속을 일엽편주로 헤쳐 나가야 하는 신세가 외로워 보여."

"언제는 그렇지 않았나? 시시각각 이성적이고 창조적인 자세로 고군

분투해야 살아남는 판인데, 적도 아군도 제대로 구별하지 못한 채 독선적으로 옛날 옛적 만파식적이나 닐리리 불어 판도를 잠재울 꿈이나 꾸고 있으니……. 바다 물결이 위험스럽긴 해도 배를 띄워 주는 바탕이건만, 지혜롭게 잘 활용할 생각은 않고 아버지의 몽상에 젖어 태평가나 흥얼거리는 꼴이랄까? 세상이 경천동지할 정도로 바뀌었는데도……. 아마 아버지가 지금 살아 계시더라도 글로벌 대양(大洋)을 헤쳐 나가긴 어려웠을 거야. 이미 시효만료가 되고 유통기한이 많이 지났다는 얘기지. 그런데도 여전히 이른바 태극기 부대를 믿고 희희낙락이니 대한민국호가 대체 어찌 될는지…….”

“흠, 마치 우국지사 같구먼. 큰 바다보다는 이 하숙에서 어찌 살아낼지 걱정하는 게 좋지 않을까?”

“허헛, 누가 할 소릴 사돈이 하는군. 바다가 아니라 이 콘크리트 아스팔트 바닥이라도 마찬가지야. 이 하숙집도 주인이 까딱 잘못 운영하면 침몰해 버릴지 몰라. 저기 저 치킨집이나 슈퍼마켓 또한……. 위정자 나리들은 자기네 당파의 대국뿐 아니라 일반 국민들의 소국도 무시하지 말아야 해.”

“나리들께서 당연히 그러겠지 뭘.”

“아냐. 그런 생각이 좀 있다면 개성공단을 제멋대로 마구 폐쇄해서 거기 입주한 수많은 중소기업체 오너와 종업원들을 낭떠러지로 몰아넣진 않았겠지. 그리고 사드를 얼렁뚱땅 배치해 성주 군민들을 불안에 떨게 하고, 중국을 자극해설랑 괜스레 국리민복을 해치는 짓은 하지 않았겠지.”

"미래를 봐서 하는 거잖아. 꼭 필요해서 하는 거라구!"

"그래, 필요하다면 해야겠지. 그런데…… 꼭 필요하지 않다고 말하는 사람도 많이 있고, 설령 하더라도 시간을 두고 차근차근 더 많이 심사숙고한 후에 환경 영향 조사를 엄밀히 하는 등 절차에 맞게 했더라면 아마 미국 정부도 한국과 한국인을 자기네의 똘마니가 아니라 동등한 친구로서 대우했을 거야. 그런데 이건 뭐 밀당 한번 제대로 하지 않고 스스로 팬티를 훌렁훌렁 벗어 버린 꼴이니, 그들이 겉으론 웃을지언정 속으론 우리 대한민국을 뭐라고 생각하겠어? 개성공단, 일본군 위안부, 미군이 움켜쥐고 있는 전시작전권 문제, 방위비 분담금 협상 등등 뭐 하나 주인다운 의식을 갖고 자주적으로 창조적으로 해결해 나가긴커녕 굴종적인 꼭두각시 노릇이나 하며 낄낄거려대니……. 원 참, 자칭 선덕여왕이 카랑카랑 뱉어내는 통일대박론도 참다운 자기 목소리 같지가 않고, 어딘지 뭔가 뒤에서 누가 조종하고 있는 듯한 느낌이 든단 말야."

"어이, 미친 소리 작작하구 술이나 마셔!"

"설마 막걸리 반공법으로 끌려가진 않겠지?"

"이건 맥주니까 쭉 들이켜고 그 잘난 아가리나 좀 닥쳐!……"

태극기 부대를 비롯한 열혈 지지자들은 아직도 그녀를 여왕 각하로 떠받들고 있었다. 하지만 환상의 유리 거울은 차츰 금이 가기 시작하는 것 또한 사실이었다. 그런 상황이기에 여왕에 대한 정당한 비판에도 신경질적인 반응을 보이는지 몰랐다. 하긴 요즘 우파고 좌파고 간에 정당한 비판이 어디 있겠는가마는……. 우리의 오른손과 왼손뿐 아니라 우뇌와 좌뇌, 오른쪽 눈과 왼쪽 눈, 좌우의 귀·코·입·심장·콩팥·성기마저 서로 싸우고 있으니 말이다. 이 몸뚱이가 어찌 성할 날이 있겠는가. 남북끼리만 아니라 남한 내부마저 분열돼 서로 잘났다며 아웅다웅하는 판이니 우리의 심신, 즉 몸이 어찌 온전할 수 있으리오?

능금꽃 피는 고향

계절은 점점 깊어 가고 있었다. 아니다. 좀 어폐가 있는 것 같다. 봄에서 늦봄으로, 늦봄에서 초여름으로 넘어가는 길목에선 깊이보다 오히려 얕음이 더 유행하는 듯싶었다.

어느 날, 나는 피에로 씨의 권유로 탈북자 단체 사무실에 마실을 가게 되었다. 내심 한번 가 보고 싶었기에 내가 은근히 바람을 넣었다고도 할 수 있다. 어쨌든 만약 그가 권하지 않았다면 언감생심 어려운 일이었으리라. 그는 마치 무척 비밀스럽고 대단한 아지트에라도 데려가는 양 행동했기 때문이다. 하지만 난 그냥 슬쩍 구경 가는 정도로만 생각했다.

삼각지 부근의 허름한 건물 2층 한구석에 그 '자유대한통일추진문화협회'는 자리해 있었다. 피에로 씨는 무슨 암호라도 치듯 이상 야릇한 수법으로 문을 노크했다. 내가 보기엔 유치스러웠으나 그는 진지한 표정이었다.

문이 열리자 먼저 한 여자의 얼굴이 보였다. 창백한 낯빛에 안경 너머 눈동자는 잔뜩 충혈돼 냉정한 기운을 내쏘았다. 올림머리가 퍽 단정해 보였으나 결이 푸석푸석해서 그런지 어쩐지 미감(美感)은 그닥 느껴지지 않았다.

"오, 윤 여솨님! 간만에 뵈니 엄청스리 반갑슴둥!"

피에로 씨가 북한 말투를 흉내내며 너스레를 떨었으나 여자는 대꾸 없이 나를 쓱 훑어보았다. 우리가 안으로 들어서자 그녀는 문을 닫곤 딸깍 잠갔다.

정면 벽 위쪽에 박 대통령 부녀의 대형 사진이 걸렸고 그 사이에 태극기가 붙어 있었다. 바로 아래쪽과 사면 벽엔 여기저기 각종 구호가 울긋불긋 내걸려 정신을 어지럽혔다.

"위대하신 인신님과 여왕님의 초능력으로 북진통일하여 동족을 구해낸다!"

"자유대한 만세! 북괴 세습 공산당 타도!"

"천국의 맛은 지옥을 겪어 본 사람들이 잘 안다."

"대한민국의 은혜를 모르는 자들은 모두 아오지 탄광 수용소로 보내자!"

"꿈을 꾸라. 그러면 바로 이곳이 천국으로 변하리라!"

퀴퀴한 곰팡이 냄새 비슷한 게 풍기는 실내에 어울리지 않게 신품 탁자 위엔 컴퓨터가 서너 대 놓였고, 그 앞에서 젊은 남녀들이 인형처럼 앉아 무슨 일엔가 몰두해 있었다.

"윤 여사님, 점점 더 예뻐지시는군요. 정말 매력적이십니다. 그건 그렇고, 여기 인기 작가이자 우리 한민족 통일과 웅비에 관심이 많은 저의 아우님을 소개합니다. 우리 사업에도 앞으로 큰 도움을 주리라고 예상합니다!"

피에로 씨가 너스레를 떨며 나를 가리켰다. 원래 허풍이 심한 편이긴 했지만 좀 지나치다 싶었다. 꿈은 크되 나는 아직 인기 작가가 아니며 통일 문제에 대해 아는 게 별로 없었고 그의 아우가 되긴 싫었으며 나아가 그들의 사업에 도움이 될 생각도 없었다. 그냥 구경 삼아 한번 따라온 것뿐이었다. 그렇긴 해도 만일 그들에게 한 가닥 진실이 있거나 혹 오해 받는 부분이 있다면 내심 밝혀 보고 싶었다.

"반갑습네다. 저리 좀 앉으시라우요. 커피 한잔 내오겠어요."

북한 말투와 서울 억양이 섞인 언어였다. 피에로 씨가 다른 책상 쪽으로 가서 중년 남자와 얘기를 나누는 사이 나는 소파에 앉아 실내의 분위기를 파악해 보려 애썼다.

'음, 저 태극기는 어쩐지 좀 숨이 막힐 것만 같군. 왠지 부녀가 양편에서 함께 꽉 조이는 것 같아. 박 대통령은 과연 인신 같은 애국자일까, 혹은 배덕자일까? 잘못했다는 것도 거짓말이고 다 잘했다는 허풍 또한 거짓이야. 왜 죽은 지 수십 년이 지났는데도 아직까지 잘한 것과 잘못한 점을 확실히 구분하지 못한 채 국민들이 편을 나눠 반목하며 여전히 아웅다웅하고 있을까? 이젠 그이의 공적과 과오를 구분해서 정리하고 미래의 거울로 삼아야 할 텐데……. 그래야만 그이도 삼도천의 중음신 신세를 벗어나 저승에서 나름 편안히 쉬련만……. 놓아 주질 않으니 허공을 떠돌며 얼마나 괴로울지 몰라. 멍텅구리들아, 이젠 제발 좀 놔 드려라!'

그 순간 윤 여사가 커피를 들고 와 탁자 위에 놓았다. 그리고 맞은편에 살짝 앉았다.

"만나 뵈어 반갑습네다. 대머리 아저씨 얘기론 훌륭한 작가시라던데…… 아무쪼록 저희 사업에 많은 도움 주시길 바랍네다."

그녀가 미소 지으며 말했다. 눈꼬리에 주름이 많이 잡히면서 작은 입술에도 웃음기가 살짝 감돌았으나, 눈동자 속의 냉기 때문인지 어쩐지 가면 같은 느낌을 주는 얼굴이었다. 나는 일부러 하품을 조금 하는 척 입을 벌리다가 말했다.

"어이쿠, 허풍에 속아 넘어가시면 안 돼요. 저는 아직 초라한 무명작가일 뿐입니다. 그리고 무슨 얘길 들으셨는지 모르지만…… 저는 정치적인 사안에다 제 글을 이용하는 건 가능하면 사양하고 싶습니다."

"네, 그래요. 우리도 그러려고 합네다. 하지만 모든 건 정치와 연결되어 있기 때문에 누구도 피할래야 피할 수 없는걸요."

"하하, 그렇죠. 산속이나 외딴 섬에 살지라도 정치의 거미줄을 벗어나긴 어렵죠. 다만 저는 이용당하거나 이용하지 않으려 나름 조심할 뿐이에요. 밀착하는 순간 걸려들어 거짓말쟁이 거미의 밥이 될 뿐이니까요. 하하……."

"그래도 모두 각자 가진 재주껏 대통령님 각하와 나라의 큰 은혜에 보답해야죠. 그게 동물 아닌 인간의 윤리 도덕입네다."

"글쎄요. 어딘지 조선인민공화국에서 권장하는 윤리 도덕 냄새가 나는 것 같네요."

"어머, 그건 북조선에서만은 절대루 안 돼요!"

"왜요? 피장파장 같은데……."

난 슬쩍 떠 보았다. 그러자 북쪽에서 탈출해 내려온 여자는 냉엄한 눈초리로 흘겨보며 새된 소리를 냈다.

"독재자 무리의 사이비 왕국이니까요! 우리가 해야 할 위대한 사명은 바로 그 세습 독재 광인들을 몰아낸 뒤 그 더럽혀진 금수강산을 청소하고 곳곳에 자유대한의 태극기를 휘날리게끔 하는 겁네다!"

"그래도 좀 이성적으로 했으면 좋겠어요. 광인에게 광적으로 대한다면 과연 어떤 효과가 있을까요?"

"흥, 효과는 이미 서서히 나타나고 있다구요. 양질 전화의 법칙을 모르세요? 좋든 나쁘든 양적으로 총공세를 펼치다가 보면 언젠가 별안간 질적으로 대변화가 일어나 사상누각처럼 무너지게 돼 있다구요. 그러니 여하튼 힘 모아 열심히 해보시자요. 자, 제가 급무를 처리하는 동안 이거나 좀 보고 계시라요."

윤 여사는 탁자 위에 쌓아 놓은 팸플릿 더미에서 한 부를 집어 건네더니 급히 저쪽으로 가 버렸다.

나는 심심풀이 삼아 슬슬 훑어보았다. 저품질 모조지 위에 울긋불긋하고 검은 활자들이 무슨 괴상스런 벌레들처럼 기어다니며 선동적인 독기와 분비물을 내뿜는 성싶었다.

"대명천지 21세기 초현대 사회 속의 산적 소굴!
사람은 하루를 살아도 진실을 호흡해야 한다.
비록 그 공기가 오염물질로 혼탁해져 있더라도!!
자유란 그런 것이다, 내가 내 생명을 호흡할 수 있는 것!
철의 장막, 암흑의 장막 속엔 '순수의 독가스'가
자유라는 거짓 이름으로 사람의 숨통을 조르고 있다!
인민이여, 진정한 자유를 향해 투쟁하라!!!……

토요일인데 6시가 되어서야 업무가 끝났다. 여기저기서 책상을 정리 정돈하며 하루 일과를 마친 감흥을 북한 사투리로 지껄여대기도 하고 기지개를 켜기도 했다. 과연 무슨 일을 했기에 저토록 뿌듯할까? 의문스럽기도 했으나, 인간 노동의 가치를 함부로 재단할 필요까진 없다고 여겨졌다.

"자, 모두 빡쎄게 일했으니깐두루 이제부터 신나게 놀아봅세그려."

"얼쑤~ 좋구~"

이런 소리가 들리는 것으로 보아 어떤 유흥 시간이 준비돼 있는 모양이었다. 모두 사무실을 나서 옥상으로 향하는 계단을 올라갔다. 피에로 씨의 권유에 못 이긴 척 나도 결국 따라붙었다.

옥상으로 나가자 매연에 찌든 서울의 바람이나마 시원스런 느낌을 안겨 주었다. 옛날 옛날 한 옛날, 이곳 사람들이 예사롭게 평양으로 올라가기도 하고 이북 사람들이 서울로 내려오기도 하고 또 경평(京平) 축구 시합에 벌어지곤 하던 시절엔 아마 숨쉬기가 더 편하지 않았을까 하는 생각이 문득 들었다.

'한여름 삼복 더위에도 휴전선 부근에만 가면 살인적인 냉기가 떠도는 수상쩍은 이 상황이 좋은가, 치고 박고 싸우다가도 평양냉면 한 그릇 나눠 먹은 후 웃으며 악수하는 게 좋은가?'

그런 상념도 떠올랐다. 그 자리의 분위기 때문이 아닐까 싶었다.

시멘트 바닥에 돗자리를 깔곤 둘러앉았다. 어느새 무쇠 솥뚜껑 위에서 삼겹살이 지글지글 익어 가고 상추와 풋고추, 마늘, 김치 등속이 준비되었다. 시원한 막걸리, 소주, 맥주가 취향대로 가득 찬 잔을 들어 올린 사람들은 건배를 외쳤다.

"우리의 선덕여왕님을 위하여!"

"백두산 영봉에 태극기 휘날릴 그날을 위해서!"

"통일의 역군인 우리 탈북 국민들의 꿈을 위하여!"

이북 사람들의 기질 때문인지, 혹은 서울이라는 특이한 도시의 마약성에 감염된 탓인지 모르지만, 그들은 빠르게 마시고 성급하게 취하고 과격하게 흥겨워졌다.

모든 대도시가 그렇겠으나 특히 서울은 초보자로 하여금 불합리한 과대망상과 몽상과 환상에 젖어 들뜬 채 허위적거리게 만드는 성싶다. 그 밑바닥 구덩이 속엔 순화되지 못한 욕망, 오히려 병들어 왜곡된 원초적 본능의 불이 너울거린다. 하지만 그걸 지적하는 건 결코 예의가 아니다.

남한 사람은 자본주의 공해에 찌들어 추악하고 북한 사람은 자연성을 간직한 채 아직 순진하다는 생각은 유치하고 시시껄렁한 관념일 뿐이다. 상대적으로 그렇다는 애기도 오해이거나 착각에 지나지 않는다. 인간이란 그렇게 단순한 존재가 아니다. 공산주의 독재와 물질적 궁핍을 견디고 살아나온 사람들은 결코 만만치 않으며 의외로 영악스럽고 위선적일 수도 있다.

발랑 까졌다고 자부하는 남한 사람일지언정 막상 북한 사람과 맞붙여 놓으면 당해내기 어려울 터이다. 남북 정상회담이나 실무자급 회의를 보면 우리 쪽은 왠지 당당함과 지혜가 부족한 성싶다. 왜 그럴까? 물질적으로 풍요롭지만 정신적으론 비겁한 점이 우리 내부에 있는지도 모른다. 그리고 무엇보다 문제는 남한 자체의 분열상이리라. 여야당 정치꾼 나부랭이들은 국리민복보다 사리사욕에 미쳐 초딩생들도 비웃을 만큼 저열한 광견 투쟁이나 벌이며 민의의 전당을 허구헌날 개판으로 만들고 있다. 아직도 그 광견들을 자기네의 대표라고 착각하는 하인 근성 지닌 사람은 역시 패를 나눠 광견의 앞잡이 꼭두각시 놀음을 벌인다. 극우파는 상대를 종북 좌파 빨갱이라 욕하고 극좌파는 상대방을 향해 수구 꼴통 얼간이라 비하한다. 중도(中道)는 없다. 어중간한 타협이나 박쥐 닮은 양다리 걸치기가 아닌, 극우와 극좌의 폐해를 버리고 초월하여 참다운 진보와 보수의 미덕을 대한민국 용광로에 넣고 삼칠일 동안 푹 고아 진국을 우려내어 맛깔나게 조화시킨 진짜 중도 통일탕. 그걸 국민들이 한 그릇씩 훌훌 마시고 심신이 건강해진다면 사이비 선동꾼들이 설쳐대더라도 바른 길을 의연히 걸어 나갈 수 있을 텐데……. 만일 그렇게 된다면 대한민국 대표들이 북한이나 미국 혹은 일본 등과 협상 테이블에 마주 앉더라도 좌고우면하지 않고 정정당당히 국리민복을 위해 능력을 십분 발휘하련만……. 그렇게만 된다면 월드컵에서 국가대표 선수들이 골을 펑펑 터트리듯 아니꼬운 북한과 미국 대표들의 어거지를 큰소리쳐 물리치고 우리의 합리적인 이익을 챙길 수 있을 텐데 말이다.

 자, 이제 공상은 접어두고 현실로 돌아가자. 내가 이런저런 생각에 잠겨 있는 동안 술자리의 취흥은 점차 무르익어 갔다. 약간 억지스러웠던 서울 말투는 차츰 사라지고 이북 어투가 자연스레 흘러나왔다. 좀 요란벅적하긴 해도 흥미로운 장면이었다. 말의 내용이야 어떻든 간에, 고향 사투리를 타고 가슴속 정서와 삶의 희비애락이 묻어 나오기 시작했다. 사무실에서는 열성적으로 보였던 업무상의 얘기는 쑥 들어가 버리고, 머나먼 고향의 추억과 객지 생활의 애환이 얽혀 희비 쌍곡선을 이루었다. 중국의 현정세와 그곳에서 겪은 고생담 틈틈이 '통일'이란 낱말이 무슨 환청인 양 들려오기도 했다.

초여름 해는 서녘으로 저물어 하늘가엔 노을이 물들었다. 매연의 방해를 받을지언정 잠시나마 한 폭의 그림 같았다. 연분홍빛은 차츰 짙어지더니 보라색을 거쳐 수묵 담채화로 변하고 있었다. 그걸 쳐다보던 한 사내의 입에서 노래가 흥얼흥얼 흘러나왔다.

어젯밤에도 불었네 휘파람 휘파람
벌써 몇 달째 불었네 휘파람 휘파람
복순이네 집 앞을 지날 때 이 가슴 설레어
나도 모르게 안타까이 휘파람 불었네
휘휘휘 호호호 휘휘 호호호

한번 보면 어쩐지 다신 못 볼 듯
보고 또 봐도 그 모습 또 보고 싶네
어제 꿈에 내게로 다가와 생긋이 웃을 때
이 가슴에 불이 인다오
휘휘휘 호호호 휘휘 호호호

아름다운 꽃다발 안고 휘파람 불면
복순이도 내 마음 알아 주리라
휘휘휘 호호호 휘휘 호호호
아아아 휘파람
휘휘 호호 휘파람~

옆에 앉았던 남자가 소주를 한잔 들이켜고 나서 상체만 흔들어 어깨춤을 덩실덩실 추며 한 곡조 뽑았다.

고개 넘어 령을 넘어 버스를 타고
도시 처녀 이 산천에 시집을 와요
차창 밖에 웃음꽃을 방실 날리며
새살림의 꿈을 안고 정들려 와요

시집와요 시집와요 도시 처녀 시집와요
모내기 때 남모르게 맺어진 사랑
황조 가을 좋은 날에 무르익었소
도시 처녀 농촌 총각 한 쌍이 됐소~

노래(유행가)만큼 인간의 감정이 잘 반영되는 것도 드물다. 유치하면서도 마음을 사로잡는 게 대중가요이다. 그 누구도 남의 18번 곡을 무시하거나 조롱해서는 안 되는 이유이다. 그건 곧 자기 자신의 정서 취향을 우롱하는 행위와 다를 바 없다. 젊은 사람이 늙은 사람의 가요를 무시하고 늙은이가 젊은이의 유행가를 조롱하는 짓이 가장 심한 나라가 한국이라고 한다. 제 잘난 사람들이 많기 때문일까, 못난 사람들이 많은 까닭일까? 자기 세대, 자기 감정, 자기 아이만 최고라고 뽐내는 존재만큼 지독스런 괴물은 없다. 그들은 자기 청춘이 영원하길 바라며 착각하지만 추풍낙엽 꼴이 돼 곧 흩날리고 만다.

그래도 노래는 영원하다.

삼겹살을 굽던 여자가 간드러진 목청으로 한 곡 뽑았다.

오빤 강남 스타일~
낮에는 따사로운 인간적인 여자
정숙해 보이지만 놀 땐 노는 여자
이때다 싶으면 묶었던 머리 푸는 여자
가렸지만 웬만한 노출보다 야한 여자
나는 사나이~
점잖아 보이지만 놀 땐 노는 사나이
때가 되면 완전 미쳐 버리는 사나이
근육보다 사상이 울퉁불퉁한 사나이
아름다워 사랑스러워
그래 너 헤이~ 그래 바로 너 헤이~
아름다워 사랑스러워
오빤 강남 스타일~

어느 결에 모두 일어나 노래를 따라 부르며 흥겹게 말춤을 추었다. 저마다 개성적인 몸짓으로. 북한의 로봇 인형 훈련 같은 매스게임만 보아 온 내 눈엔 일견 의아스런 광경이었다. 오히려 남한 사람보다 자유롭게 자연스러우며 생명감 넘치는 모습이랄까. 순간적이지만 마치 통일이라도 된 듯한 환상을 불러일으켰다. 동서남북 통일. 바라보고 있자니 문득 남한 사람이야말로 로봇 훈련 매스게임을 매일 일상적으로 살벌하게 치르며 살아가지 않는가 싶은 생각이 들었다. 모방적인 살인마들이 벌이는 생존경쟁의 매스게임. 피에로 씨가 그 무리 속에 섞여 절뚝거리며 애써 춤추고 있어서 그런지 몰랐다. 자유 대한민국의 수도 서울에서 성공해 보려 나름 아등바등했으나 결국 떨어져 한 잎 낙엽 신세가 되어 버린 채 저기 저렇게 우스꽝스레 바스락거리고 있는 사람······.

노래 얘기가 나와서 하는 말이지만, 남한 사람들은 정이 많은 척하면서도 참 잔인하다. 어울려 친한 사람들끼리 노는 자리에서도 왕따 시키기가 일쑤 자행되곤 한다. 언젠가 이런 장면을 본 적이 있다.(혹시 여러분 중엔 직접 경험한 분도 있으리라.)

어느 동호회에서 좋은 여행 간 술자리에 노래 부르기 여흥이 시작되었다. 열 명쯤 둘러앉은 백사장 한가운데엔 모닥불이 아름답게 타오르고 있었다. 그런 곳에선 자발적인 노래가 어울릴 텐데 왠지 지명 릴레이 식으로 진행되었다. 한 사람이 부르고 나서 다음 타자를 지명하는 것이다. 아무튼 장점이 있으니까 생겨났겠지. 처음엔 좀 따분했는데 중반을 지나 후반으로 갈수록 차츰 초조스러워졌다. 세 명쯤 남았을 땐 마치 그물 속에 몰린 물고기가 된 느낌이었다. 또 한 명이 선택되고 이젠 두 사람만 남았다. 과연 누가 선택될 것인가? 지켜보는 자들도 사뭇 긴장된 표정이었다. 따지고 보면 별것 아닌데, 누군가로부터 지목돼 이미 관문을 통과한 남녀들은 짐짓 꽤 행복스런 모습으로 주시한다. 그물 속에 갇힌 두 사람의 낯빛은 성격에 따라 약간 상기되거나 창백하다. 마침내 지명된 사람은 조금쯤 흥분된 목소리로 노래를 부른다. 이제 마지막으로 남은 한 명은 어떤 심정일까? 하긴 아직 실망할 때는 아닐지도 모른다. 피날레를 멋지게 장식한다면 가장 큰 박수를 받을 수도 있으리라! 하지만 그런 기회는 주어지지 않았다. 그것도 일종의 놀이인 이상 룰이 있는 모양인지 혹은 다른 까닭 때문인지, 동호회장은 헛기침을 한번 뽑은 뒤 종료해 버렸다. 음치인 나는 노래도 사양하고 지명권도 포기한 채 건너뛰었으나 그 꼴을 구경하고 있자니 씁쓸한 기분이었다. 결과적으로 왕따를 당한 셈인 '최후의 1인'은 이후 동호회 모임에 나오지 않았다. 그 사람은 정신적인 살인을 당한 게 아닐까 싶은 의문이 가끔 들곤 했다.

탈북자들은 그런 짓은 하지 않고 흥이 오르는 대로 자연스레 노래 부르고 춤을 췄다. 나도 모르게 일어나 함께 어울려 어깨춤을 추었다. 주변에서 맴돌다가 청춘인지라 젊은 아가씨 쪽으로 슬슬 다가갔다. 자석의 남극(S)과 북극(N)이 서로 끌리듯. 예로부터 남남북녀라고 하지 않았던가. 남쪽 청년이 북쪽 아가씨에 관심이 있다면 아마 북쪽 아가씨도 남쪽 청년에게 관심이 있지 않겠는가. 문득 난 영화의 한 장면 속에 들어와 있는 듯한 느낌이 들었다. 내 인생에서 북한 여자와 춤추는 기회가 있으리라곤 생각하지 못했다. 만약 피에로 씨가 아니었더라면……. 어쨌든 역사적인 한 순간이라는 기분이었다. 이런 기회를 어찌 놓칠 수 있으랴. 볼이 발그레하게 달아오른 아가씨에게 난 물었다.

"혹시 통일에 대해 어찌 생각하세요?"
"글쎄요, 말만으론 안 돼요!"
"물론 그렇죠. 실행해야겠죠."
"실행? 호호, 투쟁해야만 해요!"
"좀 진정하세요. 말만 잘해도 통일은 성큼 가까워질 수도 있어요. 현재 남과 북은 물론이고 남한 사람들끼리도 '통일'에 대해 서로 중구난방 헷갈리고 있는 실정이니까요. 통일이 무엇이냐! 과연 누가 알고 있을까요?"

"호호, 그렇담 한번 잘 설명해 보세요."

"실은 나도 잘 몰라요. 그보단 우선…… 남남북녀끼리 실행 투쟁적으로 통일을 이루어 보면 어떨까요?"

"엥? 보기엔 안 그런데 아주 엉큼스럽구만요."

아가씨는 그러면서 춤추던 나긋나긋한 손길로 내 어깨를 살짝 밀쳤다. 그러고는 반달 같은 눈으로 흘겨보며 제자리로 갔다. 모두 착석한 후 다시 건배를 외치고 목을 추기는데 윤 여사가 살그머니 다가와 옆에 앉았다.

"어떠세요, 의외로 재미가 있죠? 새로운 인연도 만나고……. 이제 안면도 트고 했으니 앞으로 자주 놀러 오세요."

"네, 기회가 되면……."

"기회란 만들어야죠. 마침 저희에겐 큰 할일이 있어요. 좀 도와주세요."

"어떤 일인가요?"

"물론 통일 과업이죠. 사람들을 매혹시킬 수 있는 멋진 글귀를 써 주시면 돼요."

"제가 뭘 알아야죠."

"아이디어는 우리에게 충분히 있어요. 그걸 잘 표현해 주시는 게 작가의 임무가 아닐까요."

"글쎄요. 꼭 그렇지만은 않다고 보는데요. 요즘 남의 아이디어를 번드레하게 치장해 주는 걸로 작가 행세를 하는 사람들이 많은데, 진짜 작가란 자기 생각을 제대로 표현하느라 고심참담할 걸요. 그리고 저는 가능하면 어떤 파당의 편에 서서 글을 쓰진 않으려고 해요."

"꾀까다로우시네. 그렇담 탈북민들의 체험에 대해서는 관심이 있나요?"

"그야 물론이죠."

"그럼 됐어요. 우리 탈북자들이 북한과 중국에서 겪은 피눈물 나는 인생담과 파란만장한 체험담이 있어요. 그걸 진실하고 감동적인 휴먼 드라마로 만들어 주세요."

"글쎄요."

"작가도 먹고 살아야 되잖아요. 원고료는 섭섭잖게 챙겨 드리겠어요."

난 솔직히 마음이 동했다. 물론 원고료도 중요했으나 그것 때문만은 아니었다. 난 원래 순수문학을 지향했지만 능력 부족 탓인지 왠지 별 흥미를 못 느끼고 있었다. 그러던 중 어떤 인연으로 특이한 삶을 겪은 한 인간을 만나게 되었다. 그의 기구한 체험을 원재료로 삼아 선감도 아동강제수용소, 형제복지원, 몽키하우스 등에 관한 소설을 썼다. 순수와 통속이 뒤바뀌어 혼돈스런 시대에 난 두 파를 다 거부하고 오직 진실을 파헤치려 애쓰며 작업했다. 문단 파벌의 눈치도 독자 대중의 기호도 멀리한 채 묵묵히 걸어가는 마이웨이는 상쾌하고 재미있었다. 고통 또한 의미 깊은 즐거움이 되는 길……. 마지막으로 소록도 나환자 수용소를 탐찰하고 싶었으나 이미 많은 작품이 나와 있는 터라 선뜻 내키지 않았다. 탈북자 얘기 역시 흥미롭긴 하되 여러모로 알려진 상태여서 머뭇거려졌다.

그런데 일단 원고 청탁을 받게 되니 머릿속의 물이 서서히 데워지기 시작했다. 이럴 때 조심해야 한다. 사기꾼의 협잡질에 가장 넘어가기 쉬운 순간인 것이다. '누가 속이는 게 아니라 스스로 속는 셈'이라는 속담도 바로 여기서 비롯된다. 하지만 별로 걱정할 필요는 없다고 여겨졌다. 우선 체험기 초고를 한번 읽어 본 후 가부간에 결정을 내리면 되잖겠는가. 만일 엉뚱한 강요를 한다면 이쪽에서도 문장으로 아이러니컬한 풍자적 장난을 쳐 주리라. 혹시 누가 알겠는가. 잘 쓰면 시대의 촉각을 건드려서 대박이 날지. 그렇진 않더라도 통일 문제 접근에 조금쯤 기여할 바가 있잖겠는가 싶었다.

내가 대꾸를 하지 않자 윤 여사는 거부한다고 생각했는지 한번 더 채근해 왔다.

"만약 북한 괴뢰도당의 지령을 받는 작가나 예술가라면 이런 경우에 훨씬 순수하고 열정적인 마음으로 참여했을 거야요. 우리 자유대한의 인기 작가님께서 민족의 대의 앞에서 그자들에게 져서야 되겠어요? 부디 숭고한 정신으로 일떠서 주세요!"

"알았어요."

난 속으로 웃으며 대답했다.

"따봉!"

그녀가 의기양양하게 외쳤다.

해방촌 하숙집으로 돌아오는 길에 피에로 씨가 벌그무레하게 술기 오른 얼굴로 물었다.

"윤 여사, 꽤 매력 있지?"

"꽤 표독하던데요."

내가 대꾸했다.

"무슨 소릴! 좀 독재적이라면 모를까. 왠지 난 그런 여자가 매력적이더라구."

밤하늘의 반달을 멍하니 쳐다보며 그는 중얼거렸다.

메일을 열어 보니 탈북자 수기 파일이 들어 있었다. 상당한 분량이었다. 기대감과 함께 부담감도 느껴졌다.

읽어 내려갈수록 차츰차츰 기대감은 줄어들고 부담감은 늘어났다.

사실 나는 이전에 책으로 만들어져 나온 그들의 체험기를 읽은 적이 있었다. 그런 책들 속의 내용보다 특별히 나은 점은 없었다. 물론 출간해서 상업적 성공을 위해서라거나 혹은 다른 목적으로 편집자들이 많은 첨삭 수정을 가했을 수도 있었다. 이 파일 또한 그런 책처럼 기필해 의도에 따라 환골탈태 시킬 가능성은 충분해 보였다.

모든 책은 그렇게 만들어진다. 소주나 막걸리처럼, 원액에 물이 들어가지 않는 법이 없다. 옛날의 위대한 작가들은 자기 스스로 그걸 다 만들어 조절했건만, 요즘의 속칭 작가들은 편집부의 노예로 변해 가고 있는 실정이다. 아마 독자들의 눈이 훨씬 더 순수하고 진실하리라.

나는 일단 수기의 진실성 여부에 마음을 두고 읽어 나갔다. 특히 체험자들이 단체의 윗선으로부터 모종의 지령을 받고 어떤 목적을 위해 쓰지 않았는지 살펴보았다. 북한과 중국에 대한 분노, 남한과 미국 등 자본주의 세계에 대한 동경 혹은 찬양이 극적인 대조를 이루었다. 과장되고 허황스런 왜곡뿐 아니라 어떤 사안의 축소와 삭제 또한 문제였다. 만약 작업을 시작한다면 '감동적인 휴먼 드라마'를 만들기 전에 그런 점부터 바로 잡아야 할 터였다.

그러나 일단 선입관을 접어둔 채 쭉쭉 읽어 내려갔다. 하층민들이 북한 사회에서 겪는 고통, 굶어 죽지 않기 위해 중국 농촌 오지의 홀아비에게 속아 시집 간 여인들이 당하는 짐승보다 비참스런 일상, 혹은 지옥경을 탈출하려고 목숨 걸고 차가운 압록강을 건너는 험난한 유랑의 길…… 등은 분명 비극으로서 인간의 원초적인 감정을 자극하는 진실이 깃들어 있었다. 그 중 한 편을 뽑아내 시험 삼아 손질을 좀 해보았다.

내가 태어나 자란 곳은 평안북도 운산의 어느 농촌이었다. 봄이 오면 복사꽃과 능금꽃이 만발하는 물 맑고 공기 좋은 아담한 마을이었다.

부모님은 평범하고 부지런한 농사꾼으로서 1남 3녀를 두셨는데 난 맏딸이었다. 아무래도 부모님은 대를 이을 외아들을 애지중지했고, 암탉이 새벽에 낳은 달걀 중 가장 큰 알을 몰래 먹이곤 했다. 하지만 어려운 시절인지라 식구들은 모두 배를 곯으며 어렵게 살았다.

가난한 마을 사람들은 산에 올라 소나무 껍질을 벗겨내 물에 불려 놓았다가 방망이로 두드려 송기떡을 만들어 먹고, 심지어 쥐와 개구리도 잡아 껍질을 벗겨 먹을 지경이었다. 이곳이 과연 지상천국인가?

봄에는 허리 부러지게 논에 모를 냈고, 여름엔 처녀 손이라 믿기지 않을 정도로 굳은살이 박이도록 호미질을 했고, 가을에는 한 알의 낟알이라도 흘릴세라 정성들여 벼를 베고, 겨울에는 좋은 퇴비를 생산하려고 변소 오줌똥까지 퍼서 뿌렸다. 하지만 공산주의 분배원칙에 따라 우리 앞에 차례진 식량은 정녕 어처구니가 없을 정도였다. 일년 내내 일한 대가란 우리 네 식구가 겨우 먹을 수 있을 만큼 너무 적은 양이었다. 현금으로 나온 분배돈은 바로 통장에 들어간다며 빈껍데기 통장만 주었다. 3년 동안 빈 통장만 받고 나라 사정이 어렵다는 구실로 돈은 일전도 받아보지 못했다.

'나는 하루 두 끼 겨우 먹으며 한 끼에 삶은 감자 몇 개 먹고 속이 텅 비는 생활을 하며 피땀 흘려 번 돈이건만 왜 이런 거지? 왜 열심히 일하는 사람들은 점점 더 가난해져 하루하루 먹을 걱정을 해야 되고, 당 간부들은 왜 저렇게 기름이 번지레하게 잘 사는 걸까?

하지만 그때까지도 나는 왜 그래야만 하는지 이유를 잘 알 수가 없었다. 세뇌된 뇌로서는 눈앞의 현실도 제대로 보지 못하는 모양이었다. 그저 주위 사람들과 함께 괴로워하며, 어떻게든 어려운 시기를 살아내야 한다는 생각뿐이었다. 나는 고심 끝에 장마당에 나가기로 작정했다. 엄마와 함께 깊은 산속에 들어가 주워 온 도토리로 묵을 만들고 아버지가 틈틈이 엮은 싸리 빗자루를 함께 이고 지고 20리쯤 떨어진 읍내의 장마당으로 걸어갔다. 하지만 그깟 푼돈은 먼 발품 값에도 미치지 못했다. 수많은 사람들이 장마당에 나와 살기 위해 몸부림치고 있었다.

역에는 기차를 기다리는 많은 사람들로 붐볐는데, 대합실 앞에서 어떤 꽃제비 둘이 나누는 애깃소리가 들려왔다.

"형, 우리 여기서 뭐하려는 거야?"

"임마! 굶어죽지 않으려면 도적질이라도 해야지. 내 말 잘 들어. 넌 이

자루를 들고 날 따라와. 내가 앞에 가는 사람의 배낭 밑을 칼로 째고 배낭을 위에서 조금씩 누를 테니 너는 배낭 밑으로 나오는 쌀을 자루로 받으면 돼."

아, 굶어죽지 않으려면 그렇게라도 해야 하는가? 잠시 후, 꽃제비가 찢어놓은 여성의 배낭에서는 옥수수가 바닥으로 쏟아졌다. 나는 고함을 치고 싶었으나 놈들이 흉악스레 눈을 부라렸으므로 입을 다물 수밖에 없었다.

역에는 훔칠 물건들이 많았다. 기차를 며칠 동안 기다리는 사람들은 지쳐 있다. 그들은 한번 잠이 들면 자신의 짐에 대한 조심성이 점점 떨어진다. 어떤 이는 짐을 안고 자다가도 피곤함에 지쳐 베개 삼아 자기도 하고, 아예 자신의 손발에 짐을 묶어둔 채 자기도 한다. 하지만 도둑놈의 눈에 목표물이 들어오면 그건 잃어버린 물건과 마찬가지였다.

수령을 섬기는 당 간부와 보위부원 등등 권력층과 상류층 외엔 누구나 어려운 시기였다. 수령과 당 간부들은 '조금만 참고 견디면 곧 쌀밥에 고깃국을 먹여 준다!'라고 큰소리쳤으나, 세월이 흐를수록 상황은 더욱 참혹해지기만 했다. 몇 년째 재해를 입은 시골은 살기가 말이 아니었다. 해마다 농사가 되지 않는데다가 국가에서는 양식도 주지 않으니 굶주린 사람들의 신음 소리가 들리곤 했다.

"옥희네 식구들이 다 굶어 죽었다누마."
"양강도에선 사람 잡아먹는 사람들이 있다던데······"
"뭐라구요? 뜬소문이겠지러."
"돼지고기인 줄 알고 사먹은 사람들이····· 세상에서 가장 맛나는 게 사람고기라고 수군거린다던걸."

　믿기 어려운 흉흉한 소문이 떠돌았다. 첫 순정에 달뜨던 열일곱 소녀 때라면 무서움에 진저리쳤겠지만, 살아나가야 할 현실이 막막하여 한숨만 포옥 쉴 뿐이었다. 서로 좋아해 사귀던 성원 씨는 군대에 들어간 지 10년이 되도록 돌아오지 않고, 가난한 농민 출신이라 어디 먼 오지에라도 배치돼 죽었는지 살았는지 아무 소식도 없었다.

　나는 중국으로 가서 무슨 살 길을 찾아낼 요량으로 고심하다가 부모님과 의논했다. 엄마는 처음엔 깜짝 놀랐으나, 고국에서 굶어 죽느니 차라리 이국 땅에 가서 목숨을 부지하는 게 낫다고 생각했는지 무언의 승낙을 했다.

　장마당에서 만난 어떤 아줌마가 돈을 얼마쯤 내면 압록강 너머 중국 땅에 넘겨 주겠다고 말했다. 하루 생각해 볼 여유를 달라고 한 나는 집에 돌아와 마지막으로 심사숙고했다. 내 마음이 이미 중국으로 넘어가 있어서 그런지, 아무래도 헐벗은 고향 땅에 남아 견딜 수 없을 것만 같았다. 이 땅에서 이리저리 다니다 굶어죽기보다 마침내 그 아줌마 말대로 하기로 결심했다.

　다음날 아줌마를 찾아 합의를 본 나는 겨우 마련한 돈을 주고 압록강변으로 나갔다. 살 길을 찾아 강을 넘다가 세찬 물살에 떠밀려 죽은 이들도 있고, 북한군의 총에 맞아 죽은 이도 많았다.

　사방은 어두웠다. 영하 30도의 맵짠 추위였다. 새벽 5시는 지났지만 겨울철이라 아직도 날이 밝자면 두어 시간은 더 걸려야 했다. 난 제정신이 아니었다. 만일 보위부와 국경경비대의 눈에 걸려 비상경계령을 내리면 중국에 넘어가지도 못하고 체포된다. 죽더라도 도강하는 길밖엔 없었다. 조심조심 국경에 접근하여 한참 주위를 살핀 뒤 높은 강둑을 뛰어내려 얼음 위를 달렸다. 서른 걸음쯤 떨어진 곳에 총을 쥔 군인이 경계하고 있었다. 여름철엔 물결이 숨겨 주기라도 하련만 이젠 발각되면 죽음이었다. 미끄러운 얼음판을 조마조마한 심정으로 뛰느라 몇 번이나 나자빠져 온몸이 욱신거렸다. 점점 죽음 자체도 잊은 채 그저 악마에게 뒤쫓기듯 내처 달렸다.

마침내 중국 땅에 들어섰다. 그 아줌마가 소개한 사람은 강변을 지키는 웬 국경경비대 군관과 수군거리더니 한참 걸어 강둑으로 올라섰다. 거기엔 보초 서는 경비병도 없고 강물이 얕게 흐르는 여울목이었다. 중국 쪽을 망연히 바라보았다. 안내인은 자기가 봐줄 테니 안심하고 넘어가라고 말했다. 나는 두근거리는 가슴을 억누르며 허겁지겁 강을 건너 바삐 산 밑에 붙은 중국 도로로 올라섰다. 찢어진 옷과 북한산 짚세기를 신고 얼굴마저 피멍이 진 꼴로 거리를 돌아다니면 중국 공안에 잡힐 수 있기에 우선 산으로 올랐다.

산중턱에 올라 내려다보니 압록강을 사이에 두고 건너편에 다시 돌아갈 수 없는 고향 땅이 한눈에 바라보였다. 온 가족이 함께 지옥의 땅 북한을 탈출하려던 것이 혼자 몸으로 그 어떤 약속마저 남기지 못한 채 상처 입은 몸으로 이국의 눈 덮인 산중에 던져지고 만 것이다. 두고 온 부모 형제를 다시 만날 기약도 없이 떠나려니 눈물이 흘러 내렸다. 하지만 울고만 있을 때가 아니었다. 국경을 넘어 중국에 왔다고 마음놓을 수가 없었다. 북한 보위부 요원들이 탈북자 색출을 위하여 국경 근처의 중국에 늘 와 있고, 중국 공안이 공조하여 설치는 상황에서 한시 바삐 국경을 벗어나야만 했다.

아무것도 먹지 못하고 하얀 눈을 입에 넣어 녹여서는 삼키며 산속을 가로질러 걸었다. 낮에는 해를, 밤에는 별을 보며 서북쪽으로 쉼 없이 나아갔다. 추운 날씨여서 밤에는 걸음을 멈추면 얼어 죽을 수 있기에, 한낮에만 햇볕이 비치는 산속의 나무 밑에서 잠시 동안씩 자곤 했다. 바람에 쌓인 눈구덩이가 키를 넘는 곳에 빠졌다가 간신히 나오기도 했고 내리막길에 굴러 떨어지기도 했다. 탈북자들이 중국에서 얼어 죽고, 굶어 죽고, 매 맞아 상당수가 슬픈 혼백이 된다는 말을 들었던 것이 생각났다. 나도 그들이 간 길을 따라 가는 게 아닐까 하는 생각이 들었다. 그래 힘이 진하여 쓰러지기 전에는 걸음을 멈출 수가 없었다.

밤엔 산에서 내려와 좁은 도로를 따라 걸었다. 먼 곳에서 차 불빛이 보이면 근처에 몸을 숨겼다가 다시 걸었다. 두 개의 고개를 굽이돌아 사흘째 되는 날 저녁에 심심산골 어느 작은 마을로 들어섰다. 난데없이 한 남자가 길 옆의 나무 뒤에서 뛰어나왔다. 그 남자에게 어떤 마을 이름을 대며 알려달라고 부탁하니, 그는 고개를 끄덕이고 빙글 웃으며 나를 데리고 자기 집에 들어갔다.

금방이라도 무너질 것만 같은 초가집, 그 집은 농사로 힘들게 사는 이 마을에서 가장 곤란한 집이었다. 앞뒤로는 길이 보이지 않는 높디높은 산이었고 며칠에 한 번씩 황사바람이 집을 흔들 정도로 불어대는 지역이었다. 집이란 어찌나 더러운지 아무리 치워도 치운 티가 나지 않고 아무리 닦아도 닦은 티가 나지 않았다. 더구나 나보다 스무 살이나 더 늙은 남자를 남편으로 모시고 살아야 할 일이 더 기가 막혔다. 그제야 나는 소개한 그 아줌마에게 속아 팔려왔다는 사실을 깨달았다.

밤이 되자 천정에서 쥐가 찍찍거리며 소란스레 뛰어다녔다. 늙은 남자는 술냄새를 풍기며 이불 속으로 기어들어오더니, 괴로워 움직일 맥도 없는 처녀인 저의 몸을 사정없이 막 유린하였다. 나는 아프고 서러워 날이 샐 때까지 울고 또 울었다. 아침엔 일찍 일어나 밥을 짓고 청소를 하고 차가운 물에 빨래를 했다. 시골 농가 일이란 건 해도 해도 끝이 없었다. 일도 안 하고 건들대던 남자는 술만 마시면 하루 밤에 댓 번도 달라붙어 괴롭히는지라 기절할 지경이었다. 농사꾼들이 할 일이 없는 긴긴 겨울에 늙은 남자는 빚돈을 내어가지고 마작 놀이나 술판을 벌여대었다. 밤이면 바삐 웃통을 벗어제낀 남자가 나를 들어 이부자리 위에 눕힌 후 옷을 다 벗길 사이도 없이 달라붙어 씨근거렸다.

마을에서는 어디서 저런 선녀 같은 고운 조선 색시를 데려왔는가 하며 칭찬을 했다. 하지만 궁색한 살림을 나름껏 꾸려 나가려 애쓰던 내게 돌아온 건 늙은 남편의 뭇매질이었다. 마작 놀음에 돈을 다 처넣었으니 집에는 먹을 식량도 쓸 돈도 없이 빈털터리였다. 술주정이 심한 남자는 나 때문에 집안이 망하게 되었다며 트집을 잡고 술만 먹으면 귀뺨을 때리고 발길질을 했다.

나는 몇 번이나 자살할 생각을 했는지 모른다. 하지만 한숨을 씹어 삼키며 기를 쓰고 살아내려 발버둥을 쳤다. 어머니 소식이 궁금했기 때문이었다. 저 멀리 지옥 같은 북조선에서 살았을지 죽었을지 모를 아빠,

엄마, 동생들, 오빠의 행적도 찾고 언젠가 좋은 세상 구경도 하고 싶은 욕망에 차마 결단이 서지 않았다. 나를 기다리고 계실 어머니 생각으로, 살아서 돈을 벌 수만 있다면 무엇이든 해야겠다는 생각밖에 들지 않았다. 자나깨나 나의 소식만을 기다리며 눈물 흘리고 가슴 앓을 어머니를 위해 나를 희생하자는 생각을 했다.

 마을 할머니들과 아줌마들이 틈틈이 자기 집에 나를 데려다가 같이 놀며 말동무도 해주곤 했다. 정말 고마운 분들의 정 앞에 나는 괴로움을 삭이며 살 용기를 얻었다. 어느 소수민족 출신 아줌마한테 이런 이야기도 들었다.

 "중국 농촌엔 장가 못 간 사람이 많아요. 환갑이 되도록 여자 맛 못 보고 사는 사람도 있고요. 중국 사람들이 여자들 데리고 놀다가 이 집 저 집 다니면서 팔아먹지요. 우린 싸우고 싶어도 싸우지 못해요. 사이가 나빠지면 신고하니까. 죄없이 져주면서 사는 게 너무나 힘들어요. 우린 값이 없는 몸이니까 가족 내에서도 업신여기는 게요. 아이를 낳고 살아도 사람 취급을 안 하고 막 대해요. 어떤 날은 남편이라는 사람이 성관계를 요구하고, 어떤 날은 시아버지란 사람이, 또 어떤 날은 시아주버니라는 사람이 요구하고……. 그게 우리뿐 아니라 다 겪는 고통이랍니다."

 아, 다른 나라 여자로 태어났더라면 운명이 이렇게 기구하지는 않을 텐데……. 멀고 가까운 곳곳에 어쩔 수 없이 숨막히게 살고 있을 수많은 북한 여자들……. 태어나게 만들어 놓고는 책임져 주지도 못하고 정처 없이 헤매도록 만든 북한 사회가 저주스러웠다. 이국 땅에서의 설움은 크나큰 고통이었지만 한편으로는 하나의 깨우침을 주기도 했다. 만일 북한이 중국보다 잘 사는 나라였다면 우리가 이렇게 팔리는 몸이 되었겠는가? 말로만 강성대국을 부르짖는 북한은 어찌하여 한 국가로서 많지도 않은 인구를 먹여 살리지 못해 수많은 인민들이 이국 땅에서 헤매게 하는가?

나라 없는 백성은 상갓집 개만도 못하다 하였는데, 지금도 중국 땅에서는 수많은 우리 동족들이 가녀린 생명의 빛을 잡고 서럽게 울고 있다. 수많은 북조선 여성들이 중국 사람들에게 팔려가 아이를 낳고 살지만, 아내도 아니고 며느리도 아니고 다만 씨받이일 뿐이다.

늙은 남자는 내가 도망칠까 봐 늘 경계하며, 집을 나가면서 자물통을 잠그고 들어올 때는 칼을 든 채로 막 협박했다. 의심이 심해 쇠사슬로 내 발목을 묶어 개처럼 기둥에다 매 놓을 때도 있었다. 그는 알아듣지 못할 중국말을 지껄이며, 창고에 있는 도끼로 머리를 쩍어 부대자루에 넣어 야산에 묻어 버리겠다는 듯 무서운 시늉을 하며 겁을 주곤 했다. 아아, 생지옥이었다. 마음속 깊이 꿈이 하나 있었건만 이젠 이룰 수 없는 허상이었다.

'부지런히 일하여 돈을 벌어서 엄마를 꼭 모셔 오리라. 아니, 이곳으로 모셔 오진 못할망정 고국 땅에서나마 편안히 해드리리라.'

새해 초에 하도 고향 소식이 궁금하여 겨우 기회를 봐 전화를 걸었더니 청천벽력과도 같은 소식이 기다리고 있었다. 엄마는 딸의 탈북으로 인해 함경남도 어느 이름 모를 농촌으로 추방당했다는 것이었다. 너무나도 뜻밖의 소식을 전해 들은 내 마음은 뼈가 저미도록 아팠습니다. 비통한 후회는 이미 때늦은 것이었다.

'불쌍하신 나의 엄마, 지금쯤 어느 산골짜기에서 헤매며 모진 고생 하고 계실까. 아, 자식 된 도리를 못할망정 어머니께 고통만 겪게 하는 이 죄 많은 딸자식은 어떻게 해야 한단 말인가요?'

봄이 오자 어떤 희망을 걸고 하루하루를 겨우 견디며 농사일을 했다. 아침부터 저녁까지 험한 땅을 갈아 암소처럼 농사일을 하면서 슬픈 영혼의 울음을 체험하기도 했습니다. 그런 비인간적인 생활을 반년나마 하였을까, 그러던 어느 날 늙은 남자는 빚돈에 쪼달린 나머지 나를 비밀스레 팔아 버렸다.

그리하여 난 다시 흑룡강 목단의 어느 시골집 홀아비 한족 남자한테 얽매이게 되었다. 그 집의 남자는 한쪽 다리가 장애인데다 성격장애까지 지닌 이상한 사람이었다. 그는 밤이면 혀로 자신의 온몸을 핥으라고 강요했다. 나이 차이도 아주 많고, 또 스무 살 난 불량스런 아들이 행패를 부리는 막된 집안이었다. 너무 서러워 내가 밥도 못 먹고 눈물로 세월을 보내자 그들은 교대로 마구 때리면서 욕설을 내뱉었다. 나는 더 이상 그곳에서 살 수 없다고 생각한 끝에 목숨 걸고 탈출의 길을 선택하였다. 한밤중에 남몰래 맨발로 수십 리를 걸어 겨우 길림 쪽으로 들어갔다. 그곳에 자리잡고 있다는 동족인 조선족 마을을 찾기 위해……

하지만 신분증이 없었던 나는 이내 발각돼 중국 공안국에 잡혀 들어가고야 말았다. 그들은 거기에 오게 된 동기를 말하라고 윽박질렀다. 탈북자로 단정 지은 말투였다. 눈앞이 캄캄했다. 너무도 기막힌 나는 물 한 모금 밥 한 술 먹지 않고 눈물로 시간을 보냈다. 나는 경찰서로 끌려

갔고 중국 감옥에 갇혔다.

　간수는 여자들을 감방에 가두어 놓고 옷을 벗겼다. 가슴띠(브래지어)며 팬티까지 모두 벗겨 놓고는 손을 앞으로 쭉 뻗게 했다. 그리고는 모두 50번씩 앉았다가 일어났다가 반복하게 했다. 그러면 여성들의 자궁이나 항문 속에 숨겨두었을지 모를 돈이나 패물이 나온다는 것이었다. 내 눈엔 모멸감의 피눈물이 흘렀고 정말이지 참기 힘들었다. 다음에는 머리핀을 빼게 하고는 이 잡듯이 머리카락을 훑어 나갔다. 유방이 큰 여성은 따로 불러내어 남자 손으로 이리저리 흔들어대며 무엇을 숨기지 않았나 살펴보는 것이었다.

　며칠 후 북한 관리가 '죄인'들을 북한의 북쪽 국경 마을로 데리고 갔다. 탈북자 대부분은 국경에서 북조선 인공기를 보는 순간 이미 넋이 반쯤은 나간다. 좁은 감방에 50여 명의 다른 여성과 함께 갇히는 순간 인생이 끝났음을 깨달았다. 푸른 하늘을 결코 다시는 못 보게 될 것이라 생각했다. 중국에서처럼 몸 검사를 한다고 여자들 옷을 벗기는 것도 지겨웠다. 경비원들은 옷을 벗게 하고 다리를 벌려 선 자세에서 일어섰다 앉았다를 반복하게 했다. 돈이 발각되면 압수한 후 심한 매질을 계속 하여 여체를 파괴했다.

　다음날 오후 보위원의 감시 아래 여자들을 인솔해 군 병원으로 향했다. 여자들을 상대로 임신 여부나 성병 감염 등을 검사하기 위해서였다. 임신한 여자는 중국인의 씨를 가졌다 하여 상상을 초월한 처벌을 받게 된다. 우리들 중 임산부가 한 명 있었는데 똥뙤놈의 씨를 받아왔다고 구두 발로 배를 걷어차는 것이었다. 한 여인은 태어난 지 한 달밖에 안 된 어린애를 안고 있었는데 역시 뙤놈의 씨라고 몽둥이로 머리를 내려쳤다. 보는 사람의 입에서 '악!' 하는 비명소리가 터져 나왔다.

일주일 후 끌려 간 강제수용소는 목숨을 연명해 가는 것조차 기적이라고 여겨질 만큼 최악이었다. 그야말로 죽음을 옆에 두고 살아야만 했다. 밥이 들어왔는데 죽은 벌레가 둥둥 떠다니는 소금국에 검은 누룽지 몇 조각이 고작이었다. 수용소에 들어오면 열흘도 안 돼 허리가 잘록해져 푹 꺾였다. 배급 받는 식량은 강냉이뿐이라 주린 배를 채우기 위해 뱀을 잡아 먹고 들쥐도 잡아 먹었다. 어미 쥐의 뱃속에 든 새앙쥐가 귀한 영양식으로 알려진 형편이었다. 들판에서 보게 되는 지렁이나 개구리 등도 호화롭기 그지없는 음식이다. 일을 하다가도 이런 것들이 눈에 보이기만 하면 끝까지 따라잡아 가지고는 살아 펄떡거리는 것을 한 입에 삼켜 버린다.

수용소에서의 비인간적인 삶은 남녀의 구분조차 흐릿해질 정도로 고통스러웠다. 정신적 육체적 피로와 극심한 스트레스로 인해 생리조차 멎어 버렸다. 수용소 여성들의 보편적인 현상이었다. 거주하던 초가집은 돗자리 하나 없어 맨 구들장에 누워 지내야 했다. 열악한 환경 때문에 죽어나가는 사람들이 줄지 않았다. 완전 통제구역인 특수 수용소에 입소한 사람들은 대부분 막노동에 시달리다가 어딘가로 끌려가 돌아오지 않는 일이 허다했다. 매일 저녁이면 시체가 생겨났고 새로운 사람들이 들어와 그 자리를 메꾸었다.

살아 있어도 인간으로 살 수 없는 이들은 죽어서도 사람 취급을 받지 못했다. 죄인들이 편히 묻히겠느냐면서, 얼추 파다만 구덩이에 죽은 이들의 팔과 다리를 꺾어 뭉그러뜨리고 짐승 묻어 버리듯 대충 흙을 덮었다.

집 앞으로 강이 흐르고 뒷산엔 진달래꽃이 가득 피어 온 동네에 향기가 퍼져 흐르던 고향. 햇빛 가득한 길거리를 친구들과 손잡고 걷고 있다. 나에게 친숙한 마음속의 고향은 항상 아름다운 모습 그대로이다. 밤하늘은 넓고 별도 많았다.

'사람이 죽으면 하늘나라로 간다는데 엄마 아빠와 동생들은 어느 하늘에 있을까? 아, 별들은 너무 많아! 저 반짝이는 저 별에 있을까? 나를 내려다보며 울고 있을까?'

생각은 꼬리를 이어 둥둥 떠서 엄마를 찾아 헤맨다. 캄캄한 밤하늘에 뭇 별들만 깜박깜박 내려다보고 있다.

'아, 내가 태어난 조국 조선인민주주의공화국! 우리는 그곳이 이 세상에서 가장 행복한 낙원인 줄 알고 자랐다. 세뇌를 받으며 키워졌기 때문이다. 하지만 과연 그러했던가? 난 사실대로 말하고 싶다. 그곳은 '개돼지 독재공화국'이었다. 성장하면서 현실을 겪으며 차츰 그걸 느꼈으나, 내 머릿속엔 여전히 인민민주공화국으로 새겨져 있었다. 아, 하지만 권력과 돈과 명예를 차지한 자들만의 낙원이었을 뿐 일만 서민들에겐 땅 위의 지옥이었다!!'

그 절규는 가슴을 찌르르하게 울렸다. 아마 대한민국에도 지옥 같은 현실 속에서 그런 절규를 내지르는 사람들이 있을 터였다. 국가란 도대체 무엇인가? 조선민주주의인민공화국과 대한민국은 어떤 차이가 있는가? 과연 대한민국에서는 국민이 나라의 주인으로서 권리를 제대로 누리고 의무를 공평하게 다하고 있는가? 위기 상황에서 과연 국가는 홍익인간을 실천하며 죽음으로 내몰리는 비참한 사람들을 구출해 주고 있는가? 북한의 특권층처럼 남한의 파워 엘리트와 상류계층도 나라를 사유화하여 제 부귀영화만 탐욕하고 있진 않는가?

그건 조선민주공화국에서만큼은 아닐지언정 대한민국에서도 거의 비슷하게 세습되고 있지 않은지 묻고 싶다. 우리의 보통 국민은 기쁨조를 욕하는 한편 부러워하지만, 남북한의 상류계층 인사들은 함께 낄낄껄껄 웃고 있다. 왜냐하면 그들은 모두 권력과 금력으로 성욕의 대상을 제 맘껏 취할 수 있기 때문이다. 어여쁜 여고생과 여대생(혹은 남고생이나 대학생)들이 북한에서 기쁨조로 선발되듯 남한에서는 고급 요정 또는 호스트바의 선수로 픽업되지 않는가 말이다. 어차피 피장파장 동희동락이기 때문에 그들은 서로 욕하지 않는 것이다. 가끔씩은 서로 교류한답시는 명목으로 남남북녀를 바꾸어 맛보기도 하리라. 남북한의 보통 국민과 인민들끼리는 서로 싸움을 붙여 놓은 채 고위 권력층 인사들은 희희낙락 마치 초인들처럼 고급스레 소통하는 것이다.

첨부 파일 속의 수기 전체를 다 읽어 본 결과 중국과 북한에서 탈북여인들이 겪는 고난은 사실인 성싶었다. 중국 남자에게 속아 인신매매 당한 여성들과 북한 땅으로 다시 붙잡혀 간 여인들의 비참스런 절규는 일맥상통하는 바가 있어 도저히 부정하기가 어려웠다. 모든 과장과 공상적 왜곡을 제외하더라도 가슴을 찌르는 한 줌 비극은 남았다. 그걸 모른 척 눈감는다는 건 스스로 청맹과니가 되는 짓이리라.

아무튼 그건 윤 여사가 어떤 목적을 갖고 보내 준 파일이므로 나로서도 감정에 휘둘리지 말고 전체적으로 까다롭게 살펴봐야 할 터였다. 그녀의 중요한 기획 의도 중 하나는 북한 사회를 가능한 한 최악의 지옥경으로 설정해 보여줌으로써 남한 사람들의 가슴속에 공분을 불러일으켜 그 악의 제국을 타도케 하는 데 있는 것처럼 얼핏 보였다. 세습 김씨 왕족과 측근 최고위급 사이비 공산당 간부들의 멸망! 나 역시 바라는 바였다. 참된 공산주의도 아니고 인민들 피 빨아먹는 이기주의자들은 모조리 몰아내 대동강 물 속에 수장시켜 버리고 싶었다.

하지만 그게 과연 가능한가? 쥐새끼마저 궁지에 몰리면 결사항전을 하는데, 세계 최고의 악질 독종으로 소문난 그들이 순순히 항복하겠는가? 아마 자신들의 위기를 눈치채는 순간 핵폭탄을 안은 채 발광해 버릴 것이다. 결과는 공존공영이 아닌 동귀멸망. 우리의 번영이 훨씬 큰 타격을 입으리라.

애초에 불가능한 일을 시도하려는 건 윤 여사의 열혈 애국 정신이라기보다 책임 의식이 없기 때문인지도 모른다. 철부지 아이들의 불장난 같은 것이랄까. 아니다. 그들에겐 분명 어떤 목적이 있을 터이다. 현실적이고 교활한 기획. 자기네 스스로의 머리로 심사숙고해 추진하기보다 어둠 속의 누군가와 손을 잡고 지령과 자금을 지원받아 벌이는 남북 상쟁 와중의 희비극 쌍곡선 쇼. 그 피에로들 뒤에는 누가 있을까?

여기서 보수파라고 쉽게 말하면 안 된다. 우리 국민의 대부분, 즉 60% 이상이 보수파이기 때문이다. 이건 과장이 아니라 사실에 가깝다. 한국에 진짜 진보와 보수는 별로 없다. 대부분 관념적이고 사리사욕을 채우려는 가짜 사이비뿐이다. 참다운 진보와 중도와 보수는 상류층이나 자칭 지식 계층엔 거의 없고 일반 보통 국민들 속에만 존재한다. 그들은 나불나불 지껄이지 않을 뿐 실천으로 이 나라를 지탱해 나가는 진정한 의미의 국민이다. 그런데 그들은 무시당하고 있다. 늘 그랬고 지금도 그렇다. 고상하신 정치꾼 모리배님들께서는 입주둥이론 국민의 머슴이니 뭐니 운운하면서 실제로는 여전히 왕족 혹은 귀족으로 군림하고 있다. 그들은 현실을 농간하고 국민들의 정신을 농락하기 위해 갖은 꾀를 썼고 그 결과 우리는 참다운 진보와 중도와 보수를 잃어버리게 되었다. 가짜 사이비 보수와 중도와 진보가 본 자리를 차지해 주인인 양 행세하는 바람에 우리는 밤낮 헷갈린다. 남한과 북한의 왕족 나리와 귀족님들은 이따금씩 밀실 회담을 통해 한민족의 앞길을 밝히기보다 '흐린 거울'을 유지하는 데 심혈을 기울인다. 오히려 거울 면을 슬그머니 일그러뜨려 남북 상황을 왜곡하려는 낌새를 보이기도 한다. 북한을 찬양하면 무조건 진보 빨갱이, 조금이라도 비판하면 누구든 보수 퍼렝이가 되어 버린다. 유교와 불교가 수천 년 동안 가르쳐 준 중용과 중도의 나무는 양쪽으로부터 비겁자란 욕을 얻어먹어 이파리가 시들고 뿌리마저 뽑혀 말라 버렸다. 사리사욕을 챙기는 구멍에서는 진보파와 보수파가 오히려 중도보다 서로 더 잘 통하는 실정이다. 사이비 급진파와 수구파(극좌와 극우)는 서로 눈을 흘기면서도 얄궂은 미소를 주고 받는다. 아무튼 이런 요지경 속 판국이다 보니 땀 흘려 일해서 살아가는 일반 국민들은 모리배들의 짬짜미 계획대로 도대체 뭐가 뭔지 헷갈려 버리고 말았다. 그리하여 한 사람 속에 보수와 진보와 중도가 다 들어앉은 셈이랄까. 10:90이든

50:50이든 60:40이든 어쨌든 보혁이 혼합돼 있는 것이다. 그건 또한 시류에 따라 이리저리 흔들리며 수시로 비율이 변한다. 부지불식간이기 때문에 얼마나 어떻게 변하는지 알 수도 없고, 변했는데도 자신은 그대로라고 믿으며 살아간다. 아마 이건 어떤 식으로든 통일이 되기 전엔 낫기 어려운 고질병이 아닐까? 만일 통일이 되면 남과 북의 국민과 인민들 대부분은 좌도 우도 아닌 참된 중도의 길을 걸어가지 않을까 싶다. 그리고 그 속엔 참다운 진보와 보수가 수렴되리라.

각설하고 본줄기로 돌아가자. 애초에 탈북이니 중국으로의 여성 인신매매 따위가 왜 생겼겠는가? 죄인도 있고 자기 욕망을 다스리지 못한 자도 있었겠지만 대다수는 굶주림을 벗어나 먹고 살기 위해서였다. 도대체 왜 그런 지경이 되었는지 궁금하다. 남한과 북한의 사이비 언론들이 떠들어대는 것 말고 진짜 원인이…….

나로서는 우선 북조선인민공화국의 지도층이란 자들을 믿을 수가 없다. 이 대명천지에 뭘 어찌했기에 수백만 명의 인민이 굶어 죽을 수가 있으며 지금 이 순간에도 뼈가죽만 남아 할딱이다가 숨질 수가 있는가. 아프리카의 토인족처럼 자연 친화적으로 사는 것도 아니고, 인간의 힘으로 지상천국을 건설하겠다는 자들이! 그렇다고 인민들이 동남아 일부 사람들 마냥 게으른 것도 아니고 세계적으로 빠릿빠릿한 독종으로 소문나 있건만! 공산주의든 지랄주의든 뭐든 다 좋다. 적어도 부지런히 일하는 인민은 배불리 먹고살면서 자유를 누려야만 '민주공화국'이라 칭할 수 있지 않겠는가. 그렇지 못할 경우 국가의 자격이 없다. 좀 심하게 말해 도둑 소굴이나 깡패 집단도 그러지 않는다. 살면 함께 살고 죽으면 같이 죽는다. 더군다나 세계 유일의 공산주의 낙원이라면서 평등한 공존공생의 이념은 내팽개친 채 이른바 성혈(聖血) 받은 지도층과 상류계급 족속들만 마치 조선왕조 시대처럼 떵떵거리고 일반 인민(백성)들은 로봇이나 흙 인형 꼴로 취급되고 있지 않은가?

물론 반론이 없을 수야 없으리라. 남한처럼 물질적으로 풍요롭지는 않지만 정신만큼은 훨씬 순수하다, 돈이면 다 땡이라는 황금만능주의의 노예가 돼 비인간적으로 사느니, 가난하되 정답게 살아가는 게 낙원 아니겠느냐, 우리는 그래도 남조선만큼 빈부 격차가 심하지 않으며 살인 강도와 강간 따위가 일상적으로 벌어지지 않는다, 인간 마음속의 악을 제압하고 선을 발양시키는 것은 세계 유일 진(眞) 사회주의 본령 조선의 지상 사명일진대 어따 대고 막된 종자들이 큰소리냐, 참으로 기가 막혀 말이 안 나오는구나! 해방 후 우리가 악조건 속에서도 일제의 잔재를 깨끗이 씻어내고 인민의 힘을 모아 민족 주체성이 꽃피는 새나라를 건설할 때, 너희들은 일본 놈 앞잡이들을 끌어 모아 허수아비 정부를 만들고 그 위에 미군을 모셔 앉히지 않았느냐? 너희가 반만년 역사 흐르는 조국을 미국과 미군 그리고 일본 놈들에게 다시금 반쪽 식민지로 농락케 한 죄는 자손 만대에 계속 심판 받으리라!

하지만 백년 이백년 후 반쪼가리 아집을 가진 남북한 사람들이 모두 죽고 통일이 되었을 때, 새로운 나라의 후손들은 역사 책을 읽으며 중얼거릴지도 모른다.

"그래, 맞아. 그 당시의 조상들에겐 지금 우리가 모를 어려움이 많아 통일을 하기가 어려웠겠지. 그래도 이해하기 힘든 괴상스런 일이 많군.

남한은 세계 10위권의 강대국이 된 2020년 이후에도 왜 전시 작전 지휘권을 주한 미군에게 계속 맡겨 놓았으며, 남한 사람들은 왜 무책임한 철부지들처럼 그토록 미국을 믿고 맹종했을까? 자기네 이익을 위해 피 빨아먹는 흡혈귀인 줄도 모른 채……. 그리고 북한은 그 개명 천지에 도대체 어떻게 인민들을 세뇌시켜 독재적인 세습 왕조를 몇 세대나 이어 갔으며, 인민들은 어찌하여 그다지 똑똑해 보이지도 않는 김정일이나 정은이를 인신으로 숭배해 추종했을까? 남북한 혹은 남북조선 시대 사람들은 자신은 옳고 상대방은 나쁘다며 서로 아웅다웅 싸웠지만 결국 객관적으로 보면 그 얼마나 허망하고 어리석은 짓이었던가 말이다. 통일 코리아 시대라고 해서 아무 문제없이 평화롭기만 한 건 아니되 우린 얼마나 행복한가! 아메리카 합중국, 일본, 러시아, 중화인민공화국 등 외국과 대등하게 관계하면서 줄 것은 주고 받을 건 받거니와 자주적으로 폭넓게 생각하고 고민하며 세계적 미래를 개척해 나가는 이 흔쾌한 자존감을 반쪽 나라 사람들은 몰랐으리라."

 하지만 먼 미래의 후손들이여, 지금 이 순간 반달 같은 이 땅에서도 그런 꿈을 꾸는 사람들이 있다네……. 나는 외치고 싶었으나 입을 다문 채 컴퓨터 화면에 뜬 탈북수기를 노려보았다.

 아무튼 윤 여사 자신도 마음 한 구석으론 통일을 위해 분투하고 있다는 몽상에 젖어 사는지도 모른다. 문제는 그 뒤에 숨어 모략을 꾸미는 음흉스런 자들이다. 보수와 진보, 좌파와 우파를 떠나 아마 그자들은 일반 국민에 속하지 않으리라. 국민들은 통일이 좋으면 좋다, 싫으면 이러저러해서 싫다고 솔직히 말한다. 헌데 그자들은 겉으론 통일을 바라는 척하면서 뒤꽁무니론 결코 통일이 되지 않도록 획책하며 호박씨를 까고 있다. 그들은 북진통일마저 진심으로 원하진 않는다. 빨갱이가 존재해야만 북풍공작으로 흑색선전 판을 벌여 자기 표를 모아 들이는 정치꾼 모리배들, 전쟁 분위기가 유지돼야만 목에 힘을 넣으며 군수품 커미션을 챙겨 먹을 수 있는 고위급 협잡꾼 군바리들…… 그 무리들은 가능한 한 최후의 일각까지 전운 감도는 휴전선을 사수(현상유지)하려고 발악할 터이다. 요즘엔 보수적인 경제계를 비롯해 대부분의 분야에서 남북 교류를 희망하고 시도하고 있건만, 유독 어둠 속에 또아리 튼 그자들만은 민족의 기로에 사악한 독액을 내뿜는 것이다. 그 검은 살모사들의 뒤엔 미국과 일본 그리고 중국과 러시아가 음흉스런 눈알을 번뜩이고 있다. 입으로 어떤 감언이설을 늘어놓든 그들의 속셈 또한 한반도의 분단이 계속 유지되는 것이다. 그 속셈이 엉큼스러울망정 국내의 살모사들만큼 사악하다고 욕하긴 어렵다. 그들은 사리사욕을 챙기되 그들 자신의 국익을 절대로 조금도 잊지 않으니까. 그들은 아직도 동족끼리 헐뜯고 싸우는 남북한 사람들을 보며 속으로 이렇게 생각할지도 모른다.

중국인.

'낄낄…… 정말 우스운 종족이야. 우리도 대만과 다른 체제지만 철천지 앙숙처럼 서로 싸우지는 않거든. 바보 멍청이들 같으니, 도대체 누구 좋으라고 저러는 걸까. 헐뜯고 으르렁거리며 서로 치명적인 상처를 입히려 드니 짐승마저 웃겠구먼. 깔깔깔……. 우리 조상님들한테서 배워 간 유교를 국교 비스무리하게 숭상하면서 그 본질은 놓쳐 버린 또라이들…… 자기네 조상이 물려준 고유한 정신과 사상(思想)의 좋은 점을 찾아 발전시키진 않고, 남의 것 가운데 가장 나쁜 것만 골라 추종하는 이 상스런 족속이야. 공자님의 유학에도 좋은 점이 많건만 알맹이는 빼서 버리곤 고리타분하고 관념적인 허세만 잔뜩 뱃속에 집어넣은 채 거들먹거리는 꼴이란……. 흐흐, 지들끼리 티격태격하면 우리야 아주 좋지, 땅호아!'

일본인.

'애초에 우리가 제대로 알아봤어. 원래부터 단결보다 분열을 좋아하는 열등 종자란 사실을 말씀이야. 구제불능일 정도라구. 만일 우리가 가르치고 지도하지 않았다면 아마 자기네들끼리 동족의 살을 뜯어먹고 피를 빨아먹으며 스스로 멸망해 버렸을 거야. 뭐, 거짓뿌렁이라구? 흰소리 말고 현실을 직시해 봐! 옛날엔 사색당파니 뭐니 지랄 떨더니 지금은 남북으로 갈라진 것도 아쉬워 좁은 남한 땅에서마저 요리조리 나뉘어 지역감정 싸움에 골몰하잖아. 사리사욕 챙기느라 바빠 나라 걱정은 벼룩 좆만큼도 없는 반푼이 녀석들……. 아집 강한 괴물같은 놈들이라고나 할까. 그러니 겨우 운동장에서나 붉은 악마니 뭐니 고래고래 개새끼떼처럼 짖어대며 애국한답시고 지랄발광을 떨어대지. 북조선에선 빨갱이 공산당 무리가 악의 축 노릇을 하며 세상을 어지럽히고 말야. 다시 한번 우리 일본이 지배를 해서 재교육을 시키든지, 미국이 식민지로 삼아 노예처럼 부려먹든지 해야 울며불며 좀 정신을 차리려나. 무지몽매하고 무례한 조센징들! 우리 천황 폐하께서 은혜를 베푸시어 황국신민으로 삼아 짐승가죽을 벗기고 겨우 사람답게 깨우쳐 놓았건만, 제 못난 꼬락서니는 모르고 도리어 우리 일본제국을 욕하다니 배은망덕도 유분수지. 아무튼 설령 남북 통일이 되더라도 얼마 못 가서 곧 사분오열이 돼 팔도식 지역 감정 싸움을 벌이겠지만, 우리 일본 입장에서는 가능한 한 통일보다는 분단된 채 계속 집안 싸움을 벌이는 게 이득이야. 킬킬킬…….'

러시아인.

'남한의 자본주의든 북조선의 공산주의든 둘 다 어리석고 비인간적이고 기형적인 건 마찬가지야. 아마 이 지구상에서 아메리카식 자본주의를 가장 악독하게 변질시킨 건 남한이고, 소비에트식 공산주의를 가장 악독하게 왜곡시킨 건 북조선일 거야. 남의 것을 모방하되 일본 원숭이들처럼 꽤나 좋게 하기보다 퍽 나쁘게 만들어 버리거든. 기술이 나빠서 그렇기보다 사람들의 심보가 추잡스러워서 그런가 봐. 머리가 나쁜 것도 아닌데 하는 짓은 희한스럽게 거의 백치 수준이란 말야. 히히 헤헤헷……. 그러니 이 드넓은 우주 시대에 좁은 땅에다가 철조망을 둘러쳐 놓은 채, 수박 한 덩이를 갈라 맛있게 먹지 못하고 빨갱이네 푸렝이네 뇌까리며 독액 섞인 침을 뱉아 넣곤 목말라 아우성치는 꼴이랄까?'

미국인.

'예전엔 반미운동이 한때 꽤 심했는데 요즘은 사그라져서 다행이야. 남한 사람들은 냄비 근성이 심하고, 들쥐 떼처럼 기분 따라 우르르 몰려다니는 습성이 있어서 슬슬 달래는 척 별스런 사탕이나 하나 던져 주면 서로 싸우다가 곧 잊어버리지. 하하……. 우리를 부모 형제보다 소중한 혈맹이라고 믿는 일편단심의 친구들이 있는 한 우리의 지위는 반석 위에 지은 아름다운 집과 같아. 동맹친구라곤 하지만 사실 우린 속으로 일종의 좀 이상스런 똘마니라고 생각할 뿐이야. 아마 이 지구상에서 미국을 남한의 정다운 친구라고 여기는 건 남한 사람 자신들밖에 없을걸. 그러니 우리가 속이는 게 아니라 그들 스스로 속는 거지 뭐. 남한을 좋아하는 미국인도 없지야 않겠지만, 솔직히 말해 간이라도 빼줄 듯이 떠받들어 주는데 싫어할 까닭이 어딨겠어? 하지만 그걸 진정한 우정이라고 말할 수 있을까. 꿈 깨! 아니, 깨어나지 말고 계속 무지몽매한 게 우리에겐 이득이겠지. 그래도 우릴 자기네 친구라고 공상하는 건 좀 기분 나빠. 제 집안 단속도 못한 채 맨날 형제끼리 싸움이나 할 뿐 아니라 자기 조상 부모마저 무시하는 패륜아들을 도대체 누가 친구로 삼겠냐구. 하핫, 사실 우린 친구보다 말 잘 듣는 똘마니가 더 좋아. 애초에 사전작업을 미리 잘 해둔 덕분에 친미파들은 계속 재생산되고 있으니 염려할 것 없어. 찬미의 팡파레를 울리는 나팔수들이지. 그들의 활약 덕에 남북통일이 지연되고 있는 셈이랄까. 만일 자본주의로든 공산주의로든 혹은 중립주의로든 일단 통일이 되어 버리면 우리 입장이 난처해진다구. 그래서 우린 포커페이스를 유지하면서 물밑으론 집요하게 은근슬쩍 쭉 방해공작을 펼치고 있는 거지. 한반도는 생긴 꼴은 쥐새끼처럼 작아도 전략적 요충지인데, 통일되기 전이라도 서로 협력하면서 똘마니 노릇 싫다며 자기네 민족의 이익을 위해 불을 밝힌다면 골 때리는 노릇이란 말야. 우리의 전략 무기를 더 이상 비싼 값에 해마다 꼬박꼬박 팔아먹을 수도 없거니와, 까딱하면 주한미군 주둔비를 우리가 몽땅 부담해야 할 수도 있어. 옛날 옛적에야 한국을 지키기 위해 주둔했다지만, 지금은 이미 그런 시절이 아니거든. 주한미군이 남한을 지켜 주기 위해서가 아니라 바로 우리 미국의 이익을 위해 주둔한다는 사실은 전 세계 모든 나라가 다 알고 있어. 멍청한 남한 사람만 빼고……. 사실상 우리 아메리카도 정직하게 신사적으로 하고 싶어. 하지만 본인들이 똘마니 짓을 계속하며 자기 권리를 강력히 요구하지 않는데, 굳이 우리가 먼저 나서서 깨우쳐 줄 이유는 결코 없지. 나라의 큰 이해득실이 걸린 문제인데 말씀이야. 하하…….'

그들의 속셈은 훨씬 더 고약하고 자국 이익을 위한 행동은 예측 불허할 만큼 냉혹한지 모른다. 아무리 글로벌 시대라지만 지혜롭지 못한 약소국은 잡아먹히고 만다. 이제 우리는 겉치장만 내세우려 하지 말고 내면을 성찰해야만 하는 길목에 서 있으며, 4대국 외의 다른 나라 사람들도 우리의 외형적 성장을 주시하는 한편 어리석은 내면에 대해 은근히 비웃음을 날리고 있다는 사실만큼은 깨달아야 할 것이다.

남한과 북한이 소아병적인 나르시시즘을 벗어나 진정한 성인(成人)으로서 성숙해져 발전할 때 한반도는 세계의 실상을 비추는 하나의 둥근 거울이 될 터이다. 지금은 일그러진 반쪽밖에 비출 수 없다. 그래서 서로 상대방이 괴물로 보인다. 언젠가 그날이 오면 사람이 되리라. 진짜 내 모습을 볼 수 있으리라. 그땐 날카로운 휴전선 철조망이 있더라도 위협적이기보다 아마 마음속의 기념물로 느껴질 것이다.

컴퓨터 앞에서 공상에 잠겨 있던 나는 깜박 선잠 속으로 잠겨들었다. 비몽사몽간에 광화문 앞의 대리석 해태상이 서서히 호랑이로 변하더니 허리를 졸라매고 있던 검은 쇠사슬을 떨쳐 버리곤 비호처럼 하늘을 날며 한바탕 포효했다. 나는 깜짝 놀라 의자에서 굴러 떨어지고 말았다.

쪽방 몽상

옥탑방의 괴교주 영감은 근래 들어 새로운 사업을 하나 시작했다. 영역을 좀 넓혔다고 할까, 입교하려는 신도가 없다 보니 스스로 찾아 나섰다고나 할까. 이름하여 인간 교화 갱생 대사업.

해방촌에서 비탈길을 따라 후암동을 거쳐 쭉 내려가면 동자동과 양동이 나온다. 동네가 다 그런 건 아니지만 구석진 그늘엔 쪽방촌과 사창굴이 둥지 틀고 있었다. 한땐 고고의 성을 지르며 이 세상에 태어나와 애정도 받고 예쁜 꿈도 꾸었으련만 이젠 인생의 밑바닥을 기어다니고 있는 존재들. 물론 더욱 더 혹독한 삶도 있겠으나, 희망이 없다는 점에서는 죽음과 가장 근접한 사람들이 아닐까. 늙었든 젊었든 남자든 여자든 절망과 낙심은 사람을 얇은 죽음의 얼음장으로 끌어들이는 것이다.

나는 피에로 씨를 따라 그곳에 가 보았다.

괴교주 영감은 할인용품점에서 구입한 과자나 과일 따위를 들고 그들의 골방을 찾아가 일장연설을 뇌까리곤 했다.

"세상과 인생살이에 대한 불평불만과 욕구불만이 물론 많겠지요. 내가 다 이해합네다. 하지만 당신은 지금 아주 허약한 상태예요. 당신뿐만 아니라 모든 사람은 원래 약한 존재임을 알아야 합네다. 우주신의 가호가 없이는 누구도 어떤 일이나 행복을 성취할 수 없다는 진리를! 당신 자신은 진리를 앞에 두고도 보질 못합네다. 얼마나 가련하고 안타깝습네까? 바로 그래서 내가 여기 온 것입네다!"

영감은 가련한 인간의 손을 잡곤 맥을 짚어 보는 듯하더니 고개를 설레설레 흔들었다.

"허헛, 이러고도 살아 있다는 게 이상스럴 정도로군. 경맥이 전부 모조리 다 꽉 막혀 버렸어! 골이 띵하고 숨이 턱턱 막히고 소화가 잘 안 되고 매사에 의욕이 없지요?"

얼굴이 핼쑥한 사람은 머리를 살짝 끄덕인다.

"자, 두 손가락으로 이렇게 고리를 만들고 최대한 힘을 꽉 주세요. 자, 그럼 내가 한번 떼어 볼게요. 이것 봐, 맥없이 떨어지고 말지요? 자, 이번엔 '우주 통일 여신 박박통통!'이라고 외쳐 봐요⋯⋯ 얏, 이번엔 꽉 붙어서 안 떨어지죠? 절대로 안 떨어져! 혹시 모르니, 여보게, 자네가 한 번 힘껏 떼어 봐."

지시를 받은 피에로 씨가 다가가서 손가락을 넣어 낑낑거리며 애썼지만 고리는 풀리지 않았다. 교주 영감은 헛기침을 콧김과 함께 내뱉고 나서 진지한 표정으로 말했다.

"이것은 아직 희망이 있다는 징표입네다. 마음을 통하여 우주 속 백궁 여왕님의 성결한 에너지가 감응한다는 얘깁네다. 자, 그럼 이제 내 눈을 똑바로 보세요. 훔 훔바리 쿰! 이제 막혔던 경혈이 다 뚫려 에너지를 술술 받아들이게 되므로 새로운 생이 열릴 겝니다."

영감은 손바닥을 피시술자의 정수리에 얹어 톡톡 두 번 두드리며 엄숙히 말을 이었다.

"명심할 일이로다! 아집과 아견을 버리고 매일 매순간 박박통통 우주 여신님의 명호를 염송해야 하느니라. 그러지 않으면 경혈은 다시 막혀 죽음의 진창 속을 헤매게 되리로다! 알겠느뇨?"

가련한 사람은 희망을 조금 얻은 것 같기도 하고 아닌 듯싶기도 한 표정으로 고개를 끄덕였다. 감읍하여 머리 조아려 절하며 교주님 만세를 외치는 사람은 없었다. 오히려 의심의 눈초리를 던지면서 비웃는 경우가 많았다.

"흐흐…… 이딴 건 뭐 허경영 본좌가 벌써 특허 출원한 방법이잖어. 히힛, 한번뿐인 인생인데 남을 모방하는 건 경범죄라구."

"뭔 소리여? 이건 내가 지리산 상상봉에서 십년 수도한 끝에 창안한 비결인걸."

"흐훗, 암튼 허 본좌가 나름 애써 대중화시켰는데, 혓바닥도 안 닦고 따라하면 사기꾼이지 뭘."

"흠, 망발을 삼가시오! 사실 허경영이 그 친구는 내 제자란 말여."

"도둑 고양이가 웃겠수."

"가련한 인간이여 자중하게! 유튜브를 보면 허경영이가 소싯적에 인왕산 기슭에서 텐트 치고 살았다는 얘기가 나오잖어? 그 당시 나는 그 윗자락의 토굴에서 면벽 수도 중이었는데, 경영이 녀석이 이따금 찾아와설랑 천지 조화의 이법에 관해 묻곤 했었지. 좀 귀찮긴 했으되 쫓아 버리진 않았어. 그 당시만 해도 그 녀석이 요즘과 달리 꽤 순수하고 진중했거든. 헌데 요사이 보니 글러먹었어."

"왜요?"

"진리를 얘기하면서 자기는 진리에서 벗어난 행동을 하고 있잖아. 자기가 대우주를 창조한 조물주고 이 세상을 주재하는 황제이므로 오직 홀로 독재를 해도 괜찮다는 식이지. 불경이나 성경 혹은 정감록 등등에 나오는 구절을 왜곡하여 자기에게 유리한 대로만 아전인수하는 건 사이비 교주들이 약방 감초처럼 써먹는 방법인데, 왜 사람들은 날파리처럼 속는지 몰라. 그 녀석의 아주 상습적인 특징이랄까 비루먹은 술책 중 하나가 뭔 줄 아는가? 자기에게 달콤한 말을 해주는 사람은 우대하고, 비판하는 사람은 마구 깔아 뭉개는 버릇이야."

"그거야 인지상정인걸 뭐."

"너무 심하니까 하는 소리야. 자기에게 유리한 말을 하는 사람은 설령 악인일지라도 최고 최상의 선인으로 치켜세우고, 비판자는 제아무리 선량하더라도 악인보다 더한 악마처럼 독설 섞어 매도해 버리더군. 뿐만 아니라 자신의 적이라고 판단되면 일반인이든 방송 기자든 누구든 공갈 협박해서 겁먹이려 들더구먼. 그런 때는 무슨 주술을 중얼중얼하는 꼴이 영 망측스레 변하더란 말야. 그건 즉 진실하지 못하고 허위에 기대어 일을 도모하기 때문이거든. 그 정도 되면 정치를 하든 강의를 하든 노래를 하든 교주 비스무리한 노릇을 하든 진리에 입각해서 해도 인기를 끌 텐데 왜 그러는지 몰라. 사람들이 이미 짐작하고 있는 가발을 눌러 쓴 채 생머리라고 강변하기보다 훌렁 벗어 버리고 자연스레 얘기하면 자기도 시원하고 좋을 텐데 왜 굳이 숨길까. 세월 따라 늙어 가는 얼굴에 화장 떡칠을 해서 주름살을 감추기보다 그냥 진실하게 드러내어 연륜을 보여준다면 더 좋을 텐데……."

"요즘 같은 세상에 가발 자체를 허위라고 볼 순 없죠. 하나의 장식품 인걸요. 화장 또한 여자뿐만 아니라 남자들도 많이 하니깐 가짜 속임수라고 할 수 없어요. 그 양반은 정치가나 진리의 설파자라기보다 그냥 일종의 엔터테인먼트 꾼이라고 생각하고 보는 게 속 편해요."

피에로 씨가 자신의 대머리를 매만지며 말했다.

"그래도 그렇게 꽤 유명짜한 사람이 상습적으로 거짓 협잡질 행각을 해서야 피해 입는 사람이 기하급수적으로 늘어나게 돼. 우리 선녀님 같은 박근혜 여왕님을 자기 애인이니 약혼녀니 설레발 풀다가 이미 감옥살이까지 했잖나 말여. 반성을 할 줄 알아야지! 오히려 한 수 더 벌이는 낌새랑게. 하늘궁인지 뭔지 대궐 같은 궁전을 지어 올려 놓고설랑 황제나 교주인 양 떡하니 화려한 옥좌에 앉아 노닥거리던데…… 그 돈이 다 어디서 나왔겠어, 응?"

"내가 어찌 알겠어요. 아마 신도들이 헌금한 거겠죠 뭐."

"자발적인 헌금이라고 말하더라만, 그렇지 않은 경우도 있는 것 같아. 어떤 신성한 사업에 동참 동업하자고 해서 많은 돈이나 부동산을 냈는데, 알고 보니 사기술에 속은 것 같아 돌려 달라고 하면…… 큰 재앙을 당한다면서 접박하는 바람에 땡전 한 푼 못 찾고 알거지가 된 사람도 있다더구먼. 그런 식의 금전 갈취는 만고불변하는 사이비 녀석들의 수법인데 왜 그리 멍청하게 당하는지 몰라. 헹, 고약스러운지고!"

"혹시 부러워서 질투하는 거 아닌가요?"

"당찮은 소릴! 혹세무민이 염려스러워 하는 얘기일 뿐야. 앞으로 두고 보랑께. 점점 노추해지고 기력이 쇠약해져 정치적으로 황제의 꿈을 펼칠 수 없겠다는 판단이 들면 서서히 사이비 종교로 방향을 틀 게야. 지금도 그런 조짐이 보이니깐두루 조심해얄 텐디 말여……."

영감은 자기 자신의 야릇한 행각에 대해서는 전혀 사이비라고 생각지 않는다는 듯 짐짓 심각한 표정으로 말했다.

양동 뒷골목의 허름한 여인숙 같은 데 깃들어 매춘하는 여자들에게 교주 영감은 선물 대신 돈을 직접 건네었다. 그러고는 여체를 탐하는 대신 그녀들의 영혼이 갱생하길 바라는 심정을 담아 교설을 폈다.

"여인이여, 그대는 큰 착각을 하고 있습네다. 그대 자신이 이 세상의 맨 밑바닥을 기어다니는 한 마리 벌레라고……. 허지만 이곳은 결코 밑바닥 궁창이 아닙네다. 설령 그렇다 하더라도 스스로 자신에게 침을 뱉지 말고, 오염된 진흙탕 구정물을 정화시키며 피어나는 아리따운 한 송이 연꽃처럼 현실 고해의 세파를 극복하고 반 걸음 한 걸음씩 상승하며 새로운 인생을 열어 나가야 하는 것입네다!"

"호호호, 그런 어려운 일은 골치 아파서 싫어요."

"물론 지고지난 어려운 일이지요. 그건 우리 인간의 힘으로는 어려우니 절대적 구세주이신 신을 믿어야 가능한 것입네다! 그러면 어느 날 그대는 여왕이나 선녀 혹은 천사와 같은, 스스로 마음 깊이 진심으로 원하는 존재로서 거듭나 있을 것입네다!"

"그러지 말고 그냥 이불 속으로 들어와서 간단히 한탕 뛰고서 몸이나 풀고 가세요. 이미 상할대로 상해 버린 몸뚱인데 어찌 백합 같은 천사가 될 수 있겠어요, 응?"

"가련한 여인이여, 절대로 아니올시다! 전지전능하신 신은 언제나 우리를 굽어 살피시며 우리가 지성껏 바라는 것을 이루어 주십네다. 절망보다는 희망! 마음가짐이 중요합네다. 과학적으로도 증명되는 사실입네다. 우리 몸은 원자로 구성돼 있습네다. 원자 수준에서 보면 피부는 6주마다, 간은 8주마다 새로 바뀐다고 합네다. 뼈는 3개월이고, 그리하여 일년이면 신체의 대부분이 바뀐다는 사십입네다."

영감은 헛기침을 한 후 말을 이었다.

"더구나 우리 몸을 순환하는 원자들은 공간적으로 소나 개 혹은 닭의 몸을 순환했던 것이고, 시간적으론 저 먼 옛날 선덕여왕이나 광개토대왕의 몸을 순환했던 것일 수도 있습네다. 즉 우린 매일같이 자기 몸의 일부를 내버리고 다른 몸의 일부를 받아들이고 있는 셈인 것입네다. 자, 따라서 우리가 마음을 새롭게 바꾸면 몸도 차츰 바뀐다고 할 수 있습네다. 우린 결코 똑같은 몸뚱이에 두 번 꽃을 담글 수는 없습네다. 다만 우리의 기억이 그 사실을 은폐하고 있을 뿐입네다. 고정된 기억이 흐르는 몸 속에서 동일한 작용을 하기에 비유하자면, 간은 바뀌는데 간암은 남는다는 사실입네다. 꼭 기억하시오! 몸은 언제나 흐르는 것……. 우리가 나쁜 기억의 감옥에서 벗어난다면 새로운 인생이 시작되는 것입네다!"

과연 영감이 침이 튀는 설교로 몇 명의 여인을 구렁창에서 건져냈는지는 모른다. 어쩌면 그러기 위해서는 스스로 한 발짝 더 그 구렁창 속으로 깊이 들어가야 했는지도 모를 노릇이다. 마치 부처님이 중생들을 건지기 위해 지옥 속으로 내려가고 예수님이 불쌍한 사람들과 고통을 함께 했듯이. 아무튼 괴교주 영감은 언제부턴가 하숙집 옥탑방으로 잘 들어오지 않고 외박하는 날이 잦아졌다. 피에로 씨에게 슬쩍 물어 보니 양동 여인숙 구석에서 '선도 포교 활동' 중이라 대꾸했는데, 때때로 그 자신도 전도 활동을 돕는답시고 낯짝이 보이지 않았다.

어느 날 저녁 어스름이 내릴 무렵, 나는 서울역 정류장에서 내려 걸어 오르다가 동자동 쪽방 골목으로 슬슬 발길을 옮겼다. 특별한 목적이 있어서라기보다 일종의 변덕 같은 행각인 셈이었다. 하늘 한 귀퉁이에 걸려 스러져 가는 노을이나 도시의 길바닥에 내리는 땅거미, 혹은 그 둘이 합작하여 빚어낸 기묘한 영향 때문이었을까. 버스에서 본 해쓱하고 예쁘고 수심 깊은 어떤 아가씨를 그냥 두고 온 아쉬움 때문이었는지도 모른다.

나는 천천히 걸어 어둑한 골목으로 접어들었다. 그 묘이(妙異)하게 아리따운 여인은 대체 어떤 사람이며 어떤 사연을 지녔길래 요즘 같은 세상에 고뇌를 정신적인 미로 승화시켰을까? 나는 계속 생각하며 걸었다. 길가에 주저앉아 소주병을 들고 홀로 중얼대는 노인을 지나쳐 어느 건물 앞에 섰다. 처음 와본 곳이었다. 주변에 비해 번듯한 3층짜리 건물인데 잔뜩 낡아빠져 노인네처럼 허름해 보였다. 입구의 문이 열려 있어 어둑어둑한 안쪽이 왠지 문득 궁금증을 자극했다. 나는 한 발짝 다가섰다. 위로 오르는 계단이 희미하게 보였다. 난 안으로 들어서서 첫 계단에 발을 올려놓았다. 솔직히 조금은 무서웠다. 남의 물건을 도둑질하러 가는 건 아닐지언정 뭔지 염탐하려는 속셈은 있지 않은가. 호기심이 비록 죄는 아니라 하더라도, 만일 일반 주택 지역이라면 설령 문이 열렸다고 막

들어갈 수 있겠는가. 오라고 해도 아마 대개 사양하지 않을까 싶다. 그렇다면 무슨 호기심 때문에 굳이 불미스럽고 또 위험스러울 수도 있는 짓을……?

사실 나는 그 순간 허물어질 듯 낡은 그 건물이 풍겨내는 으스스한 분위기에 끌려들고 있었다. 과연 이곳엔 어떤 사람들이 사는 걸까? 인생의 종착지에 다다른 빈민들이 살 수도 있겠지만, 혹시 어떤 범죄를 저지른 자가 숨어 살고 있진 않을까?

이윽고 나는 한 계단 한 계단 조심스레 걸어올랐다. 일종의 탐정 의식 또는 작가 의식으로 내심 무장해 보곤 픽 웃었다. 계단 끝에 이르자 복도를 사이에 두고 양쪽으로 쭉 늘어선 여러 개의 방이 보였다. 누르무레한 나무 문은 다 닫혔으며 그 앞의 시멘트 바닥에 슬리퍼나 운동화 그리고 찢어진 고무신 따위가 놓여 있었다.

의외로 조용했다. 나는 조마조마한 심정으로 귀를 기울였다. 방이 여섯 개쯤 되는 만큼 일반 주택보다 소란스러울 줄 알았는데, 이따금 어느 방에선가 여자의 비명 같은 소리가 새어나와 들릴 뿐이었다. 그것도 진짜 사람 소린지 혹은 텔레비 같은 데서 지르는 건지 명확치 않았다. 구석쪽으로 몇 걸음 들어가서 확인해 볼까 하다가 그만두었다. 그걸 구별한들 무엇하겠는가. 살인이 난들 어떡하겠으며 알아본들 무슨 소용이겠는가. 오히려 쪽방 거주자들이 조용한 사실을 이상하게 생각하는 내가 팔푼이인지도 몰랐다. 그들에게 무슨 신나는 일이 있어 떠들어대겠는가 말이다. 그냥 놔두고 놔두고 내려가라. 괴로워도 묵묵히 속으로 삼키거나, 절망에 지쳐 깡소주를 마시고 곯아떨어졌을 수도 있잖은가. 저 슬픈

고요를 깨지 마라. 3층까지 한번 올라가 보려던 나는 고개 숙인 채 발길을 돌렸다. 계단을 내려가던 나는 문득 야릇한 몽상에 잠겼다.

'음, 여긴 죄와 벌의 등장인물인 라스콜리니코프가 살아도 되겠군. 아마 3층의 맨 구석방이 적합하겠지. 햇빛이라곤 들지 않는 음습한 쪽방을 나온 그는 희미한 비웃음을 흘리며 계단을 내려간다. 흐흐흐…… 마치 내가 그로 변해 내려가는 기분이로군.'

유리 문을 지나 어둑한 거리로 나선 그(혹은 나)는 네온사인이 현란한 태평로 쪽으로 내려가려다가 마음을 바꿔 다시 해방촌을 향해 걷는다. 그곳에서 전당포 간판을 본 적이 있었지만, 지금은 수전노 노파를 죽이고 금전을 탈취하는 범죄를 저지르고 싶지 않다. 물론 라스콜리니코프는 그걸 범죄라고 생각하진 않았지. 만약 지금 그가 이 대한민국에 산다면, 초인 사상을 지닌 채 일개 노파 따윌 죽이기보다 뭔가 다른 일을 시도하지 않았을까 싶다.

'벌레 같은 노파를 죽이는 건 죄가 아니야. 그걸 통해 더 많은 사람이 행복해진다면……. 그는 그렇게 생각했었지. 지금 이 땅 이 길을 걷는다면 어떤 생각을 할까?'

곰곰이 성찰해 보았으나 잘 떠오르지 않았다.

'혹시……. 그래, 만일 그가 이 시대에 산다면 이런 공상에 빠질 수도 있을 거야……. 정말 부끄럽고 징그러운 노릇이군. 무슨 왕조 시대도 아닌데 무려 3대째 내리 제왕보다 더한 신격화 독재를 하고 있으니. 그곳엔 세뇌 잘하는 천재와 세뇌 잘 당하는 천재들만 모여 사는 건가? 폐쇄적인 사회라서 더 부각돼 보이는 면도 있겠지만, 암튼 엽기적인 점이 많은 건 사실이야. 카드섹션이나 매스게임 뿐 아니라 어린애들을 교묘하게 훈련시켜 마치 전자 칩을 넣은 인형처럼 정교하게 활동하게끔 한 모양을 보노라면 감탄보다는 오히려 기가 막혀 구역질이 일어날 지경이라니까. 외국인들은 보면서 즐거워하더라만 동족이라 그런지 마음이 아프더라구. 쳇, 제 잘났다고 뻐기는 남한 사람도 세뇌를 잘 당하긴 마찬가지야. 자기 머리로 생각하기보다 유행 따라 우루루 몰려다니는 덴 선수라니까. 그거야말로 세뇌당한 꼴이 아니고 뭐냔 얘기야. 그러니 우방이라는 미국인조차 들쥐떼 같다고 깔보는 거지. 몇몇 뛰어난 사람들만 세계적으로 인정받고 갈채받을 뿐, 전체적으로 보면 국민이든 인민이든 여전히 각성하지 못한 채 조종당하며 서로 물고 뜯는 무지몽매한 들쥐. 그게 우리의 초상이라면 지나친 말이지만 일리가 없지도 않아. 독일도 동서로 분단돼 있었지만 그런 소린 듣지 않았거든. 히틀러에게 세뇌당했던 기억의 각성. 그들은 과오를 반성하며 늘 각성하려는 노력을 멈추지 않아. 그게 우리와 다른 점이지. 그런데 남과 북의 수구적인 강경파들은 여전히 전쟁을 부추기면서 동족을 세뇌당한 들쥐로 만들고 있어. 전화(戰火)의 공포심을 부채질해서 올바른 생각을 못하도록, 각성해서 자유롭게 살아가지 못하도록……

분단 이후 남과 북의 지도자와 지배계층은 양면의 가면을 쓴 채 거창스런 오페라를 연출했다고 볼 수 있어. 그들은 겉으로는 대결 구도의 거대한 극장 간판을 내걸어 놓곤, 자기네끼리는 이른바 선택된 특별 인격인 양 은밀히 악수하면서 양쪽 국민과 인민들은 서로 증오하고 싸우도록 사악한 오페라를 보여 준 거지. 흠, 박정희 대통령과 김일성 수령은 마치 이란성 쌍둥이처럼 닮은 꼴인 것 같아. 장기 독재, 새마을 운동과 천리마 운동, 자기 우상화와 죽은 후의 신격화, 요정 여인들과 기쁨조 아가씨들, 목적을 위해 자행한 수많은 차도 살인 등등……. 무수한 국민과 인민들이 그들의 하수인에게 살해당하거나 감옥과 강제노동수용소 등에 갇혀 서서히 죽어 갔지. 또 있다! 그들 자신의 기나긴 독재로도 모자라 자식새끼들까지 세습 왕으로 만들었어. 물론 영애 근혜 씨는 스스로 권좌에 올랐다지만 꼭 자기 능력만으로 그리된 건 아니잖아? 아마 아버지의 후광이 없었다면 어림없었겠지. 혹시 소원대로 되었다면 북조선처럼 지금 외아들이 왕좌에 앉아 있을지도 모를 노릇이야. 후훗……. 자, 어쨌든 과거는 과거사이고 이제부턴 어떻게 해야 될까? 바로 그것이 중요한 문제로다! 까짓 벌레 같은 노파 따위를 죽여 이 추악스런 세상을 어찌 좋게 바꾸겠어? 악독한 놈들이 더 마음 편하게 살고 있는 게 요즘 세태야. 왜냐하면 양심이 사라져 버렸기 때문이지. 일말의 양심마저 완전히! 그러니 그자들의 인간성을 조금이나마 회복시켜 주는 취지로 공포심을 불러일으키는 사업이 필요해. 매일 한명씩 악인을 골라 살해한다면 백일쯤 후엔 어떤 효과가 나타나려나? 한 달 정도로는 별무효과일 거야. 남한이든 북한이든 가장 완고하고 낙후된 분야가 정치계와 군부인데, 그곳에 뿌리박은 자들은 겁먹기보다 아마 계엄령을 선포해 탱크와 총칼을 동원해서라도 잡아내 박살낸다며 난리 지랄을 칠걸. 음, 그건 그렇고…… 만일 라스콜리니코프가 여기 이 시대에 산다면, 아마 창녀보다 북한에서 고생하다 탈출한 탈북녀를 사랑하지 않을까 몰라. 하나의 상징적인 아이콘이니까……. 아, 벌써 하숙집 앞에 닿았군. 이제 공상은 그만

뭐야지…….'
 나는 현실로 돌아와 머리를 흔들며 쓴웃음을 지었다. 불을 환하게 밝힌 하숙 건물은 보통 사람들의 희비애락을 품으며 우뚝 선 일종의 성(城) 같았다.

대박과 쪽박

  토요일 밤이라 그런지 식당엔 사람이 별로 없었다. 계단을 올라가려는데 누군가 불러 돌아보니 모창가수가 손을 흔들었다. 구석진 자리에 웬일로 꼽추 하씨도 함께 앉아 있었다. 나는 그쪽으로 다가가서 빈자리에 앉았다. 탁자 위엔 소주병과 두어 가지 안주가 놓인 상태였다.
  "오, 작가님…… 부탁이 하나 있어요."
  볼이 발그레해진 모창가수가 말했다.
  "뭔데요?"
  "가사 하나만 좀 써주세요."
  "네? 모창하시는데 뭔 가사 말이죠? 설마 가사를 바꿔 부르시려는 건 아닐 테고요."
  "그런 게 아니에요! 저도 이제 모창 따윈 그만두고 창작곡을 부르기로 했다구요!"
  그는 흥분해서 손바닥으로 탁자를 세게 두드리며 소리쳤다. 잔 속의 소주가 찰랑거렸다.
  "갑자기 왜? 모창으로 한우물 파신다더니……."
  "한평생 모창만 하고 살 순 없죠. 지금 한가락 한다는 인기 모창가수들도 아마 진심으로 좋아서 그러진 않을 거예요. 처음엔 열정을 쏟았더

래두 이젠 처자식 때문에 마지못해 관성적으로 해나가고 있을 가능성이 많아요. 난 자유로운 독신인 만큼 새로운 시도를 해볼 수가 있죠. 마침 거부하기 어려운 아이디어가 떠올랐어요."

"대체 뭔데요?"

가수는 우선 소주잔을 들어 한 모금에 쭉 들이켰다.

"요즘 논란이 되고 있는 통일 대박론을 노래로 한번 불러 보고 싶어요."

그는 갑자기 좀 수줍어했다.

"쉽지 않은 문제인데요."

나는 미간을 살짝 찡그렸다.

"왜요?"

"여러 가지 문제가 있겠죠. 아무튼 먼저 가수님의 의견을 한번 말씀해 보세요."

"음…… 대중가요니까 대중적인 컨셉으로 가야겠죠. 통일을 바라는 사람도 있고 싫어하는 사람도 있는 것 같아요. 과연 어떤 컨셉을 잡아야 성공할 수 있을까요?"

"글쎄요……. 어려운 문제네요. 그런데 가사만 가지고 일이 되진 않잖아요."

"그건 걱정 마세요. 제가 잘 아는 작곡가 분이 계셔요. 가사만 잘 빠져나오면 제가 들고 가서 무릎을 꿇고 빌어서라도 기필코 곡을 받아낼 테니까요. 이후엔 제가 다 알아서 할 테니 가사만 멋들어지게 써주세요."

"고민되네요. 대중가요 가사를 한번도 써본 적이 없어서……."
"뭘 걱정이세요. 소설 쓰시는 작가님이신데요. 꼭 좀 부탁드려요."
그는 술잔을 들어 들이켜곤 내게 건네었다.
"천천히 생각해 보자구요. 가수님께서는 사람들에게 어떤 메시지를 던져 주고 싶으세요?"
"저는 당연히 통일이 돼야 한다고 생각하죠. 그런데 이 아저씬 반대하신다네요."
그는 안타까운 표정으로 하씨를 바라보았다.
"반대를 한다는 얘기는 아니지. 통일을 하더라도 허황스런 구호만 외치기보다 현실적으로 차근차근 준비를 해나가야 가능하다는 뜻이지. 우리 대한민국도 아직 국론 통일이 안 되고 분열된 마당에 구체적인 방법도 없이 주관적인 목소리로 떠들기만 해서는 오히려 역효과라는 얘기지. 아니할 말로 지금 북한이 저런 판국인데 우리 입맛대로만 통일하자고 쪼우면 쟤네들 화만 돋굴 뿐이란 말야."
꼽추 하씨가 신중한 목소리로 말했다.
"너무 부정적으로만 생각지 마세요. 그래도 노래가 히트하면 북한 사람들도 몰래 듣고 감동을 받아서 바뀌지 않겠어요. 대중가요는 시기를 잘 타야 대박이 날 수 있으니까 지금이 최적기라는 거죠."
모창가수는 여전히 들뜬 상태였다. 내가 대꾸했다.
"사실 지금 통일 찬성 노래를 열심히 불러봤자 공허한 메아리밖에 돌아오지 않을 성싶어요. 그렇다고 반대한다는 메시지로 열창을 할 수도 없는 노릇이고……. 내 생각엔 차라리 통일을 하자니 말자니 주창하기보다 현재의 상황을 진실하게 드러내 주는 게 필요하지 않을까 싶군요."

"스스로 들으며 판단하게끔?"

"그렇죠."

"그것도 좋겠군요. 그런데 유행가엔 사랑이 들어가야 맛이 나잖아요. 남북한의 청춘 남녀가 어떤 사연으로 만났다가 헤어져 애달피 그리워하건만 철조망이 가로막아 피울음이 맺힌다는 식으로 스토리를 깔면 어떨까요?"

모창 가수는 벌써 노래를 부르고 싶은 듯한 눈빛이었다.

"내용을 촘촘히 구사해 랩으로 해도 괜찮을 것 같은데……."

"그건 제가 좀 재주가 없어서 말예요."

"복고적이고 낭만적인 스타일로?"

"네, 그렇죠! 그리고 요즘 사람들 사이에, 우리의 옛 땅인 만주 대륙을 되찾아야 한다는 모종의 바람이 불고 있잖아요. 그래서 노래 1절은 남북통일, 2절은 대륙의 꿈 컨셉으로 나가면 좋지 않을까 싶었는데, 이분은 허황된 과대망상이라고 비판하시네요."

그는 한구석에 조용히 앉아 있는 꼽추 하씨를 곁눈질했다.

"아니야. 내가 남의 꿈을 비판할 형편은 아니고, 그저 현실을 무시해서는 안 된다는 얘기야. 우리야 물론 옛 조상님들이 살던 땅 문서를 되찾으면 좋겠지만 중국 뙤놈들의 순순히 잡아 잡슈 하겠느냐 말이지. 오히려 괜히 긁어 부스럼 만든다는 얘기도 있던걸."

하씨가 상체를 추스르며 볼멘 소리를 냈다.

"아 참, 이건 무슨 논문이나 성명서가 아니라 그냥 노래잖아요. 대놓고 뙤놈들에게 땅 문서를 내놓으라는 게 아니라…… 그냥 우리 민족의 맘속에 부푼 꿈을 꾸고 새기며, 언젠가 올 미래를 주시하자는 애소 같은 거죠."

"흐흠, 그나마 아까 얘기한 것보다는 덜 허황스럽군. 아깐 과대망상이 심해 내심 좀 걱정스럽더만."

"노래 예술은 현실을 넘어 삭막한 가슴속에 희망을 속삭인답니당, 하하."

"아무튼 어떤 한계선은 필요하지 않을까 몰라. 현실적이든 예술적이든 많은 사람들은 지금 이 현재에서 잘 살기를 바라니까 말씀야. 남북 통일도 싫고 고토 회복도 싫다, 그냥 주어진 대로 이 반쪽 땅에서나마 남 못잖게 행복해 보자! 그런 사람들 입장에선 통일이든 옛땅 찾기든 귀찮은 짓일 뿐이겠지 뭐."

하씨는 탁자를 내려다보며 한숨을 반쯤 쉬다가 말았다.

"현실이 그렇긴 한데…… 만주 대륙의 경우 그 땅의 정당한 권리가 중국 쪽에 완전히 넘어간 건 아닌 것 같더라구요. 말하자면 양측 간의 협상 또는 소송이 완료된 게 아니라 진행되다가 중단 교착된 상태라고나 할까요. 그러니 지금은 중국의 힘이 막강해 별 수 없지만, 만약 남북한 통일이 되고 우리나라가 자주적이고 부강해져 맞장 뜰 만큼 된다면, 외교 채널을 통해 정당하게 협상을 다시 시작하여 옛 강토를 상당 부분 되찾을 가능성이 있다는 겁니다. 요는 만사가 다 그렇듯 우리 하기 나름이라는 얘기죠."

내가 담담한 어조로 말했다.

"과연 그런 때가 언제 오냐는 말예요. 중국은 낯짝 한번 변하지 않을 것 같은데……."

하씨의 대꾸였다.

"덩치가 너무 엄청나고 뻔뻔스러워서 갈수록 더 불가능해질 수도 있죠. 그러니 분쟁이나 전쟁이 아니라 서로 이익되는 방향으로 접근해야 할 문제예요. 쌍방이 무역 관계로 한층 중요하고 긴밀한 파트너가 돼 우리가 경제적으로 중국에 많은 이익을 주고, 나아가 문화 예술적으로 참다운 일류 국가가 돼 정신을 선도한다면 협상을 계속할 수도 있어요."

"그들 자신은 영원한 대국이고 우리는 만년 소국이라는 중국인의 고정관념이 변하긴 백년하청일 것 같은데요."

"요즘은 땅 넓이나 인구 수로 수로 대국과 소국이 정해지는 건 아니잖아요. 아마 미래엔 더욱 그럴걸요. 열린 마음과 활달한 실천으로 우리의 지평을 넓혀 나가는 거죠."

"브라보! 딱 제가 생각했던 거네요. 우선 그런 컨셉으로 멋지게 써 주세요. 제1탄이 히트 치면 제2탄 제3탄으로 만주 대륙을 넘어 바이칼 호수가 보이는 몽골 대초원까지 나아갈 수 있을 테니까요!"

모창가수의 눈은 새로운 열정으로 불타오르고 있었다. 도저히 거절하기 어려운 상황이 되어 버렸다.

"시험 삼아 한번 써 보긴 하겠지만 너무 기대하지는 마세요. 초짜니까. 나중에 초벌 가사가 나오면 셋이 함께 모여 검토해 봐요. 대신 히트하면 입 싹 닦아선 안 돼요."

"아, 그럼요! 그땐 이 정든 해방촌 무지개 하숙과도 헤어지기가 섭섭

할 거예요. 작가님께는 멀리 한강이 보이는 집필실을, 우리 하 선생께는 뭘 선사해 드릴까요?"

"김칫국보다 술이나 한잔 듭시다."

하씨가 쓴웃음을 지으며 말했다.

바보처럼

통일은 대박, 통일은 쪽박
도무지 알 수가 없네요
너와 나의 사랑이 행복일지
슬픔의 씨앗을 잉태할지
압록강의 물결은 사시장철 흘러
처녀의 꿈을 적셔 주건만
남풍은 대답 없이 불기만 하네

분단은 대박, 분단은 쪽박
그 누가 손금 보듯 알 수 있을까요?
애증의 쌍곡선이 어디로 흘러갈지
삼팔선 철조망, DMZ의 풀꽃
무정한 세월만 흐르는데
한강변 거니는 총각은 짝 잃은 파랑새
북풍은 한숨 싣고 불어대네요

며칠 후 내가 모창 가수에게 건넨 가사였다. 그는 선 채로 받아 읽어 보더니 활짝 웃으며 손바닥으로 자기 이마를 탁 치고 급히 어디론가 달려나갔다. 문 앞에서 은근히 좋아하는 하숙집 딸과 마주쳤으나 몰라본 양 그대로 내달렸다. 마치 뭔가에 좋게 미친 사람 같았다. 아가씨는 고개를 갸웃한 채 쳐다보더니 곧 계단을 올라갔다.

나는 한시름 놓곤 그만 잊어버리려 했다. 쉬이 그렇게 될 줄 알았다. 그런데 은근이 걱정스러웠다. 물론 히트를 쳐서 성공하면 좋겠지만, 만일의 경우 실패하고 만다면 낙망해서 정말 미치지 않을까 미리 염려됐다. 그렇다고 작곡가를 찾아가 퉁박을 받거나 좋은 곡을 받지 못하거나 음반 취입하는 데 어려움을 겪는 따위의 과정에 대해서는 별 문제로 여기지 않았다. 그런 고생은 모험 시도자의 특권이자 책임이니까 말이다. 다만 그런 과정이 중첩돼 최종적으로 쓴 잔을 마신다면 견디기 어려울 터였다. 인간의 변질 가능성. 요즘처럼 실패자를 체험자가 아니라 범죄인인 양 백안시하는 사회 풍조에서는 그럴 위험이 다분했다. 대한민국이 자랑스런 자살률 1위 국가로 올라선 건 결코 우연이 아닌 셈이다. 따져 보면 필연이다.

그런 관점에서 본다면, 피에로 씨가 수십 번의 실패에도 불구하고 좀 천덕스러우나마 살아 나가고 있다는 사실은 감탄할 만했다. 다른 사람들은 어찌 생각하는지 모르지만 가까이서 지켜본 나로서는 약간 안쓰럽기도 했다. 그는 동자동 오동나무 하숙집에 있을 때부터 이따금 하소연을 늘어놓았었다.

"후유, 살기 힘들군. 죽기도 전에 지옥에 내려와 지내는 것 같아. 내 별명이 무슨 피에로인가 보더라만…… 뭐 나라고 해서 이 세상 무대 바닥에서 서글픈 어릿광대처럼 살고 싶겠어? 허헛, 죽지 못해 어쩔 수 없이 이러는 거지 뭘. 누군들 멋진 주인공으로 살고 싶지 않겠냐구? 맨정신으론 도저히 버텨낼 수 없기에 나 자신부터 희롱하지 않을 수 없다구. 나도 나름 성공철학을 연구해서 열심히 살고 있건만 내심 꽤 힘들구먼. 후유, 만약 고등학교만 졸업했더라도 한번 날갯짓을 해볼 수 있을 텐데……. 꼭 다리를 절룩거려서가 아니라, 한 계단 올라가기가 정말 힘들어. 누군 잘도 엘리베이터를 타고 올라가는 세상인데……. 중학교 졸업장은 없는 것보다 못해. 그것에 얽매이기보다 마음속으로 찢어 버리고 차라리 무학자로 행세하는 게 나을 것 같아. 가진 게 없는 게 부자라는 말도 있잖어. 상상으로는 서울대 따위를 넘어 하바드나 옥스퍼드 대학도 다닐 수 있으니까 말야."

그는 히히 웃었다.

"그러기보다 주경야독해서 고졸자격 검정고시를 통과하고 방송통신대라도 다니는 게 낫지 않을까요?"

"흥, 그래봤자 소위 SKY식 제국의 학력 노예밖에 더 되겠나. 아! 차라리 난 무학자의 인간미를 지닌 채 살고 싶구나. 흐흐흑……."

그는 술김에 흐느꼈다.

피에로 씨는 원래 좀 과장벽이 있긴 했지만, 학력으로 인간을 쉬이 판단해 버리는 우리 한국 사회의 병폐가 문득 가슴을 콕 찔러 왔다. 평준화된 중고등학교는 모르되 자기 능력으로 노력하여 특정 대학에 입학했다고 생각하는 사람들은 자기 자신과 대학을 동일시하는 경향이 있다. 세칭 명문 대학을 다닌 사람들은 엘리트 의식을 평생토록 간직하는 성싶다. 심할 경우 학교 캐릭터 즉 학격(學格)이 자신의 인격을 대체하거나 지배해 버리는 상황이 일어난다. 그것이 통하는 사회이기 때문이리라. 물론 좋게 활용한다면 효과가 있을 터이다. 나뭇잎처럼 이리저리 흔들리고 쉽게 타락하기도 하는 인간의 본성을 지탱해 줄 가능성도 있겠기 때문이다. 하지만 한 시절의 얘기이지 어느 특정 캐릭터에 계속 머물러 있어서는 진정한 자기 자신을 꽃피우기 어렵다는 사실 또한 기억해야 하리라. 대학의 목적은 참된 자기를 찾는 데 있는 것이지, 인간미를 냉동시키면서까지 일류 캐릭터 로봇을 만들어내는 공장은 아니잖겠는가 말이다. 아무튼 그런 의미에서 피에로 씨가 절규한 '학력 노예가 되기보다 졸업장을 마음속에서 찢어 버리고 인간미를 지닌 무학자로 살겠다!'라는 말이 엉뚱한 희언으로만 들리지 않았다.

통일이 되면 과연 어떨까? 김일성대가 좋니 서울대가 낫니 또 지랄치며 서로 싸우지 않을지 미리 걱정이 된다. 제발 그런 유치한 희비극이 벌어지지 않도록 대한민국부터 우선 정신을 차렸으면 좋겠다. 북조선의 자칭 명문대학 출신들이 거드럭거릴 꼴이 싫어서라도 통일되지 말아야 한다는 농담을 언젠가 술자리에서 들은 적이 있다. 참으로 골치 아픈 나라이다. 아마 대학이 인간을 정신적인 불구자로 만들어 버리는 곳은 대한민국과 조선민주주의인민공화국밖에 없을 것이다. 로봇보다 못하게 변질되어 버린 인조 인간들…….

대다수 국민과 인민보다 소수 명문 학벌주의자들이 득세하는 세상은 민주국가도 인민공화국도 아니리라. 누군가의 중학교 졸업장과 대중가요 학원 수료증도 대학 학위증과 마찬가지로 마음속에 소중히 간직할 만한 사회야말로 민주공화국이라 부를 수 있을 터이다.

김일성 꽃

 여대통령의 상습적인 해외 순방은 계속되고 있었다. 무슨 중요한 외교적 성과도 별로 없이 심심하면 나들이를 다녔기 때문에, 비판자뿐만 아니라 심지어 일부 지지자 중에서도 고개를 갸우뚱하며 여행이 취미인가고 구시렁거릴 정도였다. 그런데 이상스럽게도 국내 여행은 그닥 즐기지 않는 듯싶었고, 아버지 박통이 자주 지방으로 현장 시찰을 다닌 것과 달리 거의 두문불출하며 청와대에서조차 집무실로 잘 출근하지 않은 채 대부분의 시간을 내실(內室)에서 보낸다는 소문이었다.
 앞뒤가 맞지 않고 갈피를 잡을 수 없는 점은 또 있었다. 입으로는 통일대박론을 외치면서 정작 국민들에게 아무말도 없이 대북 관계망을 폐쇄해 버리고 끝끝내 고집스레 사드 배치를 강행해 남북한 하늘에 전운이 감돌게끔 만들어 놓고야 말았다. 설령 하더라도 좀 천천히 외교적으로 밀당을 하며 이해 득실을 심도 깊게 따져 결행했더라면 아버지 박통의 딸답다는 얘기나마 들을 수 있었으련만……. 대체 왜 무엇 때문에 그런 어린애 불장난 같은 짓을 어린애 같은 방식으로 저질렀을까?
 전쟁을 벌여도 좋다고 생각했는지 모른다. 전쟁을 PC방 오락실의 컴퓨터 게임처럼 생각했는지도 모른다. 현실이 아니라 청와대 내궁에서 이상야릇한 환각 상태에 빠져 있었는지 모를 일이다. 6·25 전쟁의 참상을 성찰하고 반성하여 평화를 일구어내려 애쓰는 게 아니라, 지금 현재 휴전 중이니 만큼 그날을 기념하여 다시 전쟁을 시작해서 북진통일이라도 이루어 보려는지 몰랐다. 실제로 대극기 부대원들이나 자유북한건립연합 등의 회원들은 광화문 광장 집회에서 태극기와 성조기를 섞어 흔들어대며 북진 승공 통일을 절규하기도 했다.

전문가들뿐만 아니라 많은 국민들 또한 전쟁은 승리가 아니라 공멸이라고 생각한다. 그리고 사드로는 북한의 핵 미사일을 막을 수 없다고 말한다. 쓸모없는 거대한 전쟁 장난감. 미국에 의한 미국을 위한 미국의 무기. 전시작전권을 주한미군이 틀어쥐고 있는 상황. 한반도는 지정학적 환경 때문에 신무기 실험장이 될 수도 있고 세계 평화의 희귀한 전당이 될 수도 있다. 그 방향은 우리 국민이 선택해야 한다. 남한이든 북한이든 정치꾼이나 전쟁광 군사 모리배들에게 맡겨두어서는 안 된다.

미국은 중국을 견제하기 위해 주한미군을 유지하고 나아가 신무기를 배치하는 등등 강화시키는 추세이다. 미국 내의 전쟁 무기 제조 판매업자들의 이권도 챙겨줘야만 한다. 한국은 미국 무기의 최대 수입국이다. 수많은 사례를 통해 전세계인에게 각인되고 있지만 미국은 전쟁 무기가 없이는 최강국으로 군림하기 어려운 나라이다. 그들이 한국 땅에 미군을 주둔시키고 계속 강화해 나가기 위해서는 평화 통일보다 분단 그리고 북한이라는 악의 축이 필요하다. 미국이 겉으로는 미소 지으면서도 속으론 남북 대화를 불편해 하며 사사건건 나서서 통제하는 진짜 이유이다. 미국은 한국 땅이 불바다가 되는 것까지 바라진 않겠지만, 자기네 이익의 관점이 바뀌기 전까지는 결코 한반도의 휴전(정전) 상태가 종전으로 또한 통일로 진행되길 원하지 않으리라. 그렇다고 미국을 욕할 필요는 없다. 자기 나라의 이익을 취하여 부강하게 만들겠다는데 욕하는 놈이 바보이다. 우리도 냉정한 판단으로 우리네 국리민복을 지향하면 그뿐이다. 물론 상황이 상황이니 만큼 어려운 일이다. 하지만 그렇기 때문에 외교술이니 협상력이란 말이 있지 않겠는가? 슬프게도 그러지 못하기 때문에, 우리 내부에 미국의 똥구멍을 빨려는 자들이 많기 때문에, 심지어 미국 사람들조차 '북조선은 존경할 만한 적이요, 남한은 경멸할 만한 동맹이다'라고 얘기한다잖는가 말이다. 그러나 북한에도 사리사욕을 챙기는 고위층의 수두룩하기 때문에, 앞으로 미국은 그자들과 결탁해 자기네 이익을 도모하려고 서두를지도 모른다.

그러니 이제 희망을 걸 곳은 남북한의 보통 국민과 인민들뿐이다. 평범한 사람이 뭘 어찌 하겠느냐고 비웃는 특별한 비범인들이 있을지 모른다. 있는 정도가 아니라 그런 귀족급 인사들이 남북한 사회를 장악하고 있을 것이다. 아마 여대통령은 보통 국민들의 표를 얻어 당선됐으면서도 그런 귀족(왕족이라고 해야 할까?) 중에서 가장 국민들의 뜻과 능력을 가소롭게 여기고 있는 존재인지도 모를 노릇이었다.

통일 대박론에 대해 북한 사람들은 과연 어떻게 생각할까?

직접 그곳으로 가서 조사해 보지 않는 한 역지사지로 상상하는 수밖에 없을 터이다. 문제는 아마 '대박' 속에 어떤 의미가 들어 있느냐에 따라 다르리라. 흥부의 정성 어린 박과 놀부가 깨어 버린 거지의 쪽박, 열심히 일한 사람의 예금통장과 건달의 로또 복권, 사기꾼 도둑놈의 일확

천금 흥심과 미래를 내다보는 큰 사업가의 포부는 전혀 다른 결과를 가져오지 않겠는가 말이다.

  참고로, 어느 대학 통일 연구소에서 탈북민들을 만나 물었더니 이런 대답이 나왔다고 한다. 자신이 북한 사람이라고 상상하며 들어 보는 것도 좋은 듯싶다.

  - 당신은 통일이 필요하다고 생각하는가? 북조선에 살고 있을 때를 회상하며 얘기해 달라. 그 당시 이웃 사람들이나 동료들의 의견은 어떠했는가?

    "필요한 일이다."(응답자의 약 90%)
- 통일되어야 하는 이유는 무엇인가?
    "같은 민족이므로"(약 50%)
    "잘 살기를 바라서"(약 40%)
- 어떤 쪽으로 통일되길 원하는가?
    "통일되기만 한다면 어떤 체제든 상관없다."(약 40%)
    "남한의 체제로"(약 30%)
    "북한의 체제로."(10%)
    "남한과 북한의 체제를 절충하여"(약 20%)
- 금강산 관광, 개성공단 사업 등이 재개되면 왜 좋겠는가?
    "화해와 평화"(약 70%)
    "경제 협력"(약 70%)
- 가장 바라는 것은?
    "남북한 공동 번영"(약 80%)

조사 보고서는 훨씬 상세하지만, 해마다 수치가 변하므로 여기서는 중요한 사항만 대략적으로 모아 보았다. 그리고 이건 북조선의 보통 인민들이 가진 생각을 반영하는 것으로서, 그곳 지도층의 속셈은 아마 남한 지도층 인사들의 꿍꿍이속과 이기적인 면에선 비슷하지 않을까 싶다. 보통 사람이라고 이기심이 없겠냐만, 그 양상이 소박하기 때문에 민족 통일 같은 대의까지 훼방놓지는 않는 것이다.

남한 사람들이 가장 걱정하는 것은 오히려 통일 이후의 문제인 것 같다. 혹시 공산주의나 사회주의 체제가 들어서는 건 아닌가, 설령 자본주의로의 흡수 통일이 되더라도 빨갱이 폭동이 자주 일어나 나라 꼴이 엉망으로 격변하는 건 아닐까? 무장해제된 인민군 중 포악한 놈들이 폭력 단체를 조직해 살인 강도 등등 흉악 범죄를 저지르지 않을까? 예상해볼수록 두렵지 않을 수가 없다. 어디 그뿐인가. 안 그래도 잔뜩 혼락스러운 세상인데 또 북한 쪽 부동산에 투기해 일확천금을 노린다느니, 졸부들이 깨끗한 북녘 아가씨들을 유린하느라 지랄을 떨어대면, 분수껏 성실히 살아가는 사람들은 배알이 꼴려 심란스러워질 것이었다. 지금도 그렇듯…….

농담이지만, 어쩌면 평화 통일이든 북진 통일이든 무슨 통일이든 일체의 통일 논의를 다 접어 버리고 통일부마저 없애는 게 좋을지도 모른다. 아무래도 우리 내부부터 정리하고 청소하는 게 순서이다. 사이비 정치꾼 모리배들을 국민의 투표로 몰아내고(이것 또한 농담), 군대 내의 가짜 사꾸라 지휘관들을 쓸어내 젊은 이순신들이 정예화된 국군을 이끌게 해야 한다(이것은 공상). 그리고 과욕으로 세상을 어지럽히는 부동산 투기꾼들과 상습적인 성범죄자뿐만 아니라 연애 사기꾼들을 이어도 같은 무인도로 보내 재주껏 행복하게 살게끔 자유를 주고(이건 몽상), 경제인들이 페어플레이에 입각해 마음껏 사업하여 풍요로운 사회를 만들어 나간다면(환상이죠 뭐)…… 그땐 아마 굳이 바라지 않더라도 저절로 통일이란 낱말마저 불필요한 상태가 찾아오리라.

하지만 그런 현실이 쉽사리 이루어질 리는 없다. 백년하청일지도 모른다. 북한 인민과 남한 국민이 자기네 체제 지도부에서 줄기차게 시행하는 세뇌로부터 벗어나기가 어렵듯이. 남한 사람들은 자기가 결코 세뇌 따위에 걸려들지 않는 자유로운 존재라고 착각하며 잘난척하는 판국이니 놔두고……. 세뇌의 왕국이라 조롱받는 북조선 인민공화국을 그들 입장에서 한번 바라보자.

세뇌란 과연 무엇인가? 세뇌(洗腦). 문자 그대로 풀면 뇌를 씻는다는 뜻. 그런데 가장 중요한 두뇌에 대한 견해부터 남북한은 서로 다른 듯싶다. 남한 사람들은 보통 머릿속에 뭔가 나쁜 것(예를 들면 공산주의 사상이나 사이비 종교의 교리 따위)을 주입하는 데 초점을 맞추는 성싶다. 그래서 주체사상이나 김일성 우상화는 최악의 세뇌라고 단정한다. 반면 북조선 인민들은 두뇌 속의 잡다한 쓰레기들을 몰아내고 올곧은 하나의 사상으로 무장하는 상태를 선호하는 것 같다. 그들이 볼 때는 남한 사람들이야말로 추악한 관념에 세뇌된 불량스런 족속인 셈이다. 아마도 참 자유와 참 생각이 이 문제를 푸는 열쇠이리라. 나뿐만 아니라 중간자와 상대방까지도 참 자유인임을 인정할 때 비로소 인민이든 국민이든 세뇌 상태에서 풀려날 것이다. 북조선 인민들은 김일성을 신보다 더 높은 존재로 알고 있지만 남한에서는 어린애까지도 그가 사람임을 안다. 남한 사람들 중 일부가 신격화시키려고 자발적으로(?) 애쓰는 박정희를 북조선 사람들은 악의 하수인이라 부르기도 한다. 남과 북의 사람들이 세뇌에서 벗어나 그 두 영웅의 공과(功過)를 판별하고, 그들이 결코 신이 아니라 자기들같이 잘나기도 하고 못나기도 한 인간임을 인식하지 않는 한 진정한 통일은 불가능하리라.

말이 나온 김에 나라꽃에 대해서도 살펴보자. 북조선의 국화를 우리는 대개 진달래로 알고 있는데 뜬소문이 아닌가 싶다. 아마 소월이 노래한 영변의 약산 진달래꽃으로 인한 영향일 수도 있고, 남한 사람들 역시 진달래를 좋아해 맘속으로 은근히 우리 민족의 꽃이라 느끼다가 무심결에 당연히 진달래라고 지레짐작해 버렸기 때문인지 모른다.

그러나 섭섭하게 진달래는 아직 한 번도 나라꽃으로 지정된 적이 없다. 그저 우리 마음속에 피어 있을 뿐. 북한의 국화는 1960년대 초반까지만 해도 무궁화였다고 한다. 그 후 목란으로 바뀌었는데 여기엔 일화가 있다. 1964년, 김일성 주석은 황해도의 산길에서 함박꽃나무를 보곤 '아름답고 향기도 좋으며 생활력이 강해 꽃 가운데 왕'이라는 이유로 목란(나무에 피는 난)이라는 이름을 붙이고 국화로 삼았다고 한다. 하지만 나라꽃보다 더 귀중하게 대접받는 꽃이 있으니 바로 김일성화이다.

무궁화에도 세뇌성은 들어 있을 것이다. 영원 무궁한 꽃, 성인 군자와 같은 품격, 인의예지신의 5덕을 지닌 꽃 중의 꽃⋯⋯. 한 송이의 꽃에 너무나 거창스런 상징들이 가득 들어 있어 주체하기 어려울 정도이다.

누가 그 덕목들을 꽃에 넣어 놓았을까? 아마 민중들의 가슴속에서 저절로 우러나온 느낌이기보다 양반 유학자들의 관념적 소망이 반영돼 있는 게 아닐까? 물론 그렇다고 무궁화의 아름다움을 폄하할 의도는 없다. 화려하지 않고 은은하며 자만하지 않고 겸허한 자태이다. 길을 가다가 문득 그 꽃을 있는 그대로 보면 한국 사람들은 어떤 생각을 하는지 좀 궁금하다.

언젠가 그날이 오면 어차피 통일 나라꽃을 정해야 할지도 모른다. 그 때 남북의 지도층 인사 몇 명이 앉아 결정할 게 아니라, 무궁화든 목란이든 진달래든 또 다른 어떤 꽃이든, 아무런 새뇌 없이 온 민중이 정녕 사랑하는 꽃을 통일 국화로 삼아야 하리라.

나라 노래를 통일하는 건 좀 쉬워 보인다.

동해물과 백두산이 마르고 닳도록
하느님이 보우하사 우리나라 만세
무궁화 삼천리 화려강산
대한 사람 대한으로 길이 보전하세~

아침은 빛나라 이 강산
은금에 자원도 가득한
3천리 아름다운 내 조국
몸과 맘 다 바쳐 이 조선 길이 받드세~

남한의 애국가와 북조선 애국가는 초등생이 봐도 꽤 유치하고 구태의연해서 부르기가 싱겁다. 새로운 통일 애국가는 활력이 넘치고 홍익인간의 정신이 현대적으로 잘 표현된 노래라야 할 것이다. 우리 민족의 정서가 살아 숨쉬는 아리랑을 활용해도 좋으리라.

　나라 이름과 국기를 통일하는 일은 상당히 어려울 수도 있다. 건국의 이념뿐만 아니라 아집이 들어가기 때문이다. 조선민주주의인민공화국, 대한민국. 이름은 그렇게 지어 놓고 과연 정말 인민과 민중이 주인으로서 생활하는 나라였는지, 뒤돌아보며 모두 함께 성찰해 볼 필요가 있다. 세뇌, 우상화와 신격화, 우민화, 특권층의 향락과 독재, 민중들의 억울한 고난과 죽음은 지금 이 순간에도 남북 양체제에서 뻔히 벌어지고 있지 않은가? 자본주의의 악과 공산주의의 죄를 이 땅에서 동시에 몰아내고, 진정한 자유와 민주가 생동하는 새로운 나라에 어울리는 이름······. 순우리말로 지어도 좋고 세계적으로 알려진 코리아도 괜찮겠지만, 다만 이번에야말로 꼭 국민의 뜻을 받들어 공명정대하게 정해야 하리라.

　국기 문제 역시 마찬가지다. 태극과 주역 괘상 문양이 그려진 깃발이나 작은 별을 넣어 놓은 붉은 깃발은 둘 다 너무 철학 사상적이고 이념 편향적이다. 별은 선입견 때문인지 왠지 창공에 뜬 별 같지 않고 날카로운 느낌이다. 차라리 보름달과 해님과 무지개를 잘 활용하여 우리 한민족 민중의 아름다운 꿈을 형상화하는 게 필요할 듯싶다.

　태극기엔 심오한 우주의 철리가 깃들어 있어 아깝긴 하되 꼭 고집할 일은 아니다. 국기엔 지식인의 철학보다 국민의 소망이 담겨 있어야 하기 때문이다. 태극의 모양을 두고 삼팔선 같다느니 빨갱이와 파랭이 같다느니 하는 소리도 솔직히 마음에 걸린다. 물론 그 때문에 이렇게 분단돼 싸우는 건 아니겠지만 말이다.

북조선 인공기는 우선 우리 민족의 심성에 맞지 않는다. 고정된 심성이 따로 존재한다고 주장하고 싶진 않으나 아무리 봐도 친밀감이 들지 않고 어색한 느낌이다. 내포된 뜻은 차치하고 디자인 자체가 한민족의 예술적 감각을 구현하고 있지 않다. 구 소련의 스탈린이 만들어 준 것이라는 풍문이 사실인지 유언비어인지는 그닥 중요한 문제가 아니다. 그걸 통일 국가의 깃발로 삼느니 그냥 순수의 상징인 하얀 천을 푸른 하늘 아래 펄럭이게 하는 게 낫지 않을까 싶다. 민중들이 저마다 자신의 꿈을 그 기폭에 수놓을 수 있도록……. 또는 쌍무지개나 색동저고리 문양을 잘 활용하면 통일국의 멋진 국기가 나오지 않을까 상상해 본다.

　남북 통일을 말하기 전에 각자 지역 감정 문제부터 해결하는 게 우선이라고 핀잔 주는 사람이 있다. 맞는 얘기다. 그런데 이건 함께 추진해 나갈 필요가 있다. 남한의 경우 해묵은 경상도와 전라도 간의 반목은 이제 꽤 누그러든 성싶은데, 다른 지역 간에도 이해 관계에 따라 자주 다툼이 벌어진다. 북조선의 상황은 과연 어떨지 궁금하다. 잘 모르긴 해도 아마 속으로 곪아 더 심할 수도 있다. 아무리 일당 독재 체제로 일사불란하게 다스린다고 해도 도리어 그 때문에 지역간 불평등이 고착화됐다는 불평 불만도 나오기 때문이다. 서울을 자본주의적 자유가 가장 방만한 도시라고 한다면 평양은 공산주의적 통제가 가장 고도화된 도시라고 할 수 있다. 서울처럼 알짜배기는 모두 몰려 있는 건 비슷한데 그곳엔 아무나 제 맘대로 가서 살 순 없기 때문에 불만이 더욱 속으로 깊어질 것 같다. 물론 서울도 아무나 살 수 있는 곳은 아니지만 일단 자신이 선택할 가능성은 주어졌으니 설령 죽을지언정 불평하긴 어렵다. 하긴 서울의 지나친 방만함을 싫어하는 사람도 있고 평양의 엄격한 통제를 좋아하는 사람 또한 존재하리라. 어쨌든 유람하러 온 평양 사람이 얄미워 묻지 마 식의 살인이 벌어지기도 한다니 북쪽 지역 감정의 깊은 억하심정을 추측할 만하다. 더구나 수도 평양뿐만 아니라 남포, 함흥, 신의주 등등 모든 도시들 또한 공화국 권력의 선별에 의해 차등 배치돼 살아가는 판국이므로 소외된 인민들은 옛 조선시대의 백성들처럼 속으로 붉은 울음을 울지 않겠는가.

그 당시 정도전이란 유학자는 왕 이성계에게 전국 8도 사람들의 기질론을 만들어 바쳤다. 심심해서 재미삼아 그런 것 같진 않으니 아마 통치하는 데 참고하려고 파악해 본 노릇일까. 그런데 수많은 사람을 한 마디씩으로 묶어 규정한 건 그닥 올바른 일이 아닌 듯싶다. 더구나 땅이 넓은 것도 아니고 손바닥만한 판인데 그걸 또 세분해 딱 고착화시킬 필요가 뭔가. 그는 경상도를 태산교악(泰山喬嶽)이라 하고 전라도를 풍전세류(風前細柳)라고 묘사했는데, 사실상 경상도에도 전라도 같은 사람이 살고 전라도에도 경상도 같은 기질을 지닌 사람이 거주한다. 충청도에 청풍명월(淸風明月)만 있는 것도 아니며 강원도에 암하노불(岩下老佛)만 모여 있진 않다. 황해도의 석전경우(石田耕牛), 경기도 사람을 표현한 경중미인(鏡中美人) 또한 다양한 인간의 한 면만 본 것 같다. 평안도는 맹호출림(猛虎出林)이요, 이성계의 고향 땅인 함경도는 이전투구(泥田鬪狗)라고 했다. 옛날과 요즘의 뜻이 좀 달라진 경우도 있다. 진흙탕에서 이익을 위해 개싸움질한다는 이전투구는 원래 풍산개 두 마리면 호랑이도

잡는다는 강인성을 의미했단다. 아마 다른 것도 시절에 따라 바뀌었을 수 있다. 우리는 옛사람의 통찰로부터 각 도(道)의 장점만 모아 전국민적인 기질로 발전시키고 단점일랑 싸그리 내버려야 한다. 미국이나 중국의 한 지방보다 작은 땅에서 뭔 8도 기질로 나눠 가타부타하랴. 내 한 마음속에 다 들어 있다고 보는 게 훨씬 타당하리라.

 통일 후의 수도를 놓고도 서울이니 평양이니 이전투구할지 모른다. 그러나 서울도 안 되고 평양도 안 된다. 제3의 좋은 땅을 골라 행정수도를 새롭게 건설하고, 서울과 평양은 옛 고도의 아름다움을 지닌 현대인의 도시로 순화시켜야 한다. 사람의 심성은 고정불변하는 물건이 아니다. 서울과 평양의 특권을 나누어 각 지방에 넘기고 그 특색에 맞게 골고루 발전시킬 때, 통일한국 사람들의 정신과 마음은 반쪼가리 불구 상태를 극복하고 보름달처럼 환히 빛날 것이다. 장담할 순 없고 아마도……

구호(口號)나무

한동안 교주 영감을 따라 양동 뒷골목을 들락거리던 피에로 씨가 어느 날 좀 상기된 얼굴로 내 방엘 들어왔다. 그는 버릇이 돼 버린 눈깜박임질을 몇 번 연속 하더니 헛기침을 뱉곤 말했다.

"좋은 아이디어가 생겼는데 말씀이야."

"뭔데요?"

"북한의 성공학에 대해 잘 연구해서 책을 한 권 내 보면 어떨까?"

"굶어 죽는 사람이 많다는데 무슨 성공학까지 있을라구요."

"아니지. 그럴수록 살아 남기 위해 무의식적으로라도 성공학을 구사하게 돼 있어. 더군다나 거기에도 나름 성공해서 잘 먹고 잘 사는 사람들이 많이 있으니 한번 시도해 볼 만하다구."

"아니, 통일 대박에 관해 탐구한다더니……."

"당연히 하고 있지. 이건 서로 연결이 된다구. 북한의 잘사는 사람들을 연구한 뒤 그걸 대한민국의 성공인들과 비교해 고찰한다면 통일 대박에도 큰 도움이 되리라고 봐."

"아마 그런 면도 있긴 있겠죠. 그런데 쉽지 않을 텐데요."

"윤 여사의 카운셀링을 좀 받아야지 뭐."

"글쎄요, 그분 같은 경우 북한에서 살기 어려워 이곳으로 탈출해 왔잖아요."

"그래도 어쨌건 보고 들은 건 있겠지. 그리고 실패도 뒤집어서 보면 타산지석으로 참고할 점이 있잖냐 말야."

"물론이죠. 하지만 그곳은 태어나면서부터 신분이 결정돼 버리잖아요. 집안이 좋거나 두뇌와 신체 능력이 탁월하지 않으면 그 신분을 벗어나기가 아주 어렵다는데 무슨 보편적인 성공학이 가능하겠어요."

"그건 우리 한국과 비슷하구만 뭐. 비슷한 것으로 대박 승부를 걸 필요 없지. 찾아보면 아마 북한만의 성공학이 있을 거야."

"세습 금수저들의 특별한 성공학. 제목을 그렇게 지으면 되겠네."

"금수저 물고 나온 놈이나 영재로 선발돼 특수 교육을 받은 사람이라고 모두 다 성공하는 건 아니잖겠어. 그 속에도 극심한 경쟁이 있을 테고 그걸 극복해낸 자만이 진정한 성공인이 되겠지. 그들을 주인공으로 삼아 멋진 스토리를 꾸미면 히트 칠 것 같은데 말야."

"글쎄요, 사람을 감동시킬 만한 요소는 별로 없을 것 같은데……. 윤여사가 보내 준 탈북민 수기 파일을 읽어 보니, 부모 덕이든 자기 능력으로든 경쟁을 통과해 나름 성공했다는 사람들 중에서 반동분자로 낙인 찍혀 하루 아침에 나락으로 떨어져 죽을 고생을 하다가 겨우 탈출해 내려온 사람도 많더군요. 철저히 세뇌되어 체제에 복종하지 않으면 제 아무리 뛰어난 천재도 실패자로 전락하는 세상의 성공학은 대체 어떤 가치가 있을까요?"

"세상 바닥은 다 비슷할 텐데 뭘. 어쨌든 간에 적응자는 선택이요, 부적응자는 퇴출되는 게 우주적 법칙 아닌가 말씀이야."

"타고난 순응형은 복종이든 아부든 쉽게 할 수 있겠죠. 하지만 진실하게 살고 싶은 사람에겐 일종의 지옥이 아닐까 싶어 씁쓸하군요. 탁월한 영혼과 정신을 지닌 사람들에게 김일성 수령의 범상한 자손들을 신처럼 우러러보아야 한다는 건 얼마나 우스꽝스럽겠어요? 참된 학자나 예술가들에겐 정신적인 고문이겠죠. 그러니 그들은 자살하거나 낙오되고, 굽실굽실 추종하는 데 능한 자들만 살아남을 거예요. 보통 인민들도 아마 고요한 밤이면 자기 생각과 천성적인 감정이 그리워 이따금 한숨을 쉬지 않을까요?"

"어릴 때부터 뭔가 자기네 나름의 정신교육을 시켜 놓으면 대부분 잘 적응할 것 같기도 한데……."

"인간은 로봇이 아니잖아요. 아무리 철저히 교육시켜도, 아니 그럴수록 억눌린 잠재의식이 튀어올라 가끔 실수를 할 텐데……. 김씨 왕조에 관한 비판은 좁쌀 반쪽만큼도 허용하지 않는다잖아요. 고의든 실수든 발각되는 순간 성공적이었던 가정은 풍비박산이 나고, 본인은 알몸뚱이 신세로 총살당하거나 강제노동수용소로 끌려가는 사람들에게 성공학이란 풀 끝에 맺힌 이슬의 생존법 정도밖엔 안 될 듯……."

탈북 수기에서 본 구호(口號)나무 얘기가 떠올랐다. 원래 그건 일제강점기에 독립군들이 나무 껍질을 벗겨내어 조국 광복의 염원과 항일투쟁의 구호를 새겨놓았던 나무이다. 그런데 1986년 김일성의 지시에 의하여 백두산 유격대가 새겨 놓은 구호나무 발굴 작업이 시작되면서 북한 체제의 선전 도구로 이용되고 있단다. 북한은 백두산 밀영을 중심으로 1930년대 후반부터 1940년대 초반의 구호나무 2백여 그루가 발견

되었다고 선전하면서 '당원들과 근로자들이 항일 혁명투사들이 지녔던 수령에 대한 충실성을 적극적으로 따라 배우자'라고 주장했다. 구호나무에 새겨진 구호들이 항일 혁명투사들의 수령에 대한 충실성과 혁명에 대한 무한한 헌신, 필승의 신념, 혁명적 낙관주의를 보여 주는 역사적인 귀중한 재보라고 주장하며, 특히 김일성과 김정일에게 충성을 다짐하는 글귀가 새겨져 있는 것은 특별히 '충성 구호'로 불리고 있단다. 대표적인 충성 구호로는 '김일성 장군은 민족의 태양이시다', '2천만 동포여, 우리나라 독립하면 김일성 장군을 민족의 수령으로 모시자' 등이 있다. 수기에 따르면, 고난의 행군 당시 어느 성공한 인민배우가 술김에 "구호나무가 인민의 주린 배를 채워 주진 않는단 말야."라고 중얼거렸다가 강제수용소로 끌려갔다는 것이다. 말 한 마디로 인해 천당에서 지옥으로 떨어지는 경우가 비일비재했단다.

"그래도 성공 한번 해보고 싶어. 아슬아슬한 스릴은 있겠는걸."

피에로 씨가 중얼거렸다.

"농담하지 말아요. 독재 국가 체제 자체가 위기에 봉착해 있을 뿐만 아니라 수많은 민중의 고해 속에서 허덕이고 있는데 상층부 일 퍼센트만의 성공이 무슨 감동적인 의미가 있겠어요. 엉터리 처세술일 뿐. 보편적인 원리가 결여된 극단적인 자기계발 또는 성공학은 가짜 성공에 미친 광인들을 만들어 낸다는 사례가 남한에도 입증되고 있잖은가 말예요."

"뭘 광인까지……."

피에로 씨는 미간을 살짝 찌푸리며 구시렁거렸다. 예전에 동자동 하숙집에서 성공철학에 미친 듯 몰두하던 시절이 떠올랐는지도 몰랐다. 그는 당시 정색을 하곤 말했다.

"혹시 북한의 주체사상을 내세워 성공학과 슬쩍 결합시켜 보면 어떨까? 통일 성공철학을 탄생시키는 거지. 하하핫……."

"또 엉뚱한 생각을 하시는군. 하여간 못 말려."

"엉뚱하다니, 시대를 선도하는 뉴 블루오션이 될 수도 있는데."

"레드오션이나 안 되면 좋겠군요."

"지난번에 주체사상 책을 읽어 봤다고 하잖았나. 잘 한번 구상해 보라구."

"우연한 기회에 대충 한번 훑어 봤을 뿐이에요."

"옛날엔 불온서적이었는데, 괴상스런 도깨비 얘긴 없던가?"

"무슨 종교 경전처럼 써 놨더군요. 김일성 수령을 신격화시키는 그런 방식보다 그냥 보편적인 철학 사상서처럼 기술했더라면 더 좋았을 텐데."

"내용은 어떻던가? 뭔가 대단한 점이 있겠지?"

"글쎄요, 주체적으로 하면 물론 좋겠죠. 남한에서 정치, 군사, 경제, 철학, 역사, 교육, 문화, 언론, 종교 등등 거의 모든 분야에 주체성이 결여돼 벌어지는 나쁜 현상을 보면 알 수 있잖아요. 하지만 지나치면 모자람보다 못하다는 말이 있죠. 모든 것을, 특히 인간을 주체사상에 세뇌하듯 개조시켜 몰아붙인다면 부작용이 생길 거예요. 주체사상이란 이른바 변증법적 유물론을 김일성 수령의 교시로 휘하 학자들이 연구하여 북조선 체제에 맞도록 만들었다고 봐야겠죠. 세계 유일의 가장 훌륭한 사상이라

선전되는 주체사상은 간단히 말하자면…… 인간이 중심이 되어 인간의 의지로써 객관적 세계의 현실 상황과 환경 등을 개조해 주체적인 지상낙원을 건설해 나간다는 것인 듯해요."

"좋은 사상이구먼."

"언제는 신의 도움이 절대적으로 필요하다고 역설하더니……."

"아니, 여기서는 일단 좋은 점만 추려서 봐야 하니깐."

"북조선 내부에서는 좋은지 어떤지 모르겠지만…… 북한이 고립된 채 어렵게 살아가는 원인인지도 몰라요."

"응?"

"신의 존재나 도움은 제쳐두더라도, 세상의 모든 것은 연결돼 서로 주고 받음으로써 살아간다고 하잖아요. 뭐 하긴 주체성 자체가 관계성을 부정하는 건 아니겠지만, 보편성을 넘어 너무 지나치게 주장하면 스스로 편협해져 망조가 들 성싶어요. 마치 고집 세고 자만심 강하고 폐쇄적인 사람의 경우처럼. 인간의 자주성을 강조하는 한편으로 그 정신을 세뇌시켜 김 수령에 대한 신격화와 우상화를 강요하는 건 모순이자 자가당착 같아요. 진짜 자신이 있다면 개방해서 자랑하면 될 텐데, 검은 장막을 쳐 놓고……."

"섣불리 개방했다가 남한의 추잡스런 물이 들까 걱정되기도 하고, 그러다가 졸지에 흡수 통일돼 버릴지 겁이 나기도 하겠지. 나름 고민하며 머릴 굴리고 있을 거야. 기다림이 약이라는 속담도 있으니 말야."

"그동안 인민들은 눈과 귀가 막힌 채 귀한 삶을 억눌리는데, 떵떵거리며 잘 처먹고 사는 족벌들을 위해 언제까지 기다리라고요."

"흥, 하여간 그런 식으로 통치하는 것도 대단한 기술이긴 해. 이씨 조선 왕조 시대를 뺨칠 정도니까. 때론 흑진주를 속에 품은 채 껍질을 꽉 닫고 있는 조개 같다는 생각도 들더라구."

"그러다가 진주는커녕 조개 자체가 곪아 썩어 버릴 수도 있잖아요. 그런 식으로 주체성을 지키려거든 빈부귀천 없이 모두 함께 동고동락이라도 하든지……."

"그럼 북한식 성공학은 불가능하다는 얘긴가?"

피에로 씨는 좀 맥빠진 소리로 중얼거렸다.

"글쎄요, 한 마디로 단정해 버릴 순 없겠죠. 곰곰이 한번 생각해 보시라우요."

나는 짐짓 웃으며 대꾸했다.

"그래야겠지. 책이란 게 꼭 현실만 얘기할 필욘 없으니까. 상상을 섞어서 우리가 먼저 멋지게 그려내면 북한 지도부에서 참고할 수도 있으니까 말야."

그를 헛기침을 한 후 일어나서 절룩절룩 밖으로 걸어나갔다. 정면과는 달리 쓸쓸해 보이는 뒷모습이었다.

명명의 눈물

　양동 뒷골목의 싸구려 여인숙에서 창녀 교화 사업을 벌이던 교주 영감은 얼마 후 옥탑방으로 되돌아왔다. 얼핏 보니 전보다 더 해골 같아 보이고 추저분해진 꼴이었다.
　피에로 씨의 말에 의하면 그 사업은 실패한 모양이었다. 뿐만 아니라 영감은 생선 맛을 본 흉물스런 고양이처럼 욕심을 채우면서 여인들을 어르고 꼬드겨 해웃값까지 갈취하다가 결국 쫓겨난 성싶다는 얘기였다.
　며칠 칩거하며 웅얼웅얼 이상한 주문을 외던 영감은 다시 사업을 시작했다. 이번엔 탈북민이 대상이었다. 피에로 씨와 함께 뭔가 심각한 척 이따금 희희낙락하며 나돌아다녔다. 그러면서도 꼬박꼬박 하숙집으로 귀환했으므로 무슨 짓을 벌이는지 좀 주워 들었다.
　계획만큼은 거창했다. 탈북민들을 교화시켜 통일 대박 사업의 선봉대로 써먹는다는 것이었다. 이미 수만 명의 탈북인이 남한에 들어와 있고 지금도 계속 내려오고 있으니 평화 자유 전사 군단을 꾸려내자는 얘기였다. 여타 민간 단체에서 비슷한 일을 하고 있다곤 하나 중구난방이며, 통일부 산하 단체가 시행하는 방식은 획일적이라서 별 효과가 없는 실정이므로 자기들이 애국 애족 정신 아래 나선다고 선언했다. 척 봐도 허풍스러웠다.

탈북인 중에도 성공자와 실패자가 있을 것이다. 북쪽에서 산전수전 다 겪은 끝에 남쪽으로 내려와 정착에 성공한 사람이라면 추측컨대 아마 허풍쟁이 두 하숙생보다 나을 터였다. 만고풍상에 시달린 실패자들이라 한들 그들보다 못하랴 싶었다. 통일 전초 사업은커녕 우스꽝스런 꼴로 비웃음이나 당하지 않을까 걱정될 지경이었다.

그들은 우선 윤 여사의 사무실을 찾아가 사업의 교두보를 확보해 보려 했다. 나도 탈북 수기에 관해 의논할 겸 동행했다. 윤 여사는 그들을 삐라 배포 사업을 확장하는 데 이용하려 할 뿐 그닥 중요히 여기지 않았다. 교주 영감은 자신의 원대한 계획에 대해 허장성세 섞어 일장연설을 폈으나 별 효과가 없었다. 윤 여사는 입꼬리에 살짝 미소를 띤 채 눈은 무척 냉정하게 그를 무시했다. 영감은 별로 개의치 않고 더욱 유들유들해졌다.

"마음의 눈을 크게 뜨야만 합네다. 지구는 빙빙 돌고 있는데 고정된 방법만으로는 어렵었지라. 물질적 통일을 넘어 정신과 영혼까지 통일해야만 분단의 쇠사슬을 영원 무궁토록 넘을 수 있는 것입네다! 그러기 위해서는 정치적 차원을 초월하야 종교적 감화로 나아가야만 진정한 목표에 도달케 되는 겁네다."

"종교 따윈 인민의 아편이자 착취의 도구야요. 사기에 협잡. 부디 각성하세욧!"

"헛 참, 남남북녀라는디 말이 안 통하는구먼. 순수한 가슴에 못을 박지 마시우. 아! 피눈물이 흐르누나."

영감은 손을 윗도리 주머니에 넣어 편지 봉투를 꺼내더니 비장스런 신음과 함께 탁자 위에 탕 놓았다.

"이게 뭐예요?"

"연애 편지는 아니니 염려 마시우."

"어머, 누가 그렇댔어요! 대체 뭐죠?"

"궁금하면 꺼내 보시우 그려."

윤 여사는 봉투를 집어 내용물을 꺼냈다. 누렇게 변색된 갱지가 나왔다. 하도 낡아 종이 부스러기가 떨어질 정도였다.

"뭐죠?"

"제 부친께서 세상 떠나실 적에 남겨 주신 땅 문서외다. 6·25 전쟁 당시 피난 오실 때 북녘에 두고 온 기름진 흙 10만 평! 언젠가 북진 통일하여 되찾으리라 염원하시던 그 옥토! 돌아가시면서도 손에서 놓지 못하셨지요."

"해묵은 욕심일랑 내려놓는 거이 대장부지요. 직접 농사 짓는 사람이 땅의 주인이고요. 땅을 개인 소유라고 고집하는 건 통일에 아무 도움이 되질 않아요. 무슨 신교를 창도해서 인민 중생을 구하시겠다는 교주 분이 사리사욕을 탐해서야 우습지요."

"결코 이완용 일파의 자식들 같은 소인배의 욕심이 아니외다! 통일이 되면 나는 그 핏물 어린 땅을 팔아 민족 화합에 앞장선 우리 전사들을 위해 쓸 것이오."

"아니, 통일되기 전이라도 가능할 텐데요. 그런 땅 문서를 슬슬 사들이는 투기업자들이 암약한다더라구요."

"고런 쌍것들이 있다는 건 나도 들어 알구먼. 서울 강남 땅 벼락 부자 같은 호사를 꿈꾸는 투기꾼들! 그 사기꾼들의 후려치기 감언이설에 속아 넘어가선 안 되지, 안 되구말구. 통일 되는 날 내가 훌쩍 그곳으로 달려가 두 눈으로 직접 본 후 거대한 통일 기념 전당을 건설해야지. 우리 교의 북녘 제1호 회당을……."

"인민을 속여 먹을 음흉스런 속셈은 여전히 못 버리시는군. 그렇다면, 차라리 에잇!"

윤 여사는 누런 땅 문서를 잡아 찢으려 했다. 시늉 같기도 했다. 하지만 영감은 화들짝 놀라 부르르 떨리는 손으로 그 보물 문서를 낚아채 안주머니 속에 고이 모셔 넣곤 안도의 한숨을 내쉬었다.

"얄궂은 여편네 같으니라구!"

영감은 화증 난 고양이처럼 윤 여사를 흘겨보면서도 일어나진 않고 자리에서 뭉그적거렸다. 얼마 후 울긋불긋한 전단지 묶음과 지폐 몇 장을 받고서야 헛기침을 흘리며 퇴장했다.

윤 여사가 조금 상냥스러워진 표정으로 내게 물었다.

"수기는 어땠나요?"

"재미있더군요. 가슴 저린 사연도 많고요. 그런데 이런 류의 체험담을 담은 책은 이미 시중에 많이 나와 있어서 어떨는지……."

"그래서 저번에도 부탁드렸듯 좀 더 강렬하게 각색하고, 북한 현실도 한결 비참하게 강조해서 읽는 사람들에게 어필해야지요."

"그건 왜곡이고 모함인데……."

"아니에요. 북한 실상은 훨씬 더 비극적이에요. 다만 수기 필자들의 표현력이 모자라서 오히려 감소된 느낌이 있어요. 그걸 제대로 복원해 주는 게 작가님의 의무 아니겠어요?"

"물론 상상력을 동원할 수는 있겠지만, 남의 체험 수기에 그런 식의 각색을 가한다는 건 내키지 않아요. 그럴 바엔 차라리 소설로 써 보고 싶긴 해요."

윤 여사는 한참 동안 머리를 굴리며 궁리하는 듯싶더니 이윽고 결단을 내려 말했다.

"좋아요. 소재로 삼아 감동적인 작품을 한번 써 봐요. 그리고 수기는 그것대로 활용할 방법이 있으니까 추려서 잘 좀 다듬어 주세요. 그건 양심에 걸리지 않겠죠? 아마 체험기 작성자 본인들에게도 애틋한 추억거리가 될 수 있을 거예요."

나는 승낙했다. 이어 부탁했다.

"제가 직접 북한에 가 보면 가장 좋겠지만 그럴 수 없으니 육성으로 좀 들려 주세요. 문서상으로 읽는 지식은 아무래도 한계가 있거든요. 그리고 탈북 후의 생활 등에 대해서도 구체적으로 말씀해 주시면 많은 도움이 될 거예요."

"궁금한 걸 하나씩 물어 보세요."

윤 여사는 상체를 소파에 기대곤 은테 안경을 벗으며 얘기했다. 그때까지 옆에 앉아 있던 피에로 씨는 깜짝 놀란 모양이었다. 훨씬 정감 어린 얼굴로 보였기 때문인 성싶었다.

"윤 여사님의 개인적인 인생담을 듣고 싶구먼요."

피에로 씨의 부탁에 그녀는 말없이 고개를 흔들었다.

"그냥 여사님께서 겪은 북조선의 실상을 편하게 말씀해 주시면 돼요."
내가 입을 열자 그녀는 다시 안경을 쓰더니 대꾸했다.
"우선 하나 명심할 게 있어요. 남한 사람들이 예상하듯 북조선은 결코 만만한 곳이 아니라는 점이에요. 불평 불만자도 많고 탈북민도 점점 증가하는 추세지만 쉽게 무너지진 않아요. 괴수 패거리…… 그 추악스런 자들은 차라리 별문제예요. 그곳엔 진짜로 그 땅을 사랑하는 인민들이 많아요. 사악한 세뇌 때문이라고 쉽사리 비난해 버릴 문제가 아니에요. 단순히 선조들이 묻힌 고향 땅이라 그런 것만은 아닐 거예요."
"아, 네……."
"그건 국가의 세뇌일 수도 있고 그걸 넘어선 개인의 신념일 수도 있어요."
"음."
피에로 씨는 진지하게 귀를 기울였다.
"북조선의 인민 대중들은 남한 국민들에 비해 자기들이 비록 물질적으론 가난할지언정 정신적으로는 올바르다는 신념 같은 걸 지니고 있어요. 새로운 세상을 건설했다는 자부심이랄까? 동물이나 벌레랑 달리 인간에게 그런 게 있고 그게 고집으로 굳어지기도 하잖아요."
"그렇죠. 그게 바로 자기계발의 자부심이겠죠."
피에로 씨가 불쑥 튀어나왔다. 윤 여사는 눈살을 찌푸리고 나서 말을 이었다.
"일제 식민지에서 벗어난 후 갈라진 남북한은 다른 길을 갔잖아요. 자본주의니 공산주의니 하는 이데올로기를 떠나서 윤리 도덕적인 점에서 말예요. 일제의 앞잡이 노릇을 하며 동족을 괴롭힌 악질들을 남쪽에선 우대해서 재등용했고 북쪽에선 완전히 청소해 버렸어요. 시대 상황속에서 마지못해 협조한 보통 친일파뿐만 아니라, 자기 욕망을 채우기 위해 민족을 배반하고 살인 강도짓도 마구 저지른 골수 분자들까지……. 과연 어느 쪽이 나을까요, 옳을까요? 그냥은 밋밋해서 재미없을 테니, 여기가 북조선 평양이라고 한 번쯤 역지사지해 보세요."

"참 골치 아프고 헷갈리는 방정식 같은 문제군요."

내가 말했다.

"뭐가 그리 골치 아파? 만약 악당 친일파들만 싹 몰아내 버렸다면, 자본주의를 하더라도 훨씬 살만한 세상이었을 텐데. 청소는 깨끗이, 새 술은 새 부대에, 라는 속담도 있잖아. 안 그래요, 윤 여사님?"

피에로 씨가 말했다.

"쓸데없는 소리 말고 가만히 좀 있어요. 지금 잡담 시간이 아니라 업무중이니까요."

윤 여사는 부시한 채 타박하곤 나를 바라보았다.

"글쎄요, 자유 하나만 해도 대한민국에 살 가치가 있다고 얘기하는 사람도 많으니까요. 물론 이 자유 자체가 더러운 가짜라고 매도하는 '자유인'도 있지만 말이죠. 북쪽처럼 친일파 발본색원까진 아니더라도 악질들만 골라 배제했더라면 좀 더 아름다운 자유가 확산될 수 있었겠죠. 극우나 극좌가 아닌 중도가 자리잡아 중심을 유지했을 테고요. 과거엔 남쪽에서도 독재 정부에 의해, 그냥 중도적으로 살 수 있는 보통 사람들이 빨갱이나 수구 꼴통으로 억지 조작되어 본성마저 변질된 채 싸우는 아수라판이었으니까요. 음, 그런 면에선 북쪽에도 과오가 분명 있어요. 순혈주의니 뭐니 내세우면서 피비린내나는 권력투쟁과 숙청을 통해 극단적 과격파만 살아남고 온건 중도파는 죄다 괴멸되고 말았으니까요. 박쥐, 변절자, 멍청이 등으로 폄하되고 누명 쓴 수많은 사람들……. 사실은 극좌파와 극우 꼴통들이야말로 아집에 가득 찬 기회주의자이자 백치 천치 같은 바보 멍청이가 아닌가 싶을 지경이에요. 그들은 통일의 걸림돌이라 생각돼요. 그들의 마음이 순화되어 참된 진보와 보수, 참된 자본주의자와 공산주의자로 거듭나지 않는다면, 설령 통일이 되더라도 또다시 분란의 불씨가 되지 않을까 걱정이에요."

"현실 상황이 원래 온건하던 사람들을 그렇게 만들어 놓지 않았을까요? 옥토에서 피어난 국화꽃과 사막에 핀 선인장 꽃의 꿈이 다르듯……."

"네?"

"사실 6·25 전쟁 이전까지만 해도 남북간이 그토록 심하게 적대적 혹은 이질적이지는 않았다고 해요. 해방 후 인위적으로 분열이 되긴 했어도 아직은 서로 삼팔선을 넘어 오가기도 했고, 한동안은 태극기와 무궁화가 북조선의 상징이기도 했다더라구요. 그런데 전쟁이 완전한 단절과 적대감을 뿌리 내리게 한 거죠. 남침인지 북침인지, 혹은 미국과 소련의 농간에 우리가 놀아났는지 확실히 모르지만…… 아무튼 전쟁은 우리 국토뿐만 아니라 한민족의 심성마저 반토막으로 갈라놓고 말았어요! 남쪽도 물론 그랬겠죠만, 특히 북조선은 금수강산이 모조리 초토화되었대요. 미군 전투기가 일부러 이중 삼중 무차별 폭격을 퍼부었기 때문이라더군요. 오래된 무기를 소비하기 위한 전략 차원이기도 했대요. 아마 남한 사람들은 잘 모를 거야요, 그 비극을. 미군은 북조선뿐 아니라 남한에서도 노근리 등지에서 비인간적인 만행을 저질렀잖아요. 북조선 인민들은 뼈에 사무친 그 악몽을 잊을 수가 없는 거예요. 그래서 미국과 미군을 철천지 원수로 생각하며, 그동안 똘마니 노릇이나 해온 남조선 정부를 제정신 잊은 꼭두각시로 깔보는 거죠. 아무튼 전쟁이 중지되어 휴전 상태로 고착된 이후 북조선 인민들은 혼을 불태워 민족의 원쑤들로부터 진정으로 해방된 자주적인 나라를 건설키 위해 매진했죠. 그 험난한 과정과 눈물겨운 결과에 대해 인민들은 엄청난 자부심을 갖고 있는 거예요. 남한 사람들은 인정하지 않겠지만……. 남한에서도 이른바 한강의 기적을 이루어낸 세대들은 대단히 자랑스러워하잖아요. 북조선 인민 중에도 요즘은 한강의 기적을 많이들 부러워하지만, 아직도 사꾸라 사이비 기적이라 폄하하면서 대동강의 기적이야말로 진짜 기적이라고 믿는 사람들이 많아요. 그게 지도층의 세뇌에 의한 맹신인지 각성된 자기 신념인지 한 마디로 단정할 순 없지만……."

 기록에 의하면, 미군의 화력은 북한으로 진군한 시기에 기염을 토하듯 작열했다. 1950년 가을 무렵부터 미군 전투기는 푸른 하늘을 종횡무진 날며 무차별 융단폭격을 퍼부었다. 평양, 은률, 송화, 사리원, 남포, 안악, 원산, 해주 등 북한의 전지역이 초토화되었다. 산업시설과 집이 대부분 파괴당하고 순수 양민만 1백만 명쯤 목숨을 잃거나 중상을 당했다.

 특히 황해도 신천에서 자행된 양민 학살사건은 전세계인의 주목과 지탄을 받았다. 미군은 그곳을 점령한 후, 남녀노소를 가리지 않고 마구 학살하고 어린 소녀들까지 성폭행해 국제사회로부터 '아름다운 베일을 쓴 악마'라는 욕을 들었다. 1950년 10월 중순부터 12월 초순까지 약 50일 동안 그곳을 장악한 미군은 당시 신천군 전체 인구 15만여 명 중 3분의 1에 가까운 4만여 명을 살해하고 부녀자들을 마구잡이로 강간했다. 특히나 원암리 화약창고에 모두 5백여 명의 어머니와 어린이들을 가둬둔 채 불로 태워 죽인 끔찍스런 사건은 북한 사람뿐만 아니라 전세계인의 머릿속에 자유와 평화를 외쳐대는 미국의 악마성을 각인시켜 주었다.

북한에서 민간인들의 피해가 막심했던 건 미군의 무차별 폭격 때문이었다. 북한 전역에 투하된 포탄의 수는 1평방 킬로미터당 30여 개였다. 뭇 생명이 살아 숨쉬는 땅에 미군은 마치 남아도는 재래식 무기를 바겐세일하듯 마구 퍼부어대 폐허로 만들어 버렸다.

"아, 왜 그래야만 했을까? 천공에서 내려다보면 작은 지구라지만…… 미국과 조선 땅은 아득한 딴 세상인데 어느 전생에 무슨 악연이 있길래 서로 이런 추악한 꼴을…… 아! 제발, 제발 그만둬…… 혹시…… 빨갱이를 때려잡는다는 위대한 터미네이터의 사명감이 있었는지 모르지만…… 그것보다는 한국 사람 자체를 모기나 벼룩처럼 취급한 게 아닐까 몰라……."

윤 여사가 중얼거렸다. 무슨 슬픔 꿈을 꾸는지 눈시울로 눈물 한 방울이 돋아 반짝이다가 뺨을 굴러 내렸다. 진정시키듯 내가 말했다.

"민중들의 힘은 남북이 똑같다고 할 수 있겠군요. 서로 비방하기보다 인정하고 축복하면 얼마나 좋을까요. 아, 이런 시기에 진정 위대한 지도

자가 나온다면 통일뿐 아니라 한민족의 웅비를 볼 수 있을 텐데 말예요."

"글쎄요."

"얘기 들으니 윤 여사님은 대학을 다니셨다던데…… 김일성 대학에 관해 좀 들려 주세요."

"특별한 곳이죠. 서울대처럼 공부만 잘한다고 들어가는 데가 아니고 핏줄이 좋아야 해요. 졸업하면 북조선의 최고급 인간으로 대우받지만, 서울대생보다 더 자부심과 아집은 심한 편이죠."

"수업 내용은 좋은가요?"

"서울대처럼 자기들이 최고 수준이라 생각하죠. 하지만 세계의 대학과 비교하면 문제가 많을 걸요. 우물 속 개구리예요. 김일성 주체사상에 대한 내용이 수업의 30퍼센트 이상을 차지한대요. 이건 물론 북조선의 모든 학교 교과과정에 해당되는 사항이지만요."

"서울대도 타산지석 삼아 반성을 많이 해야 돼."

피에로 씨가 불쑥 한마디 했다. 윤여사의 대꾸가 없자 그는 말을 이었다.

"흠, 두 쪽 다 정말이지 문제야. 한쪽에서는 주체사상으로 유아 때부터 세뇌 교육을 시키고 대학에 가서도 그걸 계속 골빠지도록 공부하지 않으면 안 된다구? 도대체 어디에 필요하단 말인가! 오히려 두뇌에 해악을 끼치는 쓰잘데없는 짓이 아닌지 묻고 싶군. 그럼 남반부의 현실은 과연 어떠한가? 유치원 때부터 영어 교육을 시작해 대학 졸업 후까지 싱싱한 뇌를 혹사하고 있는 상황은 마찬가지다. 그렇다고 영어를 쏼라쏼라 제대로 구사해 한미회담에서 이익을 잘 챙기는 것도 아니고, 주체사상으로 국제 무대에서 노벨상을 받는 것도 아니구 말야. 둘 다 한심해! 영어든 주체사상이든 필요한 사람만 열심히 공부하게 하고 다른 사람은 자유롭게 해방시켜라!"

흥분하여 침을 튀기는 피에로 씨를 진정시키며 내가 말했다.

"그럼요. 반성해야죠. 우상화 교육을 없애고 비효율적인 영어 교육을 개선해 참다운 인간 생활 교육으로 전환해야겠지요. 하지만 워낙 고질병이라 통일되기 전엔 고쳐질지 어떨지……."

"흥……."

나는 윤 여사를 향했다.

"수기파일에서 탈북 후 한국 사회에 정착하기까지의 얘기는 많이 봤는데…… 구체적으로 좀 들려 주셨으면 좋겠어요. 아무래도 소설 작업하는 데 유리하거든요."

"아, 그래요? 그럼 잠깐 기다리세요."

그녀는 일어나서 직원들이 업무를 보고 있는 곳으로 걸어갔다. 정황을 보니 아마 자기 대신 다른 사람을 보내려는 모양이었다. 이왕이면 눈이 별빛처럼 반짝이던 그 아가씨가 오길 내심 바랐으나 좀 나이 들어 보이는 아주머니가 다가와 앉았다.

"뭐든 물어 보시라요. 성심껏 대답할 테니까네."

"탈북 후에 남쪽으로 직접 내려오는 경우는 거의 없죠?"

"그러문요. 대부분 제3국을 통해 들어오는데 중국 쪽 루트를 가장 많이 이용합네다레."

"입국 후엔 어떻게 되나요?"

"국정원 등등 공안 관계 기관에서 두세 달 동안 철저히 조사를 받수다레."

"힘들겠군요?"

"비교적 잘 대해 줍네다. 본인이 솔직한 만큼 대우받는 편이랄까? 북조선 보위부 같은 데하구 천지 차이지라우."

"혹시 간첩 취급은 받지 않으셨어요?"

"호홋, 남북이 동족이면서두 적이라는 비극적인 관계상 그런 색안경으로 바라보지라우. 슬피기도 합네다. 신상명세와 인생살이에 대해 시시콜콜 몇 번씩이나 반복해서 털어놓다가 보면, 문득 나라는 사람 자체가 하얗게 바래어 버리는 느낌이 들기도 하더라우."

"그 다음엔 하나원으로 들어가나요?"

"잘 아수다레. 거기서 6개월 정도 교육을 받으면스리 대한민국에서 살아갈 준비를 갖추는 거야요."

"구체적으로 어떤 교육을 받죠?"

"뭐 심리 치료 시간, 진로 지도 시간, 한국 사회에 대한 교육 등이 있쥬."

"어려운 점은 없었나요?"

"왜 없겠슴둥. 많습메. 우선 한국 사람이 동포가 아니라 웬 외국인이나 외계인 마냥 느껴진다는 사실입네다. 왜 웃음둥? 그리 징그럽게스리 웃지 말라우요. 저 아저씬 언뜻 보면 꼭 영화에 나오는 외계인 같수다레. 좀 진실하게 살아보시라요."

탈북민 아주머니가 피에로 씨를 향해 말했다.
"남쪽이든 북쪽이든 세상은 연극 무대가 아닐까요?"
피에로 씨가 대꾸했다.
"배우라먼 그리 생각할 수도 있겠쥬만……."
"아짐씨야말로 착각 마시우. 배우들이 영화 속에서는 짐짓 멋지고 낭만스레 연기를 해도, 현실에서는 얼마나 영악하고 진짜 외계인처럼 사는지 모르시는구먼."
"실없는 소리 그만하시라요."
나는 탁자 위의 찻잔을 들어 한 모금 마셨다.
"아까 얘기로 돌아가죠. 물론 분단 이후 오랜 세월 동안 서로 많이 달라졌겠지만…… 제가 볼 땐 북한 분들이 외국인만큼이나 멀리 느껴지진 않는데, 왜 남한 사람들이 외계인 같아 보였는지요?"
내가 말했다.
"글쎄, 뭐랄까……. 한 가지 예를 들어, 자유로움은 좋지만서두 너무 지나치니까네 방종스러워 보이는 면도 있습데다. 물론 자유가 없는 것보단 낫겠지만서리 어느 정도 절제의 미덕이란 것두 있으니깐두루……. 거 왜 유명하신 도올 선생님두 참된 자유의 가치는 방종이 아니라 자율에 있다고 강조하시더만요."
"그게 참 쉬운 일은 아니죠."
"그리구 역사에 대한 견해가 너무 달라서리 머릿골 속이 뱅뱅 돈다니깐유. 내가 진짜 세상에 살고 있나, 허공 땅바닥을 딛고 서 있나 막 헷갈리기두 하구……."

"아마 세뇌가 풀리는 과정일 테니 걱정 붙들어 매시라우요."

피에로 씨가 우스개 투로 말했다.

"우린 어려서부터 종교는 사람을 세뇌시켜서리 잡아먹는 마귀라고 배웠는데, 이 한국 땅엔 무슨 종교가 그리두 많은지 원……. 특히나 교회는 너무 크고 너무 많아서리 배꼽이 배보다 커다란 느낌을 주더래요."

"나처럼 교회 안 나가고 마음속에 신을 모시는 사람도 있다우. 스트레이트로 하나님과 컨택하는 거죠. 예스 아이 캔!"

피에로 씨의 너스레에 탈북 여인이 말했다.

"보시라요, 꼭 외계인 말 같아서리 알아묵질 못 헌다니까네. 웬 꼬부랑 영어는 그리도 많이 쓰는지 몰러. 우리말로 해도 겨우 알아챌둥 말둥한데……."

"고향 떠난 덕분에 말 고생 좀 하시겠네요."

"그러게 말예요. 이젠 죽도 밥도 아닌 짬뽕 말투가 돼 버렸당게요."

"하하."

"호호."

"하나원에서 나온 후엔 어떻게 되나요?"

"새 사회에 적응키 위한 홀로서기가 시작되는 거이쥬. 공산주의 나무에서 자본주의 나무로!"

"나무는 어디에 심어도 생명의 나무로 자라겠죠."

"사람은 나무가 아니라서 그런지 여러 가지로 문제가 많슴메."

"그렇겠죠. 나무 또한 토양이 바뀌면 말라 죽을 수도 있으니까요."

"실제로 낙오해서리 고향 땅으루 되돌아가고파 하는 사람도 있다우."

"지옥에서 탈출해 내려왔다가 다시 지옥으로 가겠다는 건 여기가 지옥보다 더 어렵다는 얘긴가? 하기사 여기서 태어나 자란 사람도 괴로운 나머지 스스로 목숨을 끊기도 하는 세상이니까."

피에로 씨가 한 마디 하곤 한숨을 푹 내쉬었다.

"꼭 그렇지만은 않슴다. 본인 자신에게 해로운 결함을 못 고치는 경우도 있으니 말입네."

"여러 가지 지원도 해주죠?"

"네. 일단 대한민국 국민으로 주민등록이 되고 나면 공공임대 주택을 알선해 주고 직업훈련을 시켜 취업도 주선해 줍네다. 정착 지원금이라구 해서 몇천만 원을 받고, 사회 배출금 6개월간은 생계비가 지원됩네다. 그 이후엔 자활사업 같은 일에 참여해야 되지우. 청소년인 경우엔 한겨레 학교라는 곳에서 공부하게 된다우. 우리 아들내미두 거길 다닙네다. 그런데 고맙긴 하면서리 좀 획일적으루 대충대충 때워 넘긴다는 불만도 없잖아 있수다레."

"그건 꿀꺽 삼겨 버리슈. 한국 학교 학생들도 개판 오분 전이라고들 하니깐요."

피에로 씨의 비평이었다.

"그런데…… 북한에서 탈출해 내려오셨는데, 혹시 보복에 대한 두려움은 없으세요?"

"왜 없갔시요. 허지만 바로 여기 한국 사회에서 겪어 넘기는 무섬증 같은 것 땜에 북조선 간첩의 독침 따윈 저절로 잊어버리게 됩네. 호훗, 고건 농담이구 경찰 분들께서 5년 동안 신변 보호를 해주시긴 함다그레."

"그럼 마지막으로…… 이곳 남한에서 생활하는 데 어려움은? 주위에서 들은 얘기까지 합쳐 두루 들려 주세요."

"여러 가지가 있슴당만, 남한 사람의 색안경도 그 중 하나임다. 호기심이 지나쳐 사생활에 대해 꼬치꼬치 캐물으면, 티브이에 나오는 유명짜한 사람들은 모르겠지만, 우리 같은 평범한 인간들은 가시 바늘에 마음을 콕콕 찌리는 것 같디요. 심지어 탈북민을 마치 빌어먹으려 내려온 거렁뱅이 취급하는 잘난 사람까지 있슴당. 호호, 게사니가 웃을 일이디요."

그녀의 얼굴은 슬픈 표정을 짓고 있었다.

"게사니가 뭐죠?"

"거위를 북에선 그렇게 부름다."

"아, 그렇군요. 그런데 거지 취급한다는 게 에나인가요?"

"엥? 에나가 뭡까?"

"제 고향인 경상도 진주에서만 쓰는 말인데요, 진짜 또는 참말이란 뜻이랍니다. 사실 혹은 진실이랄까요."

"진짜 정말 북한 사투리보다 더 희한한 말이로군. 거렁뱅이란 소리가 에나가?"

피에로 씨가 아주머니를 보며 농담조로 말했다.

"간혹 그런 사람도 있더란 얘기디요 뭐. 그럴 때면 고향이 그리워 피울음이 나오고, 그 지옥 바닥에 남은 가족들이 걱정스러워 밤잠을 설친답네다."

"아, 도대체 누구 때문에…… 무엇 때문에 통일이 안 된단 말인가?"

피에로 씨가 영탄조로 읊조렸다.

"거의 80여 년 동안 남북의 온 민중이 가슴속으로 물어 온 대답 없는 질문……. 탈북민들께서 통일의 마중물 역할을 해 주시길 바랍니다. 말씀 감사합니다."

나는 인사를 한 후 자리에서 일어났다. 윤 여사가 다시 와서 배웅해 주었다. 그런데 눈빛이 초롱초롱 반짝이던 아가씨는 종내 보이지 않았다. 대놓고 물어볼 수도 없는 노릇이라 아쉬움을 삼키며 문 밖으로 나섰다. 피에로 씨 또한 헛기침이나 하며 절뚝절뚝 따라왔다.

죄 없는 노래

가을 바람이 상쾌했다. 계절의 순환이 가슴속으로부터 느껴졌다.

모창을 벗어나 자기 나름의 노래를 부르려 시도하는 가수는 기를 쓰고 애쓰는 모양이었다. 한동안 바삐 나돌더니 언제부턴가 잘 보이지도 않았다.

어느 날 불현듯 나타나 시디 하나를 내밀었을 땐 알아보지도 못할 정도였다. 통통하던 얼굴의 살이 쏙 빠지고 창백했으며 눈은 퀭하니 커 보였다. 그러면서도 입가엔 미소가 감돌았다. 마침 그때 나는 급한 일로 밤 열차를 타러 나가야 했으므로 겨우 인사만 나눈 채 헤어지고 말았다.

그런 지 보름쯤 후 문득 식당에 켜둔 티비 화면에서 그가 노래 부르는 모습을 보게 됐다. 그야말로 열창이었다. 모창 가수로서 그동안 겪은 설움을 스스로에게 보상하듯 영혼이 담긴 혼신의 목소리였다. 땀인지 눈물인지 한 방울 볼을 굴러 떨어졌다.

통일은 대박, 통일은 쪽박
도무지 알 수가 없네요
너와 나의 사랑이 행복일지
슬픔의 씨앗을 잉태할지
압록강의 물결은 사시장철 흘러

처녀의 꿈을 적셔 주건만
남풍은 대답 없이 불기만 하네

분단은 대박, 분단은 쪽박
그 누가 손금 보듯 알 수 있을까요?
애증의 쌍곡선이 어디로 흘러갈지
삼팔선 철조망, DMZ의 풀꽃
무정한 세월만 흐르는데
한강변 거니는 총각은 짝 잃은 파랑새
북풍은 한숨 싣고 불어대네요~

  내 손으로 써 준 가사인데도 왠지 퍽 생소한 느낌이었다. 아마 그가 혼이 깃든 목소리로 승화시켰기 때문이 아닌가 싶었다. 노래가 끝나자 식당 홀에 있던 사람들이 환호성을 울리며 박수를 쳤다. 내가 무지개 식당의 하숙생인 아무개 씨라고 소개했으나 그들은 전혀 믿으려 들지 않았다. 일주일쯤 지난 후에야 차츰 화제에 오르기 시작했다.
  "희한스런 일이야. 등잔불 밑이 어둡다지만 보석이 숨어 있을 줄이야 몰랐어. 싸인이나 하나 받아 놓을걸."
  "그런 유의 가사는 사실 좀 별론데 가창력 때문에 뜨고 있는 거지."
  "왜, 가사도 꽤 재미있더만."
  "아무튼 통일에 대한 관심도 고조되고 있대. 찬반 논쟁도 마찬가지고 말야."
  "하하, 대박이 날 수도 있겠어."
  나 역시 성공하길 바랐다. 노래 한 곡이 그런 반향을 불러일으킨다면 차라리 팔리지도 않는 소설 따위 버리고 전업하는 게 어떨까 싶은 생각이 슬그머니 들었다. 그건 농담일지언정 속으로 은근히 제2탄인 '잃어버린 만주 벌판'에 대한 구상을 해본 건 사실이었다. 하지만 그건 꿈 혹은 잠재의식 속에 넣어두어야 했다.

그로부터 얼마 후 우리의 주인공인 가수가 하숙집에 나타났다. 헌데 웬일인지 얼굴이 썩 밝지 못했다. 허탈한 표정이었다. 짐짓 웃으려고 시도해 보건만 씁쓸한 조소로 변해 버렸다. 그를 알아보고 반가워하며 사인을 한 장 부탁하려던 사람들도 곧 무르춤해졌다. 뭔가 할말이 있는 것만 같아서 나는 그를 데리고 비교적 조용한 내 방으로 올라갔다.

"무슨 일이 있어요? 우선 좀 앉으세요."

"술 한잔 하실래요."

그는 코트 주머니에서 봉지를 꺼냈다. 소주와 오징어포가 들어 있었다. 나는 방바닥에 신문지를 펴고 귤 몇 개를 내놓았다.

"자, 좋은 일이든 나쁜 일이든 일단 한잔 쭉 들죠. 인생은 어차피 희비 쌍곡선이니까요."

내가 말했다. 우리는 건배를 한 후 소주를 마셨다.

"흐흐, 건배사 때문인지 술맛이 나는군요."

그가 말하곤 자조적으로 웃었다. 그리고 덧붙였다.

"희비 쌍곡선……. 딱 말 그대로군요. 허헛……."

"네?"

"아, 일장춘몽 같은 기분이에요."

가수는 또 술을 한잔 쭉 들이켰다.

"궁금하니 얘기해 보세요."

그는 한숨을 푹 쉬고 나서 사연을 꺼냈다.

"말 그대로 필사적인 각오를 하고 시작했지요. 나 자신을 죽여야만 살 수 있다! 사실 그동안 겸손한 척했지만…… 아니, 실제로 그렇다고 생각했지만…… 알고 보니 아집과 아견 그리고 자만심이 독사처럼 마음속에 또아리를 틀고 숨어 있었더라구요. 사람들 또한 모창 가수는 오리지널 가수에 비해 자만심이 없으리라고 지레짐작하겠지만, 보이지 않는 잠재의식 속에서는 오히려 더 심하지 않을까 싶어요. 참된 실력으로부터 우러나온 자존감이 아닌 제 잘나빠진 자만심, 바로 그것 때문에 모창가수 신세로 쓰라린 세월을 보내지 않았을까 하는 생각……. 그래서 내심 결심했지요. 다 내려놓고 시작하자! 내가 죽었다고 여기고 한번 해보자고……. 사실 때때로 죽어 버리고 싶을 때가 가끔 있었거든요. 귀뚜라미나 참새마저 꾸미지 않은 제 목소리로 노래하지 않는가. 생명의 울음이 없는 난 매미보다 못하다. 내가 그동안 인기 가수를 모방한 건 나 자신의 주제가 없기 때문이 아니었겠는가? 그렇다! 아집이나 자만심이 아니라 인생과 세상사에 대한 생생한 주제가 필요하다. 나에게 주어진 삶을 노래하자, 겸허하고 무심한 마음으로 저 낙엽에게 배우며 살자! 그런데 아이러니컬하게도 내가 죽었다고 생각하자 서서히 속에서 뭔가 꿈틀거리며 올라오기 시작하더군요. 울컥하는 심정으로 목을 놓아 통곡했어요. 작곡가 선생님은 그게 진짜 생명력이라고 말씀하시더군요. 가짜 자기가 아닌 진짜 자기의 울음……."

그는 술을 꿀꺽 마셨다.

"나도 듣고 다른 하숙인들도 듣곤 좋아했어요. 영혼의 절규라고 감동 먹었죠."

"……"

"왜 무슨 일이 있었나요? 그런 모양이군요."

"네. 엊그제 방송에 출연할 예정이었는데 갑자기 석연찮게 취소되고 말았어요. 그리구 노래도 금지당했는지 전혀 나오지 않아요."

"그러고 보니 한 며칠 못 들어본 것 같네요. 대체 뭔 일이죠?"

"혹시 문화 예술인 블랙리스트라고 모르세요?"

"알긴 알죠. 그럼 혹시……?"

"아마 거기 찍힌 것 같다고 하더라고요."

"허 참……."

나는 더 말이 나오지 않았다. 자기네 정권의 입맛에 맞지 않는다고 해서 요즘 같은 대명천지에 검은 살생부를 만들어 예술가들의 창조성을 얽어 맨다는 건 상식 이하의 폭거였다. 그런 아이디어를 누가 제안하고 누가 허가했는지는 잘 모르지만, 난 그 무렵부터 우리 여대통령이 살짝 미치지 않았는지 의심했었다.

아마 애초엔 수하의 똘마니들이 권력적 횡포로 벌인 짓이었겠으나, 문화 예술인들이 차가운 거리로 나서서 부르르 떨며 부당성을 외치는데도 일언반구 없는 채 계속 밀어붙였다는 건 그녀의 의도가 투영된 '정책'임을 충분히 짐작할 수 있다. 아버지 박통으로부터 배운 방법이었는지 모른다. 고(古) 박통 또한 1960~70년대 독재 시절에 자기 입맛을 거스르는 문화 예술인들은 억누르고 투옥했으며 심지어 죽이기까지 했다. 그에 비하면 가볍다고 생각했던 것일까? 그 당시 수많은 대중 가수와 민중 가수들이 불온스런 노래를 부른다는 죄목으로 이른바 대마초 사건에 얽어 매여 연예계로부터 퇴출당했었다. 금지곡 혹은 불온 가수라는 빨간 딱지가 붙는 순간 더 이상 예술 활동을 할 수가 없는 비극 시대였다.

"혹시 노래 가사 때문인가?"

술잔을 손에 든 가수가 독백처럼 말했다.

"글쎄, 그럴까요?"

나는 속으로 가사를 가만히 되새겨 보았다.

"통일이나 분단을 대박 또는 쪽박으로 표현해서……."

가수는 유리잔을 꽉 쥐며 한숨을 내쉬었다.

"여대통령께서 대박이라고 공언했는데 쪽박이라 노래한다고 삐졌을까?"

나는 혼잣말로 중얼거렸다.

"그럴지도 몰라요. 정말 어이가 없어서……."

그는 눈썹을 잔뜩 찌푸린 채 또 술을 마셨다. 그 심정을 이해할 수 있을 듯했다.

"가사를 쓸 때 불찰이 좀 있었는지 몰라도, 난 그냥 사실대로 썼을 뿐이에요. 통일이 대박이 될지 쪽박이 될지, 분단 상태가 쪽박인지 대박인지 누구도 확실히 모르니까요. 그래서 국민들도 속으로 많이 혼란스러워하고 있고 말예요. 노래를 듣기도 하고 부르기도 하면서 한번 생각해 보자는 것뿐인데……."

"맞아요. 작곡가 선생님도 가사가 재미있다면서 흔쾌히 착수하신 거예요. 쉽게 곡을 주시는 분이 아닌데……."

"자, 속풀이 술이나 한잔 쭉 마십시다. 오랫동안 꿈꾸어 온 일이라 저보다 훨씬 마음이 쓰리고 답답하시겠지만 여기서 포기할 필요는 없으니까요. 다른 방법을 찾아보면 분명 있을 거예요. 가왕 조용필 씨도 옛날 박통 시절에 억울하게 대마초 가수로 낙인 찍혀 방황의 위기를 맞았지만, 좌절하지 않고 슬기롭게 노력해 한 차원 높은 새로운 노래의 세계를 열었다잖아요."

"그동안 밑바닥을 실컷 기어 본 것도 이럴 땐 좀 도움이 되는 것도 같네요. 그래도 이 소주 한 잔에 섞인 얘기가 없었다면 꽤 씁쓸했을 거예요."

우리는 건배를 하곤 깊어 가는 밤의 바람 소리를 들으며 인생담을 나누었다.

여대통령은 날이 갈수록 어딘지 모르게 점점 더 이상스러운 낌새를 보이고 있었다. 그 실상이 뭔지는 흑막 속에 가려져 있었기 때문에 아직 잘 알 수가 없었다. 일반 국민들의 가슴속에 의혹이 싹튼 이유는, 정치를 잘 하지 못해서라기보다 그녀의 모습이 상상 외로 변해 갔기 때문이었다. 불과 얼마 전의 대통령 선거 유세 당시 보여 줬던 미숙하나마 일면 강직스러워 보인 기색은 어딘가로 사라져 버린 채 생동적인 맥이 전혀 느껴지지 않았다. 마치 누군가의 조종을 받는 인형처럼, 그녀 자신의 본래 정체성이 희미해져 가는 듯싶었다. 얼굴도 언행도 왠지 모르게 바뀌어 국민들은 차츰 의아스러워했다. 비판자와 중도적인 국민들뿐만 아니라 열혈 지지자들마저 고개를 갸웃거릴 정도였다. 문고리 3인방이니 특수 종교인이니 자매 친구 멘토니 뭐니 하며 나날이 의혹의 그림자는 점점 짙어졌건만 정신차려 국정을 바로잡을 만한 소위 '우주적 초능력'은 발휘하지 못했다. 통일 대박이란 캐치프레이즈도 누군가 흑막 뒤에서 지시해 주는 게 아닐까 하는 의구심이 들었다.

지금 여기서 대한민국 최초의 여대통령을 욕하려는 건 아니다. 오히려 가엾다는 생각이 든다. 능력이 안 되는 사람을 부추겨 정치판으로 끌고 나온 자들, 아버지 박통의 후광에 눈이 먼 채 투표로 딸을 대통령으로 뽑아 준 유권자들에게 더 큰 책임이 있는지도 모른다. 북한의 3대 부자간 세습을 가장 비난하고 욕하던 사람들이 아마 박통 부녀에게 가장 많은 표를 주었을 듯싶은데, 뭔가 배울 게 있다고 생각해서 그랬는지 혹은 다른 까닭이 있었는지 궁금한 노릇이다.

그 무렵엔 웬일인지 통일 대박론도 슬그머니 꼬리를 감춰 버렸다. 국정은 난장판이었고 나라의 앞날은 오리무중 상태였다. 집안 단속하기도 어려운 판국이라 통일 운운하기는 먼 세상 얘기일 터였다. 어차피 애시당초 통일은 그들의 노리개가 아님이 드러났다.

다시 한 번 강조하지만 통일이란 그 따위 권력자 모리배들의 뒷거래 이득이 아니라 우리 민중의 몫이다. 통일을 통해 뭔가 고차원의 이익을 얻으려 한다면(즉 특별한 가진 자들만의 욕망 추구), 설사 결합되더라도 반목으로 인한 쟁투가 심하지 않을까 싶다. 우리가 이미 너무나 많이 경험해 보지 않았던가! 담백한 심정으로 흐르고 흘러 두물머리 세물머리에서 합쳐 바다를 향해 달려가는 강물처럼 남북의 민중들이 바로 통일 주역

이 되어야 한다. 자기네들이 물(국민) 위에 떠 가는 배라고 비유하는 정치꾼들의 자만을 뒤집어엎고 우리 스스로 물꼬를 터 만나기 위해서 무엇을 할 것인지 고민해야 할 시기이다. 민중의 가슴엔 통일 염원이 늘 한강과 대동강처럼 흐르건만, 제 잘난 위정자들은 사리사욕을 챙기기 위해 거기에 철조망을 치고 있다. 피 흘리는 반쪽짜리 가슴이(더 나아가 반쪽짜리 머리가) 글로벌 시대를 살아가는 남북 코리아(그리고 민중들)의 현실이다. 반쪽 가슴과 머리로 참 대단한 기적 같은 업적을 이루어 왔지만 문제점이 많았던 것도 사실이다. 그건 정체된 위험스런 앙금처럼 우리의 내부에 쌓여 있다.

통일은 그런 식이 아니라 좀 더디고 어려울지언정 샛된 길보다 정도를 택해야 한다. 어둠보다는 밝음 속에서, 억지보다는 자연스럽게, 무력 정복보다는 화해 협력을 통해 가시밭길을 한 걸음씩 넘어가야 하는 것이다.

그런 한편 우리는 언제 어느 때라도 통일될 수 있다고 생각하며 살아가는 습관을 지녀야만 한다. 내일 모레라도 통일이 닥쳐온다는 생각, 한발짝 더 나가 오늘 당장 통일이 되었다고 상상하며 살아보는 것도 이익이 되었으면 되었지 결코 쓸데없는 짓은 아니리라. 과연 어떤 방식일지는 누구도 모른다. 어느 날 갑자기 북조선 체제가 붕괴돼 버릴 수도 있다. 지도층 내부의 권력 암투로 우왕좌왕 급전직하하다가 자멸하든지, 인민 대중들이 궐기해 괴수 족속들을 몰아내고 새롭고 참된 민주 세상을 만들어 삼팔선 철조망 자체를 무용지물이나 평화의 기념물로 변화시킬 수 있다.

다만 북진 통일론은 핵무기와 골수 군대 때문에라도 이제 완전히 폐기처분해 버려야 한다. 지금도 그런 망상을 가진 사람이 있다면 낡은 세뇌에 빠진 상태일 테니 빨리 뇌를 세탁하라고 권하고 싶다. 만일 그런 주장을 하는 자가 정치꾼이라면 히틀러처럼 미쳤거나 국민을 우롱하는 마귀다. 교회 목사님들 중에 그런 무책임한 언사를 남발하는 일이 많은 건 우리 시대의 비애이자 우울의 코미디이다. 아무리 말세라지만 그런 짓을 하기보다 차라리 북한 붕괴시 중국이나 러시아의 개입 문제에 대해 공상해 보는 게 훨씬 유익하지 않으려나 몰라. 그리고 수십 수백만의 난민이 몰려올 텐데 그에 대한 비책을 환상해 보는 것도 상당히 가치 있을 성싶다. 모든 종교인들이 내세의 천국을 몽상하기보다, 북한에 돈을 많이 퍼부어대는 게 싫다는 신도들을 향해 "여러분, 예를 들어 통일하는 데 드는 비용이 100원이라 가정할 때, 분단 상태가 지속될 경우 쏟아 넣어야 하는 비용은 150원이며, 반대로 통일로 인해 우리가 얻는 이익은 장기적 관점으론 1000원을 넘는다는 계산이 나온다고 합니다. 이건 국내뿐만 아니라 외국의 전문가들도 대략 예상하는 액수랍니다."라고 설교하는 게 훨씬 더 빨리 전쟁터인 한반도를 지상천국으로 변화시키는 지름길일 터이다. 제발 부디…….

  통일에 대해서는 여러 가지 방법과 의견이 있겠지만 무엇보다 역사적 인식이 필요하다. 무슨 특별하고 대단한 인식이 아니라, 강물은 삼천리 금수강산 곳곳을 적시며 흘러 한바다로 나간다는 아주 평범한 보편적인 인식이다. 잘 알다시피 역사의식은 과거와 현재와 미래를 편견 없이 연결시켜 바라보는 인간의 능력 중 하나이다. 연결시켜 바라보고 생각한다는 건 무엇인가? 수많은 논리가 있으리라만, 우리 같은 현실적인 생활인의 입장에서 볼 땐, 현재의 모든 이해득실은 과거와 미래의 이해득실과 연관돼 있다는 영악스런 판단이 아닐까 싶다. 사실 이것조차도 아무나 할 수 있는 일은 아니다. 대개의 인간은 자기 눈앞의 이해관계에만 집착하여 과거는 망각하고 미래는 상상하지 않으려 한다. 특히 나쁜 일인 경우엔 독선적으로 재단해 버린다. 그런 경우엔 아집과 편견이 색안경처럼 작용하기 때문에, 오히려 짐승보다 더 못한 판단력으로 허방 구렁텅이에 빠져 절망할 수 있다. 지금 당장은 좋더라도 미래와 과거를 생각지 않고 행동하면 누구나 언제 어디서든 갑자기 구덩이에 빠져 비명 지를 위험이 존재하지 않던가? 그러니만큼 현실적이고 영리한 사람일수록 비록 모든 것은 이어져 있다는 고차원적인 진리의 관점까지 올라가지 않더라도 조금쯤 역사의식을 지니는 게 이해 득실상 훨씬 유리한 것이다.

자, 그럼 통일에 있어서의 역사 인식이란 어떤 것일까? 이제야 고백하지만 사실 불학무식한 나는 잘 모른다. 내가 통일에 대해 소설을 써 보고자 한 건 그냥 너무 답답했기 때문이다. 그러니 독자 여러분께서 읽으며 잘못된 부분은 지도 편달을 하셔야만 우리가 함께 상상으로나마 통일의 꽃을 피울 수가 있으리라.

우리에게 역지사지의 거울이 되는 건 역시 삼국시대가 아닐까 싶다. 조선시대의 당파 싸움도 맛보기 덤으로 끼워 넣어 주련다. 1천여 년 전에 드넓은 대륙은 남에게 빼앗긴 채 이 좁은 한반도를 무대로 한 핏줄 동족끼리 아웅다웅 피 흘리며 싸운 선조님들은 우리를 슬프게 한다. 그 당시에도 분명 한 핏줄끼리 싸우면 안 된다고 주창한 분들이 계셨을 텐데도 사리사욕의 대세에 밀려 쓰디쓴 비애감만 짓씹었으리라. 우리는 술자리에 앉아서 혹은 역사책을 읽으면서 참 아쉽다고 생각하거나 무지몽매한 그분들의 단견을 욕하지만, 정작 우리들 스스로는 장기적 안목을 가지기는커녕 도리어 그런 사람을 싸잡아 비난하기 일쑤다. 구름과 철조망에 가리고 찢긴 우리의 마음이 환한 보름달처럼 온전히 빛날 날은 대체 언제일까?

타산지석 삼아 독일의 경우를 한번 살펴보자. 우리와 비슷한 면도 있고 다른 점도 많다. 공산주의와 자본주의의 이데올로기 차이에 의해 한 민족 한 나라가 동독과 서독으로 분단된 건 비슷하다. 공산주의에도 좋은 점이 있고 자본주의 또한 특장이 있으니 만큼 분단 자체를 지레 나무라긴 어렵다. 다만 그들은 나름대로 자본주의와 공산주의의 최고 수준을 이루어 내기 위해 노력했다.

그런데 우리는 과연 어떤가? 남북 모두 빈부격차와 생존경쟁이 세계 최고 수준인 엉터리 자본주의와 공산주의 사회를 만들어 놓곤 서로 제 잘났다며 아웅다웅 옥신각신하고 있지 않은가? 독일인들은 자기의 이념에 따라 이성적으로 생각하고 행동했지만, 우리 한민족은 때론 광인마저 저리 가라 할 만큼 감정적인 짐승(야수 같달까)으로 변해 서로 목숨줄을 물고 뜯는다. 정이 많은 나머지 애증도 깊다고 말하려거든 벌레나 동물들에게 가서 문의하는 게 나을 성싶다. 아마 그네들의 정은 인간(특히 한국인)보다 훨씬 더 진실하고 순수하리라. 정이 많다는 건 사실상 대부분의 경우 그닥 진정하지 않다. 자기 마음을 스스로 주체하지 못해 벌이는 일장의 희비극일 뿐이다. 매정해지라는 얘기가 아니라 자기 감정을 순화시키는 게 더 아름답다는 뜻이다. 감정의 무분별한 범람은 곧 무정함과 같으며, 순식간에 증오감과 질시 따위로 변해 버릴 위험이 상존한다. 우리 사회도 점차 이성적으로 바뀌어 간다고 하나마 여전히 마음의 앙금 속엔 감정적인 불순물이 또아리를 틀고 있다.

  문득 여기서 이른바 촛불 민심과 태극기 부대 민심에 대해 한번 살펴보고 싶어진다. 그들은 각자 자기네의 주장을 소리 높여 외친다. 서로 자기만 옳고 상대방은 나쁘다고 비난한다. 자신은 양심, 정의감, 인간미, 공동선, 협력, 자주성, 창의성, 이성 등등을 지니고 있으며: 상대방은 거짓, 허위, 아집, 무지, 광신적, 세뇌, 이기심, 의타적, 모방적, 금전의 꿀맛에 꾀어든 하루살이 나방 떨거지라는 말이다. 오직 자기네 파만 진실하고 선량할 뿐 상대는 악마라고 부르짖는다. 청맹과니가 따로 없다! 사실상 앞에 열거한 여러 가지 좋은 점과 나쁜 점은 이 파니 저 파니 따질 것 없이 우리들 모두의 내부에 다 들어 있다고 보는 게 정직할 터이다. 서로 관점이 다를 뿐이며, 스스로 세뇌되거나 정치적 꾼들에게 세뇌된 채, 나의 장점은 풍선이 펑 터질 때까지 최대한 과장하고 남의 좋은 점은 아예 무시해 버린다. 내 단점은 전혀 보지 않고 상대의 나쁜 점만 돋보기로 최대한 확대해 보며 쳐 죽일 놈이라고 공박한다. 자기네 파의 악은 잠재의식 속에 집어넣어 두곤 그걸 모두 상대의 악성 종양인 양 서로 투사하거나 반사시키며 희롱거린다. 즉, 남을 때려죽일 놈이라고 욕하는 건 바로 자기 자신이 그렇게 되길 바라는 것과 같다. 그 사이에서 순수한 어린아이들의 정신은 세뇌당해 세계적인 괴상스런 인형으로 변해 간다. 이것이야말로 분단된 나라에서 살아가야 하는 반쪼가리 의식을 가진 사람들의 비극이다. 마치 청홍색 모자를 쓴 나그네를 보고 서로 착각한 채 싸우는 한 마을 사람들처럼…….

　사실 우리는 오랜 세월 동안 반쪽으로 쪼개진 상황에서 살아왔기 때문에 반쪽을 온전한 모양이라고, 반달을 온달이라고 착각 혹은 자위하는 데 익숙해져 버렸는지도 모른다. 우리 국력이 이만큼 성장했는데도 외국 사람들이 이따금 한국인을 향해 이상야릇한 미개인 쳐다보듯 하는 건 그런 탓이 아닐까? 제 아무리 잘난 사람일지라도 분단국에서 사는 이상 온달 의식을 갖기 어렵다. 생각하고 공상할 순 있을지 몰라도 일상생활에서 실행하긴 지난하다는 얘기다. 정치, 경제, 사회, 문화, 학문, 기타 등등 거의 모든 분야에서 마찬가지이리라.

　남북이 통일되면 물론 여러 가지 어려운 문제들이 생겨나겠지만, 무엇보다 우리들 자신의 진면목을 바로 볼 수 있고, 나아가 남들에게 우리 한민족의 얼굴을 바르게 보여 줄 수 있을 것이다. 반쪽 괴물이 아닌 온전한 우리의 얼굴을…….

　통일의 장단점을 시시콜콜 따지고 앉아 있으면 끝이 없다. 우리 세대의 이해관계에 플러스하여 미래 자손들의 이익도 감안해야 한다. 그것이 바로 역사의식이리라. 당장은 좀 손해보는 감이 있더라도 탱크처럼 밀고 나가야 한다. 불도저처럼 쓰레기를 밀어 치워야 한다. 그 쓰레기는 미 일 중 러 등등 주변 강대국의 외세라기보다 우리들 자신의 내부에 또아리 튼 반쪼가리 고정관념과 외세에 대한 의타심 그리고 사리사욕에 가려 미래를 바로 보지 못하는 눈……. 아, 더 언급해 봤자 무엇하리오. 통일이 현실로서 눈앞에 닥치기 전엔 어차피 별 관심을 갖지 않을 텐데 말이다.

　독일의 경우도 분단 당시엔 이념 차이와 여러 가지 이해관계로 인해 반대 목소리가 많았으며, 흔히 생각하는 것보다 통일 과정이 훨씬 어려웠다고 한다. 하지만 그들은 해냈다. 과연 어떻게?(왜 우리는?) 물론 사리사욕 아닌 조국의 미래를 내다보는 훌륭한 정치가들이 많아서 그랬겠지만, 그 바탕엔 분단 과정과 현실 상황 그리고 앞날에 관해 끊임없이 성찰한 국민들의 역량이 함께 모여 든든한 디딤돌이 돼 주었기 때문이 아닐는지? 우리에겐 그런 정치가들이 없기에 순서를 바꿔 국민들이 먼저 나서서 반석을 쌓아야 한다. 아마 그러면 좋은 정치가들이 우후죽순처럼 나올 수도 있다.

　현재 통일 독일에도 어려운 문제가 많다고 하나마, 다시 분단 시절로 돌아가고 싶어하는 사람은 별로 없다고 한다. 반쪼가리 아닌 그들의 온전한 얼굴은 전세계인들에게 미소를 던져 주었고, 덕분에 브랜드 가치는 훨씬 높아졌다. 만약 남북한이 통일된다면, 상황이 무척 어려웠던 만큼, 한층 더 온 세상의 주목을 받을 뿐만 아니라 평화의 빛이 되고 나아가 중심적인 위치가 될 것이다.(여기서 마침표보다 느낌표를 하나 찍고 싶으나, 여러분이 한결 현명하게 판단한 터이므로 더 이상 강조하지 않겠다!!)

　통일 대박론은 좋다. 다만 북진 흡수 통일이 아니라 평화공존 통일이어야만 진정한 대박론이 될 것이다.

소망 없는 시대

계절답지 않게 차갑고 스산한 바람이 불어대는 날이었다. 피에로 씨가 잔뜩 우거지상을 지은 채 들어왔다. 평소 같지 않게 맥이 빠져 보였다.

"왜 그러세요?"

"뭐가?"

"기운이 없어도 있는 척 공상을 하면 힘이 생긴다면서요."

"로봇도 아닌 사람이 늘 그럴 수야 있겠나. 더군다나 먹고 사는 일 따위가 아니고 로맨스에 멍이 들었는데……."

"글쎄, 무슨 일인데요?"

피에로 씨는 한숨을 푹 내쉬었다.

"윤 여사가 절교 선언을 하잖아. 고귀한 사랑을 그렇게 일방적으루 매정스레 짓뭉개 버리다니……."

"아니, 서로 사귀지도 않았는데 뭔 로맨스니 절교니 그래요."

"무슨 소리야! 참사랑이란 내 마음속의 님을 애절히 그리워하는 것 아니겠어?"

"그건 짝사랑이나 외사랑이지 무슨 참사랑이에요."

"마음이 아파. 너무 잔인하게 말하지 말아줘."

"알았어요. 사랑이라고 치죠 뭐. 그런데 왜 뭔 일이 있었어요?"

"나 참 기가 막혀서……. 그 사꾸라 교주 영감탱이가 기어이 사고를 치고 말았지 뭐야."

"네?"

"탈북녀들에게 사기를 쳐서 돈을 읊어 먹었다잖아."

"그 사람들에게 무슨 돈이 있다고 그래요."

"정부에서 주는 정착 지원금이나 생활 보조금 따위겠지 뭐. 원 참, 차라리 벼룩 간을 빼먹는 게 낫지. 그 피 같은 것을 다 노리다니."

"대체 어떻게 그랬대요?"

"글쎄 뭐, 북한에 있다는 조상 땅 문서를 내고 수작을 부렸던가 봐. 아마 거기다 사이비 종교수법을 가미했겠지."

"그래서 어찌 됐어요?"

"붙잡혀서 감방에 들어가 있다더군. 영감탱이가 소식이 감감하더니만 결국 그 꼴이라니……."

"윤 여사 사무실에 있는 여자를 그랬대요?"

"그건 아니고, 소개를 받고 받아 이리저리 거미줄을 쳐서는 그랬다는데…… 윤 여사인지 뭔지 고 얄미운 계집애는 괜히 애꿎게 나만 달달 볶아대잖아. 이제 다시는 오지도 말래. 아, 쓸쓸하고 억울해."

그는 볼멘소리를 냈다.

"같이 어울려 다니니까 한패로 생각했나 보죠."

"말도 안 돼! 나야 성공학과 통일철학을 통해 어디까지나 우리 나라와 탈북민들에게 획기적인 도움이 되길 바랄 뿐 그런 짓거리는 아예 안 하지. 아! 그녀와 나의 사랑이 이루어져 남남북녀끼리 결혼해…… 통일된 나라에서 살면서 예쁘고 튼튼한 아이를 낳아 키운다면 얼마나 좋을까!"
 피에로 씨는 가슴속의 갈망을 영탄조로 내뱉으며 긴 한숨을 쉬었다.

 북한에서는 영변의 어느 지하굴에서 또다시 핵실험을 하고 동해를 향해 장거리 미사일을 쏘아 올렸다는 뉴스가 전해졌다.
 백악관과 청와대 그리고 대체로 보수적인 언론들은 북한을 비난하며 제재를 더욱 강화해야 한다고 주장했다.
 나로서는 사실 그닥 큰 관심이 없었다. 짜고 치는 고스톱처럼 반복되는 짓거리에 신물이 났던 것이다. 오히려 금수강산이 망가지고 오염되는 게 새삼 안타까울 뿐이었다. 양변의 약산 진달래는 소월의 시로 유명하지만, 원래부터 그 꽃빛이 유난히 선명하고 생생해 보는 사람의 찬탄을 불러일으킨다고 한다. 그 아름다움을 한번 구경해 보기도 전에 핵물질에 오염돼 버린다면 평생 마음속의 한이 될 듯싶었다. 그리고 동해가 아무리 넓고 깊다지만 자꾸 악성 쇳덩이를 쏴질러 넣는다면 어떤 후유증이 생길지 걱정스러웠다. 어찌 됐든 무지몽매한 짓이 아니겠는가. 나의 분노는 자칭 엘리트입네 하는 북쪽의 멍청이들뿐만 아니라 남쪽의 헛똑똑이들을 넘어 저 멀리 미국의 독수리 패거리들에게까지 뻗쳤다.
 실상 북조선이 인민들을 굶겨 죽이면서까지 핵무기에 집착하는 건 그네들이 미쳐서라기보다 자기 보호를 위해서라고 보는 게 타당하지 않을까 싶다. 마치 스컹크의 독가스나 벌의 침과 같은 것. 자기 목숨을 노리는 적을 물리치기 위한 궁여지책으로 스컹크는 혐오 물질을 계속 생산해야 하며, 자기네 집을 침탈하려는 강적에게 벌은 침을 한번 쏘곤 죽어 버린다. 어찌 보면 불쌍한 존재들이다. 그 누가 자기 몸속에서 향기로운 꽃을 피워내고 싶지 않겠으며, 몸속의 꿀을 나눠 주고 싶지 않으랴. 그런데 왜 미친 자폭과 비슷한 짓거리를 하고 있는가?

앞에서도 누누이 말했지만 여기서 북조선을 변호할 생각은 추호도 없다. 그저 공정한 관점으로 사실을 바르게 살펴보고, 가능하면 자멸보다 우리 모두의 상생을 바랄 뿐이다.(여기엔 미국인의 행복 또한 당연히 포함된다.)

6·25 전쟁으로 인해 쌍방 간에 수많은 인명이 살상됐기에 북조선과 미국 사이엔 아직까지도 적대심과 불신감이 앙금처럼 남아 있으리라. 남한 사람들은 이 사실을 직시하지 않으면 안 된다. 특히 북조선의 경우 미군의 무차별 폭격으로 입은 상처가 지금은 많이 아물었겠지만 기억 속엔 휴화산의 마그마처럼 잠재해 있지 않을까 싶다. 그래서 아마 개인적으로는 미국을 좋아하는 북한인도 있고 북한을 좋아하는 미국인도 있으련만, 만일 군중으로 변해 어떤 괴수의 암시를 받는다면 증오의 마그마를 부글부글 끓여 올리는 것이다. 여기서 괴수는 꼭 북한의 수령만을 의미하지 않으며 미국의 대통령 체제도 포함될 수 있다. 그러므로 한국인은 특히 정신 똑바로 차려 암시나 세뇌에 걸리지 않아야만 하는 셈이다. 이젠 아름다운 나라 미국(美國)의 환상에서 깨어날 때도 되었다. 나는 여기서 장지연 선생의 '시일야 방성대곡' 같은 명문을 일필휘지하고 싶으되 그럴만한 능력이 없으므로 그저 홀로 독백이나마 중얼거려 보련다.

'위대한 팍스 아메리카를 이룩한 미국인들이여!' 나는 당신들을 존경하기보다는 존중한다. 온갖 민족들이 섞여 살면서도 국익을 위해서라면 당파니 당리당략이니 진보니 보수니 인종이니 뭐니 하는 것을 벗어나 한목소리로 뭉치는데 어찌 위대한 강대국이 되지 않을 수 있으랴. 자유 속의 협동이 이루어낸 놀라운 미라클 아니겠는가! 반면 우리 한국인은 한 민족이니 한 핏줄이 고결하니 뭐니 입으로만 허장성세 떠들어대면서 실제로는 정글 속 하이에나보다 저열하게 동족을 물어뜯는 사이비 인생을 부끄러운 줄 모른 채 막무가내 살고 있다.

해방 후 대한민국을 세우고 나서 한국인들은 미국을 지상 최고의 아름다운 나라라고 칭송하며 열심히 모방해 왔지만, 당신네의 좋은 점은 어설피 배운 반면 나쁜 점만 골라 죽자사자 추종하는 모양새이다. 우리도 나름 좋은 점이 있건만 그건 헌신짝 취급해 내던져 버리고, 기껏 당신들이 침뱉아 버린 추악한 것만 골라 마치 제사상 위의 음식 마냥 신성시하는 꼴이라 할까. 그러니 당신들이 우리를 적당히 이용해 먹으면서 곧잘 무시하는 것도 실상 막 욕하긴 어려운 현실이다. 참으로 가소로운 노릇, 아마 당신들이 보기엔 더 우스꽝스러울 터이다. 요즘 같은 글로벌 시대에 다민족 사회의 필연성을 무시한 채 경제적 약소국의 이민자들을 깔보고 강대국에겐 아부하며 늘상 동족끼리 싸우는 이 나라는 일종의 지옥도와 같다.

도대체 한 핏줄이란 게 무엇이란 말인가? 우물 안 개구리들이나 개골개골 뇌까리는 공허한 소리 아니겠는가. 이런 면에서는 개방적인 당신들의 사고방식이 훨씬 합리적이라고 장담한다. 한 민족이니 한 핏줄이니 하는 말은 특정 국가의 소유물이 아니라, 오히려 전세계인 혹은 온 지구인 또는 전인류를 대상으로 할 때 진실하고 빛나는 언어가 될 것이다. 아니, 온 우주의 모든 생명체는 한 혈맥으로 통하고 있다고 말하는 게 더욱 이치에 맞으리라.

참으로 세상 물정 모르는 어리석은 민족이다. 우리에게도 당신네들의 건국 이념에 못잖은 홍익인간이란 건국 정신이 있건만 – 여기서 얘기하는 인간이 모든 존재를 뜻한다는 사실을 잘 알련만 – 이상스럽게도 한국인은 벌레보다 유치하게 까막눈 흉내를 내면서 사리사욕만 챙기려다가 도리어 소탐대실의 어리석은 구렁텅이 속으로 빠져드는 것이다. 과거에도 현재도 역시……. 미래엔 과연 어떨지 궁금하다.

한 가지 더 얘기하고 싶다. 미국인이여, 내 생각이지만, 독립심과 자주성이 강한 당신네들에 비해 우리 한국인들은 의타심이 의외로 강한 것 같다. 역사적으로 주변 강대국에 침탈당하고 굴종한 유전자 때문인지, 혹은 어릴 때부터 받은 의존적인 교육 탓인지 궁금하다. 당신네의 좋은 점을 배워 자주 독립 정신을 내면화하지 못한 채 여전히 강대국들에겐 굽실대며 허덕이런다. 그 반작용 때문인지 우리보다 약소국에 대해서는 잔인스러울 정도로 위압적인 태도를 보이기도 한다.

오, 위대한 미국인이여! 이제 그만 우리 민족을 좀 놔줄 수 없겠는가? 한동안 당신네의 도움을 많이 받은 건 사실이로되 그 때문에 우리는 의존심을 넘어 미국의 영원한 학생이자 똘마니가 되고 말았다. 이제사 말이지만 요즘 당신네들은 예전처럼 이성적이지 못하고 삿된 감정과 사리사욕의 지배를 많이 받는 듯싶다. 한국의 골수 친미파들 외엔 이미 전세계인이 알고 있는 사실이 아닌가? 아직 좋은 감정이 조금이나마 남아 있을 때 제정신 차려 진실 위에 서는게 유리하리라. 우리 민족이 정녕 각성하며 당신네의 실체를 바로 보게 될 땐 이미 너무 늦다. 그땐 아마 그 누구보다도 '미국'이 '추한 나라'임을 우리의 맨살로 증언하게 될 터이다. 이런 말까지 꺼내긴 뭣하다만, 사실 그동안 이 작은 나라에서 이자를 투자 원금보다 더 많이 빼먹고, 또한 여러 가지로 많이 이용해 먹지 않았는가? 아마 일말의 양심이 있다면 부정하진 못하리라.

그리고 당신네의 국교인 기독교의 가르침에 의하면, 도움을 줄 땐 대가를 바라지 말고 나아가 오른손이 한 일을 왼손이 모르도록 하라지 않았던가. 당신네 미국은 약소국을 도울 때 늘 천사인 양 미소 짓지만 결국엔 악귀보다 지독스런 고리대금업자 노릇을 했다는 사실을 역사는 충분히 증명하고 있다. 아니라고? 자선사업은 이따금 그런 오해를 받게 된다고? 정말로 그런 아름다운 마음을 갖고 있다면 이제 그만 우리를 자유롭게 놓아 주시라! 정신적으로는 아직 좀 문제가 있지만 육체적으론 이미 우리 대한민국도 충분히 강한 성년이 되었다. 우리 자신의 문제는 우리가 해결할 수 있으리라고 본다. 설령 좀 비틀거리는 한이 있더라도 처음만 그럴 뿐 차츰 제대로 힘차게 걸을 수 있을 것이다. 그러니 걱정 마시고 제발 좀 떠나 달라. 만약 어떤 전략적인 이해관계 혹은 투자금 때문에 그러기 어렵다면 사실을 솔직히 밝힌 다음 우리에게 부탁을 하는 게 합리적인 순서가 아닌지 묻고 싶다. 주한 미군의 계속 주둔과 막대한 비용 문제, 전시 작전 통제권 등도 해당된다.

내가 국제 정세에 그다지 밝지 못해 실언하는지 몰라도, 당신네 미국이 우리 한반도의 지정학적 이점을 일찌감치 간파하여 전략적으로 활용해 왔다는 사실만큼은 알고 있다. 당신들은 이 땅과 한국 사람들을 일종의 전진기지로 이용해 먹고 있는 것이다. 약자를 도와준답시고 들어와 안방을 차지한 채 해찰을 부리는 조폭 같은 짓은 부디 그만둬 달라. 대한민국은 이제 더 이상 약소국도 아니며 대국의 식민지가 아니다. 그러니 상식을 벗어날 정도로 터무니없는 액수의 주한미군 분담금을 요구하거나 상전 행세를 하지 마시라. 그리고 아랫방으로 내려가서 필요한 만큼 기거하며 적절한 전세금 혹은 월세금을 내시라. 또한 전시 작전권 같은 것도 엄연히 주인인 우리가 돌려달라고 할 때 그냥 반환하면 될 텐데, 왜 어거지 논리로 꽉 움켜쥔 채 남의 자위권을 우롱하는가? 무슨 식민지도 아니고 참 우스운 꼴이다. 옛날 옛적에 좀 도와주었다는 걸 빌미 삼아 우리 집안의 고유한 주권을 틀어쥐곤 계속 안방에 앉아 있겠다는 건 도적이나 조폭 두목의 심보가 아닌지 이성적인 미국인 여러분께 정중히 한번 물어 본다……'

　내 독백은 마음속에 수심만 한 겹 더 쌓이게 할 뿐 별 효과가 없었다. 오히려 왠지 가슴이 더 답답해졌다.

　매일 신문은 수많은 글을 쏟아내고 방송은 무수한 말을 내뱉어 퍼뜨린다. 무엇이 사실이고 거짓인지 진실이고 허위인지 분간하기 어려울 지경이다. 진정한 언론문화가 부재한 곳엔 가짜 뉴스가 사실을 억누르며 독버섯처럼 피어올랐다.

　북핵 문제는 전세계적인 초미의 관심사가 되고 있다고 국내 언론은 연일 대서특필해대는 판국이었다. 물론 그런 점이 있긴 할 터였다. 그런데 내가 생각하기엔, 이 조그마한 반도의 문제에 대해 그들이 관심을 가져 봤자 기껏 우리가 저 멀리 아프리카나 남미에서 벌어지는 폭탄 테러 사건에 대해 호기심을 보이는 정도가 아닐까 싶었다. 미국 또한 우리가 생각하기보다 훨씬 대수롭잖은 사안으로 여기며 그저 국지적인 하나의 작은 어젠더로서 이따금 정치적으로 활용할 뿐이라는 사실은 널리 알려져 있었다. 한국의 언론과 정치꾼들만 차분히 문제를 직시하지 못한 채 너무 지나치게 호들갑을 떨어댄다는 얘기였다.

나는 여기서 한국 언론과 정치가들이 북핵 문제를 침소봉대한다고 말하려는 건 결코 아니다. 우리 자신의 생명과 직결되는 중요한 사안이니만큼 눈을 부릅뜨는 건 당연하다. 다만 우리 대한민국의 입장에서 보자면, 북한 개놈 새끼들의 짓거리와 미국 정치꾼들의 수작에 부화뇌동하지 말아야 한다는 점이다. 입으로만 떠들지 말고 말로만 개탄하지 말고, 우리 자신의 존엄한 생명을 건 채 진짜 효과가 있는 방법을 찾아 실행해야 한다는 사실이다. 그 무엇보다 대한민국 국민의 이익이 최우선이어야 한다. 협상 때 양보할 건 하더라도 이 원칙은 꼭 지켜져야 옳다. 국민들의 다중지성의 힘! 가능하면 눈앞의 이익보다는 장기적으로 보아 이해득실을 따지는 편이 현명할 터이다. 지금 우리에게 필요한 건 사리사욕에 기반을 둔 불안, 걱정, 두려움 따위가 아니라 창의적이고 실용적인 벤처 정신이다. 이건 정말 가슴 뛰는 우리 시대의 모험이 아니겠는가? 미국의 프론티어 정신만 부러워하지 말고, 우리 현실에서 미래의 영광스러운 금광을 찾아보자.

당장 먹고 살기도 바쁜데 뭔 미래 타령이냐고 불평하는 소리가 벌써

귀에 들려오는 듯싶다. 하지만 위기 상황이나 문제 상황은 언제나 기회가 될 수도 있다지 않던가. 당신 자신은 물론이거니와 앞으로 몇십 년 후에 손자 손녀들에게 욕먹지 않으려면 좀 능동적으로 문제에 대처해야 하며, 그러지 않고 눈앞의 이익만 챙기겠다면 과거 조상들의 잘못에 대해서도 이러쿵 저러쿵 입바른 소릴 늘어놓지 말아야 할 것이다. 당신이 곧 조상이며 자손이지 않겠는가?

여기 문제 해결의 황금 법칙은 정리해 놓은 게 있다. 남북통일이나 북핵 문제뿐만 아니라 일상생활에서 늘 부대끼는 고민거리를 푸는 데도 효과가 있을 성싶어 적어 본다. 신령님으로부터 받은 비책은 아니므로 한번 슬쩍 훑어보고 넘어간다고 해서 손해 볼 건 없다.

· 어떤 문제든 잘만 다루면 좋은 기회로 변한다. 그러므로 열린 마음으로 문제를 대하고 환영한다.
· 문제를 가능하면 객관적으로 관찰하고 분석해 본다. 큰 문제 덩어리는 작은 조각들이 모여 이루어진다.
· 임의로 악화시키지 말고 개선 방향을 찾는다. 감정을 제어하고 이지적으로 대처한다.
· 경험과 자료 조사를 통해 다양한 해결책을 모색한다. 내 생각과 다른 쪽에 해답이 존재할 수 있다. 타인의 지식과 경험을 활용하는 등 다각도에서 해법을 구해야 한다.
· 남이 해결해 주길 기다리지 말고 스스로 실행하고 노력한다. 그 과정에서, 할 수 없는 일 때문에 할 수 있는 일까지 포기하지 말고 꾸준히 전진 방향을 모색하자.
· 목표가 뚜렷해야 한다. 실행 과정에서 발생하는 어려움을 견디고 굳건히 돌파해

나갈 만큼 목적(문제 해결) 자체가 절실해야 한다.

·좋은 언행은 좋은 환경을 창조하고, 좋은 질문은 좋은 해결책을 창출해 낸다.

·등용문과 같은 어렵고 고통스런 난관은 그걸 통하여 마음과 영혼을 갈고 닦아 한 단계 상승하라는 신호이다. 난관 앞에서 겪는 괴로움을 두려워한 나머지 회피하려 하면 난관은 더욱 높아진다. 반면 이 난관의 고통을 통해 한 단계 발전하려는 뜻을 지닌다면 고통 또한 값진 황금으로 변한다.

·문제가 해결된 후를 한번쯤 상상해 본다.

·인간은 벌레보다 우둔할 때가 있지만, 천지 자연 속에서 별빛 같은 지혜를 얻을 수도 있는 존재이다. 자기 자신의 고지식한 아집과 편견이 바로 자기의 앞길을 막는 철벽임을 알고 천지자연과 진솔하게 소통하는 시간을 갖는다……

북핵. 핵무기. 그것은 현실적인 시점으로 보든 역사적인 관점에서 생각하든 아무튼 한반도의 운명을 좌우할 만큼 위중한 문제임은 틀림없다. 우리의 제1원칙은 이것을 가지고 요즘처럼 무슨 이익집단들의 이권 쟁탈 혹은 태산명동에 서일필 같은 장난질 짓거리로 삼아서는 안 된다는 점이다. 무슨 소리냐고 할지 모르지만, 우리가 아무 줏대도 없이 미국과 북한의 일거일동에 너무 우왕좌왕 놀아나기 때문에 이런 현상이 실제로 일어나고 있는 것이다.

북한 권력층은 핵을 가지고 겉으로는 도박꾼들처럼 막가파식 장난을 치고 있는 것처럼 보인다.

미국은 마치 악마를 응징하는 정의와 자유의 사도인 양 행세한다.

그럼 남한은? 한 마디로 말해 아무런 줏대 없이 미국과 북한의 눈치나 보며 부화뇌동, 우왕좌왕, 좌충우돌한다고 밖에 칭찬할 게 없다.

우리는 그들의 속내를 꿰뚫어 봐야 할 뿐만 아니라 우리 자신의 내면까지 성찰할 수 있어야 한다. 추악함마저도. 추악 자체가 나쁜 건 아니다. 개인이든 단체든 국가든 속에 지니고 있으니까. 다만 그 추악을 사실 그대로 바라보고, 없다고 억지 부리거나 자기 멋대로 왜곡하지 말고, 그 추악스런 기운에 휘말려 꼭두각시 노릇을 하지 않을 만큼 성숙해져야 하리라. 우리가 상식적으로 처신하지 못한다면 미국 안에 존재하는 상식적인 사람들의 지지마저 받지 못한 채 몰상식하고 추악스런 자들의 놀이갯감이 될 뿐이다.

아마 북한 내에도 양심적이고 세뇌당하지 않은(세뇌를 이겨낸) 진실한 사람들이 숨어 있을 것이다. 우리가 마귀왕들의 어릿광대처럼 굴면 그들은 차라리 궁핍할지언정 북조선이 더 좋다고 강변하며 남한 사람들을 비웃을지 모른다. 이젠 더 이상 누구의 탓을 할 필요가 없다. 미국도 북조선도 우리의 미숙한 조상도 탓하지 말고, 바로 우리들 자신이 올바른 정신을 두뇌 속에 장착하곤 미래 세계를 향해 론칭해야 한다.

앞에서 말한 바 있지만 다시 한번 강조하고 싶다. 한국 사람들은 대개 미국을 아름답고 평화를 사랑하는 나라라고 믿고 있으나 미국인 자신은 별 그렇게 생각하지 않는다. 미국 역사를 한번 훑어보면 알리라. 그들은 힘이야말로 최고 최대의 덕목임을 믿는 사람들이며, 실제로 전쟁을 통하여 성장 발전한 결과 세계를 제패한 국가의 주인공으로서 맘껏 자만심을 즐기고 있는 무서운 존재이다. 그네들 스스로 무력 제일국을 영원히 추구하는 판인데 우리가 '미국'이라 자꾸 부르면 겉으론 어떨지 몰라도 속으론 아마 가소로워할 것이다. 미국과 사실상 가장 친밀한 일본마저 그냥 쌀을 많이 생산한다는 의미로 미국(米國)이라 부르는데 우리 대한민국은 왜 '아름다운 나라 미국'이라고 계속 세뇌된 바보처럼 뇌까리는가. 이젠 명실상부한 이름으로 바꾸든지 또는 그들 자신이 붙인 아메리카로 불러 주는 게 옳지 않을까?(복잡하게 그럴 것 없이 우리들의 마음 자세를 바꾸는 게 훨씬 효율적이겠으나 언제 그런 날이 오랴!)

 북조선의 내면도 겉보기와 달리 복잡하리라. 그들의 호언장담은 사실상 자신감이라기보다 속에 깃든 불안감과 겁 때문인지도 모른다. 공포스러운 전쟁의 기억! 국토가 쑥대밭으로 변하고 인민이 3분의 1 이상 사상 당한 미군의 무차별 폭격! 그 무자비하고 잔혹한 인간 이하의 만행들, 마치 무슨 게임인 양 히히거리며 벌인 간음과 학살 장면은 생생한 지옥도로서 깊이 각인돼 트라우마성 증오감과 광증 발작을 불러일으키는 게 아닐까 싶다.(이 문제에 대해서는 미국 내의 일부 정신분석학자들도 수긍하는 모양이다.) 특히 지도부 인사들은 거의 미치광이 수준의 과민반응으로 잔뜩 긴장해 핵무기에 올인하는 듯하지 않은가?

 하숙생들끼리 핵문제를 놓고 토론 벌이는 광경을 자주 볼 수 있었다.
 "핵, 핵, 핵! 정말 진저리치고 짜증나는군. 아무리 동족이라지만 핵 가지고 지랄칠 땐 모기나 파리보다 더 얄미운 해충처럼 느껴진다니까. 파리채로 탁 때려 죽여 버리고 싶은데 그럴 수도 없고 참 골칫거리야. 제재를 더욱 강화해서 아예 불그죽죽한 피를 말려 버렸으면 속시원하겠어. 쌍것들!"
 "그 흉물이라는 핵도 남북 통일이 되면 우리 것으로 변할 텐데 무슨 걱정이여? 그러면 우리도 주변 강대국들이 넘볼 수 없는 나라가 된다구.

통일하려면 비용이 많이 든다고 걱정하는 사람들이 많은데 핵무기로 대신 받는 셈 치면 되지 않겠어? 누이 좋고 매부 좋은일이지 뭘 그래."

"세상 모르는 흰소릴 지껄이는군. 북괴 놈들이 그렇게 호락호락한 자식들이야, 응? 핵무기를 앞세워 위협한다면 우린 허새비 꼴로 말짱 꽝이야. 놈들의 속셈도 모르면서 그런 헛소린 집어치라구."

"두 사람 너무 흥분하지 말구 밥이나 먹어. 내가 볼 땐 모두 다 문제가 있어. 북한이 무모한 짓을 벌이는 건 분명 꼴불견이야. 인민 대중은 굶어 죽는 판에 권력층의 자기 보존을 위해 핵 하나에 혈안이 돼 올인하니 말야. 우수한 과학자들을 투입해 방사능의 제물로 삼는 짓은 지탄돼야 해."

"그렇지, 금수의 탈을 쓴 악귀들!"

"하지만 미국도 그다지 선량한 존재는 아니야. 핵이 그토록 나쁘다면 자기들부터 없애 버려야지. 당장 그러긴 어렵더라도 핵 보유국들끼리 진심 어린 협상을 벌여 차츰 줄여 나가는 노력을 끊임없이 해야잖아. 그러면 북한을 제재할 명분이 서고, 북한 놈들 또한 자의반 타의반으로 핵을 포기할 테지."

"그놈들 꼴통 짓거리 수법을 몰라? 아마 더 땡깡을 부릴걸."

"만일 그러는데도 지랄치면 극심한 제재를 가해 아예 말라 죽어 버리도록 하더라도 박수치겠어. 제정신이라면 그러지 않을 거야. 그땐 정말 광견 취급을 전세계인으로부터 받을 테니까."

"지금도 광견 같은걸. 그냥 놔두면 한반도를 불바다보다 더 무서운 핵 방사능 지옥으로 만들어 버릴지도 모를 미친개들이야. 얼마 전에 어떤 녀석이 술에 잔뜩 취해 서울역 앞 광장에서 고래고래 소릴지르더라구. 투박스런 북한 사투리로. 무슨 구호 같기도 하고 군가처럼 들리기도 하더군. 징글맞은 새끼들!"

"우리도 술 취하면 그러기도 하잖아."

"하지만 왠지 섬뜩한 느낌이 들더라니까."

사내는 반주를 한잔 들이켜고 나서 구호인지 군가인지 모를 노래를 불렀다.

장군님은 명사수, 우린 명중탄!
격동 상태 순간에 병사는 산다
멸적의 방아쇠 당기신다면
단방에 아성을 박살내리라
라랄 랄랄라…….

사내는 고개를 설레설레 흔들며 투덜거렸다.

"대한민국 수도 서울 한복판에서 그런 미친개 짖어대는 소릴 듣자니 어처구니가 없더군. 줘팰수도 없는 노릇이고 환장하겠더라니깐! 나 원 같잖아서……."

"제딴엔 한잔 걸친 기분에 옛 추억에 젖어 그랬겠지 뭐. 너무 흥분하지 마."

"추억은 무슨 개뿔 같은 추억이야! 그놈 새끼의 잠재의식 속에 똬리튼 적화 남침 야욕이 드러난 것일 뿐이야. 10여 년 동안 북괴군에서 의무 복무하는 동안 적화 통일에 대해 세뇌되었을 테니 본심이 튀어나왔다고 봐야겠지."

"남한 사람들의 무의식 속에도 어릴 때 교육받은 대로 북진 통일의 야망이 숨어 있을 테니 피장파장이고 인지상정이지 뭐. 만약 내가 북한에 넘어가 평양역 앞에서 '무찌르자, 북한 괴뢰!'라고 술김에 노래 불렀다면 맞아 죽어야 할까?"

"글쎄……!"

"누가 잘났네 못났네 티격태격 싸우며 서로 욕해 봤자 어차피 제 잘난 얼굴에 침뱉기야. 남들이 보면 멍청이라고 비웃는다구."

"흐흐, 골육상쟁의 비극을 멈추지 못하는 정신지체자들."

"자, 이제 본론으로 돌아가 보자구. 북핵 문제의 본질은 과연 무엇인가? 얼마 전에 이런 주제로 국제 심포지엄이 열렸어. 중요한 얘기가 많이 나왔는데 특히 미국 학자의 발표 내용이 주의를 끌더군. 그에 따르면, 미국의 대북 정책은 비이성적이라서 계속 실패할 수밖에 없다는 거야. 왜냐? 완전한 비핵화는 사실상 불가능한 비현실적인 꿈이라는 얘기야. 즉, 현대식 핵무기는 작아서 어디든 숨길 수 있고, 한번 개발한 기술은 다음에 언제든 재사용할 수 있으니만큼, 이른바 검증 가능하고 불가역적인 비핵화란 허구에 가까운 요구 사항이란 말이지."

"그럼 어떡해? 그 사람 혹시 좌파 아니야?"

"좌파도 우파도 아닌 중도파로 분류되는 학자라던걸. 실용주의자라고나 할까. 어쨌든 그런 상황이니만큼 현실을 인정하고, 극단적으로 제재하기보다 유연하고 실리적인 방법으로 국제 사회 광장에 끌어내어 밝게 성장시켜 주는 게 훨씬 이롭다는 전망이지."

"지금도 그러려고 하잖아?"

"이 지점이 중요해. 미국이 과연 정말 진심으로 북한과 협상해서 평화의 마당으로 끌어낼 뜻이 있는가, 혹은 겉으론 그런 척하면서 실상은 계속 더 어두운 악마굴 속의 불량 국가(라기보다 사이비 집단) 꼴로 추락시키려 기획하고 있지 않은가?"

"별소릴……. 미국이 왜 그러겠어?"

"흠, 그래야만 한반도를 계속 분단시켜 놓은 채 자기네 입맛대로 요리할 수 있거든. 긴장 상황을 조성해 계속 쭉 무기도 팔아먹어야 하구 말야. 특히 북한 당국은 미국이 남북한 통일을 방해하기 위한 속셈으로 여깃장을 놓는다고 생각하고 있으니 협상이 진전되긴커녕 쳇바퀴나 돌다가 숫제 뒷걸음치기도 하는 거지."

"그렇다구 북한의 요구를 다 들어 줄 순 없잖아?"

"그렇긴 해. 북한은 적화통일이 아니라 자위 방책으로 핵을 개발한다고 강변하지만, 남한 사람들은 믿지 못하니까 말야. 미국으로서도 언젠가 한반도가 통일된 후 핵무기를 보유한 강대국이 되는 걸 결코 원치 않을 테고……."

"아무튼 핵 자체는 관리해야 되니깐."

"자기네는 가져도 좋고 남은 나쁘다고 하니 그것도 웃기는 광대 짓이야. 옳지 않은 것이라면 스스로 폐기하라! 하하, 하늘의 목소리를 들어야지. 핵보다 더 나쁜 자연환경 오염을 가장 많이 저지르고도 모르쇠 하는 것들……. 난 이따금 이런 공상을 할 때가 있어."

"뭔데?"

"내가 만일 신이라면…… 이런 시도를 한번 해보겠어. 우선 중국의 인구를 반으로 줄인다. 인간수가 워낙 많다 보니 예나 지금이나 인명을 경시해서 인해전술을 쓰거나 무리한 짓을 막 저지르잖아. 벌건 대낮에 사람이 차바퀴 밑에 깔려 비명을 내질러도 한번 슬쩍 보곤 그냥 지나가더군. 유튜브에서 봤는데 개중엔 키득키득 웃어대는 자도 있었어. 너무 포화상태이다 보니 그들 자신도 인간이 지겨운 건지……. 인간 공해라고나 할까. 그럼 어떤 방법으로 감축하느냐? 일단 시범 케이스로 모든 핵무기와 핵발전소가 위치한 지역을 완전히 자연화시켜 버리는 거야. 그리고 미세먼지 등등 공해를 일으키는 중화학 공장지대 역시 싸그리 자연화한다. 기존 무기류와 신무기 생산 기지도……. 자연화가 뭐냐구? 내가 어떤 지역을 골라 손가락질하는 순간 모든 시설이 단 1초만에 감쪽같이 사라지고 그곳엔 파란 잔디와 나무가 울창해지는 거야. 그 다음엔 사람 장기를 밀매하거나 불량식품을 제조해서 떼돈을 모은 범죄집단과 나쁜 부자들을 색출해 나무숲으로 변화시켜 버린다. 좀 아깝지만 베이징이나 상하이 등 거대 도시에서 악인들이 주로 모여 사는 지역도 선별해 자연화시켜야지. 아무런 고통 없이 순식간에 초목으로 변신하니 별 아쉬움 느끼지 않고 천지 자연 속에서 살 거야. 그동안 중국인의 악행으로 인해 괴로움을 겪은 티벳과 소수 민족들이 행복해졌으면 좋겠어. 만약 과오를 뉘우치지 않고 또 같은 악행을 계속한다면 그땐 아예 중국 전체를 대자연에 돌려주고 싶군."

"허 참, 꿈도 좋군. 혹시 독침 맞지 않도록 조심해."

"응? 누구에게?"

"중국 스파이지 누구야. 그렇잖아도 중국은 한국을 갉아 먹지 못해 호시탐탐인걸. 요즘 설치는 관광객이나 토지 투기꾼들 중에도 그런 야욕자 세포가 많이 스며 있을 거야."

"현대식 인해전술…… 지겨움을 넘어 두려워. 그런데도 중국 공산당 지도부는 요즘 인구가 줄어든다면서 세 자녀 갖기 운동을 독려 혹은 강압하고 있다더군."

"그래야 계속 인해전술을 써 먹을 테니까."

"그곳은 현재 공산주의가 아니라 신제국주의가 지배하는 나라야. 생각 같아서는 모조리 싹……."

"너무 흥분하지 마. 혹시 중국 여자 사귀다가 차인 적 있어?"

"없어. 화교학교 앞을 지나다가 예쁜 여학생을 본 적은 있지만……."

"그 고운 이국 소녀가 행복하게 살 수 있는 나라를 꿈꾸다가 이런 어처구니없는 공상을 해본 모양이군."

"아냐, 어디까지나 세계 평화를 위한 기획일 뿐……. 흠, 그렇게 해놓은 다음 세상이 어떻게 돌아가는지 구경하는 것도 재미있겠지. 아마 난리가 나겠지? 어떨까 한번 상상해 봐."

"글쎄, 무슨 천지괴변인지 천지개벽인지 하고 깜짝 놀라기도 하고 신비스러워서 떨기도 할걸. 그 와중에도 현실적인 부류들은 부동산 투기나 건설업 따윌 구상하며 이익을 위해 벌 굴리고 말야."

"난 미국을 비롯한 강대국들과 주변의 중소 국가들이 어떻게 대응할지 궁금해."

"하긴 미증유의 사건이니 미국이나 러시아도 중국 땅을 선제 점령하려 진군하기보다 좀 관망하며 회의를 소집하겠지."

"거기서 좋은 안이 채택돼 평화를 위해 노력한다면 모르되 만일 이전 투구한다면……."

"아마도 그러지 않을까?"

"흠, 그럼 다음날 더 강력한 제2탄 드라마가 펼쳐진다구. 미국과 러시아에서 동시에! 건국 당시의 초심을 잃어 버린 국회의사당에 이어 모든 핵무기와 군사 기지를 차례로 자연화시켜 버려. 마피아 소굴과 같은 정부 안팎의 모든 이권 단체와 범죄 집단을 흙 속으로 돌려줘. 미국은 특별히 다이어트 선물로 온갖 식용 사육 동물들을 대자연 풀밭으로 방면시켜 주고, 도살 가공 시설들은 공원으로 만들어 위령비를 세운다. 러시아의 경우엔 사이비 종교의 유물 같은 붉은 광장을 아름다운 야생화 동산으로 만들고, 시베리아는 우주 대자연의 비원으로 조성해 영원히 인간의 출입을 금한다."

"실현 불가능한 꿈이군. 이제 그만하고 술이나 마셔."

"음, 한잔 하고 피날레를 장식해야지."

"또 있어?"

"일본이 좀 위험 분자일 것 같아. 가장 먼저 평화를 무시하고 침범 야욕을 드러낼 듯싶어. 일본에도 선량하고 진실한 사람들이 많지만, 오래 묵은 능구렁이 같은 정부가 그들을 조종하고 있기 때문에 요주의 국가야."

"그래서 어쩌려고?"

"흉물 정치꾼들이 회합하는 장소를 제때 골라 깊디 깊은 아수라 지옥

속으로 밀어넣어 버려야겠지. 그 대신 일본의 화산과 지진은 순화시켜 착한 사람들이 불안감 없이 행복하게 살도록 해주고 싶어."

"아따 참, 백일몽도 좋네! 좀더 처단해야 할 게 있을 것 같은데?"

"일단 두고 보는 거지. 마치 휴화산처럼 끝나지 않아. 뉘우쳐 회개하지 않는다면 일본 열도 전체를 활화산과 지진의 전시장으로 만들어 전 세계 지구인들의 거울이 되게끔 하고파."

"후후, 인도는 어때? 그곳도 인구가 너무 많아 골칫거린데……."

"글쎄, 어쩌면 좋을까? 꽤 고민되는군."

"인도 역시 예전 같지 않게 마구 성장 발전하여 지배적 대국이 되길 꿈꾸는 성싶던걸."

"미래의 악을 예방하는 차원에서 일단 예보는 해야겠지. 기존 강대국의 사례를 보고도 노선을 바르게 변경하지 않는다면 신으로서의 뜻을 펼치겠어. 핵무기를 야구공만큼 자그마하게 만들어 카스트 제도의 윗대가리들이 모여 사는 지역에 던져서 인과응보를 깨닫게 했으면 어떨까 싶군. 빈민들이 거주하는 쓰레기 땅은 옥토로 바꾸어 농사 지으며 오순도순 살게 하고……."

"하하, 그럼 이 말썽 많은 한반도는 대체 어이하시렵니까?"

"흠, 너무 괘념치 말게. 과인이 초록빛 보석 같은 지구가 염려되어 잠시 인간의 입을 빌려 망상해 본 것뿐이니……. 한반도는 비록 작으나 지구의 배꼽 같은 곳이라. 한때 소인배들의 무시를 받으며 손톱으로 파헤쳐지는 등등 고난을 당하겠으나, 태양신경총이 모여 있는 인체의 중심 요체이니…… 정기가 단전에 통일되고 일심 화합한다면 세계 평화의 메카로 떠오르리라."

"흥, 주관적인 자기애 같은걸."

"꼭 그렇지만은 않아. 지리적 환경이든 정치적 상황이든 세계의 여러 학자와 전문가들이 언급하고 있으니까. 이를테면 지정학적으로 중요한 곳이란 얘기겠지. 문제는 한반도에 살고 있는 우리들이야. 이런 곳일수록 사이비 정치와 종교가 판을 치는 환경이 조성될 수 있으니 말야. 얼마나 많은 사이비들이 각계 각층에서 명멸했는지 깜짝 놀랄 지경이잖아? 중요한 지점이라고 장점만 있는 게 아니라 까딱하면 미치광이도 돌변시켜 버리는 요소도 있거든. 소용돌이 속엔 위기와 기회가 공존하듯 말야. 기가 센 땅이기 때문에 항상 정신 바짝 차리지 않으면 휩쓸려서 나쁜 구렁텅이로 빠져 버린다는 거야."

"그래서 어쩌자구? 우리나라이니 좀 봐주자는 얘기?"

"아니지. 며칠 하는 짓거리를 보다가 싹수가 노랗다 싶으면 맛을 보여야지. 우선 여의도 국회의사당을 주목해야겠어. 한국은 모든 분야 중 정치꾼들이 가장 추악하고 인간 말종이라잖아. 자기네 본업인 정치보다는 도둑질하는 데 혈안이 돼 설치니 그럴 수밖에! 앞장서 나가야 할 본업은 꼴찌고, 사리사욕 챙기는 데는 본직이 도둑인 자들보다 더 뛰어나니까 말야. 국회 회기 중에 민생은 챙기지 않고 또 개싸움을 벌인다면, 민심의 에너지를 쏘아 싹 푸른 풀밭으로 만들어 버리는 거지. 새로운 의사당을 뚝딱 지어 올리고 보궐 선거로 새 의원을 뽑더라도 본질이 개선되지 않으면 무한 반복되는 거야. 말썽 많은 소굴인 청와대도 마찬가지. 진정한 인물이 나와 국민을 존중할 때까지……. 그 다음엔 언론사, 교육계,

재벌기업, 식품업체, 병원과 의료업계, 방산 군수업체, 종교단체, 문화예술업계, 법조계, 유흥업계 등등 각 분야의 흑막 뒤를 살펴보다가 최악랄 존재를 하나씩 자연 속으로 보내 주는 거야. 참다운 삶이 무엇인지 깨달을 때까지……. 아니, 이 땅이 세계 평화의 중심 광장이 될 만할 순간까지 계속……."

"참, 훌륭한 몽상이군. 그럼 북한은?"

"물론 진실하지 않은 자는 그냥 놔둘 수 없지. 먼저 백두산을 비롯한 북한 전역에서 김일성 일족 우상화를 위해 훼손한 자연을 복원시키고 모든 인공물은 철거해 버려야 해. 김 삼부자 동상과 벽화와 인민들의 가슴에 달린 세뇌 배지마저 완전히! 과연 어찌 될지 한번 상상해 보는 것도 일막의 희비극 구경은 되겠지. 막간에 잠깐 틈을 내어 삼팔선 주위의 철조망과 지뢰와 탱크 부대 따윌 싸그리 없앤다 그 전에 우선 핵무기와 전쟁 비기들이 은닉된 복마전부터 물론 아름답게 자연화해 금수강산의 일부로 돌려놓아야겠지. 평양 전체를 아예 자연으로 돌려주고 싶기도 하지만, 언젠가 통일 후에 남북한 사람들과 온 세계인의 거울로 삼을 수 있도록 남겨두는 것도 좋을 듯싶어."

"아, 통일이란 무엇이며 대체 언제 올거나! 통일 자체를 싫어하는 사람도 있고 좋아하는 사람도 있으니 전망조차 싫잖은 오리무중이야."

"세상만사 결과가 중요하다지만 과정이 더 중요할 경우도 많잖아? 이런 상황에선 경과에 집착해 학수고대하기보다 일상생활 속에서 과정의 미학을 창출하는 방향으로 나아가는 게 훨씬 유리할 것 같아. 좋은 과정들이 모이다 보면 결과는 저절로 열릴 테지 뭐. 비유하자면, 낯선 청춘 남녀를 억지 중매로 결혼시키기보다 자기들끼리 서로 만나서 사랑하고 티격태격 싸우기도 하다가 어느 결에 정이 깊어져 자연스레 혼인식장으로 가는 게 더 진실하단 얘기야. 통일 또한 흡수통일이니 적화통일이니 억지 소리 지껄이기보다, 남북이 서로 다방면에 걸쳐 쭉 교류하다가 시절이 무르익어 저절로 일심동체되는 게 행복하지 않겠어?"

"말은 좋다만 현실이 녹록찮으니 과연 어느 삼천포로 빠질지는 두고 봐야겠지. 자, 이제 그만 떠들고 일어서자구."

그들은 포만감으로 인해 모종의 결핍을 느끼는 듯한 모습으로 자리를 털곤 어디론가 떠났다. 하숙집에서 그런 풍경은 자주 볼 수 있었다.

세월의 로터리

　국내외 정세는 혼란 속에 회오리치고 있었다. 어찌 보면 참 묘하기도 하고 용하기도 한 판국이었다. 미중소일 강대국들의 세력 투쟁이 교차하는 와중에 한 알(아니, 반 알) 완두콩 같은 한반도가 먹히지 않고 살아 움직인다는 사실이…… 분명 기적이라 할 만한 점이 있었다. 하지만 특권 부유층을 제외한 일반 국민들은 노심초사하며 하루하루를 살아내는 중이었다. 그들의 가슴속 한켠에선 불안과 공포감이 소용돌이치곤 했다. 정치꾼들은 자기들의 당리당략을 위해 수시로 그걸 더욱 부추겼다.
　청와대 궁궐 속의 여대통령은 별다른 통치력을 발휘하지 않았다. 구중궁전에 백설공주처럼 누워 백마 타고 올 어떤 초인을 꿈꾸는 걸까? 국민들은 이런 저런 불평불만을 수군거렸다. 생활은 물론 아버지 박통 시절에 비해 물질적으로 상당히 좋아졌지만 치열한 생존경쟁의 끝없는 게임에서 살아남아야 했으므로 정신적으로 더욱 피폐해져 갔다. 영혼을 잃어버린 욕망 로봇처럼……. 여대통령은 오불관언 자신만의 꿈속에 빠져 "통일 대박! 잡념을 버리고 정신통일하면 신비로운 우주의 에너지가 도와 만사형통 성취된다!"라며 대국민 메시지를 뇌까리곤 했다.

　어느 날, 나는 피에로 씨와 함께 식당에서 수저를 집다가 티브이를 통해 그 뉴스를 들었다. 사실 처음엔 아나운서의 목소리가 잘 들리지 않았었다. 고등학생들을 태우고 제주도로 수학여행 가던 세월호라는 배가 침몰해 가라앉는 중이라고 얘기하는 듯싶었다.

티브이 화면을 쳐다보는 사람도 있었으나 대부분 밥 먹으며 잡담하느라 별 관심을 보이지 않았다. 짓푸른 바다에 커다란 배가 뜬 채 기울어진 모습이 사실이긴 했다. 하지만 그닥 위험해 보이지 않는데다가 해경 구조대와 하늘에 뜬 헬리콥터가 긴급 활동을 벌이는 성싶었으므로 모두들 큰 걱정은 제쳐둔 눈치였다.

얼마 후엔 전원 구조됐다는 속보를 피에로 씨에게서 전해 들은 터라 안심하곤 잊어버렸다. 그런데 그건 가짜 뉴스였다. 약간 실없는 편인 피에로 씨의 거짓말이 아니라 국영 언론사의 오보였던 것이다.

우리가 거짓말에 속고 있는 사이 갇힌 아이들은 발버둥치며 하나 둘 죽어가고 있었다니……. 시간이 점점 흐를수록 마치 엽기적인 만화 영화를 보고 있는 듯한 현실이었다. 정녕 놀랍고 기이한 시간의 영원 같은 지속이었다. 배가 바닷속으로 가라앉아 버린 것도 아닌데, 갑판으로 뛰어나온 남녀 학생들이 구출해 달라며 하얀 손을 흔들어대는데, 무슨 무장 게릴라들이 총을 쏘아대는 것도 아니건만, 도대체 왜 그럴까? 왜 헬리콥터는 공중을 빙빙 떠돌다가 그냥 돌아가 버렸으며, 해경 구조대는 계속 허둥지둥거리기만 할 뿐 어린 생명들이 애타는 손을 붙잡아 주지 않는 것일까? 그 누가 보더라도 이해할 수 없는 광경이었다. 한국 현대사에 미스터리가 하나 더 추가되는 순간. 얼마나 많은 엄마 아빠들이 바닷바람을 맞으며 애달피 절규했던가!

동서고금에 걸쳐 역사의 뒤안길엔 최고 권력층의 검은 마수들이 해괴한 사건을 조작한 경우가 많았다. 자기들의 사리사욕을 위해 국민을 인신공양의 제물로 삼는 짓이 서슴없이 저질러졌던 것이다. 한국 역사, 멀리 갈 것 없이 가까운 현대사 속에서도 적잖게 일어나곤 했었다. 장막 뒤에 숨은 흑역사의 줄을 쭉 꿰어 보면 겉에 드러난 역사가 오히려 우스울 수도 있으리라.

　그래서인지 이번에도 망측스런 소문이 떠돌았다. 모종의 목적을 위해 배를 일부러 침몰시켰다느니, 순수하고 뜨거운 피를 지닌 청소년 수백 명의 목숨을 수장 공양해야 여대통령의 정치적 운세가 선덕여왕보다 더 찬란하게 꽃핀다는 무당 말에 미혹된 결과라느니…… 제정신을 가진 사람이라면 믿기 어려운 얘기들이었다. 하지만 눈앞에서 벌어지는 현실이 워낙 황당스럽다 보니 유언비어라고 무시해 버리기도 쉽지 않았다. 더구나 수많은 청소년들이 계속 바닷속으로 사라지고 있는데도 한참 뒤늦게 나타난 여대통령의 모습은 어린아이들마저 이상스럽다는 눈으로 쳐다볼 만큼 가관이었다. 깊은 잠에 빠졌다가 금방 일어나 마지못해 나온 기색이 드러나 보였다. 백설공주처럼 건강하지 않고 부석부석한 얼굴에 애매모호한 눈이었다. 혹시 무슨 미약이 든 사과라도 먹지 않았을까 의혹 섞인 소문이 또 떠돌았다. 그런 위급한 상황에서 대통령이 하기엔 좀 어쭙잖은 말은 의심을 사고 남을 만했다.

　여기서 그 미스터리에 대해선 더 언급하지 않으련다. 아주 많이 알려졌기에 이만큼 서술한 것도 독자들을 지루하게 만들지 않았을지 염려스럽다. 아무튼 그 무렵부터 국정 최고 운영자로서 여대통령의 정치 생명은 점점 가치를 상실해 갔다. 그녀의 모습에서는 대선 운동 당시의 나름 풋풋한 패기도, 당선된 후 취임식 석상에서 활짝 웃으며 맹세하던 건강성도 더 이상 보이지 않았다. 하얀 손을 든 채 고운 입술로 읊은 선서는 잃어버린 보석이 되고 말았다. 그녀의 보석이 아닌 온 국민의 보석…….과연 누가 훔쳐 간 것일까? 문고리 3인방이니 그녀를 처녀 적부터 지도했다는 사이비 교주의 이름 따위가 거론되었지만, 결국 흑막 뒤에서 서서히 악의 마각을 드러낸 건 최순실(얼마 후 둔갑하듯 최서원으로 개명)이란 여자였다. 최 여사는 하늘 아래 가장 결백하노라 주창했으나, 흑막 뒤에서 여대통령을 조종해 온갖 요사스런 국정농단을 자행했다는 사실이 증거를 통해 속속 밝혀졌다. 일견 겉으론 평범해 보이는 최 여사는 대한민국 역사상 희대의 걸물 미수였던 셈이다. 여대통령을 꼭두각시 인형으로 삼아 국민을 희롱했다고 말한다면 지나칠까?

　최초의 여성 대통령으로서 아버지의 장점만 이어받아 나라를 아름답게 발전시키길 바라던 국민들의 희망은 물거품이 되고 말았다 그녀에게 표를 주었던 국민은 실망했고, 자신의 한 표를 아꼈으나 그래도 한 가닥 기대감이나마 품었던 국민은 절망을 넘어 분노한 나머지 스스로 암흑천지를 밝히기 위해 촛불을 켜 들었다. 백 송이의 꽃불은 천 송이로 옮겨 붙고 만 송이로 늘다가 점점 백만 송이 천만 송이의 거대한 소망으로 타올랐다. 낡은 태극기와 이상스런 성조기를 치켜든 지지자들이 광화문 앞에 모여 검은 입김을 불었으나 꽃불은 더욱 더 환하게 활활 타오르기만 했다.

　그리고 마침내 심판이 내려졌다.

"피청구인의 위헌·위법 행위는 국민의 신임을 배반한 것으로 헌법 수호의 관점에서 용납될 수 없는 중대한 법 위배 행위라고 보아야 합니다. 피청구인의 법 위배 행위가 헌법 질서에 미치는 부정적 영향과 파급 효과가 중대하므로, 피청구인을 파면함으로써 얻는 헌법 수호의 이익이 압도적으로 크다고 할 것입니다. 이에 재판관 전원의 일치된 의견으로 주문을 선고합니다.

주문 : 피청구인 대통령 박근혜를 파면한다!"

여대통령은 자신의 능력 부족과 측근들의 국정농단, 부정부패로 인해 결국 권좌에서 끌려 내려오고 말았다.
오방색 주머니 속의 비현실적으로 화려하던 모조 다이아몬드 같던 '통일 대박론'도 당연히 사라져 버렸다. 언제 또 어느 누군가에 의해 더 찬란한 모습으로 나타나 국민들을 희롱할지 모르는 미지의 보석 구슬…….
어느 날, 피에로 씨와 내가 옥상에서 '사이비 교주 영감을 면회하러 교도소엘 가야 할지 말아야 할지' 토론하고 있는데 어디선가 아래쪽에서 귀에 익은 노래가 들려왔다.

통일은 대박, 통일은 쪽박
도무지 알 수가 없네요
너와 나의 사랑이 행복일지
슬픔의 씨앗을 잉태할지~

분단은 대박, 분단은 쪽박
그 누가 손금 보듯 알 수 있을까요?
애증의 쌍곡선이 어디로 흘러갈지
무정한 세월만 흐르는데……

  석연찮은 까닭으로 방송에서 퇴출됐던 모창가수의 목소리였다. 반가우면서도 왠지 구슬퍼져 나는 쓴웃음을 지었다. 피에로 씨가 무심결에 휘파람으로 따라 불렀다.
  서울 하늘 같지 않게 먼 동심의 세계에 가 닿을 수 있을 듯 푸른 날이었다. 분단도 통일도 없는…….

(끝)

도서출판 중원문화는 서울특별시 마포구에 소재한 인문·사회과학전문출판사입니다. 본사는 1978년 유신 군사 독재가 막바지로 치닫고 있던 때 '도서출판 새밭'이란 이름으로 유인호 선생께서 처음 창립하셨습니다. 당시 '도서출판 새밭'은 『사회를 어떻게 볼 것인가?』, 『교육과 의식화』(저자 파울로 프레이리), 오토 푀겔러의 『헤겔철학 서설』 등의 도서를 출판하였으나 신군부의 등장과 함께 1980년 일시 폐업하게 되었습니다.

이후 1982년 황세연 사장이 위 출판사를 인수하여 '중원문화'로 회사명을 바꾸고 재출발을 하였고, 1987년에는 『철학사전』 및 『세계철학사』 전5권 세트 등을 출판하며 출판사의 기틀을 탄탄하게 마련하였습니다. 하지만 노태우 정부시절인 1991년 1월 경 김근태 전(前) 장관의 고문 기록인 『남영동』을 출판함과 동시에 회사는 격렬한 노동운동을 겪게 되었고 결국 다시 폐업을 하는 단계에 이르렀습니다. 하지만 1990년대 말 금융위기를 맞으면서 도서출판 시대정신, 도서출판 새길 등과 합병을 통하여 도서출판 중원문화가 재탄생하게 되었습니다.

과거 80년대나 현재나 진보적 세계관을 지니고 있는 사람이라면 가장 갖고 싶은 책으로 선정된 바도 있는 『세계철학사』 전5권 세트는 「러시아연방사회과학연구소」에서 30여 년의 연구를 걸쳐 완성한 방대한 세계철학을 일목요연하게 실천적 입장에서 기술하고 있다는 점에서 익히 알려진 세계 유일의 '철학사' 책입니다. 책값이 만만치 않음에도 불구하고 지금도 계속 꾸준하게 판매되고 있는 것은 이 책의 가치를 많은 사람들이 익히 알고 있기 때문으로 보입니다. 『철학대사전』 역시 아직까지도 국내 '철학사전' 하나 제대로 갖추지 못하고 있는 우리의 실정에서 이러한 사전을 기획하여 만들어 낸다는 것은 쉬운 일이 아니었습니다. 하지만 우리의 현실 사회는 사회를 바꾸려고 하는 역동적 상황에 있고 그 역동적 실천에 이론적 정신적 지주가 아직도 필요한 시기이기에 2023년 『철학대사전』은 많은 제약조건에도 불구하고 세상에 나오게 되었습니다. 현재도 진보적 도서 출판을 고집하고 있으며 베스트셀러에는 연연하지 않는 정통 출판을 그 특징으로 하고 있고, 1990년대부터 『자랑스러운 폴란드의 딸 퀴리부인』과 『일기로 쓴 카렌의 고민』 등 청소년을 위한 도서도 출간하며 독자들에게 더 가까이 다가가기위해 노력하고 있습니다.

알려드립니다

본사는 학문을 목적으로 하는 분들을 위하여, 그리고 남북 역사 교류와 언어교류를 위하여 2002년 이전 북한발행도서를 「남북교류협력주식회사」를 통하여 수입 영인하여 판매하고 있습니다.

도서목록은 아래와 같습니다.

도서명	도서 정가	
조선 속담성구사전	400,000원	
조선 속담사전(1)(2) 세트	500,000원	
조선 어학서시리즈 전35권 세트	849,000원	
조선 단대사 전23권 세트	589,000원	
조선 부문사 전37권 세트	1,020,000원	
조선 민속사전	200,000원	
조선의 약초와 성분 이용백과	120,000원	
상식 건강의료백과사전	80,000원	
조선민속자료집	120,000원	
조선의 민속전통 전7권 세트	490,000원	
북한 출판물 도서목록	15,000원	
식물분류명사전	500,000원	

주문전화: ☎ 02-325-5534 FAX 02-324-6799
우편주문: 서울시 마포구 서강로11길 24 007sei@daum.net

출판사에 직접 구매하시면 더욱 싼값에 구입하실 수 있습니다.

방송인, 연예인, 강연자들의 필독서!

개정 증보판

표준말은 인격입니다.

우리말 바르게 말하기 작은 사전
최흘 엮음/크라운판/866쪽/정가 60,000원

우리말 바르게 말하기 큰 사전
최흘 엮음/4×6배판/1,420쪽/정가 180,000원

● 고급 모조 인쇄 및 양장 케이스

출판에서 직접 구입하시면 더욱 산 값에 구매하실 수 있습니다.
전화 02-325-5534 FAX 02-324-6799 E-mail 007sei@daum.net

상기도서외에도 본사에 주문하시면 더욱 산값에 구입하실 수 있습니다.

"국민천세!" 천승세 평역

중국역사대하소설

십팔사략

천승세 선생님께서 심혈을 기울여 엮어내신 주옥같은 이야기는 지금까지 느낄 수 없었던 새로운 역사철학을 여러분 가슴에 선사할 것이다.

노자, 공자, 손자, 한비자, 진시황제, 항우와 유방, 한무제, 조조, 유비, 손권, 측천무후, 당현종과 양귀비, 칭기즈칸 등의 냉혹함과 예리한 통찰력, 그리고 목숨을 건 판단으로 한 시대를 움켜잡았던 드라마 같은 실록은 오늘 날 정치가나 CEO 및 조직의 리더들에게 성공이란 지혜를 제공할 것이다.

십팔사략(전8권 세트)/천승세 평역/정가 120,000원

중원문화 문학 시리즈

각권 정가 12,000원~15,000원

도서출판 중원문화와 새길아카데미에서 기획한 문학도서는 총 15권으로 구성되어 있으며 어른과 어린이가 함께 읽을 수 있도록 되어 있다. 아울러 《홈즈와 루팡시리즈》는 총 23권으로 구성된 시리즈로 어른 아이할 것 없이 두루 즐겁게 읽을 수 있는 추리 소설이다.

중원문화 문학 시리즈

각권 정가 12,000원~15,000원

1. 우리 동네 아이들 ❶❷
2. 아프니까 사춘기다
3. 내가없는 일기
4. 독일포로와 소녀
5. 마법의 학교
6. 일기로 쓴 카렌의 고민

7. 퀴리부인 –사랑스러운 여인
8. 히르벨이란 아이가 있었다
9. 아버지의 네 가지 비밀
10. 벤은 안나를 좋아 한다
11. 할머니

12. 엄마는 마녀가 아니야
13. 할아버지
14. 푸른 매
15. 사랑과 우정으로 가는 다리

❊ 7, 8, 9, 10, 11번은 '선물세트'로 구성되어 있습니다.
(고급 양장 300쪽 내외 / 정가 60,000원)